INA TAUS

Rise & Doom

PRINZESSIN DER BLUTROTEN WÜSTE

im.press

© privat

Ina Taus wurde 1986 geboren und lebt mit ihrem Mann und ihren Kindern in Niederösterreich. Wenn sie nicht gerade als Sachbearbeiterin mit Zahlen jongliert, lässt sie die Buchstaben tanzen und bringt die vielen Ideen, die ihr im Kopf herumschwirren, zu Papier. Bereits als Kind steckte sie ihre Nase am liebsten in Bücher und war eine große Geschichtenerzählerin. Mit »Bandstorys« veröffentlichte sie ihren Debütroman bei Impress.

Für meine beiden Töchter.
Und für alle, die mit uns nach Nimmerland fliegen möchten.

Ein Kind zu bleiben ist keine Frage des Alters,
sondern hängt von der Bereitschaft ab,
weiterhin Regenbögen zu fangen und nach
dem Zugang zu verborgenen Welten zu suchen.

Prolog

Die Landkarte, vor der die Hexe mit schräg gelegtem Kopf stand, nahm fast die ganze Wand ein. Sie ließ ihren Blick über die Kontinente schweifen, die bereits seit einem knappen Jahrhundert neue Namen trugen. Fast sah es so aus, als hätte man mit aller Macht das Alte vergessen und Platz für Neues schaffen wollen.

Die Hexe schloss für den Bruchteil einer Sekunde die Augen, sah das Licht jedes Lebewesens auf Erden wie eine tanzende Flamme.

Sah die Vergangenheit.

Die Gegenwart.

Die Zukunft.

Jahrtausendelang hatte sie den Dingen ihren Lauf und allen den freien Willen gelassen. Egal ob Feenwesen, Werwolf, Vampir, Dämon oder Mensch – sie alle hatten selbst bestimmen dürfen.

Jetzt aber sah sie besorgt auf die Karte. Es waren dieselben Kontinente wie schon seit Tausenden von Jahren – und doch hatte sich viel verändert. Die Kreaturen, von denen jeder bereits gehört, sie aber immer für Märchenfiguren gehalten hatte, waren aus dem Verborgenen ins Licht getreten. Die Regierungen der Menschen hörten auf Krieg gegeneinander zu führen und wandten sich stattdessen gemeinsam gegen jene, von denen sie nicht wussten, wie sie sie bekämpfen sollten.

Nicht alle Menschen waren mit dem Kampf gegen die Verborgenen einverstanden, immer mehr Sympathisanten stellten sich auf deren Seite.

Nur ein hartnäckiger kleiner Teil der Menschheit schaffte es, unabhängig zu bleiben. Sie waren nach Australien geflüchtet, das bald darauf den Namen Red Desert trug. Es wurde erzählt, dass der blutrote Sand im Inneren des Kontinents seine Farbe durch Tausende erloschene Menschenleben bekommen hatte, die der selbsternannte König auf dem Gewissen hatte …

Spielerisch wanderten die Finger der Hexe über die Landkarte. Stoppten über dem alten Europa.

Red Ancient.

Red Desert.

Zwei Kontinente, ähnliche Namen. Und doch unterschieden sie sich wie Tag und Nacht voneinander.

Wie Mensch und Vampir.

Ein weiteres Mal schloss sie ihre Augen, auf der Suche nach den Flammen, die am hellsten unter dem Firmament leuchten würden.

Die Geburt derjenigen lag in ferner Zukunft, doch in der Hexe reifte ein Plan. Eine Möglichkeit, wie sie die Welt davor bewahren konnte, in ihre Einzelteile zu zerfallen, ohne ihren Bewohnern den freien Willen zu nehmen.

Zumindest ... fast.

Kapitel 1

Rise

»Rise, du wirst den Prinzen von Red Ancient heiraten.«

Die Worte meines Vaters hallen immer noch in meinem Kopf nach. Den Blick fest auf den Hinterkopf meiner persönlichen Wache Nadeen gerichtet folge ich ihr in Richtung meiner Gemächer. Wie immer hat sie ihre blonden Haare zu einem strengen Dutt nach oben gedreht, der sich keinen Millimeter zur Seite bewegt. Nicht einmal bei dem mörderischen Tempo, das sie vorgibt. Neben ihr komme ich mir mit meinen braunen Haaren, die ich wie immer offen trage, richtiggehend unfrisiert vor.

In Anbetracht der Worte meines Vaters ist dies aber auch nicht wichtig …

Ich raffe meine Röcke in der Hoffnung, ihr so besser folgen zu können. Das gehört sich zwar nicht für eine Prinzessin, doch das Schloss wirkt wie ausgestorben, also sieht mich bestimmt niemand. Kein einziger Bediensteter hat unseren Weg gekreuzt, seitdem wir das Speisezimmer verlassen haben.

Eigentlich wäre heute ein Tag zum Feiern …

Traurig schüttle ich meinen Kopf. Meinen siebzehnten Geburtstag habe ich mir definitiv anders vorgestellt. Natürlich habe ich keine Party oder überschwängliche Geburtstagswünsche zu meinem Ehrentag erwartet, nur den einen oder anderen Schlossbewohner, der mir heimlich zunickt. Vielleicht sogar eine Torte, die ich gemeinsam mit meinem Bruder verspeise. Ich wäre mit allem zurechtgekommen. Nur nicht mit einer arrangierten Zwangsehe.

Seit der König die Worte ausgesprochen hat, wandern unaufhörlich Schauder über meinen Rücken. Der Prinz Red Ancients … einer unserer Feinde!

Bereits seit über einem Jahrhundert leben die Menschen in meiner Heimat abgeschottet vom Rest der Welt. Niemand kommt in unser Land. Und niemand verlässt es. Nicht, seit ein Krieg die Welt verändert und sich die Menschheit neu formiert hat. Die *Verborgenen* – Wesen wie Vampire, Werwölfe, Dämonen oder Hexen – wollten nicht länger ein Leben in der Dunkelheit, fernab von uns Menschen, führen. Sie haben für ihr Recht gekämpft, dass die Erde zukünftig nicht nur von uns Menschen regiert wird, sondern auch von ihnen. Und gewonnen.

Der Teil der Bevölkerung, der sich nicht von den Verborgenen unterjochen lassen wollte, hat Australien, das heutige Red Desert, für sich beansprucht. Sich verschanzt. Sich ein neues Leben aufgebaut. Die Verborgenen zu ihren Feinden erklärt.

Und nun soll ausgerechnet *ich* einen Vampir … *heiraten*.

Ein angewidertes Schnauben verlässt meinen Mund, während meine Finger über den weißen Kalkstein tanzen, aus dem das Schloss erbaut wurde. Immer weiter lasse ich die Fingerspitzen über den Stein wandern, bis sie den prunkvollen Wandteppich erreichen, der den sonst so kahlen Weg zu meinen Gemächern schmückt. Sofort bleibe ich stehen, kann den Blick nicht mehr abwenden. Alle Kontinente sind dort abgebildet.

»Rise, kommst du?«, will Nadeen wissen und ich zwinge mich dazu, sie kurz anzusehen, ehe ich meinen Blick wieder dem Wandteppich zuwende.

Statt weiterzugehen oder zu antworten, frage ich: »Die Vampire haben das ehemalige Europa für sich beansprucht, oder?« Ich hätte nicht fragen müssen, da ich genau weiß, dass sie sich dort niedergelassen haben. Das weiße Schloss verfügt über eine große – veraltete – Bibliothek, in der man alles über die *alte Zeit*, aber auch über den Wandel der Welt lesen kann.

Ich weiß, dass es auch Leben außerhalb von Red Desert gibt, doch ich finde es plötzlich … unvorstellbar. Ich kenne nicht einmal ein Leben außerhalb der Schlossmauern.

Nadeen räuspert sich. »Ja. Red Ancient entspricht ungefähr dem Gebiet des ehemaligen Europa. Wieso fragst du?«

Ich beiße mir auf die Unterlippe. »Weißt du das denn nicht?«

Dass sie den Blick abwendet und zur Seite sieht, ist mir Antwort genug. »Wieso hast du mich nicht vorgewarnt?« Meine Stimme klingt vorwurfsvoll. Zu Recht. Immerhin dachte ich, dass Nadeen für mich mehr als eine Wache sei. Eine Freundin … Doch vermutlich habe ich mich getäuscht.

Nadeen überwindet die Distanz, die ich wegen meines Anhaltens zwischen uns geschaffen habe, und stellt sich neben mich. Sie sieht den Wandteppich an, als sie mir antwortet: »Ich habe es auch eben erst erfahren.« Beinahe in Zeitlupe streckt sie sich und legt ihre Hand auf Europa. »Red Ancient ist weit weg.« Danach fährt sie mit ihrer Hand nach rechts zum ehemaligen Asien. »Zuerst musst du durch ganz Wideland, dann übers Meer und erst dann wärst du wieder daheim.«

Innerlich verdrehe ich meine Augen. Ein Zuhause ist mehr als der Ort, an dem man lebt. Es ist der Platz, an dem die Menschen sind, die man liebt.

Von dem Gedanken, dass mein Vater und ich eine Bindung zueinander aufbauen könnten, habe ich mich bereits seit Jahren verabschiedet. Selbst wenn ich noch einen Funken Hoffnung in mir hatte, wurde dieser heute abgetötet. Die traurige Wahrheit ist, dass es nur drei Personen gibt, die ich wirklich vermissen werde, wenn ich nach Red Ancient gehe. Meinen Bruder Madoc. Und meine zwei Wachen: Nadeen und Zeak. Wobei ich mir bei den letzten beiden nicht sicher bin, ob es ihnen genauso gehen würde.

Ich zwinge mich Nadeen anzusehen. Nein! Besonders traurig wirkt sie nicht darüber, dass ich das Königsschloss und damit auch die Königsstadt Whitecastle verlassen werde.

Nachdenklich sieht Nadeen mich an, öffnet ihren Mund und schließt ihn wieder, ehe sie sich doch entschließt etwas zu sagen: »Wie hat dein Bruder reagiert?«

Ein trauriges Lächeln stiehlt sich auf mein Gesicht. »Der übliche Wutanfall.« Zerschmetterte Teller. Kaputte Stühle. *Die ganz normale Verwüstung.*

Eigentlich hätte das *meine* Reaktion auf diese Neuigkeit sein sollen, nicht seine. Doch das hätte nicht zu mir gepasst. Zwei cholerische Königskinder würde der König bestimmt nicht tolerieren. Wobei sich mein Bruder in den letzten Jahren eine bemerkenswerte Selbstbeherrschung antrainiert hat, die nur selten Risse bekommt.

»Wo ist er jetzt?«, möchte Nadeen wissen.

Ich zucke mit den Schultern. »Ich weiß es nicht. Du hast doch gesehen, wie er überstürzt den Speisesaal verlassen hat.«

Wieder wende ich mich der Landkarte zu. Es ist fast so, als würde sie mich verspotten. Sobald ich in Red Ancient lebe, werde ich von den Verborgenen umzingelt sein. In meiner neuen Heimat der Vampire. Unterhalb von Europa liegt Black Desert, das ehemalige Afrika, wo die Dämonen leben. Links, nur durch den nordatlantischen Ozean getrennt, befindet sich Northern Land, das Herrschaftsgebiet der Werwölfe. Auf der rechten Seite das der Hexen von Wideland.

»Ich werde umzingelt sein«, flüstere ich.

Mit einem »Wir gehen« gibt mir Nadeen zu verstehen, dass unser Gespräch beendet ist. Mit hängendem Kopf folge ich ihr. Im Normalfall würde ich sie bitten mich zur Bibliothek statt zu meinen Gemächern zu bringen. Doch mir ist klar, dass ich mich auf kein Buch der Welt konzentrieren könnte, solange immer wieder der Satz »Du musst den Prinzen von Red Ancient heiraten« durch meinen Kopf geistert.

Vor meinem Gemach nickt Nadeen meiner zweiten Wache Zeak kurz zu, der in einem Stuhl lümmelt. Als er mich sieht, erhebt er sich, so wie die Etikette es verlangt, und neigt kurz seinen Kopf. Ich nehme einen tiefen Atemzug und beobachte, wie Nadeen den Code in das Bedienfeld neben der Tür eingibt, um sie zu öffnen. Hier im Schloss gibt es sehr viel Technik, doch mein Vater versucht sie so gut wie möglich zu verbergen, damit es keine Aufstände seiner Untertanen gibt. Jeden Abend, wenn die Straßenlaternen entzündet werden, wird auch das Schloss durch zahlreiche Kerzen und Fackeln erhellt. Ich weiß, dass es in den Bereichen, die die Soldaten bewohnen, Computer, elektrisches Licht und anderen technischen Schnickschnack gibt, habe also ein paar mehr Informationen als der Rest der Bevölkerung, der jeden Abend Feuer machen muss, um ein warmes Essen auf den Tisch zu bekommen.

Nadeen flucht laut, als sie den Code ein zweites Mal falsch eingibt.

Sofort ist Zeak zur Stelle: »Kann ich dir helfen?« Im Normalfall agiert Nadeen wie ein Roboter und tippt die Zahlen nahezu blind ein. Dass sie heute neben sich steht, beunruhigt mich. Denn sie ist in allem, was sie tut, absolut perfekt und korrekt. Anders als Zeak, der mir sehr viele Freiheiten lässt. Ich würde Nadeen ebenfalls gerne helfen, doch leider kenne ich den neuen, wöchentlich wechselnden Code selbst noch nicht.

Nadeen wirft Zeak einen kurzen Blick über ihre Schulter zu. »Danke, ich schaffe das schon.« Ihre Stimme klingt nicht so förmlich wie ihre Worte, denn man hört die Frustration deutlich darin mitschwingen. Bei ihrem dritten Versuch ist Nadeen so wütend, dass sie nicht einmal bemerkt, dass ich über ihre Schulter spähe.

2213

Da mir mein Bruder oder Zeak im Normalfall die immer wechselnden Zahlen verraten, schäme ich mich nicht dafür, dass auch Zeak mitbekommt, wie ich mir die neue Kombination einpräge. Auch wenn ich sie nicht dazu benötige, aus meinem Zimmer hinauszukommen, so brauche ich sie doch, damit ich wieder hineinkomme. Zeak begleitet mich nachts oft in den Schlossgarten und sieht keinen Grund, warum ich meine Tür nicht selbst öffnen sollte, wenn wir uns wieder zurückschleichen. Manchmal lässt er mich sogar allein losziehen und ist bei meiner Rückkehr noch im Schloss unterwegs. Und ich bin ihm mehr als dankbar, dass er mir einige Stunden in Freiheit schenkt. Unter den Sternen kann ich mich in dem Gefühl verlieren, dass ich keine Gefangene in meinem eigenen Zuhause bin, auch wenn ich mich dabei selbst belüge.

Jahrelang habe ich mir gewünscht eines Tages nach draußen zu können, um am Leben außerhalb der Schlossmauern teilzunehmen. Hätte ich gewusst, dass sich mein Wunsch irgendwann erfüllt – allerdings ganz anders, als ich es mir vorgestellt habe –, hätte ich mich mit meinem bisherigen Leben abgefunden.

Leider kann ich mich jedoch ganz und gar nicht damit abfinden, dass ich mit einem Vampir verheiratet werden soll, einem Wesen, vor dem man sich fürchten muss und vor dem ich mein ganzes Leben lang gewarnt wurde. Zwar tobe ich nicht wie mein Bruder, dafür fühle ich mich innerlich taub. Und noch passiver als sonst, obwohl die Gedanken unaufhörlich in meinem Kopf herumwirbeln. Auf Außenstehende wirke ich bestimmt, als würde ich mich stumm der Anweisung meines Vaters fügen, aber ich denke nicht, dass ich das so einfach kann.

»Endlich«, seufzt Nadeen, als sich die Tür mit einem leisen Piepton öffnet. Sie winkt mich an sich vorbei in den Raum. Anstatt aber wie sonst draußen vor der Türe zu bleiben, folgt sie mir und schließt sie hinter sich. Zeak soll anscheinend nicht hören, was sie mir zu sagen hat.

Mein Zimmer ist nicht so groß wie das von Madoc und nicht besonders pompös ausgestattet. Ich würde sogar so weit gehen und den quadratischen Raum als karg bezeichnen. Außer einem großen Bett, einem Schrank für meine Kleider, einem Schreibtisch, auf dem sich meine unzähligen Bücher stapeln, und einer kleinen Waschnische, in der ich mich morgens und abends erfrische, gibt es nicht viel zu sehen.

»Alles in Ordnung?«, fragt sie und sieht mir forschend in die braunen Augen.

Nein. »Ja, alles ist gut«, antworte ich ausweichend.

Ich mache einen Schritt auf Nadeen zu und umarme sie kurz. Etwas, das ich sonst nie tue. Würde uns in diesem Moment jemand beobachten, gäben wir ein eigenartiges Bild ab. Meine blonde Leibwächterin in der militärischen Uniform ist das absolute Gegenteil von mir, der um einen Kopf kleineren Prinzessin mit den braunen Haaren und dem altrosa Kleid. Nadeen kommt mir immer so stark vor und das liegt nicht an ihrem athletischen Körper, sondern an ihrer Ausstrahlung. Ich hingegen schaffe es nicht einmal, mich gegenüber meinem Vater zu behaupten.

»Ich bin nicht der Typ Frau, der dir den Rücken tätschelt oder dich in den Arm nimmt, wenn du dich schlecht fühlst«, murmelt sie, nachdem wir uns voneinander gelöst haben. Resigniert zuckt sie mit den Schultern. »Aber wenn du Bedenken wegen der Hochzeit hast, dann sag es mir. Ich werde dich nicht einfach so in dein Unglück laufen lassen.« Perplex starre ich sie an. Hat sie mir gerade angeboten mir zu helfen? Sich gegen die Anweisungen meines Vaters zu stellen oder habe ich mich verhört?

Sie nickt mir zu und wendet sich ab, bleibt aber im Türrahmen noch einmal stehen. »Und, Rise?«

»Ja?«

»Alles Gute zum Geburtstag.« Mit diesen Worten verlässt sie mein Zimmer.

Seufzend gehe ich auf die breite Fensterbank zu, die ich mir mit Kissen bequemer gemacht habe, und greife nach meinem abgegriffenen Lieblingsbuch. *Rapunzel*. Ich wünschte, zu mir würde ebenfalls ein Prinz kommen, der mich in sein Schloss mitnimmt. Am besten einer, der kein Vampir ist und mich nicht heiraten will.

Kapitel 2

Rise

Frustriert werfe ich das Buch zur Seite. Ich konnte keine einzige Seite lesen. Nervös sehe ich mich in meinem Zimmer um, denn nur noch ein einziger Gedanke beherrscht meinen Kopf: *Ich muss von hier weg, denn ich kann keinen Verborgenen heiraten. Keinen Vampir. Keinen Werwolf. Keinen Hexer. Keinen Dämon. Es geht nicht.*

Mein ganzes Leben wurde mir eingetrichtert, dass die verborgenen Kreaturen anders sind. Dass sie böse sind. Jetzt wird von mir verlangt, dass ich mich opfere. Und das nur für das Wohl meines Volkes ...

Und das ist genau der Punkt, an dem meine rasenden Gedanken ins Stocken kommen. Wenn ich gehe, tue ich es für die Menschen Red Deserts. Sie könnten weiterhin in Frieden leben – und möglicherweise ist es genau das, was sie brauchen. Wenn niemand mehr Angst vor Angriffen haben müsste, bräuchte man weniger Soldaten an der Küste. Vielleicht könnten genau diese Soldaten dazu eingesetzt werden, dem Kontinent wieder zu seiner vollen Blüte zu verhelfen. Wir müssten uns nicht mehr in der kargen Wüste zusammenrotten, sondern könnten versuchen die Küstenmetropolen wieder aufleben zu lassen. Falls mein Vater den Menschen überhaupt die Möglichkeit gibt, zurück an die Küste zu siedeln. Dort Ackerwirtschaft zu betreiben ... Es gäbe so viele Möglichkeiten – aber nur, wenn ich nach Red Ancient gehe.

Ungeduldig rüttle ich am Griff zu meiner Balkontür, obwohl mir klar ist, dass es keinen Sinn macht. Sie ist verschlossen. So wie immer.

Mit wenigen Schritten durchquere ich mein Zimmer und reiße die Tür auf. Zeak, der Wache hält, zuckt nicht einmal mit der Wimper, als ich mich gegen die Wand lehne und ihn ansehe. Möglicherweise, weil es eine Zeit gab, in der ich meinen Blick kaum von ihm abwenden konnte. Er ist einen Kopf größer als ich – was bei meiner Größe von knapp einem Meter sechzig nicht besonders schwer ist –, hat fast rabenschwarze Haare und steingraue Augen. Es gibt nicht viele Wachen im Schloss, die so jung sind wie er. Ausgenommen Nadeen. Soweit ich weiß, sind sie gleich alt. Beide zweiundzwanzig.

Vielleicht ist es dumm, doch ich vergleiche Zeak gerne mit den Helden aus den Romanen, die ich lese. Leider musste ich in den letzten Jahren feststellen, dass Zeak alles andere als ein Held ist. Ein Draufgänger, der mir mehr Freiheiten lässt, als es dem König lieb ist? Definitiv. Doch heldenhaft genug, um seinem König die Stirn zu bieten? Nicht wirklich.

Fragend neigt Zeak seinen Kopf, sodass ihm eine schwarze Haarsträhne vor die Augen fällt, die er beiläufig zur Seite streicht. »Wie kann ich dir helfen, Rise?«

Ich bin froh, dass er es nach den drei Jahren, in denen er mich nun beschützt, endlich schafft, mich bei meinem Vornamen zu nennen. Ich hätte nicht gedacht, dass er das jemals hinbekommen würde.

»Ich würde gerne auf den Balkon.« Meine Stimme klingt kleinlaut, denn ich weiß, dass ich nicht nach draußen soll. Zeak hat schon oft über diese Regel hinweggesehen, also besteht auch die Chance, dass er es heute tut.

Sofort verzieht er das Gesicht, als hätte er Schmerzen. »Du weißt, dass König Isaac nicht möchte, dass du vor die Tür gehst.«

Ja, das weiß ich allerdings, denn mein ganzes Leben wurden mir die Worte »Verlass nie die schützenden Mauern des Schlosses« eingebläut. Mir entgeht nicht die Ironie, dass es nun mein Vater ist, der mich dazu zwingen möchte, mein altes Leben hinter mir zu lassen.

Zeak sieht mich abwartend an. Offensichtlich hofft er darauf, dass ich den Kopf einziehe und wieder zurück in mein Zimmer schleiche. Manchmal tue ich das, weil ich ihm keinen Ärger bereiten möchte. Heute nicht …

Mit einem Seufzen lege ich meinen Kopf schief. »Ich weiß, dass du nur den Anweisungen meines Vaters folgst. Und wir können gerne noch ein wenig diskutieren, aber ich stehe in spätestens zwanzig Minuten draußen, da ich nicht nachgeben werde.«

Ich zwinkere ihm zu, weil ich mir ziemlich sicher bin, dass er mich nicht hängen lässt. Wie den meisten Bediensteten im Schloss ist auch Zeak klar, dass ich aufgrund der Strenge meines Vaters noch nie einen Fuß in die Königsstadt gesetzt habe. Deshalb knickt er regelmäßig ein, wenn es darum geht, mir ein kleines Stück Freiheit zu gewähren.

Er hält die Hände so in die Luft, als würde er sich ergeben. »Schon gut. Aber verpfeif mich nicht beim König.« Vertraulich lehnt er sich zu mir. »Oder bei Nadeen.«

»Nach dir«, fordert mich Zeak auf und zeigt ins Innere meines Gemachs. Sofort mache ich auf dem Absatz kehrt und eile auf die verschlossene Balkontür zu. Ich steige von einem Fuß auf den anderen, da ich es nicht mehr erwarten kann, nach draußen zu kommen.

»Nicht so ungeduldig«, tadelt er mich. Als er neben mir zum Stehen kommt, zieht er einen Schlüsselbund aus seiner Uniformhose. Es wundert mich, dass man hier noch kein Tastenfeld zur Codeeingabe angebracht hat. Vermutlich haben sie Angst, dass ich ihn herausfinde.

Aufgeregt beiße ich mir auf die Unterlippe. Ich muss nach draußen, um frische Luft in meine Lungen zu saugen und vielleicht etwas Klarheit in meine Gedanken zu bringen. Und natürlich auch, um den Ausblick zu genießen. Da sich mein Balkon weit oben befindet und das Schloss das höchste Gebäude in Whitecastle ist, habe ich die Chance, das Treiben außerhalb der Schlossmauern zu beobachten.

Zeak dreht den Schlüssel zweimal im Schloss und dann ist es so weit. Die Tür schwingt weit auf und ich darf nach draußen. Schnell drücke ich mich an ihm vorbei.

Nachdem ich die Schwelle übertreten habe, fällt alle Aufregung von mir ab. Ich nehme einen tiefen Atemzug und genieße die Sommerluft, die sich Anfang November nun endlich bemerkbar macht und die Temperaturen auch nachts selten unter fünfundzwanzig Grad Celsius fallen lässt. Die Sonne ist gerade dabei unterzugehen und es sieht so aus, als würde sie in der Ferne mit dem Wüstensand verschmelzen, was ihm eine blutrote Färbung verleiht. Manchmal stelle ich mir vor, dass dort, wo die Wüste und der Horizont einander berühren, die Küste liegt. Was leider nur eine Wunschvorstellung ist, da man von der Königsstadt Whitecastle aus mit dem Wagen mindestens fünfzehn Stunden bis dorthin braucht. Zumindest wenn mein Bruder Madoc mich nicht belogen hat.

Ich trete an den Rand des Balkons und sehe aus dem Augenwinkel, wie Zeaks Kopf unruhig hin und her wandert. Er behält die Umgebung im Auge, auch wenn ich mir nicht sicher bin wozu. Erwartet er Scharfschützen, die auf mich zielen? Lächerlich. Whitecastle liegt so weit unter uns, dass das wohl kaum möglich wäre. Unberührt von Zeaks Unruhe sauge ich die Eindrücke meiner Heimat in mich auf. Wenn ich mich über den Rand der Brüstung lehne und nach unten sehe, erkenne ich den weitläufigen Schlossgarten mit seiner saftig grünen Wiese und zahlreichen bunten Blumen. Auch Früchte und Gemüse werden innerhalb der Mauern angebaut. Bis heute ist es mir ein Rätsel, wie die prachtvollen Pflanzen innerhalb der Schlossmauern blühen können, während die rote Wüste außerhalb den Menschen das Leben schwer macht.

Um den Garten vor Übergriffen der Bevölkerung zu schützen, ist er von einer dicken Schlossmauer umgeben. Sie ist bestimmt so hoch wie drei Männer. Gleich dahinter befindet sich die Königsstadt Whitecastle mit ihren windschiefen Bauten. Häuser, die aussehen, als würden sie jeden Moment zusammenbrechen. Menschen, die ihrer Arbeit nachgehen, sich mit ihren Nachbarn unterhalten oder sich auf dem Markt treffen, der nicht weit von der Schlossmauer entfernt liegt. Ich kann die Menschen von meinem Standort aus nicht hören, aber sehen. Zwar nur als Miniaturen, doch ich weiß, dass sie da sind und nicht wissen, dass ich sie vom Balkon aus beobachte. Oder im Garten meine Hand auf die Schlossmauer lege, in der albernen Hoffnung, dass es mir auf der gegenüberliegenden Seite jemand gleichtut.

Neben dem Garten ist die Bibliothek mein zweitliebster Ort im Schloss. Dort kann ich Stunden damit verbringen, alte Bücher durchzublättern. Vermutlich hat mein Vater keinen blassen Schimmer, welche Schätze sich in den Regalen tummeln, denn sonst hätte er sie längst entfernen lassen. Ich habe das Gefühl, er will nicht, dass die Bewohner Red Deserts zu viel über die Vergangenheit wissen. Manchmal frage ich mich, ob es mir vielleicht ebenfalls besser gehen würde, wenn ich niemals erfahren hätte, wie anders die Welt früher war.

Wieder sehe ich zu Zeak, frage mich im Stillen, wie viel er – oder die anderen Soldaten – weiß. Ich traue mich nicht nachzufragen, aber es kommt mir eigenartig vor, dass all das Wissen verloren zu sein scheint. Auch Zeitzeugen gibt es keine mehr. Die Lebenserwartung in Red Desert ist nicht mehr so hoch, wie sie es früher einmal war. Es gibt kaum noch jemanden, der sehr viel älter als sechzig Jahre alt wird. Und das bloß, weil grundlegende Dinge wie gute Nahrung, sauberes Wasser und Medikamente fehlen.

Bevor sich die Welt verändert hat, gab es richtig ausgebildete Ärzte. Heute wird das Wissen von Vätern und Müttern an ihre Kinder weitergegeben und es geht viel zu viel verloren. Für mich ist es schlimm, in meinen geliebten Büchern darüber zu lesen, wie hochentwickelt der Kontinent noch vor hundert Jahren war, da von Jahr zu Jahr immer mehr Kenntnisse von früher verschwinden. Auch wenn ich die Schlossmauern nicht verlassen darf, höre ich, worüber die Bediensteten sich leise zischend unterhalten. Ich kann nicht verstehen, wie mein Vater zulassen kann, dass es der Bevölkerung schlecht geht, während wir im Schloss ein nahezu sorgenfreies Leben haben.

»Worüber denkst du nach?«, unterbricht Zeak meine Gedanken.

Ich schüttle den Kopf. »Über nichts. Und über alles.«

Es ist nicht nötig, ihn anzusehen. Ich weiß auch so, dass er die Augen verdreht. »Schon gut, du musst nicht mit mir darüber sprechen«, sagt er, ohne mich anzusehen, da er immer noch die Umgebung sondiert.

Aber ich will.

»Ich bin seit heute verlobt«, purzeln die Worte aus mir heraus. Gut, es hat mir noch niemand einen Ring an den Finger gesteckt, doch ich nehme an, dass die Kunde über meine baldige Vermählung in Kürze die Runde machen wird.

»Was?« Zeak macht einen Schritt auf mich zu und legt seine Hände auf meine Schultern. Eigentlich habe ich mir immer gewünscht, dass er mir hier am Balkon meinen ersten Kuss gibt, doch er sieht nicht so aus, als würde er mich küssen wollen. Er wirkt viel zu schockiert.

Ich schließe meine Augen für eine Sekunde. Nicht in Erwartung eines Kusses, dafür ist mir meine frühere Schwärmerei für Zeak viel zu peinlich. Nur weil er der einzig greifbare junge Mann in meiner Nähe ist, muss er sich nicht zwangsläufig in mich verlieben. Oder ich mich in ihn.

Als ich meine Augen öffne, schüttelt Zeak den Kopf.

»Können wir bitte nach drinnen gehen? Ich kann dich nicht beschützen, die Umgebung im Auge behalten *und* dir zuhören.«

Fest presse ich die Lippen zusammen, möchte eigentlich nicht hinein. Ich hätte nichts sagen sollen.

»Gut«, stimme ich dennoch zu und verlasse vor Zeak den Balkon, nur um keine Sekunde später in meinem Zimmer auf und ab zu gehen. Ich verknote meine Hände ineinander und weiß nicht genau, was ich ihm erzählen soll.

Mitten im Raum bleibe ich stehen und sehe mich nach ihm um. Er hat sich auf mein Bett gesetzt. Etwas, das er sonst nie tut. Sein Körper ist nach vorne gebeugt und er hat die Ellbogen auf seinen leicht gespreizten Beinen abgestützt.

»Wer hat um deine Hand angehalten?«, fragt er und sieht interessiert zu mir. Mir war schon immer klar, dass meine Schwärmerei für ihn einseitig ist, doch es wäre doch irgendwie schön gewesen, wenn er mich geschnappt und mit mir das Schloss verlassen hätte. Nicht um mit mir in den Sonnenuntergang zu reiten, sondern um mich aus dieser Hölle zu befreien.

»Es ist so«, beginne ich zögerlich und muss fest schlucken, um den Kloß in meinem Hals loszuwerden, »dass kein strahlender Ritter in goldener Rüstung ins Schloss gekommen ist, um mich von meinem Dasein in Einsamkeit zu befreien.«

Zeak zieht eine Augenbraue hoch, lässt mich meine Übertreibungen aber weiter ausführen.

»Viel eher ist es so, dass ich zu einer arrangierten Ehe gezwungen werde, um das Land vor Angriffen von außerhalb zu schützen.«

Wir sind im Inneren des Landes einigermaßen sicher. Die Soldaten an den Küsten würden Angriffe so gut es geht abfangen, könnten Feinde aber nicht auf Dauer von uns fernhalten.

Zeak schüttelt verständnislos den Kopf. »Aber vor welchen Angriffen? Ich habe einen Freund, einen Soldaten an der Küste. Wenn wir uns im Krieg befänden, würde ich es wissen. Aber sag mir … wen sollst du heiraten?«

Ich ziehe die Schultern hoch. »Den Vampirprinzen aus Red Ancient.«

Sofort ist Zeak auf den Beinen. Mit wenigen Schritten ist er bei mir. »Das … das kann nicht wahr sein. Ich meine … wieso sollte der König das von dir verlangen? Jedem Menschen in Red Desert wird ab dem Zeitpunkt seiner Geburt eingebläut, dass die Verborgenen unsere Feinde sind. Vampire. Hexen. Werwölfe. Dämonen.«

Er wendet sich von mir ab, läuft nun statt mir durch meine Gemächer. »Dein Bruder wäre dazu ausgebildet, zu den Vampiren zu gehen. Nadeen und ich hatten gemeinsam mit ihm unsere Ausbildung und er war im Training immer der Beste. Aber du …«, er lässt seinen Blick über meinen Körper schweifen und sieht von Sekunde zu Sekunde verzweifelter aus, »du bist so …«

»Was?«

»Unsportlich.« *Unfähig* würde es wohl eher treffen, doch Zeak ist zu nett, um es laut auszusprechen.

Ich kann ihm seine Worte nicht verübeln, denn ich hätte den Vampiren tatsächlich nichts entgegenzusetzen, da ich nicht nur zwei linke Hände, sondern auch zwei linke Füße habe. Zeak wollte mir vor einiger Zeit beibringen mich selbst zu verteidigen. Vermutlich nur, damit er nachts ruhiger vor meinem Zimmer schlafen kann – unsere Unterrichtsstunde hat jedoch damit geendet, dass ich mich selbst statt Zeak auf den Boden befördert habe.

»Dein Vater hätte dich ebenfalls ausbilden sollen. So wie Madoc. So wie jeden anderen Soldaten. Er kann dich doch nicht einfach so zu den Verborgenen schicken«, sagt er mit zitternder Stimme.

Ein Schauer läuft über meinen Körper. Zeak macht mir Angst. Im Normalfall ist er immer ausgeglichen, aber dass er gerade die Fassung verliert, gibt mir zu denken. »Meinst du, er lässt mich alleine gehen?«

Er wird blass. »Ich weiß es nicht.« Er zuckt mit seinen Schultern. »Aber du wärst in Red Ancient nicht der einzige Mensch.«

Wie aufbauend. Menschen, die von den Vampiren unterdrückt werden und deren einzige Aufgabe es ist, ihnen zu dienen.

»Ich … Rise«, fährt Zeak fort, »ich sollte mit Nadeen sprechen. Vielleicht weiß sie mehr.«

»Was soll das bringen? Ich muss den Vampirprinzen heiraten, dessen Namen ich nicht einmal kenne. Dagegen kann auch Nadeen nichts machen.«

»Niemand kennt seinen Namen. Genauso wie niemand deinen Namen oder dein Aussehen kennt. Nicht nur dein Vater ist paranoid, was eure Sicherheit angeht.«

Ich schiebe die Unterlippe vor. »Er könnte tausend Jahre alt sein.«

»Vielleicht ist er aber auch erst hundert.« Zeak zwinkert mir zu. »Aber du kannst dich glücklich schätzen, denn er wird vermutlich so aussehen, als ob er nicht älter als fünfundzwanzig wäre.«

Seine Worte entlocken mir ein trockenes Lachen. »Schön, dann sieht er zwar nicht aus wie ein alter Mann, ist aber trotzdem einer.«

»Umgekehrt wäre es doch schlimmer.«

Ich schüttle den Kopf. »Weißt du, das Schlimmste ist, dass ich eigentlich gar keine andere Wahl habe, als mich der Anweisung meines Vaters zu fügen.«

»Du könntest dich verstecken«, schlägt Zeak vor.

»Wenn ich verschwinde, wird er die Hochzeit nicht einfach platzen lassen. Er wird ein anderes Mädchen schicken, da sowieso niemand weiß, wie ich aussehe.«

»Das wäre doch gut für dich.«

»Ja, aber ich weiß nicht, ob ich es mit mir vereinbaren könnte, das Leben eines anderen Menschen zu opfern.«

Zeak legt mir eine Hand auf die Schulter. Die Geste hat etwas Tröstliches an sich. »Weißt du, warum er dich zwangsverheiratet?«

»Weil Madoc der Thronfolger ist und er ihn deshalb noch braucht?«

Er schnaubt belustigt auf. »Nein, weil auch dem König nicht entgangen ist, dass du dich nicht nur um dein eigenes Leben kümmerst, sondern dir Gedanken um alle anderen im Schloss machst. Genauso wie du es auch in Red Ancient machen wirst.«

Ich weiß nicht, was ich darauf antworten soll. Einerseits hat er recht, anderseits flüstert eine leise Stimme in meinem Kopf, dass ich flüchten soll.

Da ich stumm bleibe, fällt Zeak auf, wie nah wir beieinanderstehen. Er macht einen Schritt zurück.

»Ich sollte jetzt wohl besser wieder zurück auf meinen Posten gehen«, sagt er leise und deutet mit dem Daumen auf die Tür. Eigentlich wäre es nicht notwendig, dass er vor der Tür sitzt, da ohne Code sowieso niemand zu mir ins Zimmer kann. Allerdings kann ich jederzeit nach draußen, da ich keine Gefangene – wie mein Vater gerne betont – in meinen eigenen vier Wänden bin. Leider fühlt es sich jedoch genau so an, wenn deine Tür rund um die Uhr bewacht wird und du keinen Schritt ohne eine Wache machen darfst.

Ich nicke. »Ja, vielleicht ist es besser.«

Er wirft mir noch einen nachdenklichen Blick zu, bevor er aus meinem Zimmer geht und mich mit meinen Gedanken alleine lässt.

Kapitel 3

Doom

Wie ein Ninja springe ich den letzten Meter, der mich noch von dem kleinen Beiboot trennt, nach unten. Ich lande eher wenig elegant, dafür mit einem Grinsen im Gesicht. Man braucht kein Vampir zu sein, um sich leise von einem Schiff zu schleichen.

Kurz sehe ich mich um. Den Motor kann ich nicht anlassen, denn sonst würde Calean viel zu schnell von meinem unbewilligten Ausflug Wind bekommen, also muss ich wohl oder übel rudern. Mit einem Jetski wäre mein Eintreffen in Red Desert zwar cooler, dafür aber auffälliger. Leider. Ich schirme mein Gesicht gegen die Sonne ab und freue mich, dass sie so hoch am Himmel steht, denn die Vampire an Bord schlafen im Moment. Und die Menschen haben bei Weitem nicht so gute Sinne, dass sie mich abhauen hören könnten.

Sehen: unwahrscheinlich, da gerade Wachablösung ist.

Hören: no way!

Ich binde das kleine Boot los, greife nach den Rudern und lege mich ins Zeug. Ganz schön anstrengend. Und ganz schön weit bis zur Küste. Es wäre um vieles einfacher gewesen, wenn wir einfach nach Red Desert geflogen wären. Ganz normal. Aber nein! Wir mussten wie verdammte Piraten mit dem Schiff kommen. Einem *Schiff*!

Ich sollte mir darüber keine unnötigen Gedanken machen, denn hier ist absolut nichts normal, wenn man den Geschichten glaubt. Aber egal, wenn ich in Whitecastle bin, werde ich mir die Prinzessin schnappen und mein Ding durchziehen. Alles cool. Alles easy.

Die Küste zu erreichen geht dank des langen Stegs, der ins Meer führt, schneller als gedacht. Mit schnellen Handgriffen befestige ich das Boot und ziehe mich nach oben. Freundlicherweise hat man mir auch sofort ein Begrüßungskomitee geschickt – ein paar sehr finster dreinschauende Soldaten.

Ich richte mich mit einem Ächzen auf und grinse meinen Willkommenstrupp an. »Hey, Jungs!«

Gerade mal fünf Sekunden stehe ich aufrecht, bevor meine Nase auf das Holz gedrückt wird und man mir meine Waffen abnimmt.

Großartig.

Einfach großartig.

Leise fluche ich vor mich hin. Ich hätte damit rechnen müssen, dass man mich hier nicht mit Cocktails und einer Blumenkette begrüßt. Wäre ja auch zu schön gewesen. Ein paar Drinks, nette Gespräche, eine Prinzessin zum Mitnehmen.

Die Realität ist leider nur halb so schön, denn kaum habe ich mich daran gewöhnt, auf dem Boden zu liegen, zieht man mich wieder auf die Beine.

»Was tust du hier, Vampir?« Einer der Männer drückt mir zur Untermalung seiner Worte eine Pistole an die Stirn. Ich fühle mich schon richtig wohl mit meinen neuen Freunden.

»Ich bin kein Vampir.« *Idioten.* Mit einer Hand deute ich auf die Sonne und dann auf mich. »Es ist Tag. Und ich stehe nicht in Flammen.«

Nun wird mir eine weitere Waffe in den Rücken gedrückt. »Dann können wir dich ja einfach töten.«

»Und bei einem Vampir hättet ihr gezögert?«

Mein Herzschlag beschleunigt sich, als ich ein Klicken höre. Vermutlich hat mein Mund die Kontrolle über meinen Körper übernommen, doch langsam dürften die Alarmbotschaften, die mein Gehirn sendet, tatsächlich ankommen.

»Nein, aber dann hätten wir erst unsere Spezialmunition geholt.«

»Verschwendet nicht eure Kugeln«, versuche ich so ruhig wie möglich zu sagen, während ich nicht eine – nein! –, sondern gleich zwei Pistolen an den Kopf gehalten bekomme.

Ich zwinge meine Beine dazu, nicht zu zittern, damit ich nicht wie eine Jungfrau in Nöten zusammenklappe. Diesen Teil lasse ich bestimmt aus, wenn ich meinem besten Freund Morgan davon erzähle, wie ich ganz alleine losgezogen bin, um die Prinzessin zu holen. »Ich bin ein Gesandter der Königsfamilie und habe den Auftrag erhalten, die Prinzessin wohlbehalten zu unserem Schiff zu eskortieren.« Den Auftrag gibt es wirklich, nur war nicht ich derjenige, der dafür ausgewählt wurde.

Zu meiner vollkommenen Verblüffung verschwindet der Druck der Waffe in meinem Rücken und auch der Mann vor mir lässt die Pistole sinken.

Jetzt, wo sich mein Herzschlag einigermaßen beruhigt, bin ich seltsam enttäuscht, dass ich nicht mit einem Schwert bedroht wurde. Hier soll doch alles so rückständig sein. Wo sind die Ritter mit ihren Rüstungen? Die Männer in den grünen Tarnuniformen sehen nicht annähernd mittelalterlich aus.

»Los, beweg dich.« Unsere kleine Truppe setzt sich wie einstudiert in Bewegung und ich werfe dem Typen, der mich zuvor noch bedroht hat, einen irritierten Blick zu. Er kann nicht viel älter sein als ich.

»Wohin bringt ihr mich?«

Er zieht eine Augenbraue hoch. »Was denkst du denn?«

»Zum Schloss?«

Der junge Soldat öffnet bereits seinen Mund, um mir zu antworten, doch die schroffe Stimme des Befehlshabers unterbricht uns. »Phoenix, halt die Klappe.«

Kurz rollt der junge Typ mit den Augen, sagt aber kein Wort mehr, deutet nur mit einem Nicken an, dass ich mich besser wieder auf den Weg vor mir konzentriere.

An Land geht der Anführer zu Phoenix, zischt ihm leise ein paar Worte zu und verschwindet dann stumm mit den anderen beiden Soldaten in Richtung einer großen, etwas in die Jahre gekommenen Halle. Diese wirkt von Weitem fast so groß wie ein Flugzeughangar, was mich zum Schmunzeln bringt. Vermutlich wissen die hier nicht einmal, was Flugzeuge sind. Laut Calean, der Zugriff auf die Satellitenaufnahmen Red Deserts hat, wurden bereits seit mehr als fünfzig Jahren keine Starts und Landungen mehr aufgezeichnet.

Phoenix unterbricht meine abschweifenden Gedanken. »Wir warten hier.«

Ich verschränke meine Arme vor der Brust und sehe mich um. »Machen deine Kumpels Platz, damit mich eure Sniper besser treffen?« Keine nette Vorstellung, bald eine Kugel im Hinterkopf zu haben.

Phoenix, der seine Pistole locker in der Hand hält, grinst. »Wir haben hier keine Scharfschützen. Außer uns vier – na ja, jetzt fünf – gibt es hier niemanden. Du hast dir also eine gute Stelle ausgesucht, um an Land zu kommen, also mach dir nicht in die Hosen.«

Arrogant frage ich: »Sehe ich aus, als wäre ich nervös?« Gut, ich bin ziemlich angespannt, da ich nicht weiß, was auf mich zukommt, aber eigentlich lasse ich mir so etwas nur ungern anmerken.

»Es gibt Menschen, die fangen zu quatschen an, wenn sie aufgeregt sind ...«

Ich winke ab. »Nein, ich rede immer«, erkläre ich ihm, während ich die Umgebung wieder genauer betrachte. Es ist immerhin möglich, dass er mich angelogen hat, nur um mich in Sicherheit zu wiegen. Es ist nicht so, dass ich den Worten des jungen Soldaten nicht traue, aber ... ich glaube ihm nicht. »Also, wo sind die anderen hin? Holen sie die Kutsche?«

Von Phoenix kommt ein belustigtes Schnauben. »Ja, klar, die spannen nur noch schnell die Pferde vor den Karren.« Der Sarkasmus trieft nur so aus seiner Stimme. »Nein, keine Kutsche. Keine Pferde. Sie holen den Wagen.«

Meine Augenbrauen wandern bestimmt bis zu meinem Haaransatz, denn ich bin ... überrascht. »Ich dachte, es gibt hier keine Technik. Dass die Menschen hier eher wie im Mittelalter leben.« Ich zucke mit den Schultern, da ich eigentlich keine Ahnung habe, wie es in Red Desert wirklich abläuft. Es gibt nur Vermutungen, da König Isaacs Vorgänger bereits sämtliche Beziehungen zu außerhalb unterbunden haben. Zuerst wurden die Handelsbeziehungen abgebrochen, es gab – und gibt bis heute – keinen Im- und Export mehr. Nicht einmal diplomatische Beziehungen werden gepflegt. Es ist schwer, etwas über das Leben hier herauszufinden, da sich der letzte rein von Menschenhand regierte Kontinent völlig vom Rest der Welt isoliert hat.

Ich bemerke, dass sich Phoenix nun ebenfalls umsieht. »Hör mal«, flüstert er. »Dass es keine Technik gibt, ist das, was der König dem Volk weismachen will.« Wieder sieht er sich unsicher um. »Vielleicht halten die Gelehrten bei

Neuentwicklungen nicht mit dem Rest der Welt mit, aber wir sind ziemlich gut darin, mit den Ressourcen, die wir haben, umzugehen. Gib einem unserer Techniker einen alten Wagen und er wird alles tun, um ihn wieder fahrtüchtig zu machen. Es gibt Fabriken, die Ersatzteile für das Militär herstellen, es gibt Strom, es gibt Kommunikationsmöglichkeiten. Jedoch nur für uns Soldaten.«

Ich schüttle meinen Kopf und kann nicht fassen, was Phoenix erzählt. »Das heißt, würden hier Vampire, Werwölfe oder wer auch immer einmarschieren, könntet ihr sie aufhalten.«

Ein Lächeln huscht über Phoenix' Gesicht. »Eine ganze Weile, ja. Deshalb leben an der Küste nur Soldaten, keine Menschen. Die halten sich nur im Inneren des Landes auf.«

»Dort, wo vegetationsbedingt die Umstände schlechter sind«, trumpfe ich mit meinem Wissen über den roten Kontinent auf.

Es wundert mich, dass Phoenix mir so freizügig erzählt, wie es hier abläuft, doch beschweren will ich mich nicht.

Als ich ein Motorengeräusch höre, weiß ich, dass keine Zeit mehr für langes Nachfragen bleibt. »Wieso erzählst du mir das alles?«

Phoenix wendet den Blick ab. »Vielleicht ... weil ich es ebenfalls nicht besonders gut finde, dass der König und das Militär alles haben ... und die einfachen Menschen nichts.«

Danach sieht er stur auf den sich nähernden Wagen und tut so, als hätte unser Gespräch niemals stattgefunden.

Auf meiner Stirn bilden sich erste Schweißtropfen, da ich keine Ahnung habe, was nun passieren wird. Und weil es so verdammt heiß ist. Red Desert ist schon ein eigenartiges Land. Wenn bei uns in Red Ancient der Winter beginnt, knallt hier die Sonne vom Himmel. Aber dafür kann ja niemand etwas. Wofür der König aber sehr wohl etwas kann, ist, dass er sein Volk dahinvegetieren lässt, dem Militär aber neu aussehende Waffen zukommen lässt. Und auch der Wagen sieht neuer aus, als man es erwarten würde.

Von meinem Empfangskomitee von vorhin sind nur zwei Männer zurückgekommen. Einer sitzt auf dem Fahrersitz, ein anderer macht die Tür von innen auf. »Steig ein.« Ach, was habe ich den Anführer der kleinen Truppe vermisst.

»Ich lasse Phoenix gerne den Vortritt«, sage ich mit einem provozierenden Grinsen.

Der Soldat packt mich am T-Shirt und zieht mich zu sich. Eine Ader pocht an seiner Schläfe. Was ich wohl tun muss, um sie zum Platzen zu bringen?

Speicheltropfen lassen mich angewidert mein Gesicht verziehen, während mich der Choleriker anschreit. »Wenn du nach Whitecastle willst, steig in den Wagen!«

Vielleicht bilde ich es mir nur ein, aber Phoenix flüstert leise: »Geh schon, Mann.«

Alles in mir weigert sich. Aber ich *will* nach Whitecastle, also bleibt mir nichts anderes übrig, als in das Auto zu steigen.

»Schon gut. Kein Grund, so rumzubrüllen.« Mit verschränkten Armen nehme ich auf der Rückbank Platz. Eigentlich kann ich froh sein, dass man mich nicht mit einer Kugel in den Kopf begrüßt hat. Trotzdem beginne ich meine unüberlegte Aktion zu bereuen. Nur ein klein wenig. Irgendwie hatte ich mir das alles anders vorgestellt.

»Gute Fahrt«, wünscht Phoenix, dreht sich mit finsterem Gesichtsausdruck um und wirkt plötzlich genauso unfreundlich wie die beiden Typen, die mich zum Königsschloss eskortieren werden.

Das Auto setzt sich in Bewegung. Ein Neuwagen sieht definitiv anders aus, aber er ist verdammt gut in Schuss, denn es dauert nicht lange, bis wir mit rasender Geschwindigkeit über die holprigen Straßen preschen. Anscheinend hat Phoenix mich nicht belogen, denn sonst würden wir nicht so rasen.

Während wir die Küste verlassen, an der es nichts als verlassene Häuser und verfallene Städte gibt, komme ich zu der Ansicht, dass die Prinzessin froh sein muss das bald nicht mehr miterleben zu müssen. Eine Schande, wie man so prachtvolle Metropolen einfach zerfallen lassen kann ...

Weil die Soldaten nicht mit mir sprechen, habe ich nichts anderes zu tun, als aus dem Fenster zu starren, während die Landschaft an mir vorbeizieht.

Je weiter wir ins Landesinnere vordringen, desto uriger wird die Kulisse. Der Truck wirbelt roten Sand auf, der auf den staubigen Straßen liegt. Anderen Fahrzeugen begegnen wir selten, dafür Menschen, die halb verhungerte Esel oder Pferde über trockene Felder treiben, die so wirken, als würden sie nicht einmal für eine Person genug Nahrung bieten.

Immer wieder durchfahren wir kleine Siedlungen oder größere Städte, einmal treffen wir auf eine Rinderherde, die mehr als tausend Tiere zählen muss. Hoffentlich bekommt nicht nur der König etwas von dem Fleisch ab, sondern auch seine Untertanen ...

Die Vegetation wird immer spärlicher, je weiter wir uns in die Wüste vorwagen. Nichts als Staub und rote Erde. Ich lehne meinen Kopf gegen die verschmierten Scheiben des Militärtrucks und presse meine Lippen fest aufeinander. Ich fühle mich, als hätte man mich aus dem Jetzt in die Vergangenheit gesaugt, und das ist kein besonders gutes Gefühl. Zu wissen, dass die Menschen ein anderes Leben führen könnten, lässt mich meine Hände zu Fäusten ballen.

Bald lockere ich sie wieder, da ich immer müder werde. Es fällt mir immer schwerer, meine Augen offen zu halten. Ob es an dem Elend, der Hitze oder daran liegt, dass ich letzte Nacht nicht wirklich schlafen konnte, weiß ich nicht. Alles in mir sträubt sich dem Drang nachzugeben, ein kleines Nickerchen zu machen. Es ist weder der passende Zeitpunkt noch der richtige Ort. Anderseits ... wenn nicht jetzt, wann dann? Hätten mich die Typen umbringen wollen, hätten sie das ja bereits erledigen können, als ich angekommen bin. Dazu müssen sie mich nicht in die Wüste karren. Es hätte durchaus gereicht, mich im Meer zu versenken.

Trotzdem ... das unangenehme Gefühl bleibt.

Also reiße ich meine Augen weit auf – Streichhölzer habe ich leider keine dabei, die mir helfen könnten – und starre auf die kleinen Dörfer, zwinge mich den Blick nicht abzuwenden. Nichts ist mehr übrig von den prachtvollen Metropolen, wo das Leben noch vor hundert Jahren floriert hat. Nicht dass ich zu diesem Zeitpunkt bereits gelebt habe. Nein, ich bin wirklich achtzehn Jahre alt und sehe nicht nur so aus. Aber ich lebe auf einem Kontinent voller Vampire, die gerne über *die alte Zeit* schwafeln. Damals, als sie ihr Leben im Schatten aufgeben und endlich ans Licht treten konnten. Metaphorisch gesprochen, denn in der Sonne wären sie schneller ein Häufchen Staub, als sie »Es lebe die Revolution!« schreien könnten.

Draußen sehe ich ausgemergelt wirkende Frauen, die Körbe mit Früchten auf ihren Köpfen schleppen. Arbeitstiere, die Pflüge hinter sich herziehen, für die sie selbst Steinzeitmenschen ausgelacht hätten.

Bitte! Als würde hier ernsthaft genug wachsen, um alle Menschen ausreichend zu versorgen. Die Versuche, den verdorrten Boden zu bestellen, grenzen nahezu ans Lächerliche. Dennoch kann ich die Bewohner Red Deserts verstehen. Was bleibt ihnen auch anderes übrig, außer zu versuchen das Leben besser zu machen?

***

Erschrocken zucke ich hoch. Fuck! Ich bin eingeschlafen, obwohl ich es nicht wollte. Aber die Sache hat ein paar gute Seiten. Erstens: Ich fühle mich halbwegs ausgeschlafen. Und zweitens: Ich lebe noch. Wohooo.

Draußen ist es bereits dunkel, nur vereinzelt flackern in der Ferne Lichter. Wir müssen also den größten Teil der Strecke bereits hinter uns gebracht haben. Das einzig Dumme an meinem Nickerchen ist: Ich habe keine Ahnung, wie weit wir von der Küste entfernt sind und wo ich mich überhaupt befinde. Mit meiner Hand taste ich nach dem faltbaren Minismartphone, dünn wie ein Blatt Papier, in der Hosentasche. Ich nehme mal stark an, dass mein GPS hier eher nicht funktioniert.

Gerade als ich mich zu dem unfreundlichen Typen neben mir beugen will, um ihn zu fragen, wann wir endlich ankommen, sehe ich aus dem Augenwinkel, dass das nicht mehr notwendig ist.

Mein Mund klappt weit auf. Beim König der Vampire …

Einige Kilometer entfernt strahlt das Schloss von König Isaac wie ein Leuchtturm. Es ist … riesig. Selbst es *imposant* zu nennen ist vermutlich immer noch eine Beleidigung, denn es erhebt sich aus der Wüste wie ein Wolkenkratzer. Ich habe von dem Schloss gehört, es sogar auf Satellitenbildern betrachtet, doch es tatsächlich zu sehen ist verdammt beeindruckend. Der weiße Stein setzt sich deutlich von der Dunkelheit ab und mindestens tausend Lichter erhellen den Palast. Dieser Bau raubt mir für einige Sekunden den Atem. Doch meine Ehrfurcht hält nicht lange an, denn sofort wird sie durch Wut ersetzt. War ja klar, dass die Königsfamilie anders residiert als der Rest der Bevölkerung.

Je näher wir dem Schloss kommen, desto mehr Details fallen mir auf. Bei den Lichtern handelt es sich um keine Spots, sondern um Fackeln, die in regelmäßigen Abständen rund um das Schloss drapiert vor sich hin flackern.

Als wir die Wüste verlassen und auf einer holprigen Straße eine Mauer entlangfahren, wird meine Sicht auf das weiße Schloss unterbrochen. Während die Residenz des Königs so beleuchtet ist, dass man sie bereits von Weitem erkennt, liegt Whitecastle beinahe in völliger Dunkelheit. Es gibt zwar Straßenlaternen, doch sie liegen weit auseinander. Menschen in zerschlissener Bekleidung wuseln auf den gepflasterten Straßen herum und scheinen das Leben, das sie führen, als normal zu empfinden. Vermutlich ist es das für sie auch. Sie kennen es nicht anders und wissen nicht, wie es in anderen Teilen der Welt sein kann.

Es dauert nicht lange und der Wagen wird durch einen Torbogen gelenkt. Wir halten kurz, der Fahrer spricht mit gedämpfter Stimme mit der Wache. Leider viel zu leise, als dass ich etwas verstehen könnte.

Mit einem Ruck setzt sich das Auto wieder in Bewegung. Kurz sehe ich über meine Schulter hinweg nach hinten. Was habe ich mir nur dabei gedacht, alleine in dieses Schloss zu gehen? Die Wahrheit ist wohl: nicht besonders viel. Das Aufblitzen eines unkonkreten Gedankens hat schon gereicht ... und hier bin ich.

Ich wische mir mit beiden Händen über das Gesicht und als ich sie wieder wegnehme, passieren wir eine wirklich beeindruckende Grünanlage. Ziemlich viel Grün, dafür dass sich außerhalb der Mauern nur roter Sand befindet.

Kein Plan, wie sie es schaffen, mitten in der Wüste das alles wachsen zu lassen ...

Gedanklich streiche ich den letzten Satz, denn die Hexen Widelands wissen das auch. Allerdings sollte König Isaac darüber nachdenken, sein Wissen mit den Untertanen zu teilen, dann hätten diese bestimmt ein leichteres Leben.

Endlich kommt der Wagen zum Stillstand und ich bin wirklich froh, dass ich mich wieder bewegen kann. Tatenlos herumzusitzen und meinen Gedanken nachzuhängen ist nicht unbedingt mein Ding. Also hüpfe ich aus dem Auto. Womit ich allerdings nicht gerechnet habe, ist, dass meine Beine nach der langen Fahrt etwas ... nennen wir es *wackelig* sind und ich mich auf den Kieselsteinen, die die Auffahrt säumen, voll auf die Fresse lege. Definitiv peinlich, aber auch nicht zu ändern. Ich mache es mit meinem unwiderstehlichen Charme bestimmt wieder gut.

»Ach du Scheiße«, höre ich eine weibliche Stimme über mir. Ich sehe hoch, ignoriere die Hand, die mir Blondie entgegenstreckt, und komme mit einem Sprung hoch in den Stand. Ob sie ihren Job nur wegen ihres guten Aussehens hat? Man müsste völlig blind sein, um nicht zu bemerken, dass es sich bei der jungen Soldatin um eine Naturschönheit handelt. Obwohl sie sehr feminin aussieht, bin ich mir sicher, dass eine knallharte Kämpferin in ihr steckt und sie mir haushoch überlegen ist.

Ein kleines Lächeln stiehlt sich auf mein Gesicht, was sie dazu veranlasst, ihre Augenbrauen hochzuziehen. »Und du sollst unsere Prinzessin beschützen?«, will sie mit skeptischem Tonfall wissen.

Ich grinse sie gewinnend an und strecke ihr meine Hand entgegen. »Schön dich kennenzulernen.« Ist es zwar nicht, aber im Normalfall steigt man mit so einem Icebreaker ganz gut in ein Gespräch ein.

Sie ergreift meine Hand, den Gruß erwidert sie jedoch nicht. Komische Frau.

»Nadeen«, stellt sich sie sich – meiner Meinung nach etwas widerwillig – vor. »Ich bin für Rise verantwortlich.« Danach macht sie eine Pause und starrt mich nieder. »So wie du in Zukunft.«

Rise ...

»Dominic«, nenne ich ihr einen falschen Namen. Es würde sich nicht richtig anfühlen, ihr meinen echten zu nennen.

»Okay, zu sagen: ›Nett dich kennenzulernen‹, wäre eindeutig eine Lüge, also lasse wir das lieber«, murmelt Nadeen. Ich glaube, ich mag sie, denn sie ist erfrischend ehrlich. Das gefällt mir.

Nadeen rollt mit den Augen, bevor sie sich umdreht und auf das Schloss zugeht. Ich wurde jetzt nicht offiziell gebeten ihr zu folgen, aber ich mache es einfach. Bringt ja auch nichts noch länger wie eine Palastwache herumzustehen. Wobei mein Outfit viel cooler ist. Camouflage steht mir nicht besonders, bei Nadeen sieht es allerdings nicht so schlecht aus. Könnte vielleicht an ihrem wirklich hübsch anzusehenden ... nein, nein, nein! Keine Komplikationen. Stumm folge ich Nadeen und sehe starr auf ihren Rücken, während ich ihre Worte abspeichere und ihr durch das Schloss folge.

***

Nach einer halben Stunde Führung durch das Schloss tut mir mein Nacken weh. Ich habe versucht jeden geheimen Winkel zu entdecken und wie ein Irrer meinen Kopf von links nach rechts wandern lassen, ohne dabei allzu neugierig wirken zu wollen. Was echt nicht einfach war. Ich bin mir ziemlich sicher, dass sie die coolen Locations ausgelassen hat.

Allerdings ist mir aufgefallen, dass sie sogar im Schloss rückständiger leben als gedacht. Sie beschränken sich ebenfalls auf ein Minimum an Technik. Bis auf die Tastenfelder zur Codeeingabe konnte ich nichts finden, was auf neue Technik schließen lässt. Kein elektrisches Licht. Keine Aufzüge. Keine Steckdosen. Keine Staubsauger.

»Morgen früh werde ich dich der Prinzessin vorstellen«, lässt Nadeen mich wissen, nachdem sie eine Tür geöffnet hat. Ich folge ihr in den Raum und sehe mich interessiert um. Ein Schlafzimmer. »Sorry, aber dafür kennen wir uns noch nicht genug.«

Die Frau versucht ein Lächeln zu unterdrücken, doch es gelingt ihr nur mäßig. »Du sollst hier nur schlafen.«

Ich zwinkere ihr zu. »Natürlich«, sage ich in übertriebenem Tonfall. »Aber jetzt ernsthaft, wieso erst morgen früh? Ich dachte, ich komme, schnappe mir die Prinzessin und ab geht's nach Hause.«

Damit entlocke ich ihr ein amüsiertes Lachen, was sie jünger aussehen lässt. Und auch weniger streng. Tja, es ist immer gut, sich mit dem Feind zu verbrüdern. Bestimmt keine schlechte Idee, wenn ich vorerst nett zu ihr bin.

»Also, so schnell werdet ihr nicht gemeinsam verschwinden. Es gibt einige Menschen, die nicht besonders begeistert davon sind, dass Rise mit dir gehen soll.«

Interessiert sehe ich sie an, doch sie winkt ab. »Wirst du noch früh genug kennenlernen.« Sie sieht aus, als würde sie sich ziemlich auf die Begegnung freuen. »Auf jeden Fall werdet ihr erst in ein paar Tagen abreisen, denn auch ich will prüfen, ob du der Aufgabe, dich um Rise zu kümmern, gewachsen bist.«

Ach bitte. Die Prinzessin wird so oder so mit mir kommen, aber wenn Blondie sich besser fühlt, dann bleibe ich noch ein paar Tage länger der nette Typ von nebenan. »Darf ich dir noch ein paar Fragen stellen?«

Nadeen lächelt mich an. »Kommt darauf an welche.« Irgendwie gefällt es mir, wie sie denkt. Immer auf das Wichtige fokussiert.

»Alsoooo ...«, beginne ich und überlege, wie ich dieses Gespräch am besten führen soll, während ich das Wort langziehe. Vielleicht taste ich mich einfach langsam voran. »Bei euch hier läuft ja vieles anders als beim Rest der Welt ...« Langsam ist wohl nicht meine Stärke, natürlich muss ich gleich wieder mal mit der Tür ins Haus fallen.

Mit vor der Brust verschränkten Armen sieht sie mich abwartend an. Sie kann einem ganz schön Angst machen.

»Seid ihr denn damit glücklich?« Ja genau, so hätte ich anfangen müssen.

Ihre Augen weiten sich leicht, doch der Rest ihrer Miene bleibt gelassen. Offensichtlich habe ich einen Nerv getroffen.

Sie zögert die Antwort hinaus, scheint zu überlegen, ob sie mir antworten soll oder nicht. »Weil es in Bezug auf Rise wichtig ist, da du sie beschützen sollst, werde ich dir antworten.«

Wie großmütig. Dabei ist es mir ziemlich egal, ob es dem Prinzesschen gut geht. Dennoch nicke ich Nadeen dankbar zu. Anscheinend veranlasst sie meine demütige Geste dazu weiterzusprechen.

»Rise darf das Schloss nicht verlassen.«

Nun bin ich es, der Mühe hat, seine Gesichtsmuskeln unter Kontrolle zu halten. »Es ist zu gefährlich, da wir es immer wieder mit Aufständischen zu tun haben.«

Schönes Leben. Das arme Ding verbringt ihre Tage hinter Schlossmauern und dann komme ich und ... Ich schüttle den Kopf um mich wieder auf das Gespräch zu konzentrieren.

»Und die Aufständischen sind natürlich nicht damit einverstanden, dass sie so rückständig leben müssen«, stelle ich eine Vermutung auf. »Und haben es auf die Prinzessin abgesehen, um den König zum Umdenken zu bringen.«

Nadeen nickt. »So könnte man es ausdrücken, ja. Aber nicht alle sind so. Manche Menschen haben sich damit abgefunden, dass der Großteil unserer Ressourcen dazu dient, das Land zu verteidigen.«

Die Genugtuung, die ich empfinde, weil sich das Gespräch in die richtige Richtung zu drehen beginnt, macht es mir schwer, nicht wie ein Irrer zu grinsen. »Wie oft wurdet ihr bisher angegriffen?«, frage ich sie, obwohl ich die Antwort bereits kenne.

Nadeen schluckt einige Male. »In den letzten Jahrzehnten, soweit ich weiß, nie.«

»Hast du dir jemals Gedanken darüber gemacht, wieso das so ist?«

»Nein«, gibt sie etwas verunsichert zurück. Manchmal frage ich mich, warum nicht mehr Menschen nachdenken, anstatt einfach wie ein Schaf zu folgen.

»Vielleicht solltest du das mal tun.«

Nadeen wirbelt herum und wendet sich zum Gehen. »Ich hole dich morgen um Punkt zehn Uhr, damit du die Prinzessin kennenlernen kannst. Bis dahin bleibst du hier.«

Ich wedle mit meiner Hand unbestimmt in ihre Richtung. Als ob. Heute Nacht werde ich mich noch einmal genauer im Schloss umsehen.

Kapitel 4

Rise

Zaghaft strecke ich meinen Kopf durch den Türspalt, um nach draußen zu spähen. Ich öffne meinen Mund, um die passende Ausrede für das Verlassen meines Zimmers zum Besten zu geben, doch es ist nicht nötig. Zeak schläft.

Ich drücke mein Buch etwas fester an meinen Körper, fast so, als könne es mich beschützen ... oder besser noch: unsichtbar machen, während ich auf Zehenspitzen an meiner Wache vorbeischleiche, um keine verräterischen Geräusche zu machen.

Doch anscheinend schläft Zeak nicht so fest, wie ich dachte. »Rise«, sagt er mit deutlich hörbarer Belustigung in der Stimme. »Offiziell sitze ich nur hier, um Aufständische daran zu hindern, in deine Gemächer vorzudringen. Inoffiziell, und das weißt du genau, soll ich dich nicht alleine durchs Schloss schleichen lassen. Also, was hast du vor?«

Ach, ich will nur eine Fluchtmöglichkeit aus dem Schloss suchen, sonst nichts. Natürlich sage ich das nicht.

Sofort erinnere ich mich an den Lesestoff in meinen Händen, mein Alibi. »Ich wollte mir aus der Bibliothek ein neues Buch holen.« Traurig senke ich den Blick. »Es fällt mir schwer zu schlafen.« Es ist auch nur ein Teil meiner Ausrede gelogen. Dass ich nicht schlafen kann, weil mir immer noch der Kopf schwirrt, ist mehr als wahr.

Zeak betrachtet mich nachdenklich. »Du bringst mich nicht in Schwierigkeiten, oder?«, appelliert er an meine Vernunft. »Wenn du vorhast, während meiner Schicht heimlich zu verschwinden, würde ich das bitte gerne wissen, um ebenfalls das Schloss zu verlassen.« Nach einer kurzen Pause murmelt er: »Oder besser das Land.«

Das Letzte, was ich möchte, ist, Zeak Schwierigkeiten zu machen. »Ich verspreche dir, dass ich heute nicht verschwinden werde.«

»Heute …«, schnaubt er. Vermutlich ahnt er, dass mein Ausflug mehr Bedeutung hat, als ich zugeben mag. Trotzdem nickt er. »Wenn du in einer Stunde nicht wieder da bist, dann haben wir uns heute das letzte Mal gesehen.«

Ich runzle die Stirn. »Ich werde nicht verschwinden.«

»In Ordnung. Ich hoffe es, denn ich brauche die Arbeit hier.« Danach macht er eine wedelnde Handbewegung. »Husch, husch.«

Sofort setze ich mich in Bewegung.

»Und, Rise?«

Ich bleibe noch einmal stehen und sehe zu Zeak zurück.

»Zieh das nächste Mal kein Kleid an, das ›Hier bin ich‹ schreit.«

Er hat recht. Das kurze weiße Baumwollkleid, das ich trage, leuchtet in der Dunkelheit wie ein Signalfeuer. Ich hätte daran denken sollen, etwas weniger Auffälliges zu tragen. Doch jetzt ist es zu spät. Ich werde bestimmt nicht mehr umkehren, denn ich muss in den Garten, um nachzusehen, ob es noch andere Möglichkeiten gibt, das weiße Schloss zu verlassen, wenn es darauf ankommt.

Erste Schweißperlen sammeln sich auf meiner Stirn. Nicht nur, weil es um die Jahreszeit mitten in der Wüste auch nachts drückend heiß ist und deshalb die Luft auch innerhalb des Schlosses steht, sondern auch vor Nervosität.

Leise gehe ich weiter den abgedunkelten Gang entlang. Nur noch alle zwanzig Meter brennt eine einsame Kerze. Die Düsternis, durch die ich wandere, beruhigt meinen Herzschlag. Und je näher ich meinem Ziel komme, desto euphorischer werde ich. Gerade als sich die Ahnung eines Glücksgefühls in mir ausbreiten will, höre ich Stimmen, die sich auf mich zu bewegen.

Panisch drehe ich um und laufe auf leisen Sohlen zurück in die Richtung, aus der ich gekommen bin. Früher haben mein Bruder Madoc und ich oft im Schloss Verstecken gespielt und ich erinnere mich daran, dass es hier irgendwo eine Geheimtür geben muss. Es ist das erste Mal seit langer Zeit, dass ich mich dahinter verstecken möchte, doch es ist auch nicht so lange her, dass ich sie nicht auf Anhieb wiederfinden kann. Immerhin habe ich mein ganzes Leben lang in diesem Schloss verbracht und kenne es vermutlich besser als alle anderen.

Ohne lange zu fackeln, klemme ich mir das Buch unter meinen Arm und schiebe den Wandteppich, hinter dem die Geheimtür liegt, beiseite – gerade in dem Moment, als die Tür mit einem leisen Klick von innen geöffnet wird. Mein Herz macht einen Satz und meine Augen werden groß, als ich einen Fremden erblicke, der gerade nach draußen treten will. Mit einem Schubs gegen seine Brust bringe ich ihn dazu, wieder zurückzutaumeln. Es ist wohl weniger die Kraft, die ich aufwende, als der Schock, der sich in seinen Augen spiegelt, der mir zugutekommt. Mir bleibt keine Zeit, um darüber nachzudenken, was er hier möchte und wieso ich ihn noch nie gesehen habe. Kopflos haste ich hinterher, die Geheimtür hinein, und schließe sie, bevor er auch nur einen Mucks machen kann. Schwer atmend drücke ich mir das Buch an die Brust und lausche auf die Stimmen.

Doch außer einem geflüsterten »Hallo«, das von hinten in mein Ohr geraunt wird und eine Gänsehaut über meinen Nacken rieseln lässt, höre ich nichts. Ohne darauf einzugehen, presse ich mein Ohr an die Tür, um zu lauschen. Sehen kann ich nichts, doch ich spüre die Körperwärme des Fremden in meinem Rücken, obwohl er mich nicht einmal berührt.

»Ich …«, beginnt er, doch ich bringe ihn mit einem gezischten »Pssssst« zum Schweigen. Eigentlich gehöre ich wirklich nicht zur resoluten Art Mensch, aber ich möchte auch nicht erwischt werden. Zu meiner grenzenlosen Erleichterung hält er seinen Mund. Von draußen höre ich nun leises Gemurmel, das näher kommt, sich aber schnell wieder entfernt.

Einige Sekunden verharre ich noch regungslos, bis ich ein leises Seufzen von mir gebe. »Sie sind weg.« In jeder Silbe schwingt Erleichterung mit.

»Können wir jetzt wieder raus?«, will er wissen.

Fest kneife ich meine Augen zusammen, als es plötzlich hell wird. »Was ist das?«, frage ich mit einem Blick auf das Ding, das leuchten kann. Es ist dünn wie ein Stück Papier, hat aber eine Leuchtkraft, die mehrere Kerzen überstrahlt.

»Ist das eine ernst gemeinte Frage?«, kommt es von ihm zurück.

Völlig aus dem Konzept gebracht stammle ich. »J-j-ja.«

»Das habe ich befürchtet«, murmelt er.

Gnädigerweise klärt er mich dann aber doch auf. »Das ist ein faltbares Smartphone, alt, aber praktischer als die neuen Holgrammtelefone, da man das unmoderne Ding wie ein Stück Papier zusammenfalten und auch als Taschenlampe verwenden kann.«

Zu viel Information innerhalb kurzer Zeit. Verwirrt frage ich: »Hat das Militär dieses … Smartphone erfunden?« Ich kenne Telefone wie dieses. Früher war dadurch jeder jederzeit erreichbar. Heute würde diese Technik wohl in Red Desert nicht mehr funktionieren.

»Ähm. Ja, genau. Die … ähhh … Techniker schaffen es, alte Technologie immer weiterzuentwickeln. Ist aber nur ein Prototyp. Wird nicht in die Massenproduktion gehen. Normale Taschenlampen sind viel praktischer. Muss ja … niemand telefonieren in Red Desert.«

Erst jetzt höre ich auf, das Ding – das Smartphone – anzustarren und sehe zu ihm hoch. Ich taumle einen Schritt zurück, denn er ist wirklich … unbeschreiblich schön.

»Sehe ich so schlimm aus?«, fragt er mit einem Grinsen im Gesicht. Als wüsste er nicht genau, dass er gut aussieht. Wie ein Prinz aus einem meiner zahlreichen Romane.

Kurz fährt er sich mit den Händen über sein Gesicht und ich wünschte, ich könnte die ebenmäßigen Gesichtszüge mit meinen Fingern nachzeichnen. Ich finde keine Worte, um ihn zu beschreiben. Ich weiß nur, dass alles an ihm perfekt ist. Die Nase ist nicht zu lang, aber auch nicht zu stupsig. Das Kinn ist männlich. Er hat ausdrucksvolle Augen – wenn ich mich nicht täusche, sind sie blau. *Mitternachtsblau*, schießt es mir durch den Kopf.

»Kannst du nicht sprechen? Oder hat es dir die Sprache verschlagen?« Leider muss ich zugeben, dass wohl eher die zweite Variante zutrifft.

Ich räuspere mich einige Male, in der Hoffnung, meine Stimme wiederzufinden. »Ich kann sprechen.«

Er verschränkt die Arme vor der Brust und ich folge mit meinem Blick dem Schein des Lichts, das nun die Mauer zu unserer Rechten erhellt.

»Gratulation«, höre ich und mein Kopf ruckt zurück zu ihm. Zu seinem Gesicht, das nun im Halbschatten liegt und mich zu meinem Glück nicht mehr ganz so durcheinanderbringt wie noch vor wenigen Sekunden. Seine Worte sickern erst nach und nach in meinen Verstand und mir wird bewusst, wie unhöflich er sich mir gegenüber verhält. Und dass er keinen Schimmer haben kann, dass ihm gerade die Prinzessin gegenübersteht. Was von mir aus auch gerne so bleiben kann.

»Ich glaube, es wäre angebracht, wenn ich nun meinen Weg fortsetzen würde«, lasse ich den Unbekannten leise wissen. »Man erwartet mich.«

Seine Mundwinkel wandern weit nach oben. »Ja, das kann ich mir vorstellen. Du darfst mir aber auch gerne noch ein bisschen Gesellschaft leisten.« Der Tonfall, der in seiner Stimme mitschwingt, bereitet mir eine Gänsehaut.

»Besser nicht. Wir kennen uns nicht.« So schnell ich kann, mache ich einen Schritt zurück. Weit komme ich aber nicht, da ich plötzlich die Tür in meinem Rücken spüre.

»Das lässt sich jederzeit ändern. Mein Name ist Do... Dominic.« Er streckt mir seine Hand entgegen und ich lege meine in seine. Einige Sekunden zögert er und murmelt ein paar Worte, die ich nicht verstehe. Es klingt wie: »Ich kann nicht fassen, dass ich das wirklich tue.« Langsam beugt er sich nach unten und drückt sanft einen Kuss auf meinen Handrücken. Erschrocken entziehe ich mich seiner Berührung.

»Ihr seid nicht von hier«, presse ich erstickt hervor. Wäre er ein Mann von Rang, dann wüsste er von den Sitten im Schloss und hätte den Kuss nur angedeutet.

»Es ist mein erster Tag im Königsschloss.« Dominic zuckt mit seinen Schultern, als würde ihn weder meine Reaktion noch sein Verhalten kümmern. Ich nehme seine Bekleidung genauer in Augenschein. Er trägt nicht die Uniform der Wachen. Weder ist er mit den Gewändern bekleidet, in die sich die Berater meines Vaters hüllen, noch in Lumpen, die die meisten Dorfbewohner tragen. Für einen Bediensteten strahlt sein Verhalten zu wenig Demut aus.

Mit meinen Händen taste ich nach dem Türöffner, um von diesem jungen Mann wegzukommen. Er bringt mich durcheinander. Die Art, wie er mich ansieht, wie er mit mir spricht … irgendetwas an ihm ist anders als bei den Männern, die mir bisher innerhalb der Schlossmauern begegnet sind. Und ich möchte nicht unbedingt herausfinden, was es ist.

Seufzend beobachtet er, wie ich mit zittrigen Händen versuche endlich nach draußen zu gelangen. Um mir zu helfen, folgt er mit dem Schein der Taschenlampe meinen Händen. Offensichtlich kann er mir nicht länger zusehen, denn er greift an mir vorbei und keine Sekunde später schwingt die Tür auf.

»Verrätst du mir noch deinen Namen?«, fragt er mich, als ich bereits im Korridor stehe und mich umsehe, während ich mein Herz wild klopfen spüre. Ich weiß nicht, ob das an ihm oder an der Tatsache liegt, dass mich nun, wo ich mich wieder außerhalb unseres Versteckes befinde, jederzeit eine Wache aufgreifen und zurück in meine Gemächer bringen könnte.

Ich überlege fieberhaft, ob ich ihm meinen richtigen Namen nennen soll, entscheide mich aber im letzten Moment dagegen. »Nadeen«, stelle ich mich vor. »Ich heiße Nadeen.«

Seine Augenbrauen heben sich leicht, doch ansonsten verzieht er keine Miene. »Scheint ein weitverbreiteter Name zu sein.«

Etwas nervös beiße ich mir auf die Unterlippe. »Kann sein. Ich kenne ebenfalls eine Nadeen«, flüstere ich mit – hoffentlich – unschuldigem Blick.

Danach drehe ich mich einfach um, um meinen ursprünglichen Weg in den Schlossgarten wieder aufzunehmen. Ich widerstehe dem Drang, Dominic über die Schulter hinweg einen Blick zuzuwerfen, und schreite mit hocherhobenem Haupt davon. Allerdings spüre ich sofort, dass er mir folgt. Spätestens als er zu mir aufschließt, habe ich die Bestätigung, den Neuling nicht so schnell abschütteln zu können, wie es mir beliebt.

»Sag mal«, beginnt er, doch ich unterbreche ihn, indem ich ihm zuzische: »Bitte verhalt dich ruhig. Ich möchte nicht deinetwegen erwischt werden.«

Aus dem Augenwinkel beobachte ich ihn dabei, wie er seine beiden Hände zu einer entschuldigenden Geste hebt. Anstatt jedoch stehen zu bleiben oder gar umzudrehen, folgt er mir ebenso wie mein Schatten.

Ich weiß, dass ich eigentlich in meine Gemächer zurückgehen sollte, um keine Schwierigkeiten zu bekommen, denn ich werde das Gefühl nicht los, dass Dominic der Inbegriff dieses Wortes ist. Aber ich bin schon viel zu weit gekommen. Ich kann nicht einfach den Rückweg einschlagen, ohne mich draußen umgesehen zu haben.

Zu meiner grenzenlosen Erleichterung erreichen wir den Garten ohne unliebsame Zusammenstöße mit weiteren Wachen. Das weiche Gras kitzelt mich auf meinen nackten Fußsohlen und ich freue mich, dass ich endlich hier bin. Erleichtert atme ich aus und drehe mich zu meinem Verfolger um.

Ich versuche mich daran zu erinnern, in welchem Tonfall mein Bruder mit Untergeben spricht, und versuche es auf die gleiche Weise. »Was wolltest du im Versteck?«

Ein melodisches Lachen stiehlt sich aus seiner Brust, bevor er mir eine Gegenfrage stellt: »Dasselbe wie du. Mich verstecken.«

So kommen wir nicht weiter. Ich lasse meinen Kopf in den Nacken fallen und starre in den dunklen Nachthimmel. Tausende von Sternen funkeln auf mich herab und ich komme nicht umhin die Schönheit, die sie ausstrahlen, in mich aufzusaugen. Ich weiß nicht, wie ich von Dominic eine ehrliche Antwort bekommen kann.

Als er nach meinem Arm greift, vermutlich um meine Aufmerksamkeit zurück auf sich zu lenken, zucke ich leicht zusammen. Ich starre zunächst auf die Stelle, an der er mich berührt, danach wandert mein Blick immer höher, bis ich bei seinem schönen Gesicht ankomme.

Eindringlich fragt er mich: »Wieso schleichst du hier nachts durch die Gänge wie ein Gespenst?«

Weil ich genau das bin. Ein Gespenst. Niemand außer den Menschen innerhalb der Palastmauern kennt mich, denn mein Aussehen ist ein gut gehütetes Geheimnis.

Anstatt zu antworten, sage ich: »Die Frage könnte ich auch dir stellen.«

Er zieht seine Schultern weit nach oben, bevor er sie plötzlich wieder nach unten sacken lässt. »Ich sehe mich nur um.«

»Und ich wollte in den Garten, um mein Buch zu lesen.« Wie als Beweis strecke ich es ihm entgegen.

Dominic sieht es an, als hätte er es zuvor gar nicht bemerkt. »In Ordnung«, seufzt er. »Dann lasse ich dich wohl besser alleine.«

Das erste Mal an diesem Tag stiehlt sich ein Lächeln in mein Gesicht. »Danke, das ist ausgesprochen nett von dir.«

Ohne auf meine letzten Worte zu reagieren, verschwindet er in Richtung des Schlosses und wird nach und nach von der Dunkelheit, die um uns herum herrscht, verschluckt.

Kapitel 5

Rise
Leise schleiche ich durch den Garten und sauge den süßen Duft der Pflanzen ein. Der Mond ist dabei meine einzige Lichtquelle. »Au«, wispere ich, als ich schon wieder stolpere. Ich hätte Dominic dieses Taschenlampen-Smartphone abnehmen sollen.

Da ich nicht den Kieselweg nehme, sondern durch die dicht bepflanzte Wiese stapfe, vorbei an exotischen Blumen, Bäumen und Sträuchern, nehme ich den Duft intensiver wahr als sonst. Schade, dass ich die Pflanzen in der Dunkelheit nicht genau betrachten kann, obwohl sich meine Augen bereits an die nächtlichen Lichtverhältnisse gewöhnt haben.

Immer weiter wage ich mich in Richtung der äußeren Schlossmauer vor, hinter der man sich bereits mitten in Whitecastle befindet. Eine eher spärlich beleuchtete Straße mit schiefen Häusern müsste auf der anderen Seite der Mauer stehen. Zumindest wenn ich wirklich denselben Weg gehe, den ich von meinen Gemächern aus sehen kann. Aufgrund der Schwärze der Nacht bin ich mir allerdings nicht so sicher. Als ich die Mauer erreicht habe, drehe ich mich mit gerunzelter Stirn zum Schloss um und versuche herauszufinden, wo sich mein Zimmer befindet, um mich zu vergewissern, dass ich mich nicht täusche.

»Störe ich?«

Mit hohem Bogen fliegt das Buch weg, das ich wie ein Schutzschild vor mir hergetragen habe. Meine Finger legen sich auf mein wild klopfendes Herz und ich würde mich am liebsten gegen die Schlossmauer sinken lassen, um mein Gesicht an den kalten Steinen zu kühlen. Doch ich entscheide mich anders und boxe meinen Bruder leicht gegen den Oberarm.

»Whoa, Madoc«, fahre ich meinen Bruder an.

Völlig ungerührt steht er mit verschränkten Armen vor mir und sieht durch diese Geste ziemlich bedrohlich aus. Das braune Haar und die dunklen Augen im Zusammenspiel mit seinen breiten Schultern und den zusammengezogenen Augenbrauen verstärken diesen Eindruck noch. Würde ich ihn nicht mein ganzes Leben lang kennen, hätte ich vermutlich Angst vor ihm.

»Wie kannst du mich nur so erschrecken?« Mit niemandem außer ihm würde ich mich trauen so zu sprechen. Er ist mein Bruder, er kennt mich, seit ich in die Windeln gemacht habe. Also darf ich das bei ihm.

»Das sollte ich doch wohl eher *dich* fragen«, antwortet er bockig. »Ich habe dich von meinem Fenster aus gesehen. Sei froh, dass dich keine Palastwache aufgegriffen hat, sondern nur ich gekommen bin, um dich zurück auf dein Zimmer zu bringen.«

Ganz. Bestimmt. Nicht.

Ich spiegle eins zu eins die Haltung meines Bruders wider, nur dass ich dazu auch noch meine Unterlippe nach vorne schiebe.

Madoc rollt mit den Augen und zieht ein schwarzes Stück Stoff von seiner Schulter, das ich zuvor nicht wahrgenommen habe. »Wie ein kleines Kind«, murmelt er, als er das Tuch ausschüttelt und über meine Schultern legt.

Oh! Ein Mantel.

Leise murmelt er: »Wer läuft nachts in einem weißen Kleid durch den Schlossgarten? Das schreit doch richtig: ›Hier bin ich.‹«

Leider ist Madoc nicht der Erste, der mich darauf aufmerksam macht, dass meine Kleiderwahl nicht optimal ist. »Mich hat niemand gesehen«, murmle ich. Dominic erwähne ich nicht, denn sonst verstrickt Madoc sich bestimmt in allerhand Verschwörungstheorien über Aufständische, die sich nachts im Schloss herumtreiben. Einen paranoiden großen Bruder kann ich im Moment nicht brauchen.

»Das hoffe ich für dich.« Die Worte sollen wohl bedrohlich klingen, doch ich höre auch den Hauch Unsicherheit, der darin mitschwingt. Vermutlich möchte er genauso wenig erwischt werden wie ich. Solange ich alleine war, hätte meine Ausrede mit dem Buch funktioniert. Jeder im Schloss weiß, dass ich meine Tage damit verbringe, alles zu lesen, was mir in die Finger kommt.

Jetzt, wo mein Bruder da ist, würde der König sofort meine Lüge enttarnen. Madoc würde nicht in den Garten gehen, um zu lesen, geschweige denn mir dabei Gesellschaft leisten. Er ist immer in Bewegung, immer beschäftigt. Und in der Dunkelheit hier kann man nicht besonders viel tun.

Madoc zischt: »Es hatte schon einen Grund, dass ich dir den Code für deine Tür nicht verraten habe.«

»Welchen denn? Weil ich dann leichter zu kontrollieren bin?«, frage ich trotzig.

Mit Unverständnis im Blick sieht er mich an. »Nein. Natürlich nicht.« Leicht schüttelt er den Kopf, als könne er nicht verstehen, wie ich auf so eine Idee komme. »Ich will nur nicht, dass irgendetwas passiert, das *ich* nicht kontrollieren kann.« Mit beiden Händen streicht er sich die Haare zurück und sieht mich hilflos an. »Unser Vater soll dich nicht in einer Nacht-und-Nebel-Aktion außer Landes schaffen.«

Etwas versöhnlicher gestimmt strecke ich meine Hand nach Madoc aus. »Meinst du, dass er das einfach tut?«

Ein kurzes Schulterzucken. »Möglicherweise. Wer weiß, was in seinem Kopf vorgeht.« Daran habe ich keine Sekunde gedacht. Zeak und Nadeen würden meinem Bruder bestimmt Bescheid geben, wenn man mich von hier wegbringt. Wenn ich mich allerdings alleine im Garten aufhalte, könnte ich Madoc nicht mehr Lebwohl sagen. Er ist meine einzige richtige Bezugsperson, war mir, seit ich denken kann, Vater- und Mutterersatz. Er hat mich davor gerettet zu vereinsamen. Und umgekehrt war es wohl genauso.

Zum ersten Mal wird mir bewusst, dass ich meinen Bruder – meinen besten oder einzigen Freund – nie wiedersehen werde, sobald man mich nach Red Ancient bringt. »Madoc … ich möchte nicht gehen, aber genauso wenig kann ich hierbleiben«, spreche ich zum ersten Mal die Worte laut aus, die mir seit der Verkündigung von Vaters Plan, mich zu verheiraten, durch den Kopf gehen. Es klingt verrückt, doch egal in welche Richtung ich meine Gedanken spinne, weder zu bleiben noch zu verschwinden scheint eine sinnvolle Alternative zu sein. Es ist, als wäre beides nicht der Weg, der mir vorherbestimmt ist, was ich nie laut aussprechen würde, da es viel zu albern klingt.

Traurig senke ich meinen Blick und sehe auf meine Zehen. Die Hände lege ich an meine Schläfen, doch auch das hilft mir nicht das Chaos in meinem Kopf zu sortieren.

Sanft sagt mein Bruder. »Ach, Zwerg.«

Als ich meinen Spitznamen höre, sehe ich auf. Er hat ihn bestimmt schon jahrelang nicht mehr für mich verwendet, doch er passt heute noch so gut wie früher, denn es hat sich nichts daran geändert, dass ich jünger bin als er und ziemlich oft seine Hilfe brauche. Vermutlich habe ich mich mein ganzes Leben lang zu sehr auf ihn verlassen, doch er hat sich nie darüber beschwert.

In Zeitlupe hebe ich meinen Kopf.

»Kannst du dich noch erinnern, dass ich dir immer Geschichten vorgelesen habe, als du klein warst?«

Natürlich kann ich das. Es war niemand da gewesen, der es sonst getan hätte, und ich war viel zu jung, um selbst lesen zu können. »Ja!«

»In jeder Geschichte gibt es einen Prinzen, der die Prinzessin rettet. Aber weißt du was? Vergiss diese Märchen. Manchmal muss sich die Prinzessin selbst retten.«

Ich hatte leider von Beginn an die Befürchtung, dass es darauf hinauslaufen würde. Wenig begeistert murmle ich: »Könnte sie dabei nicht ein bisschen Hilfe bekommen? Von … ihrem Leibwächter? Oder wenigsten von ihrem Bruder?«

Belustigt schnaubt Madoc. »Der muss sich um seine eigene Prinzessin kümmern, nicht um irgendeinen Zwerg.«

»Na danke«, murre ich.

»Rise?«

»Ja?«

»Denkst du ernsthaft, dass ich dir nicht helfe?«

Ich hebe die Schultern an, lasse sie aber gleich wieder sinken. »Du hast mich in mein Zimmer eingesperrt«, erinnere ich ihn.

»Du kannst jederzeit raus.«

»Aber ohne Code nicht wieder rein.«

»Du hättest auch eine Wache dabeihaben sollen, die die Tastenkombination für dich eintippt. Hat Zeak geschlafen, während du dich an ihm vorbeigeschlichen hast?«

Es gefällt mir nicht, ihn zu verpfeifen, aber da sowohl Madoc als auch Zeak immer nur mein Bestes wollen, stehen sie wohl auf einer Seite. »Nein, er hat mir erlaubt alleine loszuziehen.« Leider nicht für allzu lange. Bestimmt wird er sich bald auf die Suche nach mir machen.

Madoc verschränkt die Arme vor der Brust. »Ein etwas ungünstiger Zeitpunkt für Alleingänge, finde ich.«

Sofort widerspreche ich ihm: »Da bin ich anderer Meinung.« *Wenn ich nicht mehr von meinem Bruder abgelenkt werde, dann könnte ich mich endlich wieder an der Mauer entlangtasten und versuchen hier irgendwie rauszukommen.*

»Verrätst du mir jetzt endlich, was du hier draußen machst?« Offensichtlich hat Madoc keine Lust mehr auf unser Geplänkel.

»Ein Buch lesen?« Mit meiner Hand deute ich in die ungefähre Richtung, in der das Buch liegen muss, das ich zuvor ängstlich weggeworfen habe.

»Du musst lernen besser zu lügen«, tadelt er mich. »So wirst du es sonst nicht aus Whitecastle rausschaffen.«

»Wie kommst du darauf, dass ich nicht die Wahrheit sage? Gut, du kennst mich mein Leben lang. Aber wenn du ein Fremder wärst, der mich das erste Mal sieht, würdest du die Lüge dann ebenfalls durchschauen?«

Madoc nickt. »Erstens: Es ist dunkel hier draußen. Dir fehlt eine Lichtquelle. Und zweitens: Du schleichst durch den Garten, als würdest du etwas suchen.«

Schande. Fest beiße ich mir auf die Unterlippe, denn es ärgert mich, dass ich so leicht zu durchschauen bin.

Da es sowieso keinen Sinn macht, Madoc zu belügen, frage ich: »Erinnerst du dich an den Geheimgang?«

»Was?« Mit gerunzelter Stirn sieht er mich an, scheint nicht zu verstehen, auf was ich hinauswill.

»Der aus der Geschichte, die du mir bestimmt hunderttausendmal erzählt hast, bis du gelernt hast selbst zu lesen. Der Geheimgang, aus dem die schöne Königin mit ihrer wahren Liebe geflohen ist.«

Madoc streckt abwehrend seine Hände in die Höhe. »Rise, das war nur irgendeine dumme Geschichte, die unsere Mutter erzählt hat, als wir klein waren.« Bei der Erwähnung unserer Mutter wackelt seine Stimme leicht, auch wenn er mit seinen groben Worten versucht es zu vertuschen,

»Ich erinnere mich nicht daran, dass Mama sie mir erzählt hat«, erwidere ich traurig.

»Du warst damals auch noch ein Baby.«

»Aber du hast dir die Geschichte gemerkt und sie mir jeden Abend beim Schlafengehen erzählt. Das muss doch etwas zu bedeuten haben.«

»Das war doch alles erfunden«, protestiert Madoc laut. Möglicherweise zu laut. Das scheint auch ihm aufzufallen, denn sofort dreht er sich in Richtung des Schlosses und lauscht, um sicherzustellen, dass niemand in den Garten kommt. Das Außenareal ist weitläufig, doch vielleicht werden unsere Stimmen durch die nächtliche Stille doch bis zum Schloss getragen. Es weht zwar kein Wind, aber ich will trotzdem nichts riskieren.

Leise flüsterte ich: »In jeder Geschichte steckt ein Funken Wahrheit.«

»Schwachsinn. Geschichten sind das, was sie sind. Erfunden, um uns etwas vorzugaukeln. Sie erzählen von einer besseren Welt, von der großen Liebe oder von großen Heldentaten. Doch das ist alles reine Fiktion.« Seine Augen funkeln vor unterdrücktem Zorn. »Was denkst du, warum ich dir die Geschichte erzählt habe? Nicht, weil ich dir zeigen wollte, dass es für Prinzessinnen das große Happy End gibt. Bestimmt nicht. Ich wollte nur, dass du auch irgendetwas hast, das dich mit unserer Mutter verbindet, damit ich nicht der Einzige bin, der sie vermisst. So sieht die hässliche Wahrheit aus. Ich wollte mit meinem Schmerz einfach nicht allein sein.«

Seine Gehässigkeit schockiert mich im ersten Moment, doch dann prallt sie einfach an mir ab, da mir klar wird, dass ihm nicht gefällt, was ich zu sagen habe, und er mich deshalb absichtlich verletzen will. Darum ignoriere ich seine Worte und lehne mich nach vorne. Verschwörerisch flüstere ich: »Ich suche ihn. Den Geheimgang.«

Leise vor sich hin fluchend dreht er mir den Rücken zu und beginnt vor mir auf und ab zu gehen, trampelt dabei einfach durch ein Beet mit Lilien, die ein würziges Aroma verströmen. Irgendwann stoppt er seinen Dauerlauf und zeigt mit dem Finger auf mich. »Du bist eine unverbesserliche Träumerin.« Es klingt nach einer Beleidigung und ich fürchte, dass es auch eine sein soll. »Ich werde dir beweisen, dass es keinen geheimen Ausgang aus diesem verfluchten Schloss gibt. Du – nein! – wir«, verbessert er sich, »werden wohl oder übel durch das Haupttor marschieren müssen.«

Will er mich wirklich von hier wegbringen, damit ich den Prinzen Red Deserts nicht heiraten muss? Mit einer Fröhlichkeit, die in dieser Situation absolut unangebracht ist, klatsche ich in meine Hände. »Zusammen durch den Garten zu schleichen macht auch viel mehr Spaß als alleine.« Und ist um hundert Prozent weniger gespenstisch.

Seufzend wendet Madoc sich der Schlossmauer zu und tastet mit den Händen an der Wand entlang, drückt auf vorstehende Steine und versucht in jeder Einkerbung einen versteckten Mechanismus zu finden, der uns aus dem Schloss hinaus, direkt in die Königsstadt bringt. Da ich nicht untätig herumstehen will, lasse ich mich auf die Knie fallen und tue es ihm gleich. Er ist mir eine große Hilfe, da er nach oben hin eine viel größere Fläche abtasten kann als ich. Und das aus dem ganz einfachen Grund, weil ich viel kleiner bin.

Ich krieche auf dem Boden herum, immer dicht an der Mauer entlang, und einige Zeit arbeiten wir still vor uns hin, bis er murmelt: »Das bringt doch nichts, wir jagen einem Hirngespinst hinterher.«

»Möglicherweise«, stimme ich ihm zu und sehe auf die Rosenbüsche, die vor dem nächsten Mauerabschnitt wachsen. Es hilft nichts, ich muss das Piksen der Dornen in Kauf nehmen, wenn ich auch hier nach dem Durchgang suchen möchte. Während ich mühselig auf den Knien nach vorne robbe, fahren meine Hände wieder über die Wand. In diesem Moment bin ich mehr als dankbar für den Umhang um meine Schultern, da er mich vor Kratzern schützt. »Vielleicht aber auch nicht«, sage ich triumphierend, als ich in der Mauer einen seltsam herausragenden Stein ertaste.

Aufgeregt halte ich meinen Atem an, in der Hoffnung, dass sich irgendetwas tut, nachdem ich ihn fest gedrückt habe und er sich tatsächlich bewegt. Ich zähle leise bis zehn, doch nichts passiert.

Enttäuschung macht sich in mir breit, nachdem weitere zehn lange Sekunden vergehen. Doch dann nehme ich es wahr: das mahlende Geräusch sich bewegender Steine.

Fassungslos höre ich Madoc sagen: »Zum Teufel. Es gibt ihn wirklich.«

Wenn ich ehrlich sein soll, habe ich selbst nicht wirklich daran geglaubt, war aber verzweifelt genug, um mich an jeden Strohhalm zu klammern.

In Zeitlupe stehe ich auf, putze mir den Dreck vom Kleid und starre auf den Durchgang zu meinen Füßen, der nun mitten in der Mauer prangt. Er ist ziemlich schmal, aber wenn man auf allen vieren durchkrabbelt, schafft man es bestimmt auf die andere Seite der Schlossmauer. Ich taste nach Madocs Arm und ziehe daran. »Ich hatte recht.«

»Wir sollten sofort verschwinden.«

Ich bin nur hier draußen, um einen Fluchtweg zu finden, doch jetzt, wo ich ihn gefunden habe, sträubt sich alles in mir den Weg tatsächlich zu gehen. Noch dazu völlig unvorbereitet. Ich habe nichts bei mir außer den Kleidern, die ich am Leib trage.

Zögerlich frage ich Madoc: »Du willst wirklich sofort gehen? Ohne Proviant und ohne Plan?« Die letzten Silben meiner Worte werden wieder durch das Geräusch des sich bewegenden Steins unterbrochen. Der Durchgang schließt sich wie durch Zauberhand, was mich seltsamerweise erleichtert. Es ist wohl dumm, noch einmal ins Schloss zurückgehen zu wollen, doch ich habe kein gutes Gefühl dabei, einfach so zu verschwinden.

»Nein. Aber lass uns morgen von hier abhauen.«

Ich sollte Freude verspüren, doch in mir kämpft sich das schlechte Gewissen an die Oberfläche. Es fühlt sich falsch an, einfach zu gehen. So, als müsste es noch einen anderen –besseren – Weg geben. Fast kann ich selbst kaum glauben, dass ich leise sage: »Aber wir haben Verpflichtungen. Es wäre nicht richtig, einfach alles hinter uns zu lassen.«

»Du hast doch nicht ohne Grund nach diesem Ausweg gesucht!« Wütend zeigt Madoc auf den nun wieder verschlossenen Durchgang.

»Ja, schon, aber ...«

»Denk doch ein einziges Mal in deinem Leben zuerst an dich und nicht an die anderen. Glaubst du, die Vampire werden dich herzlich willkommen heißen?«

Fest presse ich die Lippen aufeinander, da ich nicht weiß, was ich auf seine harschen Worte erwidern soll. Natürlich denke ich nicht, dass man ein Freudenfest feiern wird, wenn ich nach Red Ancient komme. Aber einfach wegzulaufen kommt mir nicht richtig vor. Also versuche ich Madoc zu erklären, was in mir vorgeht. »Falls wir wirklich verschwinden ... denkst du nicht, dass sie statt mir irgendjemand anderen nach Red Ancient schicken?«

Es wäre ein Leichtes, ein anderes Mädchen statt mir zu den Vampiren reisen zu lassen, da niemand weiß, wie ich aussehe. Braune Augen, braune Haare. An mehr Vorgaben müsste man sich bei der Suche nicht halten. Die falsche Rise könnte schreien und toben, beteuern, dass sie nicht die Prinzessin Red Deserts ist, aber vermutlich würde ihr niemand glauben. Denn jede Frau, die zwangsverheiratet wird, würde das tun.

Madoc wendet sich von mir ab und starrt hinauf in den dunklen Nachthimmel. »Zwerg?«

»Ja?«

»Wir müssen dich in Sicherheit bringen. Denn sicher bist du weder hier noch bei den Vampiren.« Es wirkt, als würde Madoc in sich zusammensacken, nachdem er die Worte ausgesprochen hat. Das täte er niemals, wenn wir nicht völlig alleine hier wären. Vor anderen verliert er niemals seine perfekt einstudierte königliche Haltung. Bei mir kann er einfach nur mein großer Bruder sein. Es muss schwer sein, zwei Gesichter zu haben. Mit resigniertem Gesichtsausdruck kommt er auf mich zu und legt die Hände auf meine Schultern, um mich leicht zu schütteln. Nur ein wenig ... gerade so viel, dass mein Verstand endlich einsetzt und erkennt, dass Madoc recht hat. Ich kann mich nicht zum Wohle des Landes opfern. Nicht ohne nach einem anderen Ausweg gesucht zu haben.

Auch wenn es sich noch immer wie Aufgeben anfühlt, einfach zu verschwinden und zu versuchen die Konsequenzen, die mein Verhalten auf andere hat, auszublenden, sehe ich ein, dass mir vermutlich fürs Erste keine andere Wahl bleiben wird. Mit kaum wahrnehmbarer Stimme flüstere ich: »Ich weiß, dass ich nur eine Chance auf ein normales Leben habe, wenn ...«

»... du verschwindest«, beendet er den Satz für mich.

»Du weißt, ich wollte nie ein hilfloses Mädchen sein, doch Vater hat genau das aus mir gemacht, indem er mich im Schloss eingesperrt hat.« Die Worte endlich laut auszusprechen erfüllt mich mit Genugtuung.

»Ich würde dir gerne widersprechen. Kann ich aber leider nicht«, antwortet Madoc trocken.

Mit einem resignierten Seufzen lasse ich meinen Kopf in den Nacken fallen und sehe in den Himmel, als hätten die Sterne eine Antwort für mich. Wenn es nur so einfach wäre. Einfach in den Himmel schreien und schon wird einem der Weg aufgezeigt, den man gehen muss.

Irgendwann frage ich in die Stille. »Wann?«

Es ist nicht nötig, mehr zu sagen. Madoc weiß, worauf ich hinauswill. »Morgen Abend.«

»So schnell?«

Madoc nickt.

»In Ordnung.« Ich kann nicht behaupten, dass mir die weißen Schlossmauern fehlen werden. Nicht solange es in der Welt so viel zu sehen gibt, das ich noch nicht kenne.

Madoc räuspert sich. »Ich werde Nadeen bitten, dass sie dich morgen Abend ins Dorf schmuggelt.«

»Meinst du, sie hilft uns?«

»Jaaaa«, antwortet er langgezogen. »Wenn wir den wahren Zweck unseres Ausfluges verheimlichen, bestimmt.«

Langsam wende ich mich ab und gehe zurück zum Schloss. Es gibt keinen Grund, länger im Schlossgarten zu bleiben. Wir haben den Geheimweg gefunden und somit die Möglichkeit, das Schloss zu verlassen. Nun muss ich es nur noch schaffen, mein selbstsüchtiges Verhalten mir gegenüber zu rechtfertigen.

Dass Madoc mir folgt, höre ich am leisen Knirschen der Kiesel hinter mir auf dem Weg, der uns direkt zurück in unser *Zuhause* führt. Obwohl die Steine auf meinen bloßen Füßen piksen, gehe ich dieses Mal auf direktem Weg durch den Garten, anstatt durch die dicht bewachsene Wiese zu schleichen. Ich spüre, wie Madoc mich von der Seite betrachtet, nachdem er zu mir aufgeholt hat.

»Alles in Ordnung?«, fragt er mich.

Nichts ist in Ordnung. Egal wie sehr ich versuche das Chaos in meinem Kopf zu ordnen, es gelingt mir einfach nicht. Soll ich mich meinem Schicksal ergeben? Soll ich flüchten? Wem kann ich vertrauen? Madoc? Zeak? Nadeen?

Traurig schüttle ich meinen Kopf. »Ich habe Angst, dass sie uns verrät.«

»Nadeen?« Madoc greift nach meiner Hand und drückt sie beruhigend. »Das musst du nicht!«

»Was macht dich so sicher?«

»Weil ich sie besser kenne als alle anderen Wachen. Sie ist mir treu ergeben.«

»Wenn du das sagst, vertraue ich deinem Urteil. Wir können Verbündete brauchen.«

Madoc verschränkt die Arme vor der Brust. »Wir haben uns.«

Zu zweit gegen den Rest der Welt. Wie aufbauend. »Meinst du, das reicht?«

Beleidigt schnaubt er. »Es hat unser ganzes Leben lang gereicht. Es waren immer nur du und ich. Und wenn du ehrlich zu dir bist, dann wirst du mir zustimmen.«

Und das kann ich – ohne auch nur eine Sekunde darüber nachzudenken. Für uns beide gab es niemals einen Vater, der uns geliebt hat. Wir hatten immer nur uns. Wenn Madoc nicht gewesen wäre und meine Kämpfe für mich ausgefochten hätte, wäre ich schon längst an der Last, die Tochter des Königs zu sein, erstickt.

»Danke.«

»Wofür?«

Für alles. »Dafür, dass du immer für mich da bist.«

»Ich bin dein Bruder«, sagt er schlicht, so als würde es einfach alles erklären. »Gemeinsam werden wir Red Desert verlassen und …« Er kratzt sich am Kopf. »An dieser Stelle endet leider mein bisheriger Plan.«

Es dauert eine ganze Weile, bis der Sinn seiner Worte in meinen Verstand sickert. Er will nicht nur das Schloss oder Whitecastle verlassen. Nein, er plant vom Kontinent zu fliehen. »Du willst … Red Desert verlassen? Wo sollen wir hin? Zu unseren Feinden?«

Mit beiden Händen reibt Madoc über sein Gesicht, versteckt sich für ein paar Sekunden hinter den Fingern, ehe er sie spreizt und mich ansieht. »Das sind sie dann nicht mehr, weil wir nicht mehr der Kronprinz und die Prinzessin sind.«

»Bist du dir sicher? Ich meine … willst du wirklich ein Leben fernab von allem, was du kennst, führen?«

»Mein ganzes Leben wurde mir eingebläut, dass die Wesen – Hexen, Werwölfe oder Vampire – unsere Feinde sind. Doch langsam beginne ich mich zu fragen, ob der Feind nicht hinter den Mauern des weißen Schlosses sitzt«, weiht mich mein Bruder in seine Gedanken ein. »In gewisser Weise habe ich dich großgezogen. Zu sagen, du bist wie ein Kind für mich, wäre dumm. Aber du warst immer die einzige Familie, die ich hatte. Und ich deine. Das ist alles, was für mich zählt. Und wenn das bedeutet alles hinter mir zu lassen, dann nehme ich das in Kauf. Aber ich übergebe dich sicher nicht an die Vampire … oder sonst irgendjemandem.«

»Danke«, ist alles, was ich darauf erwidern kann, da wir in diesem Moment über die Schwelle des Schlosses treten. Wir verzichten auf weitere Gespräche, während wir durch die spärlich beleuchteten Gänge huschen.

Kurz vor meinem Gemach stolpere ich beinahe über meine eigenen Füße. Mist. Zeak sitzt immer noch vor meinem Zimmer und schnarcht leise. Das erklärt natürlich, warum er nicht in den Garten gekommen ist, da ich die vereinbarte Zeit bestimmt überschritten habe.

Zuerst sieht es so aus, als würde Madoc irgendetwas zu meiner Wache sagen wollen, denn er stapft auf ihn zu, stoppt jedoch einen Meter vor ihm, ohne ihn anzubrüllen oder ihm eine Kopfnuss zu geben.

Es ist erstaunlich, wie schnell Madoc vom liebevollen Bruder zum wütenden Prinzen umschalten kann. Aber auch dass er es schafft, sich in meiner Gegenwart zusammenzureißen, wenn er doch die meiste Zeit des Tages aussieht, als würde er jede Sekunde explodieren.

»Was soll's? Ist auch schon egal«, sagt er mürrisch.

»Morgen also«, lenke ich Madocs Aufmerksamkeit wieder auf mich. »Was soll ich einpacken? Und wie sollen wir überhaupt aus Whitecastle wegkommen?«

»Nimm nur Dinge mit, auf die du nicht verzichten kannst. Die dir etwas bedeuten. Und lass den Rest meine Sorge sein.«

Ich presse die Lippen fest aufeinander und nicke, entscheide mich aber dann doch noch für ein »In Ordnung«.

Madoc schiebt mich in mein Zimmer und lässt die Tür mit einem Knall hinter mir ins Schloss fallen. Zeaks Schläfchen ist jetzt wohl beendet.

Völlig ausgelaugt lasse ich mich in mein Bett fallen. Ich schließe die Augen und hoffe, dass mich der Schlaf bald übermannt ...

Kapitel 6

Rise

Meine Lider werden immer schwerer, je länger ich wie eine Statue dasitze. Neben mir verharrt mein Bruder in einer ähnlich unbequemen Pose wie ich. Der Raum bietet nicht viel Ablenkung, da außer einigen Porträts, die sich aber leider hinter mir befinden, nicht viel zu sehen ist. Die Ahnengalerie ist immer verschlossen, deshalb war ich, obwohl ich mein ganzes Leben im Schloss verbracht habe, noch nicht hier drinnen. Es wäre schön, wenn ich mich einmal umsehen könnte. Langsam stelle ich fest, dass ich nichts verpasst habe, denn bis auf eine Staffelei und die dunkelgrüne Chaiselongue, auf der uns der Hofmaler Renard drapiert hat, befinden sich neben den Gemälden meiner Vorfahren an der Wand hinter mir keine weiteren Gegenstände im Raum.

Ich wünschte, durch die hohen, oben gerundeten Fenster käme ein erfrischender Luftzug, doch die weißen, transparenten Vorhänge bewegen sich kein Stück. Uns umgibt nichts als brütende Mittagshitze, die nicht einmal die dicken Kalksteinmauern abwehren können. Madoc scheinen die Temperaturen ebenfalls zu schaffen zu machen, denn kleine Schweißperlen sammeln sich auf seiner Stirn. Kein Wunder. Er trägt einen schwarzen Anzug mit Hemd und Krawatte, in dem er mindestens so schwitzen muss wie ich unter meinem roten, ausladenden Kleid, das wunderschön schwingt, wenn ich mich drehe. Nicht dass ich im Moment eine Chance dazu habe …

»Wieso habe ich mich nur dazu überreden lassen?«, murmelt er genervt, jedoch ohne seine Miene zu verziehen.

Nachdem wir bereits seit ungefähr vier Stunden auf der unbequemen Chaiselongue sitzen und uns nur hin und wieder jemand einen Schluck Wasser oder ein paar Früchte reicht, ist seine Laune von Minute zu Minute gesunken.

»Du vergisst, dass wir keine Wahl hatten.« Die haben wir nie. »Vielleicht war es auch dein schlechtes Gewissen wegen …«, kurz zögere ich, da ich zu dem Entschluss komme, besser nicht auszusprechen, was heute Abend passieren wird, »… wegen du-weißt-schon-was.«

»Wieso musste unser Vater uns auch ausgerechnet heute dazu zwingen, Porträt zu sitzen?«, murrt er leise.

Ich lehne mich zu Madoc und flüstere ihm ins Ohr: »Weil es seine letzte Chance ist.«

Ein Klatschen lässt mich sofort wieder in meine ursprüngliche Position zurückkehren. Hoffentlich ist Renard, der Hofporträtist, bald fertig.

Madoc zischt: »Aber das kann er doch nicht wissen.« Er hat seine Lippen nur minimal bewegt, doch der Maler ruft laut: »So kann ich nicht arbeiten!«

Dem Geräusch nach zu schließen bin ich mir ziemlich sicher, dass er auch den Pinsel und die Farbpalette weggeworfen hat. Ich drehe den Kopf, um nachzusehen, und zucke erschrocken zusammen, da Dominic hinter der Staffelei steht und das Werk in Augenschein nimmt, neben ihm Nadeen, die ebenfalls einen Blick auf die Leinwand wirft.

»Sieht doch schon ganz gut aus, Picasso«, lobt Dominic Renard, der vor Schreck einen kleinen Satz in die Luft macht. Offensichtlich hat er die beiden ebenfalls nicht kommen hören.

Nadeen klopft dem Maler auf die Schulter. »Ihr seid für heute fertig.« Wenig dezent deutet sie mit ihrem Kopf zum runden Torbogen, der aus der Ahnengalerie führt.

Renard sieht pikiert aus, macht sich aber dennoch daran, Nadeens Befehlen nachzukommen. Mit klopfendem Herzen beobachte ich Dominic und Nadeen beim Näherkommen.

Als sie stoppen, verbeugt sich Nadeen vor uns, was mich irritiert. Eigentlich tut sie das nicht, wenn wir unter uns sind, ich lasse mir jedoch nichts anmerken. Dominic tut es ihr mit geringer Verzögerung gleich. Mit einem schiefen Grinsen und einem Augenzwinkern sieht er mir ins Gesicht und ich weiß, dass die Namenslüge von gestern Nacht aufgeflogen ist. Vielleicht wusste er aber schon zuvor, wer ich wirklich bin.

»Eure Majestät«, sagt Nadeen an meinen Bruder gewandt. »Es ist mir eine große Freude, Euch Dominic, einen Gesandten des Königsreichs der Vampire, vorzustellen. Er wird Eure Schwester in Zukunft beschützen.«

Es fällt mir schwer, meine Miene nicht zu verziehen. Ich kann nicht fassen, dass ich bei meinem nächtlichen Ausflug ausgerechnet einer neuen Wache in die Hände gelaufen bin. Nadeen schafft es indessen nicht, ihr Pokergesicht länger aufrechtzuerhalten, denn nachdem sie die Worte ausgesprochen hat, sieht sie aus, als hätte sie in eine Zitrone gebissen. Von der Freude, von der sie eben noch sprach, ist nichts zu sehen.

Auch ich zwinge mir ein zuckersüßes Lächeln aufs Gesicht, da ich nicht verstehe, wieso ich plötzlich einen neuen Beschützer brauche. Ich habe doch ... Mir klappt der Mund auf, denn mir wird mit einem Schlag klar, dass weder Zeak noch Nadeen mich nach Red Ancient begleiten werden.

Es ist schwer, den Kloß zu schlucken, der vor einer Sekunde noch nicht in meinem Hals gesteckt hat. Madoc, der mir ansieht, dass etwas nicht stimmt, greift nach meiner Hand und drückt sie beruhigend, was ich ganz gut brauchen kann, da sich Tränen in meinen Augen sammeln. Mühsam versuche ich sie wegzublinzeln, doch ich scheine nicht besonders erfolgreich dabei zu sein, denn Nadeen wirft mir einen mitleidigen Blick zu.

Madoc ignoriert Dominic zunächst und sieht erst zu ihm, als dieser zu sprechen beginnt.

»Es ist mir eine Ehre, mich um die zukünftige Prinzessin von Red Ancient zu kümmern.«

Neben mir höre ich meinen Bruder laut mit den Zähnen knirschen. Sein Kiefer mahlt und ich bin mir sicher, dass er jede Sekunde seine erlernte Selbstbeherrschung aufgibt und uns mal wieder einer seiner berühmt-berüchtigten Ausraster bevorsteht. Bedrohlich langsam richtet er sich auf. Wie nach einem Rettungsanker versuche ich nach seinem Unterarm zu greifen, um ihn davon abzuhalten, Dummheiten zu machen. Leider greife ich in meiner Panik ins Leere.

Irgendwie hoffe ich, dass Nadeen nun irgendetwas unternimmt, doch sie sieht nur mit leicht geweiteten Augen zu, wie Madoc auf Dominic zugeht. Ich muss irgendetwas tun. Dominic hat es sich bestimmt nicht ausgesucht hierherzukommen. Vermutlich hat der Herrscher Red Ancients ihn geschickt, um mich in sein Land zu bringen. Also springe ich auf, um Madoc zu beruhigen. Er ist der beste große Bruder, den man sich vorstellen kann, aber er ist auch eine tickende Zeitbombe, von der nicht viele Personen wissen, wie man sie entschärft.

Ich erreiche ihn gerade noch, als er mit seinem Finger gegen Dominics Brust tippt und zischt: »Jetzt sage ich dir einmal was, Vampirliebhaber.«

Bei diesen Worten weiten sich Dominics Augen, er blickt meinem Bruder dennoch furchtlos entgegen. Die Unterschiede zwischen den beiden springen einem direkt ins Auge. Madoc sieht, im Gegensatz zu dem blonden und blauäugigen Dominic, der einen halben Kopf kleiner ist, ziemlich angsteinflößend aus mit seinen dunklen Haaren und den vor Zorn blitzenden Augen. Zumindest wenn man ihn nicht richtig kennt. Obwohl Dominic rein körperlich meinem Bruder in einem Kampf bestimmt nicht unterlegen wäre, mache ich mir dennoch Sorgen, dass Madoc ihm wehtun könnte, da mein Bruder mehr zu verlieren hat.

Da Nadeen ungefähr so groß ist wie Dominic, komme ich mir im Vergleich zu den Riesen hier im Raum wie ein Zwerg vor. Das hält mich aber nicht davon ab, mich entschlossen zwischen Madoc und Dominic zu schieben.

Der hinter mir stehende Dominic legt mir die Hände auf meine Schultern. »Was soll das?«, raunt er in mein Ohr und lässt eine Gänsehaut über meinen gesamten Körper wandern. »Du hast da etwas falsch verstanden. *Ich* bin dein Beschützer. Nicht umgekehrt.« Sein belustigter Tonfall kommt mir aufgrund der angespannten Situation reichlich unpassend vor.

Leise wispert Nadeen: »Nimm die Hände von der Prinzessin. Beschützen. Aber nicht anfassen.« Sie steht seitlich neben mir und sieht zwischen Dominic und Madoc hin und her. Fast so, als würde sie jederzeit einschreiten, sollten Madocs Drohgebärden zu einem handfesten Streit führen. Sie wirkt so taff, als könnte sie es wirklich mit zwei Männern zeitgleich aufnehmen. Ich wünschte, ich wäre ein bisschen mehr wie sie.

Madoc scheint nicht einmal wahrzunehmen, dass Dominic mich berührt, denn er beginnt mit rauer Stimme zu sprechen: »Eher friert die Hölle zu, als dass ich den Schutz meiner Schwester in die Hände eines Menschen lege, der nur ein manipulierter Spielball eines Vampirs ist.«

Das bringt Dominic dazu, die Hände von meinen Schultern zu nehmen, allerdings spüre ich die von seinem Körper ausgehende Hitze immer noch in meinem Rücken.

»Das hast du gerade nicht wirklich zu mir gesagt«, blafft er Madoc an.

Damit der junge Mann hinter mir nichts mehr von sich gibt, das die Situation zum Eskalieren bringen könnte, frage ich meinen Bruder: »Wie meinst du das?«

Madoc sieht mich mit verständnislosem Blick an. »Es ist doch allgemein bekannt, dass Vampire Gedankenmanipulation beherrschen.«

Ich drehe meinen Kopf in Dominics Richtung. Der verdreht seine Augen, als wären diese Worte die dümmsten, die er jemals vernommen hat.

»Rise«, beginnt Madoc und zwingt mich damit Dominics Blick loszulassen und mich wieder ihm zuzuwenden. »Glaubst du, dein neuer Freund ist zum Spaß hier? Weil ihm seine Herrscher einen kleinen Urlaub geschenkt haben?«

Nadeen macht einen Schritt nach vorne und legt eine Hand auf Madocs Brust. Aha. Offensichtlich darf man Prinzessinnen nicht anfassen, Prinzen jedoch schon. »Jetzt krieg dich mal wieder ein, Madoc. Er sieht nicht unbedingt so aus, als würde er unter Zwang stehen.«

Madoc beugt sich etwas vor und sieht Dominic wohl über meinen Kopf hinweg in die Augen. »Benebelt sieht er nicht aus. Aber wir können auch nicht wissen, wie sich Gedankenkontrolle zeigt. Es kann doch sein, dass man keine Auswirkungen erkennt.«

Dominic räuspert sich. »Ich bin übrigens immer noch hier im Raum.«

»Ja, leider«, zischt Madoc.

Mit leichtem Druck schiebt Dominic mich zur Seite, damit ich nicht mehr wie ein Puffer zwischen den beiden Männern stehe, um sich mit vor der Brust verschränkten Armen vor Madoc zu positionieren. »Ich habe noch nie einen Vampir getroffen, der Gedankenkontrolle beherrscht.« Etwas leiser murmelt er: »Wäre ja noch schöner, wenn man sich den ganzen Tag lang ins Gehirn schauen lassen müsste.«

Ich ziehe meine Augenbraue hoch, betrachte Dominic nachdenklich. Ob er immer ausspricht, was er gerade denkt?

Als Madoc wütend einen Schritt auf Dominic zumacht, rücken Nadeen und ich automatisch ebenfalls näher, um jederzeit eingreifen zu können. Es wundert mich, dass Madoc überhaupt noch sprechen kann, so verkrampft wie seine Gesichtsmuskulatur ist. »Vielleicht denkst du das aber nur und in Wahrheit liegen alle deine Gedanken offen.«

Dominic lacht belustigt auf. »Glaub mir, wenn es so wäre, dann würde ich nun bestimmt nicht vor dir stehen.«

Madocs Hand schnellt vor, wird jedoch sofort von Nadeen abgefangen. Jetzt ist mir endlich klar, warum Nadeen meine Wache ist, denn sie hat wirklich schnelle Reflexe. Während ich noch nicht einmal daran gedacht habe, mich zu bewegen, hat sie ihre Hand bereits fest um den Unterarm von Madoc gelegt, um seine Hand in der Luft zu stoppen.

Mit fester Stimme sagt sie an ihn gewandt: »Madoc, könnte ich dich mal kurz unter vier Augen sprechen?«

Mein Bruder sieht sie an, als hätte sie ihn mal eben gebeten mich ohne Wachen mitten ins Dorf zu stellen und laut »Hier ist die Prinzessin« zu schreien. Die Aufständischen würden mich schneller gefangen nehmen, um ein Druckmittel gegen meinen Vater zu haben, als dass ich zwinkern könnte.

Grober, als ich es jemals gesehen habe, greift er nach Nadeens Hand, um ihre Finger von seinem Unterarm zu lösen. Als ich einen Seitenblick zu Dominic wage, fällt mir auf, dass er meinen Bruder mit hochgezogenen Augenbrauen und abwertendem Blick betrachtet. Anscheinend gefällt es ihm nicht, wie er mit meiner Wache umgeht.

»Ich soll Rise mit *dem* hier«, Madoc zeigt auf Dominic, als wäre dieser ein ekelhaftes Insekt, »alleine lassen?«

Nadeen legt ihre Hände auf Madocs Brust und schiebt ihn in Richtung der Tür, ohne auf seinen Protest einzugehen. »Zeak steht vor der Tür. Außerdem wird Dominic in Zukunft auf sie achtgeben, also solltest du dich besser daran gewöhnen«, sind die letzten Worte, die ich vernehme, bevor die Tür hinter ihnen ins Schloss fällt.

Dominic schlendert an mir vorbei, als hätte es gerade keine Auseinandersetzung gegeben, die Bilder an der Wand fest im Blick. Offensichtlich um sie näher in Augenschein zu nehmen. Ich komme mir dumm vor tatenlos mitten im Raum zu stehen, also folge ich ihm. Wenn ich schon mal hier drinnen bin, sollte ich auch die Chance nützen, mir meine Vorfahren anzusehen. Es wäre schön, noch einmal das Gesicht meiner Mutter zu sehen, bevor ich Red Desert verlassen muss. Denn dass ich das Land verlassen werde, steht fest. Entweder gemeinsam mit Dominic, der mich zu dem fremden Vampirprinzen bringt, oder mit Madoc, der mit mir flüchtet und sein bisheriges Leben für mich aufgibt.

Ich muss wohl etwas weggetreten aussehen, da Dominic sich räuspert, um meine Aufmerksamkeit auf sich zu lenken. Als ich ihn ansehe, deutet er mit seinem Kopf in Richtung der verschlossenen Tür. »Benehmen sich die beiden immer so, als wärst du ihr Kind und müsstest von ihnen beschützt werden?«, möchte er von mir wissen.

Ja, definitiv. Sie treffen auch gerne mal Entscheidungen über meinen Kopf hinweg.

Ich gehe an ihm vorbei bis ans Ende der langen Ahnengalerie und betrachte dabei beiläufig alle Bilder, an denen ich vorbeikomme. Traurigerweise kenne ich nicht einmal die Namen meiner Vorfahren. Über meine Schulter werfe ich Dominic einen Blick zu und sehe, dass er mir mit geringem Abstand gefolgt ist.

»Weißt du, manchmal habe ich das Gefühl, dass es allen egal ist, wie ich mich fühle. Es ist fast so, als hätten sie alle vergessen, dass es hier um mich geht. Ich bin keine Figur auf einem Schachbrett, die man einfach hin und her schieben kann, wie man möchte.« Mein Leben ist alles andere als eigenbestimmt und ich mache immer, was mir befohlen wird. Und genau aus diesem Grund will ich mich dieses Mal nicht den Anweisungen meines Vaters fügen und einen Wildfremden heiraten. Ich dachte immer, eine Heirat würde mich befreien und ich könnte endlich das Leben führen, nach dem ich mich schon immer sehne. Doch wie es aussieht, würde ich den mir bekannten Käfig wohl nur durch einen neuen eintauschen.

Ich stemme meine Füße in den Boden, als ich beim nächsten Porträt vorbeikomme. Das ist sie. Sie muss es sein. Schnell lehne ich mich vor und lese auf dem Schild unterhalb des Bildes ihren Namen. *Königin Alithea.* Darunter ihr Geburts- und ihr Todesdatum.

Dominic bleibt lange stumm und starrt mit mir gemeinsam auf das Bild meiner Mutter. Bald darauf halte ich es nicht mehr aus und lege meine Hand auf das Porträt. Obwohl ich auf den Zehenspitzen stehe, erreiche ich nur den unteren Rand und stöhne frustriert auf. Ich hätte es schön gefunden, meine Mutter einmal in meinem Leben berühren zu können, wenn auch nur auf einer Leinwand.

Ich bemerke, wie Dominic mich etwas irritiert betrachtet. »Halte mich nicht für verrückt«, bitte ich ihn. »Aber ich vermisse sie einfach so unglaublich, obwohl ich keine einzige Erinnerung an sie habe.« Es ist das erste Mal, dass ich in das Gesicht meiner Mutter sehen kann.

Dominic tritt ein Stückchen näher an das Gemälde heran. »Wer ist sie?«, möchte er mit leiser, aber melodischer Stimme wissen.

Fast ehrfürchtig flüstere ich: »Das ist meine Mutter.«

Er nickt und spart sich die Frage, wo sie sich befindet. Offensichtlich deutet er meinen sehnsuchtsvollen Blick ganz richtig. Vielleicht fürchtet er sich aber auch nur vor der Antwort. Dominic sieht nicht so aus, als hätte er große Erfahrungen im Trösten von anderen. Er wirkt eher wie jemand, der sich nicht wirklich um die Gefühle anderer schert und stattdessen unbeirrt seinen Weg geht. Vermutlich haben sie ihn deshalb geschickt, um mich abzuholen und unbeschadet nach Red Ancient zu bringen.

Ich seufze leise und löse dann schweren Herzens den Blick vom Gemälde, um auch die anderen etwas genauer in Augenschein zu nehmen.

»Ist das hier eine Ahnengalerie?«, fragt Dominic mich.

Irritiert wende ich ihm mein Gesicht zu. »Ist das eine ernst gemeinte Frage?«, rutscht es mir heraus. Sofort schlage ich mir die Hand vor den Mund. »Ich wollte nicht …«, beginne ich zu stottern.

Dominic bleibt stehen und sieht kopfschüttelnd auf mich herab. »Hast du das Gefühl, dass ich lange darüber nachdenke, was ich sage?«

Definitiv nicht. Zaghaft schüttle ich den Kopf.

»Dann solltest du das in meiner Gegenwart auch nicht tun«, sagt er, während er mich ernst ansieht. Ich verfange mich in seinem Blick und schaffe es nicht wegzusehen, doch er bricht den Bann, indem er sich umdreht und weiter die Ahnengalerie entlangschlendert.

»Sag mal …«, raunt er plötzlich mit verändertem Tonfall, während er sich mit einem frechen Grinsen im Gesicht zu mir umdreht, »wieso sitzt ihr hier stundenlang starr herum, anstatt einfach ein Foto zu machen?«

Irritiert runzle ich meine Stirn. »Ein …«

Bevor ich dazu komme, den Satz zu beenden, streckt Dominic eine Hand in die Luft, um mich am Weitersprechen zu hindern.

»Bitte frag mich das nicht, Rise.« Eigentlich könnte ich ihm erklären, dass es keine Fotoapparate bei uns gibt, da sie laut meinem Vater unnötiger Schnickschnack sind, der das Volk vom Arbeiten abhält. Aber ich lasse es, denn ich bin immer noch völlig verwirrt über die Art, wie Dominic meinen Namen ausspricht. Sie ist völlig neu für mich.

Bei meinem Vater klingt mein Name immer wie ein Befehl. Bei meinem Bruder schwingt immer ein besorgter Unterton mit. Zeak spricht ihn mit Mitleid in der Stimme aus und wenn Nadeen nach mir ruft, klingt sie meist ungeduldig, da sie mich irgendwo hinbringen muss. Doch bei Dominic klingt mein Name, als wäre ich ein ganz normales Mädchen und nicht die Prinzessin von Red Desert.

Kopfschüttelnd geht Dominic weiter an der Wand entlang und murmelt leise: »Handy. Fotoapparat. Wo bin ich hier nur gelandet?« Beim letzten Bild angekommen bleibt er stehen und betrachtet es länger als die anderen.

Ich stelle mich neben ihn und sehe mir die jungen Mädchen genauer an. Es wundert mich nicht, dass er davor abgebremst hat, denn die Prinzessinnen darauf sind wunderschön.

Ich zwinkere ein paar Mal, um sicher zu sein, dass es sich bei den zwei Frauen wirklich um Zwillinge handelt. Als ich einen Schritt nach vorne mache und meine Nase fast am Bild klebt, bin ich sicher. Ich frage mich, wieso ich zuerst daran gezweifelt habe, denn sie sehen sich so ähnlich, dass ich die beiden vermutlich verwechseln würde, wenn sie leibhaftig vor mir stehen würden.

Ich reiße meinen Blick vom Gemälde los, um lesen zu können, wie die beiden heißen. *Hope und Honor, die ersten Prinzessinnen Red Deserts.* Und auch die schönsten.

Der traurige Gesichtsausdruck, der ihre Gesichter ziert, beeinträchtigt ihre Schönheit nicht. Ob man auf dem Gemälde von Madoc und mir in unseren Gesichtern wohl denselben Ausdruck finden wird?

Leise flüstere ich: »Sie sind atemberaubend schön.«

»Das sind sie«, stimmt Dominic mir zu.

Sofort beginne ich damit, mich mit ihnen zu vergleichen. Die blonden, fast golden schimmernden Haare lassen meine braunen Haare unscheinbar und langweilig wirken. Zwischen uns gibt es wirklich keinerlei Ähnlichkeit. Nicht einmal die gleiche Augenfarbe teilen wir, da die Prinzessinnen blaue Augen haben und ich braune.

Wie konnte ich nur so aus der Reihe fallen? Das erste Mal fällt mir auf, dass alle unsere Vorfahren blond sind. Alle bis auf meine Mutter, meinen Bruder und mich.

Dominic löst sich vom Anblick der schönen Prinzessinnen und schreitet weiter an den Gemälden entlang. Er zeigt auf eine andere blonde Prinzessin, die gemeinsam mit ihrem Bruder – dem künftigen König – abgebildet wurde.

»Erzähl mir etwas über sie«, verlangt Dominic von mir.

Mit gerunzelter Stirn sehe ich ihn an. »Das kann ich nicht«, gebe ich beschämt zu. Natürlich könnte ich jetzt ihren Namen vom Schild ablesen und mir irgendeine Geschichte ausdenken, aber was sollte das bringen?

Mit einem lauten Seufzen geht Dominic zwei Bilder weiter. Er lehnt sich neben dem nächsten Porträt an die Wand. Auffordernd hebt er seinen Kopf. Auf dem Bild ist eine jüngere Version meines Vaters zu sehen, neben ihm ein junges Mädchen. Da es sich dabei nicht um meine Mutter handelt, nehme ich einfach an, dass es seine Schwester ist.

»Was ist mit ihr? Sie müsstest du doch kennen, oder?«

Ich schüttle meinen Kopf. »Nein«, wispere ich.

»Wieso nicht?«

»Weil ich das Schloss noch nie verlassen habe«, antworte ich ihm leise.

»Also lebt sie nicht mehr im Schloss?«

Kurz hebe ich meine Schultern, um sie in der nächsten Sekunde gleich wieder fallen zu lassen. Frustriert schnaube ich: »Seit meiner Geburt nicht.« Ich kaue auf meiner Unterlippe herum. »Oder ich kann mich nicht mehr daran erinnern, weil ich zu jung war.«

Dominic stößt sich von der Wand ab und kommt auf mich zu. Er legt seine Hände links und rechts an meine Unterarme. Der eindringliche Blick, mit dem er mich ansieht, bereitet mir eine Gänsehaut. Und keine der angenehmen Art.

»Was, denkst du, passiert mit den Prinzessinnen?«, möchte er von mir wissen.

Nervös lecke ich mir über die Unterlippe. »Vielleicht ...«, beginne ich zu grübeln.

Dominic, der anscheinend ungeduldig wird, unterbricht mich: »Du hast also noch nie darüber nachgedacht?« Er klingt leicht gereizt.

Nach kurzem Zögern gebe ich zu: »Nein, habe ich nicht.« Von Wort zu Wort spreche ich leiser.

Ein Seufzen stiehlt sich aus seiner Brust. »Wusstest du überhaupt, dass dein Vater«, er legt seinen Zeigefinger auf das Porträt und tupft gegen die Stirn meines Erzeugers, »eine Schwester hatte?«

Ich lasse meinen Kopf hängen und flüstere: »Nein, ich sehe das Bild heute zum ersten Mal.«

Dominic geht an mir vorbei und macht ein paar Schritte in den Raum. Er streckt seine Arme von sich und dreht sich einmal im Kreis. »Wie oft warst du denn schon hier drinnen?«

»Bis heute noch nie.« Die Tür ist durch einen Sicherheitscode geschützt und es ist nicht derselbe wie der zu meinen Gemächern. Natürlich habe ich versucht mir Zutritt zu verschaffen. Wenn man den ganzen Tag nichts anderes zu tun hat, als im Schloss herumzuwandern, zu lernen und zu lesen, versucht man sich natürlich die Zeit zu vertreiben, indem man jeden Winkel des Palastes erkundet. Zeak war dabei ein sehr interessierter, hilfreicher Verbündeter. Verschlossene Türen sind für ihn genauso reizvoll wie für mich. Nur in die Ahnengalerie haben wir es nie geschafft. Deshalb war ich im ersten Moment auch ganz erfreut, dass wir in diesem Raum für Renard posieren durften. Auch wenn meine Freude durch das lange Sitzen etwas getrübt wurde.

Dominics Stirn liegt in Falten, während er mich mustert, als würde er mich das erste Mal sehen. »Sie halten dich hier wirklich an der kurzen Leine, was?«

»Ich habe keine ...«

Sofort winkt Dominic ab. »Ich weiß, ich weiß. Das ist nur eine Redensart.«

Ich kann nicht anders, als meine Augen zu verdrehen. »Das wusste ich. Ich wollte nur sagen, dass mich mein Leben hier eher an einen goldenen Käfig erinnert.« Sofort schlage ich mir wieder die Hand vor den Mund. Das hätte ich nicht sagen sollen.

Von Dominic ernte ich für meine Reaktion ein Kopfschütteln. »Ich habe dir doch bereits gesagt, du darfst mir gegenüber alles sagen. Es wird keine Konsequenzen für dich haben.« Alte Gewohnheiten wird man schlecht los. Außerdem habe ich Angst, dass ich jemandem vertraue, der meine Gutgläubigkeit dann ausnutzt. Ich kenne Dominic noch nicht gut genug, um einschätzen zu können, wie er wirklich tickt. Was ihn betrifft, kann ich nur Vermutungen anstellen.

Aber einen kleinen Vertrauensvorschuss gewähre ich ihm dennoch. »Gut«, sage ich. »Dann solltest du wissen, dass ich keine Lust habe, einen fünfhundert Jahre alten, vertrockneten Vampirprinzen zu heiraten.«

Laut lachend wirft Dominic seinen Kopf in den Nacken. Es dauert eine ganze Weile, bis er sich wieder beruhigt. »Ich kann dich beruhigen. Dein Zukünftiger ist keine fünfhundert. Er ist nur dreihundertneunundneunzig.«

Meine Mundwinkel, die sich beim Anblick eines völlig losgelösten Dominics ebenfalls nach oben bewegt haben, sinken nach unten. »Ist das dein Ernst?«

Unschuldig zuckt er mit den Schultern. »Find es doch heraus«, meint er in einem provozierenden Tonfall. Danach geht er an mir vorbei zur Tür. Als er bereits im Türrahmen steht, fragt er: »Kommst du?«

Kapitel 7

Doom

Ich versuche meine Miene wieder unter Kontrolle zu bringen. *Ein fünfhundert Jahre alter, vertrockneter Vampir.* Witzig. Damit ich nicht gleich wieder laut loslache, drehe ich Rise den Rücken zu und verlasse den Raum.

Irgendwie mag ich das Mädel, auch wenn sie etwas verschreckt wirkt. Außerdem ist sie ganz hübsch anzusehen mit ihren vollen Lippen und der elfenhaften Figur. Sie benötigt keinerlei Make-up, um gut auszusehen. Eine echte Naturschönheit. Ihr Gesicht ist für die Ewigkeit geschaffen. Das braune, dichte Haar funkelt jedes Mal, wenn Sonnenstrahlen darauf treffen. Dazu die strahlenden braunen, von dichten Wimpern gesäumten Augen, in denen hin und wieder ein Hauch Trotz aufblitzt. Nur für einen Sekundenbruchteil, so lange, bis sie ihren Blick nach unten senkt und somit ihr Gegenüber ausschließt. Ich weiß nicht, wer sie darauf trainiert hat, immer den Fußboden zu betrachten, doch man sollte demjenigen dringend Vernunft einbläuen.

Ich halte für eine Sekunde inne. Bin ich irre? Was denke ich da überhaupt? *Idiot,* schimpfe ich mich selbst und hoffe, dass niemand mein Zögern bemerkt hat.

Am Gang wende ich mich der etwas gelangweilt aussehenden Wache zu. In resolutem Tonfall, da ich mich immer noch über mich selbst ärgere, frage ich: »Wer bist du?«

Der Junge, der ungefähr in meinem Alter sein muss, salutiert vor mir. »Zeak. Mein Name ist Zeak.« Hat der gerade ernsthaft vor mir salutiert? Und ich dachte, ein Typ mit einem so coolen Namen ist mal ein bisschen gechillter als der Rest der starrschauenden Truppe. Kein Wunder, dass die kleine Prinzessin sich wie ein verschrecktes Reh verhält.

Halbherzig erwidere ich den Salut und stelle mich wieder mit meinem falschen Namen vor. »Dominic.« Ich hätte mir auch ein etwas ausgefalleneres Pseudonym aussuchen können. Wenigstens Dominicus oder so einen Mist. Na ja, jetzt ist es wohl zu spät dafür.

»Bist du für Rise zuständig?«, möchte ich von ihm wissen.

Prinzesschen und Zeak sehen mich an, als hätte ich gerade einen riesen Fauxpas begangen. Vermutlich hätte ich das Mädel mit *Hoheit* oder *Durchlaucht* ansprechen sollen.

Ich zucke entschuldigend mit den Schultern. »Sorry, Eure Hoheit?«, frage ich mehr, als ich es sage.

Rise schüttelt kaum merklich ihren Kopf. »Sollte das Hofprotokoll Red Ancients weniger streng sein, dann fühlt Euch verpflichtet meinen Vornamen zu verwenden«, sagt sie mit einer übertriebenen Höflichkeit, die mich dazu bringt, den Kopf gegen die nächstbeste Wand schlagen zu wollen.

Zeak nickt ihre Worte ab, sieht jedoch so aus, als wäre ihm nicht ganz wohl dabei. Sofort frage ich mich, wie loyal er der Prinzessin gegenüber ist. Verrät er jedes ihrer Worte dem König? Das würde ihre Zurückhaltung erklären. Wenn ich jede Sekunde darauf achten müsste, was ich sage, würde ich schon längst nicht mehr im Palast wohnen.

Die höflichen Floskeln, die sie eben verwendet hat, lassen mich zögern. Es wird mir eine Freude sein, Rise dazu zu bringen, aus sich herauszugehen und auf das Hofprotokoll zu pfeifen. In Red Ancient redet wirklich niemand so geschwollen wie hier und je schneller sie sich daran gewöhnt, desto besser.

»Danke«, würge ich dann doch noch hervor, bevor ich mich wieder Zeak zuwende. »Bringen wir sie gemeinsam in ihr Zimmer? Immerhin sollte ich wissen, wo ich Rise …«, ich würde es gar nicht schaffen, sie mit einem Titel anzusprechen, »finden kann. Immerhin bin ich bald für ihre Sicherheit zuständig«, rattere ich mein Anliegen schnell herunter.

Leider ist Zeak nicht auf den Kopf gefallen. »Ich denke«, sagt er, »ich sollte das mit Nadeen besprechen.«

Ich verschränke meine Arme vor der Brust und schüttle meinen Kopf. Gerade als ich etwas erwidern möchte, mischt Rise sich ein: »Die würde ich gerade nicht stören. Du hast doch gesehen, mit welcher Laune mein Bruder den Raum verlassen hat.«

Wenn ich an den Prinzen denke, kann ich nicht anders, als die Augen zu verdrehen. Der Typ hat wohl einen völlig übersteigerten Beschützerdrang seiner Schwester gegenüber. Er führt sich auf, als wäre er ihre Mutter und ihr Vater in einer Person. Anderseits würde ich mich, wenn es um meine Schwester ginge, wohl ähnlich verhalten, also kann ich ihn auch verstehen. Ein klein wenig. Was jedoch nichts daran ändert, dass ich Madoc für ein Riesenarschloch halte.

Die Wache wiegt ihren Kopf hin und her, entscheidet sich dann aber dafür, Rise' Einwand nachzugeben: »Gut, folgt mir.«

Mit seinem Kopf deutet er in die entsprechende Richtung und schon setzt sich unsere kleine Prozession in Bewegung. Wir gehen einige Stufen nach oben, dann wieder nach unten. Hin und wieder hängen ein paar Gemälde an den Wänden, dann wieder ein Wandteppich, der vermutlich den Eingang zu geheimen Gängen markiert, doch ansonsten dominiert hier eindeutig weißer Kalkstein. Whitecastle trägt seinen Namen offensichtlich aus gutem Grund. Danach biegen wir nach rechts und wieder nach links. Erst nachdem wir uns bereits zehn Minuten durch das Schloss bewegt haben, wird mir klar, was Zeak vorhat. Er versucht mich durch die Umwege, die wir nehmen, zu verwirren, damit ich den richtigen Weg nicht allein wiederfinden kann.

Sein Plan wird aber nicht funktionieren, denn neben meinem guten Aussehen bin ich auch mit einem hammermäßigen Orientierungssinn gesegnet, dennoch empfinde ich immer mehr Respekt für die Wache. Sie haben nicht irgendeinen Tölpel zum Schutz der Prinzessin abgestellt, sondern einen fähigen Kerl, den man auf den ersten Blick etwas unterschätzt.

Hinter mir höre ich Rise bereits laut schnaufen. Ich drehe mich zu ihr um und zwinkere. »An deiner Kondition musst du wohl noch arbeiten.«

Ihre Wangen färben sich leicht rot, was vermutlich nicht an der Wanderung durch den Palast, sondern an meinen Worten liegt. »Muss dir nicht peinlich sein. Ich kann dich ja mal mit zum Joggen nehmen«, biete ich ihr an.

Als ich mich wieder umdrehe, um mir den Weg weiter einzuprägen, höre ich von hinten: »Was ...«

Bitte! Nicht! Sofort unterbreche ich sie. »Laufen. Ich nehme dich zum Laufen mit.« Ich frage mich, was passiert, wenn dieses Mädchen ein Flugzeug sieht. Wirft sie sich dann schreiend auf den Boden und schreit: »Ein Drache!«?

Wäre zumindest im Bereich des Möglichen.

Endlich bleibt Zeak vor einer verschlossenen Tür stehen und tippt einen Zahlencode in ein Tastenfeld gleich daneben. Leider achtet er darauf, dass ich ihn nicht sehe. Dass ich den Code nicht kenne, könnte leider noch zu einem Problem werden.

Ich drehe mich zu Rise um, die den Blick wieder einmal auf den Boden gesenkt hat, und frage sie: »Sperren sie dich in deinem Zimmer ein?« Ich kann nicht verhindern, dass meine Stimme einen leicht verärgerten Unterton annimmt.

Rise schafft es, ihren Blick zu heben und mir mit ihren großen braunen Augen ins Gesicht zu sehen. »Nicht wirklich«, sagt sie mit festerer Stimme, als ich erwartet habe. »Ich kann eigentlich jederzeit aus dem Zimmer raus, nur darf ich mich im Schloss nicht ohne Wache bewegen. Der Code dient nur dazu, dass niemand unbefugt zu mir hineinkann.«

Langsam bekomme ich wirklich Mitleid mit ihr. Doch das kann ich mir nicht erlauben. Ich bin hier und habe eine Mission, die ich erfüllen möchte. Die ich erfüllen muss! Also schiebe ich den Hauch von Mitgefühl, der sich gerade in mir breitmachen will, einfach zur Seite.

Erleichtert atme ich aus. Fühlt sich gleich viel besser an.

Da ich sowieso nichts dagegen machen kann, dass Rise eingesperrt wird, deute ich eine Verbeugung an.

Sie betrachtet mich verwundert und ich würde gerne zu ihr sagen: »Ja, ich kann auch höflich sein! Wenn ich will.« Stattdessen kommen folgende Worte aus meinem Mund: »Ich nehme an, wir sehen uns bestimmt später noch.«

Immerhin muss ich sie ja noch abfangen, wenn ihr Bruder sie außer Landes schaffen will. Gestern, als ich Rise im Garten zurückgelassen habe, bin ich natürlich nicht auf mein Zimmer gegangen. Ich habe mich zwischen den vielen Blumen, Sträuchern und Bäumen versteckt und abgewartet, was noch passiert. Denn mir war sofort klar, dass man in absoluter Finsternis kein

Buch lesen kann. Immerhin hat die Prinzessin ja keine Ahnung, was ein Handy mit Taschenlampenfunktion ist.

Ich musste auch gar nicht lange warten, denn bereits nach einigen Minuten kam ein stinksaurer Madoc in den Garten. Anfangs dachte ich ja noch, Rise wäre eine Mätresse und der Thronprinz ihr Lover. Je länger ich den gewisperten Worten – zumindest denen, die ich von meinem Versteck aus hören konnte – gelauscht habe, desto klarer wurde mir aber, dass der Prinz und die Prinzessin nicht vorhaben sich dem Willen ihres Vaters zu beugen. Das macht beide zumindest ein bisschen sympathisch.

Allerdings kann ich nicht zulassen, dass die beiden heute Nacht einfach durch den Geheimgang verschwinden!

Mit gemächlichen Schritten und einem Lächeln auf dem Gesicht lasse ich Zeak und Rise zurück, um mich auf den Weg zum König zu machen. Wird Zeit, dass ich um eine Audienz bitte. Kann ja nie schaden sich mit dem Feind zu verbrüdern. Oder wenigstens so zu tun als ob.

Leider habe ich keine Ahnung, wo sich der Regent von Red Desert gerade aufhält, da ich aber auch gerade nichts Besseres zu tun habe, kann ich ja einfach eine Weile durch das Schloss schlendern und mich umsehen.

Ich nehme einfach mal an, dass er sich hinter der bestbewachten Tür befindet. Dort kann ich ja dann einfach mal klopfen.

Nach einer halben Stunde muss ich feststellen, dass mein Plan nicht so leicht durchzuführen ist wie gehofft. Dieses verdammte Schloss ist riesig. Mittlerweise befinde ich mich ziemlich weit oben, wie mir ein Blick aus dem Fenster zeigt. Genervt setze ich mich auf eine kleine Fensternische und überlege mit baumelnden Füßen, was ich tun soll, als mir genau auf der gegenüberliegenden Wand ein verrutschter Wandteppich auffällt.

Hallo, nächste Geheimtür.

Sofort bin ich wieder auf den Beinen. Mein ganzer Körper vibriert förmlich und ich fühle mich so aufgeregt wie ein kleiner Junge, der das erste Mal auf Entdeckungstour geht. Nachdem ich den Wandteppich zur Seite geschoben habe, brauche ich nicht einmal nach einem geheimen Mechanismus zu suchen, denn die Tür ist nur leicht angelehnt.

Leise drücke ich sie gerade so weit auf, dass ich mich durchzwängen kann. Wer weiß, wer diesen Durchgang zuvor genommen hat. Die weißen Wände wirken hier drinnen dunkler. Dreckiger. Könnte womöglich teilweise an den Spinnweben liegen, die von der Decke hängen. Allerdings ist es hier drinnen auch kühler als im Rest des Schlosses. Anders kann ich mir nicht erklären, dass ich eine Gänsehaut bekomme.

Ein leises Lachen lässt mich innehalten. Geflüsterte Worte. Danach folgt ein ... Knurren? Darauf bedacht, kein Geräusch zu machen, schleiche ich weiter. Und die Stimmen werden lauter.

Vorsichtig spähe ich um die Ecke und dabei fallen mir zwei Dinge auf: Hier befindet sich ein geheimer Raum, der für das eine oder andere Stelldichein benutzt wird. Und Wachblondie und der arrogante Prinz haben etwas miteinander laufen.

Die weibliche Palastwache ist gerade dabei, ihre Haare zu richten, während der Thronfolger sein Hemd zuknöpft. Tja, sehr viel Interpretationsspielraum bleibt hier leider nicht übrig. Wenn man aussieht, als hätte man eine Affäre, und sich auch so verhält, dann hat man das ganz offensichtlich auch.

Schnell mache ich einen Schritt zurück, in der Hoffnung, dass sie mit sich selbst beschäftigt sind und mich nicht entdeckt haben. Jetzt kann ich sie leider nicht mehr sehen, aber immer noch ganz gut hören. Gott, ich hoffe, sie machen nicht mehr miteinander herum. Das Grinsen auf meinem Gesicht kann ich allerdings nicht vertreiben. Sieht so aus, als hätte der große böse Wolf ... ähm ... Madoc ... ein Faible für sexy Blondinen. Aber ich kann es ihm nicht verübeln, denn Nadeen sieht wirklich gut aus.

»Kann ich jetzt endlich mit dir sprechen?«, höre ich Nadeen zischen.

Der Prinz lacht leise. »Entschuldigung, ich musste mich erst einmal abreagieren. Und so wie du lächelst, warst du mit meiner Variante der Problembewältigung nicht ganz unzufrieden.«

Nadeen gibt ihm keine Antwort, also beuge ich mich nach vorne und spähe wieder um die Ecke. Whoa, Runde zwei. Der Typ geht aber ran und so wie sich Nadeen an ihn drückt, gefällt es ihr ganz gut, so intensiv, wie sie sich küssen. Bekommt er einfach nicht genug von ihr oder warum fangen die jetzt wieder an sich abzusabbern? Sie lehnt an der Wand und hat die Hände in seinen Haaren vergraben, während er ...

Ich komme mir vor wie ein Spanner, also ziehe ich mich wieder zurück. Anderen beim Küssen zuzusehen war noch nie mein Ding. Die Leidenschaft, die manche Menschen dabei an den Tag legen, kann ich nicht ganz nachvollziehen.

Mir ist es noch nie passiert, dass ich alles um mich herum vergesse, so wie die beiden.

Als ich mich nach vorne beuge, schiebt Nadeen ihren Prinzenlover gerade von sich, gibt ihm dann aber doch noch einen Kuss. Offensichtlich kann sie sich nicht entscheiden, ob sie lieber noch ein bisschen mit ihm fummeln soll oder doch wohl besser ihren Job macht.

Sieht so aus, als ob die Vernunft siegt, denn Nadeen sagt: »Du kannst nicht einfach so über Dominic herfallen.«

Madoc raunt: »Ich habe eher das Gefühl, dass ich gerade über dich hergefallen bin.«

Ich muss mir die Hand vor den Mund schlagen, um nicht laut loszulachen. Der Typ braucht dringend mal eine Nachhilfestunde im Flirten.

Nadeen ist offensichtlich meiner Meinung, da sie mit genervtem Tonfall erwidert: »Du weißt genau, was ich meine.«

»Jaja«, murrt er.

»Komm mir nicht so. Wenn dein Plan«, sie zeigt Gänsefüßchen in der Luft, »aufgehen soll, dann solltest du ihre neue Wache nicht jetzt schon gegen dich aufbringen. Der merkt doch, dass es dir nicht passt, und rechnet damit, dass du irgendetwas planst.«

Na ja, ich rechne nicht nur damit. Ich weiß es. Und gerade habe ich noch einmal die Bestätigung dafür bekommen. Ich weiß nur noch nicht, wie ich Madoc aufhalten kann. Aber bestimmt fällt mir noch etwas ein.

»Na gut. Falls mir der Schönling«, also hat er auch gemerkt, wie gut ich aussehe, »noch einmal über den Weg läuft, benehme ich mich nicht wie ein Höhlenmensch.«

Das dürfte schwierig werden. Aber gut, er kann es ja versuchen. Allerdings bezweifle ich, dass er sehr erfreut sein wird, wenn wir uns das nächste Mal sehen.

»Meinst du, dass du das schaffst?«, will Nadeen von dem Prinzen wissen.

Er zuckt mit den Schultern. »Ich kann es ja wenigstens versuchen.«

»Gute Miene zum bösen Spiel sozusagen?«

»Ganz genau.« Er lächelt Nadeen dabei an, als würde sie ihm etwas bedeuten. Aber auch wenn ... ein Thronfolger und eine Palastwache? Niemals ...

Außerdem sollte der Thronfolger weniger mit Rise' Wache rummachen. Zumindest solange er seinen Plan nicht besser ausgearbeitet hat. Kommt mir alles ein bisschen schwammig vor, zumindest die Teile, die ich bisher in Erfahrung gebracht habe.

Blondie und ihr Lover machen es mir auch nicht gerade leicht, das Gespräch zu verfolgen, da sie sich immer wieder betatschen. Ich lehne mich zurück und starre an die Wand. Notiz für später: Werde nie Detektiv. Warten ist keine meiner Stärken.

Nach gefühlten Stunden höre ich endlich wieder Nadeens Stimme. »Wohin soll ich Rise heute Nacht bringen?«

Dieses Mal unterlasse ich es, um die Ecke zu spähen, sondern verlasse mich ganz auf meine Ohren.

»Treffen wir uns nach Sonnenuntergang am Marktplatz.« Verdammt noch mal, kann Madoc keine präziseren Zeitangaben machen? Zwanzig Uhr fünfzehn oder so etwas. Jetzt kann ich den ganzen Abend auf diesem Marktplatz herumlungern und hoffen, dass sie dort auftauchen

Aber ich weiß nun alles, was ich wissen muss. Also lasse ich das Pärchen noch ein bisschen weiterfummeln und begebe mich wieder auf die Suche nach dem König.

Kapitel 8

Bliss

Nervös laufe ich vor Morgans Zimmer auf und ab. Ich kann es nicht länger für mich behalten, muss es zumindest *ihm* endlich erzählen. Meine Hand zittert, als ich nach der Türschnalle greife und die Tür so leise wie möglich öffne. In Zeitlupentempo gehe ich auf das Bett zu, in dem der rothaarige Vampir schläft. Ich beuge mich über ihn und streiche mit meinem Zeigefinger über Morgans blasse Alabasterhaut. Er bewegt sich keinen Millimeter und sieht genau genommen ... ziemlich tot aus. Jeder andere Mensch, der wie ich in Red Ancient aufgewachsen ist, hätte nun seine Hand zurückgezogen. Entweder weil er befürchtet tatsächlich eine Leiche zu streicheln oder aus Angst davor, einen schlafenden Vampir zu wecken.

In Morgans Fall trifft Variante zwei zu, allerdings ist er fast genauso schwer zu wecken wie ein Toter. Ich muss es wissen, immerhin kennen wir uns seit meiner Geburt.

Leise flüstere ich ihm seinen Namen ins Ohr, während sich eine Haarsträhne aus meiner Frisur löst und direkt in sein Gesicht fällt.

Als ich mich zurückziehe, sehe ich gerade noch, wie sich seine Nase leicht kräuselt. Und da geht sie hin: meine Chance zurückzuweichen.

Bereits in der nächsten Sekunde befinde ich mich weit vom Bett entfernt, mit dem Rücken gegen die Wand gepresst. Zu sagen, dass Vampire unheimlich schnell sind, wäre wohl eine maßlose Untertreibung. Ich versuche den Schwindel, der mich überkommt, wegzublinzeln. Zum Glück klappt es. Es ist nicht das erste Mal, dass mir Morgan seine Kräfte demonstriert. Da ich mein ganzes Leben in unmittelbarer Nähe von Vampiren verbracht habe, sollte ich bereits daran gewöhnt sein, aber es ist einfach zu ... unvorstellbar. Gerade kniet man noch auf dem Bett und im nächsten Moment werden einem die

Hände über dem Kopf fixiert. Das Leben mit Vampiren ist immer für eine Überraschung gut.

»Bliss«, keucht Morgan, als er mich erkennt. »Gerade du solltest wissen, dass es gefährlich enden kann, uns zu wecken.«

Der tadelnde Tonfall in seiner Stimme bringt mich dazu, die Augen zu verdrehen. Ich hasse es, wenn er mit mir spricht, als wäre ich ein kleines dummes Ding, dem man die Welt erklären muss. Denn dann klingt er viel zu sehr wie mein Bruder Doom. Gruselige Vorstellung, wenn man bedenkt, dass er mich immer noch gegen die Wand presst.

»Schon gut«, murre ich, während ich fasziniert seine ausgefahrenen Reißzähne betrachte. Mir ist klar, dass er recht hat, aber ich habe ihn natürlich nicht ohne triftigen Grund geweckt.

Als ich zum Sprechen ansetze, schüttelt Morgan den Kopf und geht sogar so weit mir einen Finger auf die Lippen zu legen. Offensichtlich ist er in der Laune, mich zu belehren. Und ich ihn zu beißen, weil ich dringend etwas loswerden muss. Viel zu oft habe ich das Gefühl, dass er mich nicht wirklich ernst nimmt, nur weil ich jünger und die Schwester seines besten Freundes bin. »Spätestens wenn du dich selbst in eine Vampirin verwandelst, wirst du merken, wie ...« Weiter höre ich nicht mehr zu, denn er weiß genauso gut wie ich, dass ich den Tag, an dem ich selbst ein hübsches Paar Fangzähne besitze, wie eine Verrückte feiern werde.

Allerdings bin ich nicht zu Morgan gekommen, um mit ihm über Vor- und Nachteile der Vampirbeißerchen – eindeutig das Nuscheln, wenn sie ausgefahren sind – zu sprechen, sondern über etwas Wichtigeres. Also kürze ich seinen Vortrag ab. »Und in zwei Jahren, an meinem neunzehnten Geburtstag, weiß ich dann ganz genau, wie sich das Leben als Vampir anfühlt. Bla, bla. Wir brauchen also nicht weiter darüber zu sprechen.«

Da Morgan immer noch nicht auffällt, dass er mich mit seinem, zugegebenermaßen sehr durchtrainierten, Körper an die Wand presst, wackle ich demonstrativ mit den Armen.

Etwas irritiert sieht er auf mich herab und ich deute mit meinem Kinn auf ihn, danach auf mich selbst. »Wärst du so freundlich?«

Es scheint ihn nicht besonders zu stören, dass unsere Körper so dicht aneinandergepresst sind. Mich würde es im Normalfall eher freuen als stören, aber jetzt ist nicht der Moment, sich von einem heißen irischen Vampir an die Wand drücken zu lassen. Etwas zögerlich macht er einen Schritt zurück und zuckt mit den Schultern. »Sorry. Ich war in Alarmbereitschaft.« Typisch Vampir. Zum charakteristischen Morgenverhalten würde allerdings noch fehlen, dass er seine Hände wie früher in den Hosentaschen vergräbt.

»Danke!« Ich schüttle meinen Kopf, um mich wieder auf das Problem zu konzentrieren, das mich zu ihm geführt hat. Was nicht besonders leicht ist, da er immer noch viel zu nah neben mir steht. Mit beiden Händen drücke ich gegen seine Brust und zwinge ihn ein paar Schritte zurückzugehen, bis er mit den Beinen gegen die Pritsche stößt, auf der er schläft.

»Setz dich«, sage ich. Keine Sekunde später laufe ich vor dem Bett auf und ab und spreche endlich aus, was mir auf dem Herzen liegt. »Doom ist weg.«

Morgans Pupillen weiten sich, was aber auch wirklich die einzige erkennbare Reaktion auf meine Worte ist. Seit seiner Verwandlung zum Vampir beneide ich ihn um sein perfektes Pokerface, denn noch vor zwei Jahren sah man Morgan jede Gefühlsregung an.

Nach einer kurzen Pause fragt er: »Wie, weg?«

»Was gibt es daran nicht zu verstehen? Er ist nicht mehr auf dem Schiff, als hätte er sich einfach in Luft aufgelöst. Und das bereits seit über vierundzwanzig Stunden.« Zum Ende des Satzes werde ich leiser, denn ich weiß, dass ich sein Verschwinden schon viel früher melden hätte sollen.

»Seit …? Das meinst du doch nicht ernst.«

»Na ja«, druckse ich herum. »Gestern dachte ich noch, dass er sich vielleicht ins Zimmer eines weiblichen Besatzungsmitglieds geschlichen hat. Aber er war heute den ganzen Tag nicht in seiner Kajüte. Und auch nicht an Deck. Er ist wie vom Erdboden verschwunden.« Ich klinge verdammt kleinlaut, denn mir ist klar, dass ich Scheiße gebaut habe. »Ich habe die Befürchtung, dass er an Land gegangen ist.«

Mein Bruder ist ein Hitzkopf. Das wissen wir alle, nur ist Red Desert nicht unbedingt der Ort, an dem man unüberlegte Aktionen in Angriff nehmen sollte. Eher ist es der Ort, von dem wir uns so weit wie möglich fernhalten sollten. Für meinen Geschmack befinden wir uns ohnehin viel zu nah an der Küste und sind dadurch zu angreifbar. Wie sehr würde ich mir wünschen, dass Doom auf einer Luftmatratze im Meer plantscht, aber das tut er nicht. Er ist unauffindbar. Und deshalb bin ich der Meinung, dass jetzt genau der richtige Zeitpunkt ist, um auszuflippen. Und das tue ich. Auf meine Weise, indem ich anfange Unsinn zu plappern. »Und da er weder mit einem Jetski rund um das Schiff fährt noch auf einem aufblasbaren Einhorn durch das Wasser reitet, nehme ich jetzt einfach mal an, dass er abgehauen ist.«

Morgan kennt mich viel zu gut, deshalb geht er nicht auf mein nervöses Geplapper ein, sondern konzentriert sich auf die Fakten. »Habt ihr hier unten und auch an Deck alles abgesucht?«

Ich nicke nur kurz. Bevor ich mich dazu entschlossen habe, Morgan zu wecken, habe ich an die Tür jeder einzelnen Kajüte geklopft, wohl wissend, dass dahinter Vampire schlafen, die sich nicht besonders erfreut über die Frage »Befindet sich mein Bruder zufällig in deinem Zimmer?« zeigen würden.

Mit beiden Händen fährt sich Morgan durch seine roten Haare. »Verfluchte Scheiße.« Mit diesen Worten steht er vom Bett auf und beginnt damit, in der kleinen Kabine auf und ab zu gehen, während er leise vor sich hin schimpft.

Ziemlich sicher geht er in seinem Kopf bereits alle Möglichkeiten durch, wo wir noch nach Doom suchen könnten. Morgan schenkt mir keinen Blick, als er murmelt: »Hast du auch in der Kombüse nachgesehen?«

»Wir haben *überall* nachgesehen. Er muss das Schiff verlassen haben.«

Morgan scheint meine Worte zwar zur Kenntnis zu nehmen, setzt seinen Weg durch den kleinen Raum jedoch unbeirrt fort. »Okay, du gehst noch mal mit den Männern an Deck. Ruft nach Doom. Sucht mit einem Fernglas das Meer ab. Vielleicht ist er ja ins Wasser gefallen.«

Obwohl ich es unwahrscheinlich finde, dass Doom irgendwo im Wasser treibt, nicke ich. Morgan wird seit einiger Zeit militärisch ausgebildet, also will ich ihm nicht widersprechen, obwohl ich das im Normalfall viel zu gerne tue. Mit wenigen Schritten bin ich bei der Tür, drehe mich aber noch einmal zu Morgan um. »Was machst du in der Zwischenzeit?«

Er zeigt zuerst auf seine Boxershorts, danach auf den nackten Oberkörper. Oh! Das habe ich nicht bemerkt. Ich war so darauf fokussiert, Morgan zu wecken und ihm vom Verschwinden meines Bruders zu berichten, dass ich seinen halb bekleideten Zustand nicht einmal wahrgenommen habe.

»Ich werde mich anziehen und danach Calean wecken.«

Früher – als Kind – hat es mich irritiert, dass Morgan seinen Dad beim Vornamen nennt, doch in den siebzehn Jahren, in denen wir uns nun kennen, habe ich mich daran gewöhnt. Auch ich nenne ihn Calean, denn weder *Sir* noch *Mr O'Connor* würden zu ihm passen. Er besteht aus bestimmt hundertzwanzig Kilo reinster Muskelmasse, sieht mit dem kahl geschorenen Kopf wie das Paradebeispiel eines Gefängnisinsassen aus, ist aber ein dreihundert Jahre alter irischer Vampir, der bereits sein ganzes Leben lang im Dienste des Königshauses von Red Ancient steht.

Sofort stimme ich zu. »In Ordnung.« Wenn jemand Doom finden kann, dann Calean. »Kommst du dann nach oben?« Verloren schlinge ich die Arme um meinen Körper, da Morgan es nicht tut. Ich muss bereits ohne Doom zurechtkommen, deshalb will ich nicht auch noch auf ihn verzichten.

Mit hochgezogenen Augenbrauen sieht Morgan mir entgegen. »Wenn du mich in einer Urne nach Red Ancient zurückbringen möchtest, gerne.«

Ich beiße mir auf die Unterlippe. Natürlich kann er mir nicht folgen. Die Nachmittagssonne brennt aufs Deck und ich denke nur daran, dass ich mich in Morgans Nähe besser fühle, jedoch nicht daran, was es für ihn bedeutet, bei Tageslicht nach draußen zu gehen. Sein neunzehnter Geburtstag liegt gerade drei Monate zurück, deshalb passiert es manchmal, dass ich immer noch den Menschen in Morgan sehe, nicht den Vampir. Vor allem da er sich rein äußerlich kaum verändert hat.

»Treffen wir uns einfach wieder hier«, schlage ich vor und verlasse das Zimmer, ohne mich noch einmal zu ihm umzudrehen.

***

Als ich zurückkomme, ist Morgan angezogen und durchquert wieder seine Kajüte. Als er mich sieht, stoppt er abrupt.

»Und?«, fragt er, sobald die Tür ins Schloss gefallen ist.

Stumm gehe ich auf ihn zu und schüttle den Kopf. Zu mehr bin ich nicht imstande, denn ich habe Angst, dass meine Stimme wegbricht. Das Schlucken fällt mir schwer und ich kann nichts gegen das anhaltende Schweigen tun, das sich zwischen uns ausbreitet. Das Wissen, dass ich Dooms Verschwinden nicht eher gemeldet habe, lastet schwer auf meinen Schultern. Ich bin nicht fähig auch nur einen Laut von mir zu geben.

Nur in meinem Inneren herrscht ein wahnsinniger Aufruhr, denn Doom kann sich nicht einfach in Luft aufgelöst haben. Das ist unmöglich.

Als ich das drückende Schweigen nicht mehr aushalte, durchbreche ich die Stille. »Er wurde bestimmt entführt«, murmle ich vor mich hin. Als ich wieder beim Bett vorbeikomme, schnappt Morgan nach meiner Hand und zieht mich zu sich. Mit rauer Stimme lässt er mich wissen: »Doom wurde *nicht* entführt.«

»Woher zum Teufel willst du das wissen?«

Morgan reibt sich über seine Augen. Er sieht müde aus, obwohl er wie ein Toter geschlafen hat. Ha, ob ich den Witz jetzt bringen sollte? Lieber nicht. Er ist definitiv kein Morgenmensch. Oder wohl eher Abendmensch, da im Normalfall jedes Mal, wenn er aufsteht, die Sonne dabei ist unterzugehen. Kurz nach dem Wachwerden ist Morgan meistens etwas grummelig und für meine spezielle Art von Humor nicht wirklich zugänglich. Ich wünschte, Doom wäre hier. Er würde mir ein High-Five geben und mit mir lachen.

Morgan räuspert sich einige Male, bevor er spricht. »Weil ich Doom kenne.«

Sofort beginne ich zu protestieren: »Ja, aber ...«

Allerdings komme ich nicht weit, da Morgan mich unterbricht. »Du kennst deinen Bruder besser als jeder andere. Ist es wahrscheinlicher, dass er entführt wurde und niemand es mitbekommen hat oder dass er einfach losgezogen ist, um Dummheiten zu machen?«

Ich seufze. »Wohl eher die zweite Variante«, gebe ich zu.

»Na eben.« Seine Augen funkeln, wie sie es immer tun, wenn er sich bestätigt fühlt. Übergroßes Ego und so.

Was ich seinem Ego und ihm niemals erzählen würde, ist allerdings, dass er mir immer schon gut gefallen hat. Seine roten Haare und grünen Augen haben mich bereits mein ganzes Leben lang fasziniert. Früher hätte ich niemals damit gerechnet, dass wir irgendwann mal ein kleines Geheimnis teilen würden. Ich habe es nie darauf angelegt, mir den besten Freund meines Bruders zu schnappen, trotzdem sind wir uns immer nähergekommen. Da niemand von uns weiß, ist *die Sache* mit uns so verflucht aufregend. Ganz anders als der Rest meines Lebens, der einfach nur in geregelten Bahnen verläuft. Zumindest solange mein großer Bruder keinen Mist baut. Ihn davon abzuhalten, Dummheiten zu machen, ist so ziemlich der einzige Grund für meine Anwesenheit auf dem Schiff. Hat leider nicht besonders gut geklappt ...

»Wo ist Calean?«, frage ich Morgan. »Was hat er zu Dooms Verschwinden gesagt?«

»Nicht viel. Wir treffen uns gleich in der Kombüse, um das weitere Vorgehen zu besprechen.«

Ich gehe zu meiner Tasche, die ich gestern Abend heimlich in sein Zimmer geschleppt habe und die unausgepackt neben der von Morgan steht. Schnell ziehe ich mir mein gelbes Kleid über den Kopf.

»Was tust du?«

»Mich umziehen. Ich denke nicht, dass das die geeignete Kleidung für unsere Mission ist.«

Morgan macht ein paar Schritte auf mich zu. »Das Ding«, er deutet mit dem Kopf auf den gelben Stoff zu meinen Füßen, »ist so gut wie jedes andere Kleidungsstück, da du uns nicht begleiten wirst.«

Aus zusammengebissenen Zähnen knurre ich: »Und wie ich das werde. Meine Eltern haben mich mitgeschickt, damit ich auf Doom aufpasse!«

»Das hat ja wirklich gut geklappt. Er ist nämlich nicht mehr auf dem Schiff.«

Mit meinem Fuß angle ich nach dem Kleid und schleudere es ihm entgegen.

Danach bücke ich mich und krame in meiner Tasche herum, ziehe eine Hose und ein T-Shirt heraus. Beides in Schwarz. Flink schlüpfe ich in meine Klamotten und nachdem ich mir auch Stiefel in derselben Farbe angezogen habe, sehe ich Morgan mit einem provozierenden Grinsen an. Grimmig betrachtet er mich mit vor der Brust verschränkten Armen. Wenn es möglich ist, wird seine Miene noch finsterer und verschlossener. »Es ist egal, was du trägst. Du bleibst trotzdem hier.«

Ich gehe auf Morgan zu und stelle mich auf die Zehenspitzen, um ihm besser ins Gesicht sehen zu können. »Das hast nicht du zu entscheiden.« Und ich bin bestimmt nicht eines dieser Mädchen, das sich sagen lässt, was sie zu tun oder zu lassen hat. Von Calean vielleicht, denn vor ihm habe ich immer noch etwas Schiss. Aber bestimmt nicht von Morgan.

Mit wenigen Schritten erreiche ich die Tür, doch Morgan ist wie immer schneller und stemmt seine Hand dagegen. »Wo denkst du, dass du jetzt hingehst?«

Fest beiße ich meine Zähne zusammen, denn langsam beginnt er mich zu nerven. Ja, er lenkt mich erfolgreich davon ab, an Doom zu denken, doch er macht mich auch gerade ziemlich wütend.

»In die Küche.« Mit diesen Worten schiebe ich Morgan zur Seite, was ich nur kann, weil er es zulässt.

Arrogant zieht er eine Augenbraue hoch. »Und was willst du dort tun?«

Auf Calean warten! »Etwas, das bei dir nur flüssig möglich ist. Frühstücken«, sage ich mit fester Stimme, muss mich dann aber korrigieren. »Oder abendessen.« *Ach, was auch immer.* »Darf ich jetzt vorbei?

Als Morgan seine Hände endlich wegnimmt, reiße ich die Tür auf und marschiere durch den Flur in Richtung der Kombüse.

Dort angekommen bin ich froh, dass noch niemand hier ist. Die Menschen befinden sich noch an Deck und die Vampire sind vermutlich gerade dabei aufzuwachen. Ich sehe aus der Luke und stelle fest, dass die Sonne gerade dabei ist unterzugehen. Perfekt.

Als ich mich wieder umdrehe, stapft Morgan mit grimmigem Blick auf mich zu. Anstatt etwas zu sagen, geht er an mir vorbei und nimmt sich einen

Beutel Blut aus dem Kühlschrank. Etwas beleidigt stelle ich fest: »Du willst also nicht von mir trinken.« Anfangs kam es mir ziemlich intim vor, ihn von mir trinken zu lassen. Vor allem da wir *die Sache* zwischen uns immer noch nicht definiert haben. Machen wir nur rum? Sind wir Freunde mit gewissen Vorzügen? Oder sind wir dabei, den nächsten Schritt zu gehen und es miteinander zu versuchen? Doch nach einer Weile habe ich mich daran gewöhnt.

Morgan verschränkt seine Arme vor der Brust. »Im Moment nicht. Nein, danke.«

Ich weiß nicht, wen diese Ablehnung mehr trifft. Mich oder ihn, denn er muss ziemlich sauer sein, wenn er lieber abgefülltes Blut trinkt anstatt meines direkt aus der Vene. Morgan hat es mir gegenüber mal so beschrieben, dass man das Blut mit Kakao vergleichen kann. Direkt aus der Vene ist es noch warm, ähnlich einer heißen Schokolade mit Sahne. Aus der Verpackung ist es so, als würde man sich mit Instantkakao zufriedengeben, der zwar ebenfalls ganz gut schmeckt, aber nicht mit dem Heißgetränk konkurrieren kann.

Da ich nicht von meinem Standpunkt abweichen werde, gehe ich an ihm vorbei zum Kühlschrank und schnappe mir einen kalten Kakao. Danach bringe ich so viel Abstand zwischen uns wie nur möglich und lehne mich, Morgan gegenüber, an die Wand. Mit einem Grinsen nehme ich einen Schluck.

»Ahhhh, lecker.« Mit meinem Handrücken wische ich mir über den Mund. Mir ist selbst klar, dass ich mich gerade kindisch verhalte, aber Morgan hat es verdient.

Er schüttelt seinen Kopf und öffnet seinen Beutel. »Sláinte«, prostet er mir zu und trinkt genüsslich.

Jedes Mal, wenn ich sehe, wie Morgan Blut zu sich nimmt, überkommt mich eine fast perverse Art der Faszination. Ich meine … eigentlich sollte es mich doch abstoßen, oder? Doch es ist fast so, als würde das Blut mich magisch anziehen.

Das merke ich vor allem daran, dass ich plötzlich wie ferngesteuert auf Morgan zulaufe und mir gierig über die Lippen lecke.

Morgan setzt den Beutel ab und sieht mich abwartend an. Auch ihm ist klar, dass er gewonnen hat, als ich vor ihm stehe. Immer noch völlig neben mir stehend lege ich meine Hände in seinen Nacken und ziehe ihn zu einem Kuss zu mir heran. Der leicht metallische Geschmack, der noch an seinen Lippen haftet, widert mich nicht an. Im Gegenteil. Es ist so, als würde sich ein Teil von mir bereits jetzt danach sehnen, dass meine vampirische Seite endlich zum Vorschein kommt.

Schwer atmend löse ich mich von ihm und hauche: »Beiß mich.«

Von der Tür höre ich ein Räuspern und danach Caleans gelangweilte Stimme: »Kinder, nicht hier. Nicht jetzt. Wir haben dringlichere Probleme.«

Mit hochrotem Kopf löse ich mich von Morgan. Es ist mir peinlich, dass sein Vater uns erwischt hat, obwohl er kein Wort darüber verliert. Er scheint nicht schockiert zu sein, eher genervt von der Tatsache, dass wir uns nicht auf das Wesentliche konzentrieren. Doom! Es schockt mich selbst, dass ich nicht fokussierter bin, denn immerhin ist mein Bruder weg. Allerdings ist es nicht das erste Mal, dass er so ein Ding durchzieht, deshalb bin ich wohl schon daran gewöhnt, mir Sorgen um ihn zu machen …

Beleidigt schiebe ich die Unterlippe nach vorne. Morgan und seine miesen Tricks! Wie konnte ich nur vergessen, dass ich eigentlich wütend auf ihn bin, da er mich nicht auf die Wir-holen-Doom-zurück-Mission mitnehmen möchte. Das alles konnte nur passieren, weil ich ein gestörtes Verhältnis zu Blut habe.

Nachdem ich Morgan noch einen wütenden Blick zugeworfen habe, klatsche ich motiviert in die Hände und wende mich Calean zu. »Ja, finde ich auch. Wann brechen wir auf, um meinen Bruder zurückzuholen? Und woher wissen wir, wo wir suchen sollen?«

»Erstens: Doom hat mich vor zwei Tagen gefragt, ob er die Prinzessin abholen darf. Gleich nachdem König Isaac uns die Botschaft zukommen hat lassen, dass er nur eine einzige Person an Land lässt.«

Ich mache große Augen. »Und was hast du gesagt?«

Anstelle von Calean antwortet Morgan. »Calean hat Nein gesagt. Stimmt doch, oder?«

»Natürlich. Niemand würde einen Achtzehnjährigen alleine auf einen

Kontinent schicken, der von einem Wahnsinnigen regiert wird.« Er wirft seine Hände in die Luft. »Ich hätte einen gut ausgebildeten Soldaten geschickt, der fünfhundert Dienstjahre auf dem Buckel hat. Mindestens. Keinen von sich selbst überzeugten Grünschnabel.«

»Und zweitens: Du denkst doch nicht wirklich, dass wir dich mitnehmen.«

Meine Mundwinkel sinken weit nach unten. Wie der Sohn, so der Vater. Oder war es andersrum?

»Aber ...«, beginne ich, werde aber von Morgan unterbrochen. »Nichts aber.«

Calean starrt Morgan mit seinem autoritären Blick in Grund und Boden. »Hat dich jemand nach deiner Meinung gefragt?« Es ist erstaunlich, wie schnell Calean vom Vater zum Anführer umschalten kann. Wenn man einen Tag auf dem Schiff mit den beiden verbringt, könnte man meinen, dass sie keine sonderlich gute Beziehung zueinander haben. Dabei sind sie einfach nur wahnsinnig gut darin, Berufliches und Privates zu trennen.

Morgan schüttelt den Kopf und presst seine Lippen aufeinander.

»Und nun zu dir.« Sein strenger Blick zwingt mich fast in die Knie, doch ich schaffe es, ihn zu erwidern, ohne einzuknicken. »Warum denkst du, dass du uns begleiten darfst? Du kannst froh sein, dass du überhaupt hier bist und nicht in Red Ancient.«

Da der Zweck meines Aufenthalts – auf Doom aufzupassen – eindeutig nicht erfüllt wurde, habe ich wohl jetzt auch keine großen Chancen, wenn ich Calean glaubwürdig versichern möchte, dass ich die Richtige für die anstehende Mission bin. Trotzdem versuche ich es. »Weil ich euch bestimmt eine große Hilfe sein kann«, behaupte ich, was natürlich lächerlich ist, denn ich kann mit keinerlei Waffen umgehen und ich habe auch keine Karatekurse oder so etwas in der Art gemacht. Dafür kann ich Selbstverteidigung. Und ich kann total schnell rennen.

Das Kopfschütteln zeigt mir bereits, bevor er auch nur seinen Mund aufmacht, dass Calean sich nicht leicht umstimmen lassen wird.

»Nicht überzeugend genug. Neuer Versuch? Oder willst du das Thema endlich abhaken?«

Ich beiße mir auf die Unterlippe. »Weil, weil …«, beginne ich zu grübeln.

Morgan wirft seine Arme in die Luft. »Dir fällt ja selbst kein Grund ein, warum wir dich mitnehmen sollten.«

Ein belustigtes Lachen stiehlt sich aus Caleans Brust, als er sich seinem Sohn zuwendet: »Wer sagt, dass ich *dich* mitnehme?«

Nun klappt Morgans Mund weit auf. »Weil ich seit Monaten jeden Tag mit deiner Einheit trainiere? Oder weil ich seit meiner Verwandlung nahezu unzerstörbar bin? Weil ich schneller bin als alle anderen in der Truppe? Und weil mein bester Freund seit vierundzwanzig Stunden verschwunden ist und ich hier nicht länger tatenlos herumsitzen will, sollte ihm wirklich etwas passiert sein.« Von Wort zu Wort hat Morgan lauter gesprochen, bis er die letzten Silben nahezu geschrien hat.

Calean zuckt nicht einmal mit der Wimper, doch in seinen Augen funkelt es. »Das nenne ich mal Courage«, lässt er Morgan wissen. Er geht auf ihn zu und klopft ihm auf die Schulter. »Deshalb bist du einer der Besten, mein Sohn.«

Wie bitte? Das ist doch nicht sein Ernst!

Ich stelle mich etwas aufrechter hin. Was Morgan kann, kann ich schon lange. »Ich bin klein, also kann ich mich gut verstecken. Ich bin schnell, also kann ich einem Menschen jederzeit davonlaufen«, beginne ich mit meiner Aufzählung.

Natürlich kann Morgan es nicht lassen und muss sich einmischen: »Du bist aber nicht kugelsicher.«

Ich werfe ihm einen vernichtenden Blick zu. »Aber ich weiß, wie man sich eine schusssichere Weste anzieht«, kontere ich.

»Was ist, wenn sie dir in den Kopf schießen?«, möchte er von mir wissen.

»Was ist, wenn sie *dir* in den Kopf schießen?«, frage ich zurück.

»Dann wird das vermutlich eine ziemliche Sauerei, aber wenn mir irgendwann jemand die Kugel wieder aus dem Kopf zieht, sollte es heilen.«

Ich stemme meine Hände in die Hüften. »Sofern sie nicht aus Silber ist.« Denn es ist das einzige Metall, das Vampire töten kann.

Calean nickt. »Da muss ich dir leider recht geben, Bliss.«

Morgans Miene verfinstert sich. »Wieso fällst du mir in den Rücken?«

Calean schüttelt seinen Kopf und murmelt: »Ihr verhaltet euch wie Kinder. Außerdem falle ich dir nicht in den Rücken, ich höre mir ihre Argumente an und wäge danach ab, ob es eine gute Idee ist, sie mitzunehmen. Oder nicht.«

Morgan wedelt mit der Hand in meine Richtung. Die Geste soll mich wohl zum Weitersprechen animieren.

»Gut«, murmle ich. »Wo war ich? Ach ja, ich kann Auto fahren. Wir werden einen Wagen brauchen, um ins Innere Red Deserts zu kommen.« Falls Doom sich überhaupt dort aufhält. Aber wenn wir nicht an Land gehen und nachsehen, werden wir es wohl nie erfahren.

Calean sieht mich an, als wäre ich verrückt. »Das können auch neunundneunzig Prozent der Männer in meiner Truppe.«

Ich lege meinen Kopf schief und grinse. »Auch bei Tag?«

Ein Lächeln zupft an Caleans Lippen und er sieht gleich wieder viel weniger bedrohlich aus als im Normalzustand.

»Dann habe ich allerdings immer noch fünf Männer, die ich statt dir mitnehmen könnte.« Es sieht so aus, als würde Calean es genießen, mich hinzuhalten.

Offensichtlich dauert Morgan unser Gespräch zu lange, denn er steigt nervös von einem Fuß auf den anderen. »Sollten wir die Diskussion nicht endlich beenden und losziehen?«, mischt er sich ungeduldig ein und zeigt auf seine Uhr.

Calean lehnt sich seelenruhig gegen den Ofen. »Wenn du nicht zu einem Häufchen Asche werden willst, solltest du dich wohl noch eine halbe Stunde gedulden«, knurrt er.

Morgan gibt es offensichtlich auf, sich an unserem Gespräch zu beteiligen, und setzt sich auf eine Holzbank. Er schraubt den Verschluss seines Blutbeutels wieder auf und beginnt zu trinken. Das macht er doch mit Absicht, um mich aus dem Konzept zu bringen. *So nicht, mein Freund!*

Sofort positioniere ich mich so, dass ich ihn nicht mehr ansehen muss, und sauge mir einen neuen Grund aus den Fingern: »Ich bin das perfekte Ablenkungsmanöver.«

»Was?«, schreit Morgan und verschluckt sich an seinem Frühstück. »Das kann nicht dein Ernst sein.« Er springt auf und tigert vor dem Ofen auf und ab. »Lass dich jetzt nicht damit weichkochen.«

An Caleans schräg gelegtem Kopf merke ich jedoch, dass ihm meine Idee mit dem Ablenkungsmanöver gefällt. »Es wäre gut, wenn wir ohne großes Aufsehen an Land gelangen könnten.«

»Dann nimm jemand anderen dafür.«

Langsam schüttelt Calean seinen Kopf. »Nein, wir haben keine andere menschliche Frau an Bord. Nur Vampirinnen.«

Morgan macht einen bedrohlichen Schritt nach vorne. »Du kannst dir doch nicht innerhalb von Sekunden einen Plan aus den Fingern gesaugt haben, für den du plötzlich unbedingt eine Menschenfrau brauchst. Immerhin hat sie den Vorschlag gerade erst gemacht.«

Entschuldigend zuckt unser oberster Befehlshaber mit den Schultern. »Dann hatte ich wohl gerade eine Eingebung.«

Morgans Gesichtszüge entgleisen. Er taumelt zurück zur Holzbank und lässt sich darauf sinken. »Du bist verrückt. Wenn das der König erfährt …«

Mit wenigen Schritten ist Calean bei Morgan und packt ihn am Kragen. »Wenn Wave davon erfährt, dann ist das ganz alleine mein Problem. Haben wir uns verstanden?«

Ich gehe zu Calean und löse seine Finger von Morgans T-Shirt. Leise sage ich: »Er macht sich nur Sorgen um mich.«

Leise murmelt Morgan. »Zu Recht.«

Calean zischt: »Denkst du, ich würde Bliss einfach so in Gefahr bringen? Ich kenne sie ihr ganzes Leben lang und würde ihr Leben niemals aufs Spiel setzen.«

Es sieht nicht so aus, als würden Calean und Morgan noch auf einen Nenner kommen.

»Gut, dann nimm sie mit. Aber wenn ihr etwas passiert, dann …«

»Dann was?«

»Scheiße, das würde ich dir nie verzeihen, Dad.«

Ich sehe mit großen Augen zu Morgan. Es ist das erste Mal, dass Morgan seinen Vater in meiner Gegenwart Dad genannt hat. Beim Hinausgehen rempelt er Calean an und schenkt mir keinen einzigen Blick mehr.

»Und?«, fragt Calean, als wir alleine sind. »Fühlst du dich gut, jetzt, wo du deinen Willen bekommen hast?«

Langsam schüttle ich meinen Kopf. »Ich wünschte, es wäre so«, hauche ich, bevor ich Morgan hinterherlaufe. An der Tür angekommen drehe ich mich zu Calean um. Ich muss schlucken, bevor ich die Worte ausspreche, die mir noch auf der Zunge liegen: »Du erzählst doch Doom nicht, dass Morgan und ich …« Es ist mir unmöglich, den Satz zu beenden.

Calean schüttelt den Kopf. »Das ist eine Sache zwischen Morgan und dir.«

Erleichtert atme ich aus und will bereits hinausstürmen.

»Bliss?«

»Ja?«

»Nimm einen Rat von einem alten Vampir an«, bittet er mich. »Sag es deinem Bruder, bevor er es auf andere Weise erfährt.«

Sofort nicke ich zustimmend. »Das werde ich. Spätestens wenn wir Red Desert verlassen«, verspreche ich, bevor ich mich auf die Suche nach Morgan mache.

Kapitel 9

Madoc

Mit einem aufgesetzten Lächeln stehe in der Küche und spiele mit der Haarsträhne einer Küchenmagd. Hoffentlich kommt Nadeen nicht zufällig vorbei, wobei es nett wäre zu sehen, ob sie so weit gehen würde ihr Revier zu verteidigen. Wenn ich sie richtig einschätze, will sie keine unter vielen sein. Sie will *die Eine* sein. Ziemlich sicher würde ich im Anschluss den Anschiss meines Lebens kassieren. Nadeen würde das machen, egal ob ich der Thronfolger bin oder nicht.

Natürlich setze ich mein Leben nicht grundlos aufs Spiel. Meine Annäherung an die dralle Rothaarige vor mir hat einen ganz anderen Grund.

Ich brauche etwas von ihr. Essen! Und davon viel.

Langsam beuge ich mich nach vorne und säusle meine nächsten Worte in ihr Ohr. »Könntest du etwas Proviant für meine Schwester und mich einpacken?«

Mit gerunzelter Stirn löst sie sich von mir und fragt: »Wofür, Eure Hoheit? Unsere Prinzessin darf das Schloss nicht verlassen.« Als könnte ich das jemals vergessen.

Wieso habe ich mir ausgerechnet die neugierigste Frau in der Küche ausgesucht, um sie für meine Zwecke zu manipulieren?

Sanft streichle ich über die Wange der Magd. Ich kenne nicht einmal ihren Namen. »Ich wollte sie mit einem Picknick im Schlossgarten überraschen. Sie soll heute Nacht ein letztes Mal die Sterne über ihrem Zuhause sehen, damit sie nie vergisst, wo sie herkommt.«

Ja, so ein Mist bringt Frauenherzen zum Schmelzen.

In vertraulicher Pose lehne ich mich nach vorne, in der Hoffnung, dass die Dienerschaft bereits hinter vorgehaltener Hand über die Vermählung meiner

Schwester spricht, und flüstere: »Du weißt schon, da sie ihr Zuhause doch bald verlassen muss.«

Die Küchenmagd schlägt die Augen nieder. Als sie sie wieder öffnet, seufzt sie leise. »Das ist so edel von Euch, mein Prinz.« Leicht neigt sie in absoluter Ergebenheit ihren Kopf, doch ich zwinge sie, den Finger an ihr Kinn gelegt, wieder zu mir aufzusehen.

»Wenn du dich beeilst, habe ich später noch ausreichend Zeit, um mich bei dir für deine Bemühungen zu bedanken«, raune ich mit verheißungsvollem Tonfall. Das Gesicht des Mädchens überzieht – wie beabsichtigt – eine zarte Röte und ich zwinkere ihr zu. »Ich komme gleich wieder, um den Proviant abzuholen.«

Mit diesen Worten ist das Gespräch für mich beendet und ich lasse die Magd allein zurück in der Küche. Nur schnell weg von hier.

Auf dem Weg durch die weißen Gänge des Schlosses öffne und schließe ich meinen Mund einige Male. Das angestrengte Lächeln tut meinem Gesicht nicht gut, da ich kurz davor bin, eine Kieferstarre zu bekommen. Ich verstelle mich bereits mein ganzes Leben, doch gewöhnen werde ich mich wohl nie daran.

Mit schnellen Schritten laufe ich durch das Schloss in Richtung meiner Gemächer. Wieder eine Sache weniger, um die ich mich kümmern muss.

Als mein rechter Schuh bereits die erste Treppenstufe berührt, halte ich inne. Es gibt eine Sache, die ich die ganze Zeit über aufgeschoben habe. Den Besuch in der Waffenkammer. Nur ein einziges Schwert befindet sich im Reisegepäck, das ich bereits zusammengestellt habe. Das kommt mir selbst für unsere spärliche Ausrüstung noch zu wenig vor.

Neben einem breiten Aufgang gibt es einen schmalen Durchgang, hinter dem eine Treppe nach unten in die Kellergewölbe führt. Normalerweise steht an dieser Stelle immer eine Wache.

Nur heute nicht … Und für mich ist das die Chance, unser Waffenarsenal ein wenig aufzustocken. Ich muss mich nur beeilen, denn Nadeen und Rise warten bestimmt schon auf mich im Schlossgarten. Die Vorbereitungen haben zu viel Zeit in Anspruch genommen …

Darauf bedacht, keine zu lauten Geräusche zu machen, schleiche ich über die Stufen nach unten in den Keller. Der weiße Stein, aus dem das Schloss erbaut wurde, ist hier fleckig und sieht fast grau aus. Vielleicht liegt es aber nur an den Fackeln, die, je weiter ich nach unten steige, den Weg immer spärlicher beleuchten.

Ich runzle die Stirn, als ich am Eingang zum Kellergewölbe vorbeikomme. Im Normalfall stehen auch hier immer mindestens zwei Wachen, damit sich niemand unbefugt Zutritt verschafft.

Das hier ist leicht. Zu leicht. Und dennoch kann ich nicht anders, als weiterzugehen, denn mit meinen Gedanken bin ich längst bei Rise, um sie von hier wegzubringen. Ich hätte nicht erst abwarten dürfen, bis eine Flucht unausweichlich wird. Dass ich jetzt unter Zugzwang stehe, habe ich mir selbst zuzuschreiben. Weil es nicht um mich ging, habe ich es immer wieder aufgeschoben, dafür zu sorgen, dass Rise endlich das Leben bekommt, das sie verdient.

Und genau aus diesem Grund kann ich einfach nicht umdrehen. Ich muss Waffen holen, da es ohne sie schwer wird zu fliehen.

Als ich die letzte Stufe hinter mir lasse, halten mich zwei Wachen auf, die wie aus dem Nichts auf mich zukommen.

Ich balle meine Hand zu einer Faust, als ich sehe, wie abfällig sie mich mustern. Natürlich erkenne ich die beiden wieder. Sie gehören zur Leibgarde meines Vaters.

Ich wusste es! Es war mir von Anfang an klar, dass ich nicht einfach in die Waffenkammer spazieren kann, und doch war es den Versuch wert.

»Der König erwartet Euch bereits«, lässt mich der Ältere der beiden wissen. Das Feuer in mir beginnt wieder zu brennen, zuvor war es nur ein gedämpftes Lodern, doch das Wissen, dass mein Vater jeden meiner Schritte wie ein Jahrmarktsgaukler voraussagen kann, lässt mich wütend schnauben. Mit zusammengebissenen Zähnen mache ich auf dem Absatz kehrt, um nach oben in den Thronsaal zu gehen, doch ich werde aufgehalten. Eine Hand legt sich grob auf meine Schulter und drückt fest zu. »Hiergeblieben.«

Irritiert drehe ich mich wieder um, während der jüngere Wachmann mit der Hand zur Waffenkammer zeigt. *Das* überrascht mich nun doch etwas, denn meinen Vater sucht man hier unten im Normalfall vergeblich. Die beiden sehen nicht so aus, als würden sie mich einfach gehen lassen, also straffe ich meine Schultern und setze meinen ursprünglichen Weg fort.

Mein Kiefer spannt sich ganz automatisch an. Mir ist klar, dass mein Vater dieses ganze Aufeinandertreffen geplant hat, denn an einen Zufall glaube ich nicht. Er tut rein gar nichts ohne Hintergedanken und die fehlende Wache beim Eingang zu den Kellergewölben war nur der Köder, der mich dazu bringen sollte, genau das zu tun, was er will.

Der Gedanke, dass er mich so gut kennt, um meine Handlungen vorauszusehen, gefällt mir nicht. Ich dachte immer, ich wäre nur ein lästiges Übel, mit dem er sich quält.

Ich höre keine Schritte hinter mir. Ich werfe einen Blick über meine Schulter und stelle fest, dass die Handlanger meines Vaters genau dort stehen geblieben sind, wo sie sich zuvor aus den Schatten geschält haben.

Als ich die Waffenkammer betrete, steht mein Vater mit dem Rücken zu mir mitten im Raum, was mir … falsch vorkommt. Er sollte auf seinem Thron sitzen und mir mit seinem jugendlichen Gesicht überlegen lächelnd entgegensehen, sich dabei arrogant eine blonde Haarsträhne aus dem Gesicht streichen. Es wundert mich immer, dass der König, obwohl er rein äußerlich nicht wie eine Autoritätsperson wirkt, eine Strenge im Blick hat, gegen die niemand zu rebellieren vermag. Unbehaglich sehe ich mich um, warte darauf, dass plötzlich weitere Wachen aus dem Nichts auftauchen, doch wir sind alleine. Ich kann mich nicht erinnern, wann es das letzte Mal vorgekommen ist, dass er keine Beschützer im Rücken hatte.

Für einige Sekunden gebe ich mich der Wahnvorstellung hin, dass ich nach einem Schwert greife und meinen Vater damit hinterrücks ersteche. Weil er sich immer noch nicht zu mir umgedreht hat, nehme ich an, dass er mich nicht hat kommen hören. Der Zeitpunkt wäre perfekt.

Meine Finger beginnen zu kribbeln, das lodernde Feuer in mir schreit danach, etwas zu tun … und doch scheitere ich an meiner eigenen Schwäche.

Er ist nur mein Erzeuger, denn ein Vater war er nie. Weder für mich noch für Rise. Dennoch kann ich ihm kein Schwert in den Rücken bohren. Noch weniger, wenn er es nicht kommen sieht. Also zwinge ich mich dazu, meine Hände zu entspannen und tief durchzuatmen. Im Anschluss räuspere ich mich, um den König auf mich aufmerksam zu machen.

Er dreht sich mit einem spöttischen Grinsen im Gesicht zu mir um. »Du warst immer schon ein Schwächling.«

Vor Schock weiten sich meine Augen für den Bruchteil einer Sekunde, doch ich schaffe es, den Rest meiner Gesichtsmuskulatur unter Kontrolle zu halten. Das einzige Zeichen meiner Anspannung sind meine fest aufeinander gebissenen Zähne. Natürlich hatte er noch nie die beste Meinung von mir, doch so unverblümt ins Gesicht gesagt hat er sie mir noch nie.

Mit langsamen Schritten geht er auf die rechte Seite der Waffenkammer, bückt sich langsam und greift nach einem Schwert, das achtlos an die Wand gelehnt dasteht. Unruhig beobachte ich jede seine Bewegungen. Es scheint, als würde es kein Gramm wiegen, so locker und anmutig liegt es in seiner Hand. Es war mir nicht klar, dass er kämpfen kann, doch man sieht ihm eindeutig an, dass er mit dem Schwert umgehen kann. Daraufhin beschleunigt sich mein Herzschlag. Es ist mir unmöglich vorherzusagen, was er tun wird.

Will er sich mit mir unterhalten?

Oder mich töten?

Spielerisch und fast zärtlich fährt er mit den Fingern über die Klinge der Waffe, während er auf mich zukommt. Immer noch mit diesem unheimlichen Lächeln im Gesicht. Er sieht aus wie ein Racheengel. Übermenschlich und strahlend schön. Und das obwohl er eindeutig der Teufel ist. Verkommen und bösartig. Darüber können auch die ebenmäßigen Gesichtszüge nicht hinwegtäuschen.

Automatisch weiche ich vor ihm zurück.

»Schwach«, wiederholt er und zwinkert mir zu, als wären wir beste Freunde. Mein ganzes Leben versuche ich aus diesem Mann schlau zu werden, doch ich werde es wohl nie schaffen. Jedes Mal, wenn ich das Gefühl habe, hinter seine Fassade blicken zu können, lerne ich eine neue Facette an ihm kennen. Eine angsteinflößender als die andere.

»Du hast doch gar nicht den Mumm, dich gegen mich aufzulehnen«, spuckt er mir förmlich ins Gesicht. Aus seiner Stimme höre ich deutlich heraus, dass er in Rage ist. Nichts Unbekanntes für mich, damit kenne ich mich gut aus. Und doch irgendwie verstörend, da *er* sich im Gegensatz zu mir immer im Griff zu haben scheint. Ich vermisse seinen monotonen Tonfall, der perfekt zu seinen starren, fast ebenmäßigen Gesichtszügen passt. Aber in mir kommt auch ein Hauch Genugtuung hoch. Offensichtlich stört etwas – oder wohl eher jemand – seine mönchsähnliche Gelassenheit, die er sonst ausstrahlt.

Und wenn das so ist, weiß ich, was ich zu tun habe. Mit einem aufgesetzten Lächeln – ich habe vom Besten gelernt – richte ich mich zu meiner vollen Größe auf und verleihe meiner Stimme den arroganten Tonfall, den ich jahrelang trainiert habe: »Ach? Das denkst du?«

»Ich weiß es. Du lässt dich viel zu oft von Gefühlen leiten. Deiner Wut zum Beispiel.« Er zuckt bedauernd mit den Schultern. »Damit könnte ich sogar gut leben. Wut ist ein hervorragender Antrieb. Was mich stört, ist die Liebe zu deiner Schwester. Ganz zu schweigen von der Zuneigung, die du für diese weibliche Wache hegst.« Angewidert verzieht er sein Gesicht. »Ich würde heute nicht hier stehen als der König Red Deserts, wenn ich mich von meinen Gefühlen hätte leiten lassen.«

Ich balle meine Hände zu Fäusten und mache einen Schritt auf meinen Vater zu. »Lass Rise und Nadeen da raus«, drohe ich ihm.

Die Mundwinkel meines Vaters wandern leicht nach oben. »Sie sind deine Schwachstellen. Wenn Rise außer Landes ist, kümmere ich mich darum, dass die weibliche Wache versetzt wird. So weit wie möglich entfernt von Whitecastle.«

»Das kannst du nicht tun!«

Grinsend streichelt er über die Scheide des Schwertes. »Alternativ könnte ich deine Gespielin auch einfach töten lassen.«

Das lasse ich nicht zu. Doch ich bin klug genug die Worte runterzuschlucken, obwohl ich sie ihm viel lieber ins Gesicht schleudern würde.

»Deine neugewonnene Selbstbeherrschung ist wirklich beachtlich.« Das erste

Mal sehe ich etwas wie Stolz in seinem Blick. »Du warst früher viel hitzköpfiger.« Er zögert kurz, fügt dann aber hinzu: »Vielleicht täusche ich mich in dir.«

Leise murmle ich: »Da wäre ich mir nicht so sicher.«

Das leise Lachen, das von ihm kommt, zeigt mir, dass er mich gehört hat. »Ich hätte Rise schon viel früher wegschicken sollen. Vielleicht wärst du dann nicht so … so gefühlsduselig.«

Mit wenigen Schritten bin ich an der Wand, ziehe ein Schwert aus einer Halterung und wirble zu meinem Vater herum. Drohend halte ich die Klinge in seine Richtung.

»Sprich nicht so über sie.«

Scheinheilig fragt er nach: »Wie denn?«

»Als wäre sie etwas, das man einfach so austauschen oder weggeben kann, wenn man seiner überdrüssig wird. Sie ist verdammt noch mal deine Tochter und ich bin dein Sohn. Du wirst es in Zukunft unterlassen, uns wie Schachfiguren auf deinem persönlichen Spielbrett so hin und her zu schieben, wie es dir passt.« Das Schwert fest in der Hand gehe ich einen Schritt auf ihn zu. »Die Zeiten sind ab jetzt vorbei.«

Für einen Sekundenbruchteil schließe ich meine Augen, gestatte der Wut in mir die Kontrolle zu übernehmen. Ich lasse alles los, was mich zurückhält, und stürme auf meinen Vater zu. *Ich werde ihn töten.* Alles in mir schreit danach, es zu tun. Seine Herrschaft zu beenden.

Metall trifft klirrend auf Metall. Mein Vater verteidigt sich gegen meinen Angriff mit einer Lockerheit, die ich ihm nicht zugetraut hätte. Er wirkt fast so, als wäre er sicher, dass er aus dem Kampf als Sieger hervorgeht. Die Belustigung ist ihm deutlich ins Gesicht geschrieben, während er einen nach dem anderen Schwertschlag pariert, als würde er den ganzen Tag nichts anderes tun.

Je öfter unsere Schwerter aufeinandertreffen, desto sicherer werde ich, dass ich diesen Kampf keineswegs gewinnen werde. *Nicht, wenn ich weiterhin fair kämpfe.*

Mein Vater bewegt sich mit eleganten Schritten, die den Anschein erwecken, als wüsste er bereits, was ich als Nächstes vorhabe, bevor ich es selbst weiß.

»Du solltest dich etwas bemühen, mein Sohn«, verspottet er mich immer noch grinsend. »Wenn du mich nicht schlägst, wird deine kleine Schwester mit ihrer neuen Wache bald nach Red Ancient segeln.«

»Nur über meine Leiche.« Ich mache ein paar Schritte auf ihn zu, in der Hoffnung, ihm die Klinge an den Hals zu drücken, um ihn zum Aufgeben zu zwingen.

»Das kannst du gerne haben. Glaub nicht, dass ich davor zurückschrecken würde, dich zu töten.«

Die Wut auf ihn motiviert mich, doch leider macht sie mich auch unachtsam. Je mehr ich mich anstrenge, je verbissener ich kämpfe, desto mehr Fehler unterlaufen mir. Viel zu spät wird mir klar, dass er genau darauf gehofft hat und ich mit offenen Augen in die Falle getappt bin. Ich könnte längst bei Rise sein und mit ihr das Land verlassen, wenn mich meine eigene Dummheit nicht in das Kellergewölbe geführt hätte.

Ich sehe, wie mein Vater den Fuß anhebt, dennoch trifft mich der Tritt in den Magen völlig unvermittelt. Vor Schock öffnet sich mein Mund und noch während ich falle, rutscht mir das Schwert aus der Hand, da ich dummerweise dem Reflex nachgebe, den Sturz abfangen zu wollen.

Nun ist es vorbei.

Ich habe verloren.

Unter meinen Handflächen spüre ich nichts als kalte, feuchte Erde, die den Boden des Gewölbes bedeckt. Blind taste ich den Boden ab, um die Waffe wieder in meinen Besitz zu bringen. Nicht für eine Sekunde traue ich mich meinen Vater aus den Augen zu lassen. Ich habe das Gefühl, dass er mich ohne zu zögern aufspießen würde, denn in seinem Gesicht befindet sich kein Hauch von Belustigung mehr. Die funkelnden Augen sagen mir, dass er gewinnen will. Egal wie.

Mit dem Fuß schiebt mein Vater das Schwert, nach dem ich immer noch verzweifelt taste, aus meiner Reichweite. Mir wird klar, dass ich mich in eine ziemlich ausweglose Situation manövriert habe. Meine Wut hat die Kontrolle übernommen und es meinem Kopf verboten, rationale Entscheidungen zu treffen. Schmerzlich wird mir bewusst, dass mein Vater recht hatte … ich lasse mich viel zu sehr von meinen Gefühlen leiten.

Das Schwert hoch erhoben steht der König vor mir und sieht so aus, als käme er gerade von einem gemütlichen Spaziergang. Nicht einmal seine Atmung hat sich während des Kampfes beschleunigt. Meine Lider schließen sich und ich warte mit angehaltenem Atem auf das Ende.

Auf den Schmerz.

Doch er kommt nicht …

Langsam öffne ich zuerst mein linkes und danach mein rechtes Auge, sauge Luft in meine Lungen, während ich versuche zu verstehen, warum er mich verschont. Das Lächeln auf den Lippen meines Vaters ist zurück.

Mit einem Poltern fällt auch sein Schwert zu Boden und keine Sekunde später klatscht er in die Hände, als würde er jemandem mit seinem Applaus Respekt zollen wollen.

Das Bedauern in seiner Stimme passt weder zu seinem Gesichtsausdruck noch zum abschwellenden Applaus, als er sagt: »Und nun zum unerfreulichen Teil des heutigen Tages.« Unerfreulich? Und was war das eben?

Ich starre den Mann vor mir an und frage mich, ob er den Verstand verloren hat. »Du bist verrückt.«

»Nicht verrückt, mein Junge«, korrigiert er mich. »Eventuell ein bisschen besessen.« Wieder dieses Lächeln, das mir eine Gänsehaut beschert. Ich habe meinen Vater noch nie so oft belustigt das Gesicht verziehen sehen wie am heutigen Tag.

In der nächsten Sekunde zucke ich erschrocken zusammen, als ich an den Armen gepackt und aufgezogen werde. Eine der Wachen von vorhin steht vor mir und grinst.

»Pfoten weg«, fahre ich ihn an.

Was ist nur los mit den Leuten hier? Mir ist das Lächeln bereits aus dem Gesicht gerutscht, als ich das Kellergewölbe betreten habe, doch alle anderen sehen aus, als hätten sie heute viel zu viel Wein getrunken.

Nun werde ich von hinten gepackt und meine Hände werden hinter meinem Rücken fixiert. Wütend stoße ich dem Mann hinter mir meinen Ellbogen in den Oberkörper, doch er lässt mich nicht los.

Der Soldat vor mir macht einen Schritt auf mich zu und da ich meine

Arme nicht bewegen kann, trete ich in die Richtung des Lakaien meines Vaters.

»Wachen«, ruft mein Vater laut.

Keine Sekunde später höre ich, wie eilige Schritte mehrerer Männer durch das gesamte Kellergeschoss hallen. Links und rechts von mir stehen nun jeweils mindestens zehn Mann und ich gebe meine Gegenwehr auf. In diesem Moment gibt es nur eines, das ich tun kann: einsehen, dass ich verloren habe.

Mein Vater kommt auf mich zu und legt eine Hand auf meine Wange. Die Geste erscheint mir viel zu vertraut dafür, dass ich den Mann mir gegenüber hasse. Ich drehe mein Gesicht von ihm weg, da ich nicht will, dass er mich noch mehr demütigt. »Fass mich nicht an«, knurre ich.

»Tzz, tzz, tzz«, macht mein Vater. »Du wirst doch wohl nicht frech werden.« Ich kann nicht fassen, dass in seiner Stimme immer noch ein Hauch von Belustigung mitschwingt.

An seine Untergebenen gewandt sagt er kalt: »Werft ihn in den Kerker.« Danach will er an mir vorbeigehen.

Im ersten Moment bin ich wie erstarrt, doch dann kommt wieder Bewegung in meinen Körper. Sofort versuche ich mich wieder loszureißen. Ich schlage wie ein Verrückter um mich, doch jedes Mal, wenn ich einen Arm befreien kann, werde ich von einer weiteren Wache bezwungen, die – falls das überhaupt möglich ist – noch mehr Kraft anwendet als der Vorgänger.

»Warte«, schreie ich laut. »Das kannst du nicht tun!« Ich atme schwer, bekomme kaum noch Luft, und dennoch gebe ich nicht auf. »Es gibt keinen vernünftigen Grund, wieso du mich wegsperren könntest.«

Meine Worte bringen meinen Vater zum Innehalten. Er wirft mir einen Blick über seine Schulter zu, als wäre ich es nicht einmal wert, mir von Angesicht zu Angesicht gegenüberzutreten.

»Hochverrat«, sagt er mit starrer Miene. »Du hast eben versucht mich zu töten und du wolltest die Prinzessin entführen.«

Wieder beginne ich um mich zu schlagen, auch wenn ich bereits weiß, dass es zwecklos ist. Doch ich muss etwas tun. Ich kann mich nicht völlig tatenlos gefangen nehmen lassen. Nicht ohne mich wenigstens ein bisschen zu wehren.

Erst nach und nach sickern die Worte in mein Gehirn. Er weiß, dass ich Rise außer Landes bringen wollte. Mir sacken fast die Beine weg, als mir bewusst wird, was das bedeutet. Meine Schwester wird mit ihrem neuen Beschützer das Land verlassen und ich kann nichts dagegen tun. Zunächst bleibe ich wie erstarrt stehen, doch dann sinke ich auf meine Knie, als mich die Erkenntnis wie ein Blitz trifft.

Nadeen!

Sie war die Einzige, die außer Rise und mir von meinen Plänen wusste. Und nun muss ich feststellen, dass ich von der einzigen Frau, die ich näher als alle anderen an mich herangelassen habe, betrogen wurde. Ich will nicht glauben, dass sie mein Vertrauen derart ausgenutzt hat. Dass sie mich derart hintergangen hat.

Es fällt mir schwer, die Enttäuschung zu schlucken und wieder aufzustehen. Ich will nicht wie ein Schwächling in den Kerker gezerrt werden. Wenn ich dorthin muss, dann wie ein richtiger Prinz. Mit erhobenem Haupt.

Mein Vater ist bereits dabei, die Waffenkammer zu verlassen.

»Woher wusstest du es?«, gestatte ich mir eine letzte Frage.

Ohne sich umzudrehen, lässt mich mein Vater wissen: »Gewöhn dich endlich daran, dass ich alles weiß, Madoc.«

Es ist das erste Mal seit langer Zeit, dass er mich bei meinem Namen nennt und nicht *mein Sohn* sagt. Denn das bin ich jetzt wohl auch nicht mehr für ihn …

Kapitel 10

Doom

Genervt lehne ich an der Mauer eines ziemlich windschiefen Hauses, etwa zwanzig Meter von dem Geheimausgang entfernt, aus dem Nadeen und Rise kommen sollten. Der Platz ist ideal, da sich vor mir ein Strauch befindet und ich von der Dunkelheit verschluckt werde, ohne mich verstecken zu müssen.

Was auch gar nicht notwendig gewesen wäre. Langsam habe ich die Hoffnung aufgegeben, dass die zwei Frauen überhaupt noch kommen, denn sie sind viel später dran, als es mit Madoc verabredet war. Immerhin ist es bereits stockdunkel.

Es würde mir aber auch ziemlich viel Ärger ersparen, wenn sie erst gar nicht auftauchen und ich in ein paar Tagen ganz offiziell gemeinsam mit Rise, gemütlich in einem Wagen, durch den Haupteingang verschwinden kann.

Ein Gähnen stiehlt sich aus meinem Mund und ich schließe für einen Augenblick die Augen. In den letzten zwanzig Minuten sind durch diese Gasse fünf Menschen gekommen, also hatte ich vom Warten nicht besonders viel Ablenkung. Verglichen mit der gähnenden Leere in dieser Gasse herrscht im Schloss richtiger Trubel. Zumindest gehen dort so viele Dinge vor sich, dass ich bisher keine Chance hatte, mir Gedanken darüber zu machen, wie wir am besten von hier abhauen können. Leider komme ich auch jetzt nicht dazu, näher darüber nachzudenken, da ich ein leises Flüstern von der anderen Seite der Schlossmauer höre.

»Nadeen«, zischt jemand – vermutlich die Prinzessin.

»Ja?«

»Hier ist es. Warte mal … hältst du das mal?«

Von der anderen Seite kommt ein Ächzen. »Musstest du unbedingt so viele Bücher einpacken?«

Bücher? Besitzt das Mädel keinen E-Reader? Ach, was denke ich da. Ich sehe sie förmlich vor mir, wie sie mich mit ihren braunen Augen fragend ansieht und haucht: »Doom, was ist ein E-Reader?« Nur dass sie mich nicht bei meinem richtigen Namen, sondern mit Dominic ansprechen würde. Wenn wir von hier verschwinden, werde ich ihr endlich sagen, dass ich Doom heiße. Sie hat verdient zu wissen, wer –

»Na ja«, werden meine Gedanken durch Rise' Stimme unterbrochen, »Madoc meinte doch, ich soll Dinge mitnehmen, auf die ich nicht verzichten kann.«

Die Frauen, die ich kenne, hätten ein Glätteisen oder einen Lockenstab im Gepäck. Rise natürlich nicht. Sie ist irgendwie anders. Das dürfte auch Nadeen so sehen, denn sie schnaubt nur. »Kannst du dich bitte beeilen?«

Ja, ich finde auch, dass die beiden nun den – nicht mehr allzu geheimen – Durchgang benutzen sollten.

Keine Sekunde später kommt ein »Hab's schon« von Rise.

Na endlich!

Zu meinem Glück befindet sich in der Nähe des Durchgangs eine Straßenlaterne, ich kann also gut erkennen, wie die beiden Frauen auf allen vieren durch den kleinen Spalt – der definitiv nicht die Bezeichnung *Geheimgang* verdient – krabbeln. Kurz darauf schließt sich der Durchgang automatisch.

Nadeen kniet sich vor die Mauer und tastet sie mit beiden Händen ab. »Erstaunlich. Funktioniert nur in eine Richtung. Und ich dachte bereits, dass dieser Fluchtweg ein enormes Sicherheitsrisiko darstellt.«

Erst jetzt erkenne ich, dass Rise, anders als die ersten zwei Male, als ich sie gesehen habe, kein Kleid, sondern wie ihre weibliche Wache enge schwarze Hosen und ein enges Oberteil trägt. Gebannt starre ich Rise an, auf deren Gesicht sich ein Grinsen schleicht, während sie sich den Staub von der Hose klopft. Das neue Outfit steht ihr wahnsinnig gut, es betont ihre Kurven. Es wundert mich nicht, dass der König seine Tochter versteckt. Die Verehrer würden ihm sonst die Tür einrennen.

Von Sekunde zu Sekunde wird das Lächeln der Prinzessin intensiver. Strahlender. Mehr zu sich selbst als zu ihrer Palastwache sagt sie: »Ich befinde mich außerhalb der Schlossmauern.«

Nadeen, die sich nach der Inspektion des Durchgangs nervös umgesehen hat, seufzt erleichtert auf. »Und das zum Glück an einem eher abgelegenen Ort.« Etwas leiser murmelt sie: »Nicht auszudenken, wenn wir in der Nähe des Marktes rausgekommen wären.«

Rise scheint Nadeen gar nicht mehr richtig zuzuhören, denn sie steigt aufgeregt von einem Bein auf das andere. »Können wir jetzt auf den Markt?« Sie klatscht in die Hände. »Bitte, bitte, bitte.«

Mit einem Kopfschütteln deutet Nadeen nach rechts. »In die Richtung, Prinzessin.« Langsam, um keine Aufmerksamkeit zu erregen, schlendern die beiden Frauen durch die Gasse. Ich kann nicht anders, als Rise auf den hin und her schwingenden Hintern zu starren. Es gefällt mir, wie ... ach du Scheiße! Was denke ich hier eigentlich?

Ich schüttle meinen Kopf, um sämtliche Gedanken daran, wie verdammt gut Rise in diesen Hosen aussieht, aus dem Kopf zu verbannen. Aber sie sollte nie wieder Kleider tragen. Außer ...

Mit dem Handballen klatsche ich mir leicht gegen die Stirn. *Konzentration, Doom!* Ich atme tief durch und folge den beiden Frauen mit großem Abstand, immer darauf bedacht, dicht an den Hausmauern entlangzuschleichen, um mir im Notfall die Kapuze über den Kopf zu ziehen und einfach an eine Tür zu klopfen.

Man hört den Markt, bevor man ihn sieht. Immer lauter wird das Stimmengewirr. Frauen, Männer, aber auch Kinder laufen durch die Straßen, obwohl es längst dunkel ist. Schmerzhaft erinnert mich das Gewusel an zu Hause. Auch in Red Ancient blüht nachts das Leben, was in einem Land, das von Vampiren beherrscht wird, allerdings normaler wirkt als hier.

Während ich mich an Ständen mit Gewürzen, Gemüse oder Obst vorbeischiebe, behalte ich immer den Haarschopf der Prinzessin im Blick. Was die Untertreibung des Jahrhunderts ist. Ich brenne ihr regelrecht ein Loch in den Hinterkopf, da ich sie so intensiv anstarre. Immer wieder bleibt sie bei einem der vielen Stände stehen, lächelt den Männern oder Frauen hinter den Verkaufsständen zu oder sieht sich neugierig handgefertigte Ketten an. Sie saugt die Atmosphäre regelrecht in sich auf und ich kann mir vorstellen, wie sie sich fühlt. Innerhalb der Schlossmauern herrscht eine bedrückende Stille. Man könnte eine Stecknadel fallen hören, da man im Normalfall nur gezischte Unterhaltungen hört. Kein Kinderlachen. Keine lächelnden Gesichter.

Rise sieht aus, als würde sie durch ein Wunderland laufen und immer wieder etwas Neues entdecken. Vielleicht tut sie das auch gerade, da sie zum ersten Mal das wahre Leben sieht. Auch wenn es den Menschen schlecht geht, dürften sie sich irgendwie mit der Situation arrangiert haben und versuchen das Beste aus ihrem Leben zu machen. Nadeen scheint sich zu entspannen, denn sie folgt der Prinzessin eher gelangweilt als aufmerksam.

Der Einzige, der sich wie ein Irrer umsieht, bin ich. Dieser Markt ist das reinste Sicherheitsrisiko.

Mein Kopf ruckt wild hin und her, bis ich plötzlich anhalte und mir selbst die Frage stelle: »Wieso tue ich das überhaupt?« Ich bin nicht für dieses Mädchen verantwortlich und alles, was sie jetzt tut, geht auf das Konto ihres aufgeblasenen Bruders und seiner Freundin, Geliebten oder was auch immer.

Nachdem sich dieser Gedanke in meinem Kopf festgesetzt hat, bin ich gleich wieder viel entspannter und sehe mich genauso neugierig um wie Rise, die einen grob gewebten Stoff in der Hand hält und ihn mit schräg gelegtem Kopf mustert.

Ja, Prinzessin, das ist eine Decke für den armen Teil der Bevölkerung. Kein seidenes Laken.

Es ist wirklich faszinierend, Rise … ähm … die Menschen hier zu beobachten. Statt Geldscheinen werden geprägte Münzen getauscht und die Lebensmittel werden direkt an den Ständen verkauft. Keine Fertigprodukte, sondern richtiges Obst und Gemüse, das von abgekämpft aussehenden Frauen in Körben nach Hause getragen wird anstatt in Plastiktüten. Irgendwie gefällt mir das … anderseits werde ich auch wütend, als ich sehe, wie ein kleines, ziemlich dünnes Kind einen Eimer mit Wasser durch das Gedränge schleppt. Die Menschen könnten es definitiv leichter haben, wenn der König ein bisschen einsichtiger wäre.

Und offensichtlich bin ich nicht der einzige Mensch auf dem Markt, der das so sieht. Ich höre zwei Leute miteinander sprechen. Sie müssen hinter dem Stand stehen, vor dem ich gerade herumlungere, denn sehen kann ich sie nicht. Nur hören.

Ein Mann fragt: »Gibt es Neuigkeiten aus dem Schloss?«

Eine Weile bleibt es still, dann antwortet eine Frau flüsternd: »Die Prinzessin soll mit dem Vampirprinzen aus Red Ancient verheiratet werden.«

Ich höre ein Schnauben. »Und inwiefern soll uns das helfen?«

»Weil wir dann nicht nur mit den Werwölfen, sondern auch mit den Vampiren ein Bündnis haben. Vielleicht zieht der König dann die Wachen von den Küsten ab und ...«

»Und was?«, zischt der Mann. »... erleichtert uns das Leben, indem er seine Untertanen«, das Wort betont er wie ein Schimpfwort, »unterstützt? Steuern senkt? Eine Grundversorgung garantiert? Ich glaube, langsam weißt du gar nicht mehr, wie es uns Menschen außerhalb des Schlosses geht.«

Von Wort zu Wort hat der Mann lauter gesprochen und es würde mich nicht wundern, wenn der Sprecher jeden Moment von einer Wache – die aus dem Nichts auftaucht – geschnappt und verhaftet wird. Diese Art der Überwachung traue ich dem König ohne Weiteres zu.

Die Frau sieht das wohl genauso. »Sei leise«, sagt sie wispernd und erst jetzt wird mir klar, dass der Mann sich mit Nadeen unterhält. Die Stimme muss einfach ihr gehören, denn sie kommt mir sehr bekannt vor. Und außer mit Rise und ihr habe ich leider noch mit keiner Frau hier in Red Desert Bekanntschaft gemacht. Schade eigentlich.

»Ich weiß genau, wo mein Platz ist«, sagt Nadeen nun flüsternd.

Sofort lenkt ihr Gesprächspartner ein. »Schon gut, schon gut, Kleines.«

Ein Lächeln stiehlt sich auf mein Gesicht. Kann es sein, dass Nadeen dem Prinzen nicht so sehr verfallen ist, wie es den Anschein hat? Langsam bin ich der Meinung, dass ich hier nie wieder wegwill, denn so viele spannende Geschichten, wie hier parallel laufen, kenne ich sonst nur aus dem Fernsehen.

»Hast du deinem Prinzen ein paar Neuigkeiten entlocken können?«, möchte der Mann wissen.

Ich bin mir nicht sicher, ob sie überhaupt noch antwortet, doch dann murmelt sie: »Madoc möchte Rise außer Landes schaffen.«

Ich weiß nicht, ob ich davon beeindruckt oder enttäuscht sein soll, dass Nadeen offenbar ein doppeltes Spiel spielt.

»Das können wir nicht zulassen«, sagt der Mann zu Nadeen.

In mir macht sich ein unangenehmes Gefühl breit und ich verspüre einen Hauch von Panik und noch etwas anderes ... eigenartig. Es dauert eine Weile, bis mir klar wird, dass ich ein schlechtes Gewissen habe.

Angewidert von mir selbst – ein erstmaliges Erlebnis – verziehe ich mein Gesicht. Zum Glück fühle ich mich nicht dem Thronprinzen gegenüber schuldig. So weit kommt es noch. Der Idiot kann von mir aus die nächsten fünfzig Jahre in seiner Zelle verbringen. Aber es tut mir für Rise leid ... irgendwie.

Ich schüttle meinen Kopf und sage mir mein Mantra leise vor. *Nicht mit dem Feind sympathisieren, nicht mit dem Feind sympathisieren, nicht mit dem Feind sympathisieren.*

Dieses Land tut mir definitiv nicht gut.

Als Nadeen weiterspricht, reiße ich mich wieder zusammen und belausche sie weiter. Darin habe ich ja bereits Übung.

»Was willst du tun? Die Prinzessin entführen und für deine Zwecke einspannen?« In ihrer Stimme klingt ein Hauch von Belustigung mit.

Damit, dass ihr Gegenüber zustimmt, hat sie wohl nicht gerechnet. »Ja, genau das machen wir. Und du wirst mir dabei helfen.«

Sofort zischt sie: »Auf keinen Fall. Sie ist auch meine Freundin. Das kann ich nicht tun.«

Gut so, Nadeen. Wehr dich!

»Du kannst! Und du wirst«, sagt der Mann in drohendem Tonfall. Es bleibt still, bis er plötzlich die Stimme erhebt und ruft: »Wo willst du hin?«

Als keine Antwort mehr kommt, wird mir klar, dass Nadeen vermutlich gerade dabei ist, eine Dummheit zu begehen. Wenn sie jetzt panisch auf die Prinzessin zuläuft, sie zum Gehen auffordert und ihr Gesprächspartner kein vollkommener Idiot ist – und davon gehe ich aus, da er offensichtlich ein

Aufständischer ist –, dann wird ihm in Kürze klar werden, dass die Prinzessin nicht geschützt hinter Schlossmauern sitzt, sondern wehrlos auf dem Markt herumläuft.

Leider kann ich jetzt ebenfalls nicht durch die Gegend laufen und nach Rise rufen, da ich nicht noch mehr Aufmerksamkeit auf sie lenken will.

Kurz schließe ich meine Augen. Tief durchatmen. Nicht durchdrehen. Fast mechanisch setze ich mich in Bewegung und versuche jeden Winkel des Marktes zu scannen. Doch es ist fast unmöglich, da es hier nur so von Menschen wimmelt. Sollten die sich bei Dunkelheit nicht in ihre verdammten Häuser zurückziehen und ihr Abendessen romantisch bei Kerzenlicht einnehmen, anstatt sich immer wieder in meinen Weg zu schieben?

Jedes Mal, wenn ich einen braunen Haarschopf erkenne, dränge ich mich in die entsprechende Richtung, doch immer wieder stelle ich enttäuscht fest, dass es nicht Rise ist, auf die ich mich zubewegt habe.

Und dann tritt der absolute *Worst Case* ein. Die Menschen beginnen hinter vorgehaltener Hand zu tuscheln. Meistens sind es Frauen, die ihre Köpfe zusammenstecken.

»Hast du schon gehört? Die Prinzessin soll sich auf dem Markt befinden.«

»Sie soll wunderschön sein.«

»Nicht schöner als die Frauen im Dorf.«

»Warum darf sie sich plötzlich außerhalb des Schlosses aufhalten?«

»Meint ihr, es liegt daran, dass sie bald das Land verlassen muss?«

Von überallher höre ich die gezischten Worte und sie werden immer lauter. Vielleicht werde aber auch ich einfach immer panischer und nehme es deshalb anders wahr.

Und dann sehe ich sie. Rise. Sie drängt sich ganz alleine durch die Menge. Ich kann nur vermuten, dass sie den Weg zum Palast sucht. Vielleicht hält sie aber immer noch Ausschau nach ihrem Bruder, in der Hoffnung, dass er sie von hier wegbringt.

Leider muss ich sie enttäuschen, denn ihr Bruder wird nicht kommen. Aber ich nehme an, sie freut sich auch über mich. Zumindest sehe ich besser aus als Madoc.

Ich muss mich zwingen nicht auf sie zuzulaufen. Also nähere ich mich ihr schlendernd, bemerke aber gleichzeitig, dass sich ein paar Männer ebenfalls auf sie zubewegen. Immer wieder sehen sie sich um, haben Rise noch nicht entdeckt, aber es kann nicht mehr allzu lange dauern, bis sie auf sie aufmerksam werden.

Endlich bei ihr angekommen greife ich nach ihrer Hand und ziehe sie an mich. »Da bist du ja, Dominique.« *Besser als Dominic, nicht ganz so cool wie Dominicus.* Wenn ich mich das nächste Mal über Caleans Befehle hinwegsetze, dann überlege ich mir im Vorhinein ein paar coole Decknamen.

Rise sieht mich an, als wäre ich verrückt. Vielleicht liegt sie damit auch gar nicht so falsch, aber im Moment geht es mir nur darum, sie von hier wegzubekommen.

»Greifen wir wieder auf falsche Namen zurück?«, fragt sie mich laut. Fast zu laut.

Gerade so kann ich den Reflex unterdrücken, mich panisch umzusehen, ob irgendjemand unserem Gespräch Aufmerksamkeit schenkt. Ich drehe die Prinzessin, damit sie mit dem Rücken zu den Männern steht und ich diese besser im Blick habe. Wenn ich schon nicht weiß, was rund um uns passiert, dann will ich wenigstens die größte Bedrohung im Auge behalten. Sie sind noch ungefähr zwanzig Meter von uns entfernt, steuern aber immer noch auf uns zu, wenn auch langsamer als zuvor. Offensichtlich haben sie etwas – oder jemanden – an einem Marktstand gesehen, der ihre Aufmerksamkeit auf sich lenkt.

Doch als ich erleichtert aufatmen will, deutet einer der Männer in unsere Richtung und sie setzen sich wieder in Bewegung.

Verdammt! Rise und ich fallen hier bestimmt auf wie bunte Hunde. Denn ich bin mir ziemlich sicher, dass man sich im Dorf kennt und neue Gesichter Aufmerksamkeit erregen.

Mit sanfter Stimme sage ich zu Rise: »Ich habe dir gesagt, du sollst auf mich warten, bevor du das Dorf erkundest. Mit mir zusammen hättest du dich bestimmt nicht verlaufen.«

Rise runzelt die Stirn, doch ich ignoriere ihren verwirrten Gesichtsausdruck und ziehe sie an meine Brust. Solange sie den Mund hält, ist alles in bester Ordnung.

Leise flüstere ich in ihr Ohr. »Spiel mit, wenn du den Markt lebend verlassen willst.« Vielleicht dramatisiere ich die Angelegenheit absichtlich ein wenig, aber ich habe keine Lust darauf, jetzt mit ihr zu diskutieren.

Ich schiebe Rise von mir weg und sehe ihr fest in die Augen. Danach lege ich meine Hand auf ihre Wange und streiche eine verirrte Haarsträhne aus ihrem Gesicht. Meinen Daumen lasse ich zu ihrer Unterlippe wandern und streiche sanft darüber. Sie hat wirklich schöne Lippen, die zum Küssen einladen. Meine Mundwinkel wandern leicht nach oben … und ich dachte, er hält ihr Aussehen nur deshalb geheim, weil sie nicht besonders hübsch ist. Ein ziemlich krasser Irrtum.

Mein Blick huscht von ihren Lippen zu ihren Augen. Und wieder zurück. Ich weiß, ich sollte es nicht tun … sie küssen. Und alles in mir wehrt sich dagegen, es wirklich durchzuziehen. Aber ich will es, weil mich hübsche Dinge ansprechen und auch ein kleines bisschen, weil niemand hier ist, der mich davon abhält. Na ja … außer die Männer, die unbeirrt auf uns zumarschieren und die uns vermutlich bald Probleme machen werden, wenn ich nicht irgendetwas tue.

Ach, scheiß drauf. *Lasset die Spiele beginnen!*

»Ich habe mir Sorgen um dich gemacht, Dominique«, raune ich. Das ist nicht einmal gelogen, wird mir klar, als ich meine linke Hand an ihre Taille lege, um sie ein bisschen näher zu mir zu ziehen.

Rise' Mund ist leicht geöffnet und sie leckt sich leicht über die Lippen. Deren Rot wirkt plötzlich mehr als einladend auf mich. Als ich mich von dem Anblick löse und ihr wieder in die Augen sehe, kann ich mich nicht mehr losreißen. Auch die Prinzessin blickt zu mir hoch, als hätte ich sie hypnotisiert.

Und dann tue ich etwas ziemlich Dummes. Eigentlich dachte ich, mein größter Fehler war es, alleine das Schiff zu verlassen und mich gegen Caleans Befehl zu stellen. Doch das hier ist noch tausendmal dümmer und wird mir vermutlich – irgendwann in der Zukunft – noch Probleme bescheren.

Obwohl mir klar ist, dass ich gerade dabei bin, Scheiße zu bauen, neige ich meinen Kopf und lege meinen Mund sanft auf den von Rise. Durch mich geht eine Art Stromschlag und mir werden zwei Dinge zeitgleich klar.

Erstens hat sich kein Aufeinandertreffen von Lippen in meinem Leben besser angefühlt als bei diesem Mal, obwohl die leichte Berührung nicht einmal den Namen *Kuss* verdient.

Und zweitens bin ich nicht der Prinz in goldener Rüstung, der auftaucht, um die Prinzessin zu retten. Nein, ich bin einzig und allein ihr Untergang.

Kapitel 11

Rise

Meine Augen klappen wie von alleine zu, als Dominic seine Lippen auf meine legt, und mein Herz klopft aufgeregt in meiner Brust. Ich weiß, es ist ungehörig, einen Mann zu küssen, den ich noch nicht einmal vierundzwanzig Stunden kenne. Vor allem da es sich um meinen ersten Kuss handelt.

Und dennoch genieße ich es, dass sich jemand für mich interessiert. Es wirkt fast so, als hätte Dominic sich große Sorgen um mich gemacht, und dieses Wissen lässt mich meine Arme um seinen Nacken schlingen. Ich presse mich mit meinem Körper etwas fester an ihn, da ich endlich ein Stückchen jener Nähe bekomme, nach der ich mich bereits mein ganzes Leben lang sehne. Ganz tief in mir drinnen passiert etwas. Es ist, als würde ich … implodieren, da so viel Energie durch meinen Körper wandert wie noch nie zuvor. Ein Funke … ein Feuer.

Doch dann wird mir schlagartig klar, dass er gerade nicht mich küsst. Er küsst ein Mädchen namens Dominique, denn so hat er mich eben noch genannt. Warum auch immer …

Also mache ich mich von ihm los und blicke ihm in die mitternachtsblauen Augen. Ich habe noch nie solche Augen gesehen wie die von Dominic. Sie haben eine fast hypnotische Wirkung auf mich.

Leise frage ich: »Warum tust du …«

Doch ich kann nicht aussprechen, was mir im Kopf herumschwirrt, denn er legt einen Finger auf den Mund, um mich daran zu hindern. »Nicht, Baby«, sagt er mit dunkler Stimme. »Heb' dir die Anzüglichkeiten für unser Schlafzimmer auf.«

Gerade will ich meinen Mund öffnen, um zu protestieren. Ich bin kein Baby. Mich so zu nennen finde ich absolut unpassend, wenn ich daran denke, dass er mich noch vor zwei Sekunden geküsst hat. Außerdem haben wir kein gemeinsames Schlafzimmer …

Hinter mir erklingt ein amüsiertes Lachen. Für eine Schrecksekunde verrutscht Dominics Gesichtsausdruck, doch er hat sich sofort wieder unter Kontrolle. Er dreht mich so, dass ich einen Blick auf den Mann werfen kann, der sich, dem Lächeln nach in seinem Gesicht, köstlich über Dominics Worte amüsiert. Auch im Gesicht drei weiterer Männer kann ich Belustigung erkennen.

»Entschuldigt die Störung«, meint der Mann in der Mitte. »Aber ihr seid nicht von hier, oder?«

Nein, eigentlich nicht. Ich wohne in einem großen Palast ganz in der Nähe. Das wäre zwar die Wahrheit, aber vermutlich nicht besonders klug es einem Fremden gegenüber zu erwähnen. Ich bin nicht dumm und ich weiß, dass es Aufständische gibt, die nicht damit einverstanden sind, wie mein Vater das Land regiert. Aus diesem Grund wurde ich auch mein ganzes Leben lang im Schloss versteckt, denn nichts ist ein besseres potenzielles Druckmittel als eine entführte Prinzessin. Und eine Prinzessin, von der niemand weiß, wie sie aussieht, ist natürlich auch schwer zu entführen, selbst wenn man sich Zutritt zum Schloss verschafft.

Wobei ich mir nicht sicher bin, ob mein Vater mich nicht opfern würde, anstatt etwas hier im Land zu ändern. Anderseits braucht er mich ja auch für seine von langer Hand geplante Heiratspolitik, also vielleicht würde er ja doch …?

Ich komme nicht dazu, meine Gedanken zu Ende zu führen, da Dominic plötzlich freundlich antwortet: »Nein, gestern angekommen.«

Wow, er lügt nicht einmal, denn er *ist* gestern angekommen. Und ich komme – wenn man es genau nimmt – nicht aus dem Dorf, sondern von der anderen Seite der dicken Schlossmauer. Er lehnt sich nach vorne, als würde er den fremden Männern ein Geheimnis verraten. »Der König hat die Anzahl der Wachen für die Prinzessin erhöht. Sie soll ja in ein paar Tagen das Land verlassen.«

Immer noch die Wahrheit, die vermutlich durch meine Kleidung – ich trage die Freizeitkleidung der Wachen – auch noch bestätigt wird.

Dominic grinst die Männer an, als müsste man ihm dankbar dafür sein, dass er solche Informationen einfach ausplaudert. Als mich der Blick der Männer trifft, nicke ich zustimmend. Die Männer stoßen sich gegenseitig mit den Ellbogen an und ich verstehe nicht ganz, wieso sie das machen.

Dominic lächelt immer noch und sagt: »Wenn ihr mal Hilfe braucht – egal wobei –«, diese Worte betont er ganz besonders, »seid sicher, dass wir auf der richtigen Seite stehen.«

Nun tauschen die Männer etwas unsichere Blicke miteinander aus, bis einer von ihnen einen Schritt nach vorne macht und murmelt: »Die Prinzessin soll sich auf dem Markt aufhalten.«

Von der einen Sekunde auf die andere beschleunigt sich mein Herzschlag. Man kann mir bestimmt ansehen, dass mich diese Information schockiert. Warum wissen die Männer, dass ich mich hier aufhalte? Und vor allem woher? Haben sie auch meinen Bruder geschnappt und er hat mich verraten? Das würde zumindest erklären, warum er nicht hier ist.

Ich breche fast zusammen, als Dominic nickt. »Ja, das ist sie.« Er kann ihnen doch nicht verraten, dass ich hier bin. Zu meiner grenzenlosen Erleichterung zeigt er jedoch mit der Hand zu einem etwas entfernt stehenden Marktstand. »Ich habe sie zuvor dort drüben mit ihrer Wache Nadeen gesehen.«

Einer der Männer runzelt seine Stirn. »Wieso verrätst du uns das?«

Unbekümmert zuckt Dominic mit den Schultern. »Weil ihr mehr seid, als ihr denkt«, lässt er sie mit verschwörerischem Tonfall wissen und zwinkert ihnen tatsächlich auch noch zu. »Wenn ihr uns jetzt entschuldigt? Dominique und ich haben noch etwas vor. Und es beinhaltet nicht der Prinzessin hinterherzulaufen.«

Die Männer lachen laut und lassen ihre Blicke gierig über meinen Körper schweifen. Ich kann nicht anders, als nach Dominics Hand zu greifen. Es ist fast wie ein Reflex.

Als der Wortführer der Männer Dominic freundlich zunickt, vermutlich ein Zeichen des Abschieds, muss ich aufpassen, um nicht erleichtert aufzuseufzen. Der Mann wendet sich seinen Freunden zu und sagt: »Sucht nach Nadeen.«

Es sollte mich nicht wundern, dass die Männer meine Palastwache kennen, denn soweit ich weiß, ist sie im Dorf aufgewachsen. Aber wieso weiß Dominic das? Ob er nur einen Glückstreffer gelandet hat?

Die Männer verabschieden sich, während Dominic einen Arm um meine Taille legt. »Komm, wir ziehen uns jetzt zurück.«

Wie in Trance folge ich ihm, als er mich durch die Menschenmenge in Richtung des Palasts zieht. Ich kann nicht fassen, dass Dominics Scharade funktioniert hat. Und plötzlich fällt es mir wie Schuppen von den Augen. Er hat mich nicht geküsst, weil er mich mag, sondern einzig und allein aus Berechnung. Ich werde das erste Mal von einem Mann geküsst und dann nur, weil er etwas damit bezweckt.

Während er mich durch die Menschenmenge zieht, um mich in Sicherheit zu bringen, mache ich einen Schmollmund und bewege mich nur noch bockig vorwärts.

Wir lassen den Markt hinter uns. Je weiter wir uns entfernen, desto leiser wird das Stimmengewirr und umso langsamer werde ich, denn er hat definitiv nicht den Weg gewählt, den ich zuvor mit Nadeen genommen habe.

Dominic scheint aufzufallen, dass irgendetwas nicht stimmt. »Ich schwöre dir, wenn du nicht weitergehst, werfe ich dich über meine Schulter und trage dich zurück ins Schloss.«

Sofort stemme ich meine Beine in den Boden. »Zurück?« Bestimmt nicht. Jetzt, wo ich endlich frei bin, gehe ich mit absoluter Sicherheit nicht mehr zurück ins Schloss. Ein anderes Mädchen können sie ebenfalls nicht mehr schicken, da Dominic weiß, dass es sich nicht um die echte Rise handelt, also brauche ich auch kein schlechtes Gewissen mehr zu haben und kann gemeinsam mit meinem Bruder verschwinden.

»Was dachtest du denn? Dass ich dich vom Markt weghole, um irgendwo gemeinsam ein neues Leben mit dir zu beginnen?« Er lacht spöttisch und ich denke, dass es weniger wehtun würde, wenn er mich zuvor nicht geküsst hätte.

Dominic scheint meine Gedanken lesen zu können, denn plötzlich sagt er: »O mein Gott. Das dachtest du wirklich?«

Nicht unbedingt, aber auf keinen Fall habe ich damit gerechnet, dass er mich wieder zurückbringt. Dominic schüttelt immer wieder seinen Kopf und ich erkenne in seinem Gesicht die Fassungslosigkeit. »Du bist noch naiver, als ich gedacht habe.«

Sofort schüttle ich meine Hand ab. »Bin ich nicht«, verteidige ich mich sofort.

»O doch. Und wie! Du hast doch keine Ahnung, wie es in der Welt zugeht. Du weißt doch noch nicht einmal, was sich außerhalb der Palastmauern abspielt. Du wärst aufgeschmissen ohne jemanden, der dich bei der Hand nimmt.«

Tief in mir drinnen weiß ich, dass er recht hat. Aber ich will ihm nicht zustimmen, da sich alles in mir dagegen sträubt.

»Das stimmt nicht«, beharre ich. »Außerdem habe ich Madoc.« Mein Bruder würde mich nie im Stich lassen.

Dominic verschränkt seine Arme vor der Brust. »O nein, Kleines. Das hast du nicht, weil dein geliebter Bruder nicht kommen wird. Er hat endlich eingesehen, dass er sein Erbe nicht für dich aufgibt. In ein paar Jahren ist er der König von Red Desert und bis dahin hat er bestimmt vergessen, dass es einmal ein kleines Mädchen in seinem Leben gab, das ihn davon abhalten wollte, seinen vorbestimmten Weg zu gehen.«

Die Wucht seiner Worte trifft mich völlig unvorbereitet und ich torkle einen Schritt zurück. »Du lügst doch. Das hast du gerade alles erfunden, nur um mich zum Weitergehen zu überreden. Madoc ist bestimmt irgendwo am Markt und sucht nach mir.«

Dominic verdreht nur seine Augen. »Tut er nicht.« Danach macht er einen Schritt auf mich zu und greift nach meiner Hand. Bestimmt will er mich wieder hinter sich herziehen, wie einen unliebsamen Hund an der Leine. Nicht mit mir! Nicht mehr!

Ich fege seine Hand von meiner und drohe ihm: »Wenn du mich noch einmal angreifst, dann schwöre ich dir, dass ich so laut schreie, wie ich kann.«

Das bringt Dominic nun endgültig zum Lachen. Er krümmt sich zusammen, hält seinen Bauch und muss sich sogar an der Schlossmauer abstützen.

»Und *wen* genau willst du rufen?« Er deutet in Richtung des Marktes. »Deine Leibwächterin, die vermutlich gerade von den Aufständischen in die Mangel genommen wird? Oder vielleicht gleich unsere neuen Freunde von vorhin?« Belustigt schüttelt er seinen Kopf. »Rise, sieh es endlich ein. Du hast hier niemanden mehr. Du bist völlig alleine und du solltest uns beiden einen Gefallen tun und mit mir mitkommen.«

Es fällt mir schwer, überhaupt noch aufrecht zu stehen, so sehr schmerzt mich das Gesagte. Ich muss mir fest auf die Innenseiten meiner Wangen beißen, um nicht laut aufzuschluchzen. Ich kann nicht glauben, dass Madoc mich im Stich lassen würde, denn bisher sind er und ich doch immer gemeinsam gegen den Rest der Welt gewesen.

Ich schlinge meine Arme um meinen Körper, da ich das Gefühl habe, jede Sekunde auseinanderzufallen. An Dominics Worten muss etwas dran sein – zumindest ein Funken Wahrheit.

Ich glaube nicht, dass er mir so ins Gesicht lügen würde, obwohl mir selbst klar ist, wie naiv ich klinge, vor allem da ich gerade erst Zeuge davon wurde, was für ein fantastischer Lügner er ist. Vielleicht hatte Dominic mit seiner Einschätzung von mir recht und ich bin wirklich zu leichtgläubig, aber der beste Beweis, dass er die Wahrheit spricht, ist doch, dass Madoc sonst hier wäre. Bei mir. Er würde sich von niemandem abhalten lassen, außer er hätte seine Meinung geändert. Was ganz offensichtlich der Fall ist. Ich schüttle meinen Kopf und gehe mit gesenktem Kopf an Dominic vorbei.

»Rise«, seufzt er. »Wo willst du denn hin? Ich habe mich doch wohl deutlich genug ausgedrückt, oder? Du kannst nirgendwohin.«

Eine Hand legt sich auf meine Schulter und hält mich davon ab, mich weiter von Dominic zu entfernen. »Mach es dir und mir leichter und komm einfach mit«, flüstert er mit einschmeichelnder Stimme in mein Ohr.

Aber ich denke nicht einmal im Entferntesten daran, es ihm leicht zu machen. »Vergiss es, Dominic«, fauche ich und gehe weiter in Richtung … irgendwo. Egal, Hauptsache, weg von ihm und weg vom Palast.

Doch ich habe nicht mit Dominic gerechnet, der seine Arme um mich schlingt und zischt: »So nicht, Kleines! Bis jetzt war ich ja durchaus freundlich zu dir, aber diese Zeiten sind nun vorbei.« Seine Stimme klingt dunkler als sonst und auch viel bedrohlicher als jemals zuvor.

Dennoch versuche ich mich aus Dominics Griff zu befreien. »Lass mich los«, schreie ich.

Keine Sekunde später dreht sich meine Welt und ich hänge kopfüber über Dominics Schulter. »Ich hab dich gewarnt, aber du wolltest ja nicht hören.«

Mit meinen Fäusten trommle ich fest gegen seine Rückseite, doch er ignoriert es. Er will mich mitnehmen, aber alles in mir schreit danach, so weit wie möglich von ihm wegzulaufen. Vielleicht bin ich zu schwach, um etwas gegen ihn auszurichten, aber ich werde mich nicht einfach so verschleppen lassen.

»Mach ruhig weiter so …«, höre ich ihn mit deutlich angespannter Stimme sagen, »und ich bin dein geringstes Problem. Wenn du mich fragst, werden die Leute da vorne am Markt, die bereits durch deine Schreierei auf uns aufmerksam geworden sind, ganz andere Sachen mit dir machen, also hör jetzt verdammt noch mal auf dich gegen mich zu wehren.« Er hat von Wort zu Wort lauter gesprochen und nun bin ich nicht mehr die Einzige, die die Aufmerksamkeit auf uns lenkt.

Ich höre auf gegen Dominics Rücken zu trommeln und hebe meinen Kopf. »Die haben uns gar nicht gehört«, lasse ich ihn mit schnippischem Tonfall wissen. »Wir sind bereits viel zu weit entfernt.«

Sofort brummt Dominic: »Dann bete, dass sie uns auch nicht sehen, weil du dich nicht unbedingt unauffällig verhältst.«

Ich schnaube. »Ich? Wer hat mich denn über seine Schulter geworfen?«

»Du hast mir auch verdammt noch mal keine andere Wahl gelassen.« Seine Schritte beschleunigen sich und ich höre, dass es sein Atem ebenfalls tut.

»Wie willst du mich denn ungesehen wieder ins Schloss zurückbringen?«, frage ich nach.

Von Dominic kommt nur ein genervtes Stöhnen. »Wir gehen durch den Haupteingang. Ich sage jedem, der es hören will, dass du abgehauen bist. Und dann sperre ich dich in dein Zimmer ein, das du ohne meine Zustimmung nicht mehr verlassen wirst.«

Ich beginne wieder mit meinen Händen auf Dominics Rücken einzuschlagen. »Das kannst du nicht machen.« Ich zapple so wild, dass er zu wanken beginnt.

Keine Sekunde später schreie ich laut auf. »Aua, bist du verrückt geworden?« Dominic hat mir ohne Vorwarnung einen Klaps auf den Po gegeben. »Du kannst doch nicht einfach …«, beginne ich mich aufzuregen, werde aber sofort unterbrochen.

»Und wie ich kann. Und wenn du nicht aufpasst, dann wiederhole ich das so lange, bis wir auf deinem Zimmer sind.«

Ich schnaube beleidigt und lasse mich dann wieder weiter nach unten hängen. Mein Kopf leuchtet bestimmt bereits in einem wunderschönen Rotton, da sich mein ganzes Blut dort ansammelt, was aber auch egal ist, weil ich ja laut Dominic mein Zimmer nicht mehr verlassen werde.

Ich strafe Dominic mit Schweigen, bis sich meine Welt plötzlich wieder dreht und er mich auf die Beine stellt. Ich wanke etwas, doch Dominic hält mich fest, damit ich nicht falle.

»Halt«, höre ich eine autoritäre Stimme. »Wo wollt ihr hin?«

Dominic dreht mich in die entsprechende Richtung und schon stehe ich zwei Wachen gegenüber.

Hoffentlich erkennen sie mich nicht und schicken uns einfach weg, weil sie Dominic für einen Verrückten halten. Etwas grob greift er nach meinen Händen und fixiert sie hinter meinem Rücken.

Er klingt genervt, als er sagt: »Lasst mich rein. Ich habe hier etwas Hübsches, das ich dem König zurückbringen möchte.«

Die eine Wache stößt die andere mit dem Ellbogen an. »Ist das …?« Ich habe die beiden bereits einige Male aus meinem Zimmer beobachtet. Der eine ist ungefähr zwei Meter groß, der andere ebenso breit. Sie sind ein wirklich witziges Gespann und ich würde gerne lachen, wenn mir nicht zum Heulen zumute wäre.

Sofort nickt der Kleinere. »Ja, das ist sie.«

Dominic murmelt: »Schön, dass wir das geklärt haben. Und wenn ihr nicht wollt, dass wir sofort ohne großes Abschiedsszenario nach Red Ancient verschwinden, lasst ihr uns besser beide rein.«

Die Wachen sehen sich an und wirken unentschlossen. »Holt Zeak«, murmle ich. »Er kennt meinen Entführer.«

»Wenn das eine Entführung wäre, würden wir aus dem Schloss gehen und nicht dorthin zurück.« Mit einem Kopfschütteln sieht Dominic zu den Wachen. »Ihr Kopf war kurzzeitig zu gut durchblutet. Das hat ihr nicht gutgetan.«

Beiden Männern klappt synchron der Mund auf, denn sie sind es ebenso wie ich nicht gewohnt, dass man so über oder auch mit mir spricht! Auch wenn ich mich langsam daran gewöhne und die saloppe Sprache immer mehr auf mich übergeht. Es tut gut, nicht jeden Satz dreimal im Kopf umformulieren zu müssen, bevor man ihn ausspricht.

»Na los. Ihr sollt nicht starren, sondern Zeak herholen«, blafft Dominic, dessen Laune von Sekunde zu Sekunde sinkt. Geduld scheint keine seiner Stärken zu sein.

Der Größere der beiden nickt und eilt sofort davon. Die andere Wache sieht immer noch mit leicht geöffnetem Blick zwischen uns hin und her. Eigentlich könnte ich den Moment nutzen, um …

»Hiergeblieben.« Ich habe nur mit dem Finger gezuckt und noch nicht einmal den Versuch unternommen zu fliehen. »Wenn du jetzt verschwindest, schwöre ich dir, dass ich dich persönlich bei den Aufständischen im Dorf vorbeibringe.« Dominic dreht mich so, dass ich ihm ins Gesicht sehen muss. »Haben wir uns jetzt endlich verstanden? Denn sonst wird es wirklich ungemütlich, Rise!« Die letzten Worte knurrt er in mein Gesicht und sieht mich dabei so wütend an, dass ich langsam wirklich Angst bekomme.

Stumm nicke ich mit dem Kopf, denn ich glaube, jetzt ist der Moment erreicht, in dem ich mich besser fügen sollte, wenn ich nicht alles noch schlimmer machen will.

Er lässt mich los und gibt mir einen Schubs in Richtung der Wache, als hätte er genug davon, mich zu berühren. Er verschränkt seine Arme vor der Brust und murmelt: »Sehr gut.«

Der dicke Wachmann sieht aus, als würde er jede Sekunde einen

Herzanfall erleiden, doch seine Gesichtsmuskeln entspannen sich, als sein Freund und Zeak auftauchen.

Meine zweite Wache sieht zuerst mich, dann Dominic an. »Danke, dass du sie zurückgebracht hast.« Er deutet in Richtung des Schlosses. »Hier wäre die Hölle los, wenn Rise einfach verschwunden wäre. Wie hast du es überhaupt geschafft, unbemerkt das Schloss zu verlassen?« Er schüttelt tadelnd seinen Kopf und die schwarzen, immer etwas zu langen Haare fallen ihm dabei in die Stirn.

Ich zucke mit den Schultern.

»Okay, du willst es mir also nicht verraten«, sagt er in gutmütigem Tonfall. Danach macht er einen Schritt auf mich zu, hebt kurz die Hand, wie um sie auf meine Wange zu legen, lässt sie aber sofort wieder fallen. »Hätte mich auch gewundert. Aber du weißt, dass wir dich ab jetzt nicht mehr aus den Augen lassen dürfen.«

Das ist mir klar. Vor allem da Dominic es mir bereits angedroht hat.

Danach wendet er sich ab und beginnt mit Dominic zu diskutieren, wie ich es schaffen konnte, das Schloss zu verlassen, doch der gibt Antworten, die im Grunde genommen keine sind. Auch die beiden Torwachen beteiligen sich am Gespräch und schwören feierlich, dass ich nicht bei ihnen vorbeigekommen bin.

Ich mache einen Schritt zurück. Und dann noch einen. Erleichtert stelle ich fest, dass keiner der vier Männer auf mich achtet. Nachdem ich drei Meter zwischen mich und die Männer gebracht habe, drehe ich mich um und laufe wieder zurück in Richtung des Dorfes. Ich weiß nicht, was mich antreibt, doch ich bin mir ziemlich sicher, dass wenn ich jetzt in das Schloss gehe, ich es erst wieder verlassen werde, wenn ich in das Land der Vampire aufbreche. Und das will ich nicht.

Immer wenn ich daran denke, dass der Prinz aus Red Ancient mein Blut trinken könnte oder … weiter will ich gar nicht denken, dann legt sich in meinem Kopf ein Schalter um und alles in mir schreit nach Flucht. So schnell ich kann, laufe ich weiter, doch ich komme keine zwanzig Meter, denn schon baumle ich wieder von Dominics Schulter.

»Rise!« Er spricht meinen Namen wie ein Schimpfwort aus. »Ich habe dich verdammt noch mal gewarnt.« Er geht mit mir zurück und stapft mit festen Schritten an den Wachen vorbei.

Etwas unsicher fragt Zeak: »Soll ich euch zu den Gemächern der Prinzessin geleiten?«

»Nein!« Dominics Stimme donnert in der Stille nach. »Ich finde den Weg von ganz alleine.«

Das wundert mich, da Zeak das letzte Mal alles daran gesetzt hat, den Weg zu meinen Gemächern so kompliziert wie möglich zurückzulegen. Es überrascht mich, dass Dominic den Weg dennoch ohne Probleme findet. Vor der Tür angekommen bleibt er jedoch stehen und flucht laut.

Ich kann nicht anders und frage, immer noch über seine Schulter baumelnd: »Was ist los?«

Ich höre und spüre, wie er gegen die weiße Steinwand tritt. »Ich weiß den verdammten Code nicht.«

»2213«, rutscht es mir heraus und ich könnte mich im nächsten Moment dafür ohrfeigen. Dominic hat recht. Ich bin nicht nur naiv, sondern dazu auch noch dumm.

Dominic stellt mich auf den Boden und funkelt mich an: »Wieso wundert mich das nicht! Sobald du da drinnen bist, werde ich den Code ändern und am besten auch noch die Tür zumauern lassen.«

Er macht sich am Bedienfeld zu schaffen und keine Sekunde später springt die Tür auf. Dass ich sie von innen ohne Code öffnen kann, behalte ich besser für mich. Wie um seine Worte zu untermauern, gibt Dominic mir einen Schubs, mit dem ich nicht gerechnet habe. Ich taumle und lande auf allen vieren auf dem Boden.

Wieso tut er das? Mit bebenden Lippen sehe ich zu ihm, wie er lässig im Türrahmen lehnt und auf mich herabsieht. »Du wolltest es nicht anders«, sagt er zu mir, bevor er sich umdreht und die Tür mit einem lauten Knall ins Schloss fällt.

Ich lasse mich nun ganz auf den Boden gleiten und lege meine Wange auf den Holzboden. Und dann lasse ich die Tränen kommen, die ich mir die ganze Zeit über so mühsam verboten habe. Als ich heute mit Nadeen aufgebrochen bin, hatte ich wirklich die Hoffnung, dass ich von hier wegkönnte, um nicht mehr von Entscheidungen anderer abhängig zu sein.

Doch ich muss einsehen, dass das niemals geschehen wird. Ich werde niemals frei sein.

Kapitel 12

Bliss

Meine Hände zittern. Es liegt nicht am Kraftaufwand, den ich dazu brauche, um das Boot irgendwie Richtung Land zu befördern, sondern daran, dass ich nervös bin. Verflucht nervös.

Obwohl die Sonne erst seit Kurzem hinter dem Horizont verschwunden ist, habe ich hier draußen das Gefühl, als wäre es tief in der Nacht. Den Blick fest aufs Land gerichtet steuere ich stur auf die Fackeln zu, die das Ufer erhellen. Dank dem leichten Wellengang komme ich meinem Ziel immer näher. Wobei ich mir nicht mehr sicher bin, ob ich da immer noch hinwill. Eine Gänsehaut kriecht über meinen Körper. Die tanzenden Flammen wirken auf mich verdammt unheimlich.

Ich atme tief durch. *Du wolltest das, Bliss. Jetzt reiß dich zusammen!*

Leider klingen solche Pläne in der Theorie immer besser, als sie es in der Praxis sind. Denn auf dem Schiff hat sich die Vorstellung noch ganz gut angefühlt, diejenige zu sein, die Calean und seinen Männern hilft unbemerkt das Land zu betreten.

Obwohl ich weiß, dass eine Handvoll Scharfschützen mit ihren Waffen im Anschlag in der Dunkelheit unseres Schiffes darauf lauern, mich im Notfall zu verteidigen, hilft es mir nicht, meine Angst völlig abzuschütteln.

Ein Soldat macht einen Schritt nach vorn, als das kleine Boot den Steg berührt. Sofort greift er nach dem Seil, bindet das Boot fest und reicht mir danach seine Hand, um mir an Land zu helfen. Als wir uns berühren, gibt es einen kleinen Stromschlag zwischen uns, was mich dazu bringt, dem jungen Mann in die braunen Augen zu sehen. Auch als ich wieder festen Boden unter den Füßen habe, behält er meine Hand weiterhin in seiner und sein Blick ist fest mit meinem verbunden. Lachfältchen erscheinen neben seinen Augen, doch sie bleiben nicht lange, da jemand nach meinen Unterarmen greift, sie zurückbiegt und hinter meinem Rücken fixiert. Leise raunt der grobe Kerl mir von hinten ins Ohr: »Na, Vampirmädchen, warum haben sie dich zu uns geschickt?«

Mir war klar, dass sie mich nicht mit offenen Armen begrüßen würden, dennoch gefällt es mir nicht, so fest angefasst zu werden. Mit aller Kraft versuche ich mich aus seinem Griff zu winden, während die anderen drei Wachen, die vor mir stehen, mit verschränkten Armen auf mich herabsehen und meine Versuche, mich zu befreien, belächeln.

»Ich bin kein Vampir«, sage ich und spucke dem Mann, der in der Mitte steht, vor die Füße. Dann trete ich dem unhöflichen Typen hinter mir auf den Zeh.

»Au«, knurrt er in mein Ohr, während der Mann vor mir grob nach meinem Kinn greift. Er drückt so fest zu, dass der Schmerz mir Tränen in die Augen treibt, ich den Mund öffne und laut aufkeuche.

Grob schiebt er mir einen Finger in den Mund, um meine Zähne abzutasten. Das ist so widerlich! Ich weiß nicht, was er hofft zu finden. Auch Vampire laufen nicht den ganzen Tag mit ausgefahrenen Reißzähnen herum.

Er scheint zur selben Erkenntnis zu kommen, denn er zieht seine Hand zurück. »Ich weiß nicht, ob ich dir glauben soll.«

»Maxim«, wendet er sich an einen dunkelhaarigen Mann, der von mir aus gesehen links neben ihm steht. »Wie können wir feststellen, ob es sich bei dem Mädchen um eine Vampirin handelt?«, fragt er ihn, als wären wir bei einer mündlichen Abschlussprüfung. Wer weiß, vielleicht sind wir das auch.

Der angesprochene Soldat richtet sich etwas auf. »Blut. Ihre Fangzähne würden ausfahren, wenn sie menschliches Blut riecht.«

Der unsympathische Mann in der Mitte lacht. »Wir könnten sie auch anbinden und darauf warten, ob sie zu Staub zerfällt, sobald die Sonne aufgeht.«

Der junge Mann hinter mir zieht mich näher an seinen Körper. »Dafür ist sie viel zu hübsch. Ich hätte eine viel bessere Idee.«

Mir entgleisen meine Gesichtszüge. Dass ich so schockiert aussehe, scheint die Soldaten zu belustigen. »Du wärst besser auf dem Schiff geblieben. Alvar hinter dir frisst hübsche Mädchen wie dich zum Frühstück«, lässt mich der junge Mann zu meiner Rechten, der mir vorhin noch aus dem Boot geholfen hat, wissen. Fast beiläufig streicht er sich eine widerspenstige braune Locke aus dem Gesicht. Es ist beinahe unmöglich, ihn nicht weiter anzustarren, und das obwohl ich nicht den Überblick über die Gesamtsituation verlieren sollte.

Von hinten raunt der unheimliche, mädchenfressende Typ in mein Ohr: »Glaub mir, wir werden noch viel Spaß miteinander haben.«

Okay. Die Typen sind mir viel zu nahe. Und noch niemand hat eine Kugel im Kopf, was bedeutet, dass die Scharfschützen noch immer abwarten. Sie sollten auch wirklich nur im Notfall zum Einsatz kommen. Ziemlich sicher ist jetzt der passende Augenblick, um den Wortführer in der Mitte anzuflehen: »Bitte lass nicht zu, dass er mir etwas tut.«

Meine Unterlippe beginnt zu beben. »D-d-der Prinz von Red Ancient war der Meinung, dass die Prinzessin von Red Desert nicht ohne Zofe in ihr neues Zuhause reisen kann«, stottere ich meine zurechtgelegte Erklärung hervor. »Das ist der einzige Grund, warum ich hier bin.« Es wundert mich, dass ich mich wegen meiner zitternden Knie und meines wild pochenden Herzens überhaupt noch an die Worte erinnern kann, die Calean mir auf dem Schiff eingetrichtert hat.

Der Soldat vor mir fixiert mich mit seinen emotionslosen Augen. »Der Prinz befindet sich auf diesem Schiff?«, fragt er irritiert nach.

Ich beiße mir auf die Unterlippe und senke verlegen meinen Blick. »Ja, das ist er«, flüstere ich leise. »Bitte verratet nicht, dass ich euch das gesagt habe.« Die Verzweiflung in meiner Stimme muss ich nicht einmal spielen, da ich wahnsinnige Angst vor den vier Männern habe.

Nun stupst der Kerl zu meiner Rechten den Wortführer mit dem Ellbogen an. »Meinst du, sie weiß noch mehr? Sie hat bestimmt das eine oder andere mitbekommen.«

Der Angesprochene zögert sichtlich, wendet sich dann Maxim, dem Kerl zu seiner Linken, zu. »Geh nach drinnen und sorg dafür, dass in ein paar Minuten die Wachablösung für uns kommt.«

»Aber es ist noch zu früh«, protestiert er, jedoch in fragendem Tonfall.

Sofort schüttelt mein Gegenüber den Kopf. »Nein, ist es nicht. Wir werden uns jetzt mit ihr auf den Weg zum König machen. Sie soll ihm aus erster Hand erzählen, was sie alles über den Vampirprinzen weiß.«

»So hübsch, wie sie ist, wohl eine ganze Menge«, raunt der Soldat hinter mir in mein Ohr. Obwohl ich Angst habe, dass sie mir etwas tun, kann ich nicht anders, als angewidert mein Gesicht zu verziehen, da er sich immer noch fest an mich presst.

Maxim salutiert kurz und geht davon.

»Alvar, scheint so, als würde sie dich nicht leiden können«, meint der junge Soldat mit den braunen Locken.

Die Wache hinter mir zischt: »Halt den Mund, Phoenix!«

Sofort zischt der Befehlshaber: »Seid beide still! Bringt sie lieber zum Wagen. Sobald die Ablösung hier ist, komme ich mit Maxim nach.«

Der Mann hinter mir stößt mich an und ich mache unwillig einen Schritt nach vorne. Phoenix greift nach meinem Oberarm, um mich hinter sich herzuziehen, und sein Kollege schubst mich immer wieder.

»Ich kann auch alleine gehen«, versuche ich mich schließlich gegen die grobe Behandlung mit Worten zu wehren.

Phoenix zwinkert mir zu. »Ja, aber so ist es lustiger.«

Idiot! »Wo bringt ihr mich hin?«, frage ich.

Spöttisch kommt es von Alvar: »Offensichtlich bist du taub. Zum Schloss des Königs.«

Phoenix schüttelt den Kopf und zeigt auf eine große Halle, die ein bisschen entfernt ist. »Dorthin.«

Sofort stemme ich meine Füße in den Boden. »Nein, nicht in die Halle«, schreie ich laut. Wer weiß, was Alvar einfällt, wenn wir alleine dort drinnen sind.

Phoenix seufzt laut. »Alvar, gehst du bitte alleine rein und holst den Wagen, bevor unser Mäuschen vor Angst einen Ohnmachtsanfall bekommt?«

Sofort murrt er: »Warum machst du das nicht?«

»Weil sie ganz offensichtlich vor *dir* Angst hat«, sagt er in belustigtem Tonfall. Ja, da stimme ich Phoenix definitiv zu.

Murrend macht Alvar sich auf den Weg und ich atme geräuschvoll aus, als er in der Dunkelheit verschwindet.

»Gott sei Dank«, flüstere ich leise, doch meine Erleichterung währt nur kurz, da Phoenix plötzlich ein Messer in der Hand hat. Sind denn alle Menschen in diesem verdammten Land irgendwie verrückt? Kein Wunder, dass sie ihre Prinzessin, ohne mit der Wimper zu zucken, ihren Feinden überlassen.

Ich mache ängstlich einen Schritt zurück, komme aber nicht weit, da er immer noch meine Hand hält.

»Wirst du mich töten?«, flüstere ich. Es kostet mich all meine Kraft, meine Augen offen zu halten und dem Blick aus seinen forschenden braunen Augen standzuhalten.

»Du hast keine gute Meinung von den Menschen in Red Desert, wie ich sehe.«

»Nein«, gebe ich ganz ehrlich zu.

»Vielleicht wird dich das jetzt schockieren, aber es ist nicht das Volk von Red Desert, das das Land kaputtmacht.« Was er nicht laut sagt, jedoch deutlich in seiner Stimme mitschwingt, sind die Worte: *Es ist die Königsfamilie.*

Danach nickt er und zieht das Messer nahe seiner Armbeuge einmal über die Haut, sodass plötzlich Blut aus der Wunde sickert. Ich sehe immer wieder zwischen dem sickernden Blut und seinem Gesicht hin und her, nicht sicher, was mich mehr fasziniert. Das Blut an sich oder dass er das Gesicht nicht für eine Sekunde vor Schmerz verzieht.

Da ich auch ohne Worte weiß, was er von mir verlangt, öffne ich meinen Mund, bevor er auf die Idee kommt, ihn mir schmerzhaft aufzudrücken.

»Keine Reißzähne«, murmelt er. »Perfekt.«

Ich sehe auf den Schnitt und sage: »Du solltest das verbinden.«

»Nein, geht schon. Alles in Ordnung«, versucht er mich zu beruhigen, was unnötig ist. Es ist mir ohnehin egal, was mit ihm passiert.

Eine autoritäre Stimme hinter mir lässt mich zusammenzucken. »Was machst du da? Wo ist Alvar?«, blafft der unsympathische Befehlshaber.

Etwas genervt murmelt Phoenix: »Ich habe getestet, ob sie ein Vampir ist. Und Alvar holt den Wagen.«

Der Befehlshaber nickt nur. »Ist sie einer?«

Phoenix sieht seinen Vorgesetzen an, als wäre er verrückt. »Sie hängt nicht an meinem Arm und versucht nicht mich auszusaugen, also nein.«

Meine Augen weiten sich geschockt. Wenn Phoenix versucht seinen Vorgesetzten zu provozieren, dann gelingt ihm das ganz gut.

Ich schaffe es einfach nicht, mich zu dem anderen Mann umzudrehen, starre lieber weiter in Phoenix' Richtung, während der Befehlshaber hinter mir grollt: »Wenn du es dir im Schloss in einer hübschen Zelle bequem machen willst, dann nur zu, mach weiter so. Und jetzt los, hol den Wagen.«

Phoenix zögert sichtlich, greift dann aber nach meinem Unterarm und zieht mich hinter sich her in Richtung der Halle.

»Ohne das Mädchen.«

Sofort bleibt Phoenix stehen. »Tut mir leid. Das habe ich wohl falsch verstanden.«

»Weil ihr alle Idioten seid«, stellt der Soldat mürrisch fest. Etwas leiser fügt er hinzu: »Ich hol den Wagen, denn wenn man bei euch nicht alles selbst macht, geht es sowieso schief.«

Phoenix nickt zustimmend. »Deshalb bist auch *du* unser Anführer.«

»Zuerst schafft es Maxim nicht, Verstärkung zu holen. Jetzt hat Alvar Schwierigkeiten, einen Wagen aufzutreiben«, murmelt der Befehlshaber und verschwindet Richtung Halle.

Phoenix lässt meine Hand los, sobald sein Vorgesetzter außer Sichtweite ist. »Ich glaube nicht, dass wir ihn bald wiedersehen.«

Ein Lächeln schleicht sich auf sein Gesicht. »Ich nehme an, deine Leute werden dasselbe mit ihm machen, was sie auch mit Alvar gemacht haben.«

Angestrengt versuche ich meine Gesichtszüge nicht entgleisen zu lassen. *Er kann es nicht wissen. Er stellt nur Vermutungen an,* rede ich mir selbst gut zu.

»Du brauchst gar nicht versuchen so zu tun, als wüsstest du nicht, wovon ich spreche. Es stinkt doch zum Himmel, dass sie«, mit einer Hand deutet er zum Meer, »ein wehrloses Mädchen ganz allein an Land schicken.«

Fest beiße ich mir auf die Unterlippe, da ich keinen Ton von mir geben will. Er sollte nicht wissen, was hinter seinem Rücken vorgeht. Als ich ein

Motorengeräusch höre, drehe ich mich in die entsprechende Richtung. »Scheint so, als hättest du dich getäuscht«, murmle ich leise.

Als ein Geländewagen mit verdunkelten Scheiben vor uns hält, positioniert er sich hinter mir und flüstert: »Ich lasse mir von deinen Leuten keine Kugel in den Kopf jagen.«

Die könnte ihn leider auch von hinten treffen, denn ich hoffe, dass die Scharfschützen am Schiff immer noch ihre Waffen im Anschlag haben. Das Wissen, dass sie ihn jederzeit ausschalten können, beruhigt mich ein wenig. Auch das Wissen, dass sie vom Meer aus ohne Hindernisse auf ihn zielen können, da wir uns höchstens fünfzig Meter von der Küste entfernt haben.

Die Scheiben vorne am Auto sind nur leicht getönt und sofort erkenne ich seinen Kumpel Maxim. Schlecht für mich. Gut für Phoenix. Er ist jedoch so auf das Heck des Wagens fokussiert, dass er nicht mitbekommt, dass einer seiner Leute den Wagen fährt. »Öffne die Tür«, weist er mich an.

Unsicher greife ich nach dem Griff, da ich ebenfalls nicht weiß, was mich erwartet. Vermutlich grinst mir gleich Alvar entgegen.

Phoenix positioniert sein Messer an meinem Hals und sobald die Tür offen ist, sagt er: »Nicht schießen, außer ihr wollt aus eurer geheimen Mission ins Innere des Landes eine Verfolgungsjagd machen.«

Ich atme erleichtert auf, als ich Calean und Morgan sehe, die ihre Waffen direkt auf Phoenix richten, doch mein Herzschlag beschleunigt sich wieder, als Calean, der auf dem Beifahrersitz Platz genommen hat, seine Waffe sinken lässt.

Morgan knurrt vom Rücksitz aus: »Wenn du nicht sofort das Messer von ihrem Hals nimmst, ist es mir scheißegal, was danach passiert.«

Calean verdreht seine Augen. »Steigt ein und keinem passiert etwas.« Zur Untermalung seiner Worte wendet er sich seinem Sohn zu und greift nach dessen Waffe. Bestimmt drückt er den Lauf der Pistole nach unten.

Offensichtlich hadert Phoenix einige Sekunden mit einer Entscheidung, doch dann zischt er: »Rein mit dir.«

Gemeinsam mit mir klettert er in den Wagen, das Messer bleibt jedoch die ganze Zeit über genau dort, wo es ist. Nahe meiner Halsschlagader.

Maxim dreht sich zu uns herum: »Ihr drei könnt jetzt aufhören euch gegenseitig zu bedrohen.«

Ich bedrohe niemanden. Ich *werde* bedroht.

»Phoenix, das sind Calean und Morgan«, sagt Maxim, »die beiden sind auf dem Weg ins Innere des Landes, um den Witzbold von letztens zu suchen. Offensichtlich hätte nicht *er* die Prinzessin abholen sollen, sondern jemand anders.«

»Ihr kennt meinen Bruder?« Doch dann runzle ich meine Stirn und sehe Calean fragend an: »Und wie habt ihr euch so schnell Verbündete gemacht?«

Gelangweilt antwortet er: »Wir haben ihn bedroht, er hat uns bedroht, dann hat er sich als Aufständischer ausgegeben und da wir einen Wagen brauchten, waren wir dazu bereit, ihm eine Chance zu geben. Töten können wir ihn im Notfall immer noch.«

Phoenix schnaubt. »Das wird nicht nötig sein.« Endlich lässt er das Messer sinken, raunt dafür aber in mein Ohr: »Und ja, wenn du den aufgeblasenen blonden Typen meinst, der vor Kurzem hier an Land kam, dann sind wir ihm bereits begegnet.«

Kaum hat er die Worte ausgesprochen, lässt er mich los und eine Gänsehaut bildet sich auf meinen Unterarmen. Eigenartige Reaktion, obwohl es im Inneren des Wagens genauso heiß ist wie draußen.

Maxim gibt Gas und fährt los. Ich werde gegen Morgan gedrückt, der mich sofort näher an sich zieht.

Als wäre ich gar nicht mehr im Wagen, fragt Phoenix an Maxim gewandt: »Sind sie sauber?«

»Ja, ich habe sie überprüft.« Maxim lenkt den Wagen von der Küste weg. Es wundert mich, dass wir keinen Wachposten passieren müssen, ich bin aber auch erleichtert darüber. Wenn wir einfach unbemerkt verschwinden können, gibt es hoffentlich niemanden, der Alarm schlagen wird.

Offensichtlich reicht es Morgan nicht, mich an sich zu drücken, denn er zieht mich auf seinen Schoß. Ich komme nicht einmal dazu zu protestieren, da er bereits eine Sekunde darauf mit den Händen meinen Hals betastet:

»Geht's dir gut?«, fragt er besorgt. »Wenn du auch nur einen Kratzer hast, dann bringe ich den Arsch um.«

Er spricht laut genug, damit jeder im Wagen seine Drohung hören kann. Super, die Lage ist ja auch gar nicht angespannt, da hilft es natürlich ungemein, wenn Morgan sich wie ein Höhlenmensch benimmt.

»Alles in Ordnung«, sage ich in beruhigendem Tonfall und rutsche dann mit einem entschuldigenden Lächeln von ihm ab. Auch wenn Calean mitbekommen hat, dass etwas zwischen uns läuft, muss das nicht auch gleich für Wildfremde gelten. Fragend sehe ich Morgan an: »Könnt ihr mich darüber aufklären, warum wir mit unseren Feinden in einem Wagen sitzen?«

Calean, der seine Hand lässig auf der Nackenstütze des Fahrersitzes abgelegt hat, erklärt mir: »Weil der Feind unseres Feindes unser Freund ist.«

»Wie bitte?« Könnten mal alle aufhören in Rätseln mit mir zu sprechen?

Calean sieht mich an, als wäre ich schwer von Begriff. »Phoenix und Maxim sind Aufständische«, sagt er, was mich dazu veranlasst, mich Phoenix zuzuwenden. Durch seine braunen Locken sieht er nicht besonders bedrohlich aus. Eher ... unschuldig. Das perfekte Gesicht für einen Rebellen. Doch hinter seiner Fassade steckt womöglich mehr, als man denkt.

Ich lasse mich in den Sitz zurückfallen und seufze. »Aufständische? Mir war nicht klar, dass es so was in Red Desert gibt.«

Ohne mir auch nur einen Blick zuzuwerfen, schnaubt Maxim laut. »Es wird immer jemanden geben, der sich gegen ein System auflehnt, denn kein System ist perfekt.«

Damit hat er wohl recht. »Aber wenn ihr Aufständische seid«, frage ich, »wieso seid ihr dann beim Militär?«

Morgan greift nach meiner Hand und drückt sie leicht. Phoenix entgeht die nett gemeinte Geste natürlich nicht, denn er starrt genau auf den Punkt, an dem Morgan mich berührt. Anstatt mir zu antworten, dreht Phoenix seinen Kopf zur Seite und starrt aus dem Fenster.

Calean klärt mich auf. »Weil sie das Militär infiltrieren.«

Um Phoenix' Aufmerksamkeit auf mich zu lenken, stupse ich ihn mit dem Knie an. »Wie viele gibt es von euch?«

Nur widerwillig dreht er seinen Kopf in meine Richtung, denn er sieht nicht mich, sondern die Stelle an, an der ich ihn berühre. »Tausende. Aber wir sind noch nicht gut genug aufgestellt, um etwas gegen den König zu unternehmen. Noch ist uns das Militär weit überlegen.«

»Könnt ihr das System nicht von innen zerschlagen?«, frage ich.

Phoenix presst seine Lippen fest aufeinander. Es sieht nicht so aus, als würde er mir schnell antworten.

Stattdessen dreht Maxim sich zu mir um. »Das haben wir vor, Schätzchen.«

Calean schlägt seine Hand vor sich auf das Armaturenbrett und knurrt: »Konzentrier dich besser auf die Straße, nicht auf Eliss.«

Sofort wendet sich Maxim wieder der Straße zu, jedoch nicht ohne Calean einen bösen Blick zuzuwerfen.

Schnell versuche ich das Gespräch in eine andere Richtung zu lenken. »Was ist mit den anderen beiden Soldaten passiert?«

Calean lacht leise. »Den Typen, der dich am Steg festgehalten hat, hat Morgan sich vorgenommen.«

Mit gerunzelter Stirn sehe ich Morgan an. Natürlich mochte ich Alvar nicht, trotzdem würde ich nicht wollen, dass ihm meinetwegen etwas Schlimmes passiert. »Was hast du mit ihm gemacht?«

Abwehrend streckt Morgan seine Hände in die Luft. »Sieh mich nicht so vorwurfsvoll an. Er lebt noch.« Etwas leiser fügt er hinzu. »Denke ich zumindest.«

Alarmiert sieht Phoenix zu Calean. »Habt ihr sie einfach dort liegen lassen?«

Statt ihm antwortet Maxim. »Nein, sie liegen gefesselt im Kofferraum. Mit dem Problem werden wir uns später noch beschäftigen.«

Okay … wir fahren also mit zwei geknebelten Soldaten im Kofferraum durch die Gegend. Nicht besonders beruhigend.

Ich lehne mich vor, lege meine Hände an die Vordersitze. »Wie geht es jetzt weiter? Fahren wir jetzt zu Doom?«

Als Calean nickt, lasse ich mich erleichtert nach hinten fallen. Ich hätte nicht gedacht, dass wir es so weit schaffen, ohne die Aufmerksamkeit auf uns zu lenken. Mir ist klar, dass wir diesen Umstand nur Maxim und Phoenix zu verdanken haben.

Nach und nach fällt die Anspannung von mir ab und ich lehne meinen Kopf gegen Morgans Schulter. Als Morgan seinen Arm um mich legt, schließe ich für eine Sekunde meine Augen, um dem leisen Gespräch, das Maxim und Calean führen, zu lauschen.

Kapitel 13

Madoc

Zusammengesunken lehne ich in der hintersten Ecke meiner Zelle an der rauen Wand und starre in die Finsternis. Immer wieder öffne und schließe ich meine blutige Hand, doch der pochende Schmerz verschwindet nicht. Nachdem ich stundenlang geschrien und an den Gitterstäben gerüttelt habe, die mich von drei Seiten umgeben, bin ich dazu übergegangen, auf den Boden einzuschlagen. Nun fühle ich mich ausgelaugt. Mich überkommt eine Müdigkeit, die ich in diesem Ausmaß noch nicht kannte.

Es ist nicht nur körperlich. Es ist … alles. Das Wissen, dass ich nichts gegen meinen Vater ausrichten kann, erschöpft mich. Wozu weiterkämpfen, wenn es sinnlos ist? Wenn jedes Aufbegehren sofort im Keim erstickt wird, wozu immer wieder Kraft sammeln, um es erneut zu versuchen?

Je länger ich in der Dunkelheit ausharre, desto klarer sehe ich: Meine Idee, Rise von hier wegzubringen, war von Anfang an zum Scheitern verurteilt. Ich hätte mich niemals allein mit ihr durchschlagen können. Nicht ohne die Hilfe anderer. Nicht ohne Verbündete …

Und nun sitze ich hier. Geschlagen. Mit tausend herumschwirrenden Gedanken, die wie kleine Leuchtkäfer durch die Luft flirren und doch irgendwann verpuffen. Immer weitere Szenarien tauchen in meinem Kopf auf, wie es enden kann. Tausende von Möglichkeiten, die doch nie eintreten werden. Mein Kopf wird immer schwerer und ich lasse ihn erschöpft auf die aufgestellten Knie fallen. Völlig überfordert vergrabe ich das Gesicht im rauen Stoff meiner Hose.

Ich lausche in die drückende Stille, die sich gemeinsam mit der Dunkelheit um mich gelegt hat. Von weit her höre ich leise Tropfen auf den Boden fallen. Immer und immer wieder. Der unangenehme Luftzug, der meine Haut immer wieder streift, beschert mir eine Gänsehaut und ich habe das Gefühl, dass meine Kleidung durch die Kälte immer steifer wird.

Meine Augen gewöhnen sich immer mehr an die Dunkelheit. Fast habe ich das Gefühl, dass es immer heller wird. Ich kneife die Augen zusammen … nein! Ich bilde mir den schwachen Lichtschein nicht ein. Und dann höre ich leise Schritte, die sich meiner Gefängniszelle nähern.

Ich warte völlig erstarrt, beobachte die Person, die sich aus den Schatten löst und zögerlich auf mich zukommt. Ich reagiere nicht. Bleibe unbeweglich in meiner Position, selbst dann noch, als sie ihre Hand in die Gefängniszelle streckt und leise meinen Namen flüstert.

Sofort fällt das Selbstmitleid, in dem ich mich in den letzten Stunden gesuhlt habe, von mir ab und wird von einem vertrauten Gefühl überlagert. Wut, die heller leuchtet als die Fackel in Nadeens Händen. Ich schnaube auf. Ist sie gekommen, um sich zu versichern, dass ihr Plan aufgegangen ist? Wenn ja, dann werde ich ihr diesen Gefallen ganz bestimmt nicht tun. Niemals werde ich ihr wie ein Häufchen Elend gegenübertreten, also stehe ich auf und straffe meine Schultern. Es fällt mir nicht schwerer als sonst, meine Gefühle hinter der kühlen Fassade zu verstecken, die ich mir jahrelang antrainiert habe.

Ich schlage einen belustigten Tonfall an. »Du hast also mein neues Quartier gefunden? Ich würde dich gerne reinbitten, aber ich habe den Schlüssel verlegt. Verzeih!«

Mit deutlicher Verwirrung in der Stimme sagt sie: »Jetzt ist nicht der Zeitpunkt für Witze.«

»Ich scherze nicht. Oder denkst du, dass ich hier einfach rausspazieren kann?« Verbittert schnaube ich auf. »Was willst du?«

»Dich sehen?«

Ich strecke meine Hände zu beiden Seiten von mir. »Hier bin ich. In all meiner Pracht.« Langsam gehe ich auf die Gitterstäbe zu, die mich von Nadeen trennen. »Wolltest du dich mit eigenen Augen davon überzeugen, dass ich endlich dort bin, wo du mich haben wolltest?«

Erschrocken zuckt Nadeen zurück, als ich einen Satz nach vorne mache und die Hände an die Streben meines Gefängnisses lege.

Im Schein der Fackel erkenne ich, wie sie fassungslos ihren Kopf schüttelt: »Was redest du da?«

Fest beginne ich am Gitter zu rütteln und Nadeen zischt: »Bist du verrückt? Sei leise oder willst du, dass sie mich hier bei dir erwischen?«

Wenn sie mich so fragt: Ja, das will ich. Von mir aus kann sie in der Zelle neben mir verrotten.

Nadeen dreht sich um und ich will ihr bereits eine Gemeinheit nachrufen, doch sie geht nur bis zu der Wand in ihrem Rücken und steckt die Fackel in eine Halterung.

Stumm betrachte ich sie, höre allerdings auf mich wie ein Irrer zu benehmen. Als Zeichen meiner Ablehnung verschränke ich die Arme vor der Brust. »Ich denke nicht, dass du dir um dein Wohlbefinden Gedanken machen musst. Du flüsterst doch dem König meine Pläne ins Ohr, damit …« Mir fällt aber kein plausibler Grund ein, warum mich Nadeen verraten hat. Sicher ist nur, dass sie es war.

Sie hat meine Schwäche – meine Gefühle – ausgenutzt und sich bei der erstbesten Gelegenheit gegen mich gewendet.

»Das meinst du nicht ernst«, sagt Nadeen und sieht mich gekränkt an. Sie spiegelt meine Pose und verschränkt ebenfalls die Arme vor der Brust. »Das denkst du von mir? Dass ich dir in den Rücken falle?«

Ich kann nicht anders, als einen Schritt zurückzumachen und auf die Zelle zu zeigen. »Und wieso bin ich dann hier drinnen?« Zur Verdeutlichung breite ich meine Arme aus und drehe mich einmal im Kreis. »Du warst die Einzige, die von meinem Plan, Rise wegzubringen, wusste.«

Traurig schüttelt sie ihren Kopf und streckt ihre Hand nach mir aus. »Madoc, das könnte ich nie.«

Fest balle ich meine Hände zu Fäusten, denn alles in mir schreit danach, auf sie zuzugehen. Ihr zuzuhören und ihren Worten zu glauben.

Alle Spannung weicht aus Nadeens Körper und sie sinkt auf den Boden. Eine Weile bleibt es still, bis sie sich räuspert. »Ich verstehe, wie es auf dich wirken muss, aber ich schwöre dir, Rise' Sicherheit steht für mich an erster Stelle.«

Aus meiner Brust stiehlt sich ein Lachen. »Und warum bist du dann hier? Und nicht bereits mit Rise auf dem Weg von hier weg?«

Nadeen seufzt laut und rutscht von mir weg. Sie lehnt sich mit ihrem Rücken gegen die Steinwand hinter ihr. »Auf dem Markt gab es Probleme. Die Aufständischen haben Wind davon bekommen, dass die Prinzessin dort war. Sie wollten sie entführen, um ein Druckmittel gegen den König zu haben.« Jetzt, wo er Rise dem Vampirprinzen versprochen hat, würde der Plan der Aufständischen sogar aufgehen, denn mein Vater müsste versuchen meine Schwester mit jedem ihm zur Verfügung stehenden Mittel zurückzuholen.

Ich will nicht auf Informationen von ihr angewiesen sein, dennoch muss ich wissen, dass es Rise gut geht. »Ist sie in Sicherheit? Sie haben sie doch nicht erwischt, oder?«, frage ich Nadeen. Meine Stimme klingt genauso verzweifelt, wie ich mich fühle.

Sofort beruhigt Nadeen mich. »Ihr geht es gut. Sie ist in ihrem Zimmer.« Danach macht sie eine kurze Pause. »Aber nicht ich war diejenige, die sie wieder zurückgebracht hat.«

Langsam mache ich einen Schritt nach vorne und greife mit beiden Händen nach den Gitterstäben.

»Zeak?«, will ich wissen.

Sie schüttelt den Kopf.

»Wer dann?«

»Dominic!«

»Die neue Wache aus Red Ancient?«, frage ich, obwohl ich die Antwort ganz genau kenne.

»Ja.«

Jede einzelne Zelle in meinem Körper wehrt sich dagegen, diesem Typen – einem Fremden – zu vertrauen. Doch er hat Rise gerettet.

»Du musst mich rauslassen. Jetzt!«, befehle ich Nadeen mit harschem Tonfall, während ich meine Hände wieder um die Gitterstäbe lege, als könnte ich sie mit purer Willenskraft verschieben. »Wir müssen Rise von hier wegbringen.«

Sie erhebt sich seufzend und klopft sich den Schmutz von der Hose. »Das kann ich nicht, Madoc.«

Ich lasse zu, dass sie ihre Hand auf meine legt. »Weil du meinem Vater nicht in den Rücken fallen willst?«

Sanft streichelt sie mit dem Daumen über meinen Handrücken. »Nein, weil dein Vater den Schlüssel bei sich hat. Er trägt ihn wie ein Schmuckstück an einer Kette um den Hals.«

Damit habe ich leider nicht gerechnet.

»Er will kein Risiko eingehen, denn du darfst erst wieder raus, wenn Rise weg ist.«

Ich schüttle meinen Kopf. »Also soll ich hier drinnen sitzen bleiben und abwarten? Kannst du nicht Werkzeug besorgen und die Tür aufbrechen?«

Nadeens Hand wandert über meinen Oberarm nach oben und legt sich auf meine Wange. »Ich verspreche dir, dass ich Rise wegbringe. Ich gehe mit ihr von hier weg. Morgen Nacht. Und glaub mir, ich kenne ein paar Leute, die dich hier bald rausholen werden. Versprochen!«

Es fällt mir schwer zu verstehen, was hier vorgeht. Doch Nadeen will Rise von hier wegbringen. Das ist alles, was zählt. »Danke. Für alles.« Ich muss mich räuspern. »Auch wenn es mir schwerfällt, Nadeen, aber ich vertraue dir. Wenn du sagst, dass du Rise wegbringst und mich hier rausholst, will ich dir glauben.«

»Das bedeutet mir viel«, wispert sie leise.

»Was ist mit deiner Familie? Willst du für immer mit Rise verschwinden?«

Nadeens Mundwinkel sinken nach unten. »Es wird hoffentlich kein Abschied für immer. Wenn du frei bist, werde ich zurückkommen und dich zu deiner Schwester bringen.«

Ich runzle die Stirn. »Du kannst nicht einfach wieder ins Schloss marschieren und mich abholen, wenn du erst einmal geflüchtet bist.«

Eindringlich sieht Nadeen mir in die Augen. »Lass das meine Sorge sein.«

Es gefällt mir nicht, dass sie all meine Probleme plötzlich für mich lösen möchte, aber ich bin auch nicht wirklich in der Position, in der ich tausend Möglichkeiten habe. Vertraue, sage ich mir selbst. Es kann nicht noch schlimmer werden. Also nicke ich. »In Ordnung.« Langsam, sodass sie die Bewegung sieht und jederzeit zurückweichen kann, schiebe ich meine Hand durch die Gitterstäbe hindurch. Meine Hand legt sich in ihren Nacken und ich ziehe sie so sanft wie möglich zu mir und gebe ihr wohl den zärtlichsten Kuss, zu dem ich imstande bin. Nadeen wehrt sich nicht gegen meine Berührung, kommt mir sogar noch entgegen.

Es kommt mir falsch vor, sie zu küssen, und zugleich so richtig. Einerseits fühle ich mich, als würde ich mich von ihr verabschieden, anderseits als würde ich ihr – oder wohl eher sie mir – ein Versprechen für die Zukunft geben. Eine Zukunft, wie wir sie uns gemeinsam vorstellen. Die Gefühle in mir sind so widersprüchlich wie die Wut, die sich von einem Waldbrand zu einem schwelenden Feuer gewandelt hat.

Möglicherweise liegt mein Vater falsch. Meine Gefühle – die Liebe zu meiner Schwester, aber auch die zu Nadeen – machen mich nicht schwach. Sie machen mich stärker und helfen mir die Wut in Zaum zu halten. Es sind die Momente, die ich mit ihnen verbringe, die mich beinahe glücklich machen …

Viel zu früh lasse ich sie wieder los. Ich weiß nicht, ob Nadeen ihr Versprechen halten wird und ob wir uns tatsächlich wiedersehen, also räuspere ich mich und flüstere: »Falls du es bisher noch nicht gewusst hast …«, ich mache eine kurze Pause, »ich liebe dich.«

Nadeens Pupillen weiten sich und auf ihrem Gesicht liegt ein Ausdruck, den ich wohl am ehesten mit Schock beschreiben würde. Ich fasse selbst nicht, dass ich ihr eben meine Liebe gestanden habe, aber es ist so. Die Gefühle für Nadeen sind nicht mit denen zu vergleichen, die ich für Rise empfinde, dennoch weiß ich mit Sicherheit: Ich würde nicht nur für Rise durchs Feuer gehen, sondern auch für Nadeen.

Offensichtlich sieht Nadeen das anders. Sie schluckt. Mehrmals. Immer wieder öffnet und schließt sie ihren Mund. »Ich … nein! Das wusste ich nicht«, höre ich sie wispern. Sie lehnt ihre Stirn gegen meine, was wohl die intimste Geste ist, die wir jemals geteilt haben. »Und obwohl ich mich nie in dich verlieben wollte, geht es mir ebenso.«

Ich lache kurz auf. Das hier könnte der schönste Moment in meinem Leben sein, doch er ist es nicht. Nicht solange ich eingesperrt bin. Viel zu schnell werde ich wieder ernst, das kurze Glücksgefühl verschwindet so schnell, wie es gekommen ist. »Weißt du, wer mich an den König verraten hat?«

Etwas in Nadeens Miene verändert sich. Sie macht einen Schritt zurück und verschränkt die Arme vor der Brust. »Ich weiß es nicht genau, aber die Bediensteten reden.«

»Worüber?«

»Über dich und Katleen.«

»Kenne ich nicht.«

»Die Küchenmagd.«

Oh! Die hatte ich bereits wieder vergessen. Seufzend reibe ich mir über die Nasenwurzel. Ich wusste, dass mir das irgendwann noch nachhängen würde. Nur nicht so schnell.

»Ich glaube nicht, dass sie an meiner Inhaftierung schuld ist.« Der Zeitraum wäre viel zu kurz gewesen, denn ich bin direkt, nachdem ich in der Küche war, in den Keller gegangen.

Ihre Stimme klingt kühl, als sie wieder spricht. »Dann kann ich dir leider auch nicht weiterhelfen.«

Ich strecke meine Hände nach Nadeen aus. »Komm noch einmal her«, bitte ich sie.

Widerwillig macht sie einen Schritt nach vorne. Als sie vor mir steht, lege ich meine Stirn noch einmal an ihre. »Danke, dass du dein Leben für mich in Gefahr bringst.«

»Ich tue das nicht nur für dich. Ich tue es vor allem für Rise.«

»Trotzdem danke.«

Unbehaglich wirft Nadeen einen Blick über ihre Schulter. »Ich muss jetzt gehen.« Sie hat recht, dennoch will ich hier unten nicht wieder alleine sein.

Bevor ich sie gehen lasse, muss ich sie noch ein letztes Mal küssen. Als ich meinen Kopf auf ihren zubewege, kommt sie mir sofort entgegen. Sie würde mich nicht küssen, wenn all ihre Worte falsch wären, denn dazu hätte sie keinen Grund.

Sanft reibe ich mit meiner Nase über ihre. »Ich wünsche Rise und dir alles

Gute. Wenn die Lage gefährlich ist, komm nicht zurück, um mich zu holen. Wichtig ist allein eure Sicherheit.«

»Aber …«

Ich schüttle den Kopf. »Nein, sag jetzt nichts mehr.«

Nadeen dreht sich um, greift nach der Fackel und verschmilzt immer mehr mit der Dunkelheit, je weiter sie sich entfernt. »Ich hoffe, wir sehen uns wieder«, flüstere ich in die wiederkehrende Stille.

Kapitel 14

Bliss

Schlaftrunken schmiege ich mich noch ein bisschen enger an Morgan und vergrabe meine Nase an seinem Hals. Nachdem ich einen tiefen Atemzug genommen habe, versteife ich mich und bin schlagartig wach. Denn der Mann, an den ich mich noch immer dicht dränge, riecht nicht wie Morgan. Er riecht nach Schnee, Lebkuchen und Zimt – nach Winter –, was völlig absurd bei den heißen Temperaturen in Red Desert ist.

Bitte, bitte, lass es nicht Calean sein, flehe ich stumm.

Ich öffne meine Augen und starre auf leicht gebräunte Haut. Als ich meinen Kopf ein bisschen anhebe, erkenne ich durch das schwache Licht im Inneren des Wagens Phoenix' braunen Lockenkopf. Er hat den Kopf leicht gegen die Glasscheibe des Fensters gelehnt und als er bemerkt, dass ich ihn anstarre, schleicht sich ein Grinsen auf seine Züge. Ich spüre, wie meine Wangen rot werden, und rücke ein bisschen von ihm ab.

Es ist unmöglich, ihm in die Augen zu sehen, also starre ich lieber auf meine Hände. Doch Phoenix zwingt mich aufzublicken, indem er seinen Zeigefinger unter mein Kinn legt. »Guten Morgen«, begrüßt er mich und zieht den Mundwinkel zu einem einseitigen Lächeln hoch.

Phoenix sieht mich so sanft an, dass ich alles um mich herum vergesse. Auf seiner Wange bildet sich ein leichtes Grübchen, das ich am liebsten anfassen würde.

Mit einem Schlag wird mir klar, wo ich bin. In einem Wagen. Mitten in Red Desert. Und Morgan sollte … Irritiert scanne ich jeden Zentimeter des Wagens. Warum bin ich mit Phoenix und Maxim alleine?

Mein Kopf schreit, dass ich Panik bekommen sollte. Doch mein Körper ist mehr daran interessiert, sich weiter an Phoenix zu pressen.

Möglicherweise hat mich Phoenix' Weihnachtsgeruch benebelt oder ich bin noch nicht ganz wach.

Mit vom Schlaf rauer Stimme frage ich: »Wo sind Morgan und Calean?«

Breit grinst er mich an und zeigt dabei strahlend weiße Zähne. Ob es hier in Red Desert Zahnpasta gibt?

Komm mal wieder klar, schimpfe ich mich selbst.

Phoenix zeigt mit seinem Kopf auf einen Punkt außerhalb des Wagens. Es ist immer noch dunkel draußen und ich lehne meinen Kopf gegen die Scheibe, um sie in der Finsternis überhaupt erkennen zu können.

»Der Rothaarige wird gerade vom Kahlköpfigen angeschrien.«

»Wieso?«

Sofort winkt er ab, was Maxim zum Lachen bringt. »Ach, nichts Schlimmes. Morgan wollte mich nur umbringen.«

»Was?«, schreie ich laut. Offenbar zu laut, denn Calean und Morgan sind dank ihrer vampirischen Geschwindigkeit innerhalb eines Wimpernschlags beim Wagen.

Morgan reißt die Tür auf und brüllt an Phoenix gewandt: »Hast du sie angefasst?«

»Nicht mehr als zuvor.« Phoenix streckt seine Arme in die Luft, als würde er sich ergeben. »Verhalte dich nicht wie ein eifersüchtiger Teenie, nur weil Bliss einen unruhigen Schlaf hat und sich danach lieber an mich gelehnt hat als an dich.«

Erst jetzt wird mir bewusst, dass ich indirekt dafür verantwortlich bin, dass wir uns nicht mehr auf dem Weg nach Whitecastle befinden, sondern irgendwo inmitten der roten Wüste angehalten haben. Wütend funkle ich Morgan an. »Ich glaube, wir haben gerade ganz andere Probleme als deine unnötige Eifersucht.« Was ich nicht laut sage, aber deutlich in meiner Stimme mitschwingt, sind die Worte: *Wir sind nicht zusammen.* Und das liegt nicht an mir, sondern an Morgans Feigheit. Offenbar ist es besser, hinter dem Rücken seines besten Freundes mit dessen Schwester rumzumachen, als mit ihr zusammen zu sein. Männliche Logik.

In einer zustimmenden Geste legt Phoenix seine Hand auf meinen Oberschenkel. Sofort fege ich sie von meinem Bein. »Und du provozier ihn nicht.«

Ich nehme an, dass Phoenix sich einen Spaß daraus macht, Morgan zu reizen. Woran er dabei leider nicht denkt, ist, dass mich seine Berührungen mehr verwirren, als sie sollten, da es jedes Mal wie ein Funkenschlag ist, wenn er mich – auch nur rein zufällig – streift.

Calean scheint das Theater offensichtlich zu reichen, denn er schiebt Morgan zur Seite und stützt seine Hand an der offenen Autotür ab. Mit seinem Kopf deutet er unbestimmt in Richtung der Wüste. »Bliss, steig aus.«

Meine Augen werden groß und mein Hals fühlt sich plötzlich wie zugeschnürt an. Mir ist klar, dass Calean eigentlich ein netter und umgänglicher Typ ist, aber wenn er so böse schaut, wirkt er mit seinem kahlgeschorenen Kopf und dem finsteren Gesichtsausdruck wie ein Henker, der sein Opfer zum Galgen begleitet.

Umständlich und mit zittrigen Beinen schiebe ich mich an Morgan vorbei. Dass ich mich beinahe auf seinen Schoß setze, während ich aus dem Wagen klettere, entspannt die Situation nicht gerade. Ich bin bereit mir von Calean den Anschiss meines Lebens abzuholen. Oder mich in der Wüste aussetzen zu lassen. Umbringen wird er mich ja hoffentlich nicht.

Doch er drängt mich in Richtung der Fahrertür, reißt sie auf und blafft Maxim an: »Raus.«

Der kommt der Bitte zwar nach, stützt sich aber mit einer provozierenden Lässigkeit am Wagendach ab und fragt: »Und jetzt?«

»Fährt sie.« Calean wartet gar nicht ab, bis Maxim zur Seite geht, sondern schiebt mich unter dem ausgestreckten Arm auf den Fahrersitz. »Ausgeschlafen bist du ja jetzt.«

Wenn meine Mum wüsste, wie Calean mit mir spricht, würde sie ihn vermutlich mit ihrem Zielgewehr ein paar Mal anschießen. Natürlich nicht mit Silberkugeln, aber sie würde es tun, einfach um ihm eine Lektion zu erteilen. Da bin ich mir sicher.

Leider ist meine Mum aber nicht da, also rutsche ich mit dem Sitz weiter nach vorne und stelle die Spiegel ein, ohne Calean anzusehen. Der wirft die Tür kraftvoll zu, sodass der ganze Wagen bebt, und brüllt: »Und du sitzt bestimmt nicht vorne.« Ich möchte gar nicht wissen, wen er meint, deshalb gebe ich vor weiter am Rückspiegel herumzuhantieren.

Erst als Maxim neben mir Platz nimmt, kümmere ich mich wieder um das Geschehen um mich herum. »Du sagst mir, wohin ich muss?«

Es gelingt ihm nicht besonders gut, das Lächeln auf seinem Gesicht zu unterdrücken. »Jap.« Völlig ungerührt vom explodierenden Calean nimmt er eine entspannte Pose am Beifahrersitz ein und legt seine Füße auf dem Armaturenbrett ab, als würden wir gemütlich in Urlaub fahren.

Zaghaft lege ich meine Hand ans Zündschloss und drehe den Schlüssel. Der Wagen springt sofort an, womit ich nicht gerechnet habe, denn er muss bestimmt hundert Jahre auf dem Buckel haben. Ein kurzer Blick in den Rückspiegel sagt mir, dass Calean zwischen Morgan und Phoenix sitzt. »Wie im Kindergarten«, murmelt er. »Ihr verhaltet euch, als wärt ihr alle Kleinkinder.«

Kann ja nicht jeder ein unsterblicher Vampir sein.

Niemand erwidert etwas, nur Maxim fragt fröhlich in die Runde: »Wie alt seid ihr denn alle, wenn ich fragen darf?«

»Darfst du nicht«, brummt Calean. Morgan und Phoenix sind verdächtig schweigsam, doch darum kann ich mich jetzt nicht kümmern, da ich mich darauf konzentriere, den Wagen durch die Wüste zu lenken. Unter dem staubigen Boden blitzt hin und wieder Straßenbelag auf, doch allzu oft wird der Weg wohl nicht befahren.

Maxim neben mir dreht sich zu Calean um. »Du bist zwar definitiv der Älteste, aber ich dachte immer, Männer sind nicht so empfindlich wie Frauen, wenn man sie auf ihr Alter anspricht.«

Von Morgan höre ich ein belustigtes Schnauben und ich kann den folgenden Kommentar ebenfalls nicht zurückhalten. »Calean, er hat dich alt genannt.«

»Ich kann mich nur wiederholen. Ihr verhaltet euch wie Kinder. Alle!«

Ich bemerke erst, dass Phoenix sich nach vorne gelehnt hat, als ich seinen Atem im Nacken spüre. »Also, wie ein Kind wirkst du nicht gerade.«

Über meinen Rücken läuft eine Gänsehaut, doch ich schaffe es, den Wagen in der Spur zu halten und ihn nicht in den nächsten Graben zu lenken. »Bin ich auch nicht mehr«, schaffe ich es, in einem halbwegs normalen Tonfall zu sagen.

Maxim rückt mir ebenfalls auf die Pelle und fragt: »Wie alt bist du denn?«

Ich öffne den Mund, um zu antworten, doch Calean mischt sich ein. »Sie wird in einigen Monaten siebzehn. Und jetzt lehnt sich jeder wieder in seinem Sitz zurück und wir verbringen den Rest der Fahrt schweigend«, befiehlt er.

Erstaunlicherweise halten sich alle daran. Zumindest bis Maxim beginnt in seinem Sitz herumzuzappeln. Vielleicht hat er irgendeine Form von ADHS. Er wirkt auf jeden Fall ein bisschen unruhig auf mich. Irgendwann platzt es aus ihm heraus. »Phoenix ist auch sechzehn und ich bin dreiundzwanzig.« Automatisch wandern meine Augen zum Rückspiegel, durch den ich eine gute Sicht auf Phoenix habe. Als sich unsere Blicke treffen, muss ich mich dazu zwingen, wieder nach vorne zu sehen. Wir sind also gleich alt. *Straße. Fahren. Konzentration, Bliss.*

Erschrocken zucke ich zusammen, als Morgan faucht: »Und ich bin einundzwanzig. Ist das Thema jetzt endlich abgehakt?«

Aus dem Augenwinkel heraus erkenne ich, wie Maxim nickt. »Vorerst.«

Danach kehrt tatsächlich Ruhe ein, doch die Anspannung, die im Wagen herrscht, nimmt nicht ab. Von Sekunde zu Sekunde wird die Luft im Wagen dicker. Ich bin mir nicht sicher, ob nur ich die schlechten Schwingungen spüre oder ob auch die anderen merken, wie aufgeladen die Stimmung ist. Es kommt mir so vor, als könnte es jederzeit zu einer Explosion kommen, doch dann bemerke ich, dass wir ein viel größeres Problem haben. Ängstlich hefte ich meinen Blick auf den Horizont: »Wir haben ein kleines Problem.«

Jeder im Wagen ist sofort in Alarmbereitschaft. Sie richten ihre Blicke in alle Himmelsrichtungen und sehen sich panisch um. Calean, der stumm auch zum Anführer von Phoenix und Morgan geworden ist, fragt: »Welches?«

Ich nehme meine linke Hand vom Lenkrad und zeige durch die Windschutzscheibe auf das sich ausbreitende Morgenrot. »Seht ihr das dort hinten?« Noch nie habe ich den kleinen Streifen Rosa so bedrohlich gefunden wie in diesem Moment. »Die Sonne geht bald auf.«

Mit deutlicher Anspannung in der Stimme fragt Phoenix: »Und das ist ein Problem, weil …?«

Maxim scheint den besorgten Tonfall seines Freundes nicht mitzubekommen, denn er fragt mit deutlicher Belustigung in der Stimme: »Gehst du in Flammen auf, wenn es hell wird?«

Ich werfe Maxim einen schnellen Blick zu. Er grinst und wirkt immer noch entspannt. Vielleicht mache ich mir gerade unnötig Sorgen, aber ich werde das Gefühl nicht los, dass Maxim nicht weiß, dass sich zwei Vampire mit im Wagen befinden. Hat er denn zuvor nicht bemerkt, wie sie in Vampirgeschwindigkeit zum Wagen gelaufen sind?

Nervös werfe ich einen Blick in den Rückspiegel und sehe, dass Phoenix den Augenkontakt mit mir sucht. Ich schlucke den Kloß ich meinem Hals nach unten und flüstere: »Ich nicht.« Aber die anderen.

Danach geht alles ziemlich schnell. Zuerst bin ich noch erschüttert, dass Calean Phoenix eine Waffe an die Schläfe hält, doch als ich bemerke, dass Maxim mich mit seiner Pistole ebenfalls ins Visier genommen hat, unterlasse ich jede Art von Protest. Ich würde gerne behaupten, dass ich mich langsam daran gewöhne, bedroht zu werden, doch mein Herz klopft so laut, dass ich das Gefühl habe, es springe jede Sekunde aus meiner Brust. Da meine Hände zu zittern beginnen, umklammere ich das Lenkrad fester. Zögerlich nehme ich den Fuß vom Gas und lasse den Wagen langsam ausrollen.

Im Wagen herrscht eine unangenehme Stille.

»Darf ich die Handbremse anziehen?«, flüstere ich, nachdem der Wagen zum Stehen gekommen ist. Im selben Moment wünsche ich mir, ich hätte die Klappe gehalten, denn Maxim drückt die Pistole fest gegen meine Schläfe.

»Ist das dein verdammter Ernst?«, schreit er mich an. »Du erzählst mir, dass wir mit Vampiren im Wagen sitzen, und diese verdammte Handbremse ist dein größtes Problem?« Falsch, *mein* größtes Problem ist der Verrückte, der mir eine Waffe an die Schläfe hält, aber ich nehme an, es wäre nicht klug, die Worte laut auszusprechen.

»Beruhig dich, Maxim.« Eigentlich hätte ich angenommen, dass Calean diese Worte ausspricht, doch es ist Phoenix.

»Alter, wie soll ich mich beruhigen? Der verrückte rothaarige Vampir pustet mir vermutlich jede Sekunde den Kopf weg, weil ich seinem Mädel eine Waffe an den Kopf drücke.«

Calean murmelt: »Niemand bläst hier irgendjemandem den Schädel weg. Wir kommen jetzt alle runter und reden vernünftig miteinander.«

Phoenix zischt leise: »Ich dachte, du weißt, dass sie Vampire sind.« Also hat zumindest Phoenix mitbekommen, dass Morgan und Calean sich zuvor viel schneller als Menschen bewegt haben.

Ein nervöses Lachen stiehlt sich aus Maxims Brust. »Wer hätte denn damit rechnen können, dass die beiden Vampire sind, wenn Bliss doch ebenfalls ein Mensch ist? Genauso wie ihr Bruder.«

Phoenix wird lauter. »Jeder, der weiß, dass sie von einem verdammten Vampirschiff kommen!« Die letzten Worte schreit er und ich habe das Gefühl, dass sie in dem kleinen Raum richtiggehend nachhallen.

Maxim entsichert die Waffe. »Aber sie ist doch auch kein Vampir.«

Morgan ist bereits die ganze Zeit über verdächtig still und ich frage mich wieso. Ist er in eine Art Schockstarre verfallen? Wurde er bereits von der Sonne gebrutzelt?

Mit ruhiger Stimme fragt Calean: »Ändert es etwas für euch, dass wir Vampire sind? Immerhin waren wir vorher der Feind eures Feindes. Und wir sind es auch jetzt noch. Wir haben euch bisher nichts getan und wir werden euch auch jetzt nichts tun.«

Ein Klicken lässt mich zusammenzucken. Ich kann nur raten, aber da Maxim sich plötzlich neben mir versteift, nehme ich an, dass Morgan ihm seine Waffe an den Hinterkopf gedrückt hat. »Nett, dass du meine Worte so schön mit Taten untermauerst«, blafft Calean seinen Sohn an.

Morgan sagt mit bedrohlich leiser Stimme: »Maxim, wenn du nicht innerhalb von drei Sekunden deine Waffe vom Kopf meiner Freundin nimmst, blase ich dir das Hirn weg.«

Ich weiß nicht, was mich mehr schockiert. Dass Morgan mich seine

Freundin nennt, er eine Drohung ausspricht, die so gar nicht zu ihm passen will, oder dass Maxim nicht einmal mit der Wimper zuckt, obwohl sein Leben auf dem Spiel steht.

Phoenix appelliert an seinen Kumpel: »Komm schon. Nimm die Waffe weg.«

»Gerne«, stimmt dieser zu. »Wenn Morgan seine Waffe zuerst wegnimmt. Ich möchte nicht, dass mein Gehirn an der Windschutzscheibe klebt.«

Zu unserem Glück mischt Calean sich ein. »Morgan, nimm die verfluchte Waffe runter. Und wenn jeder seine Pistole gesichert hat, werden wir einen Unterschlupf suchen, damit wir uns in Ruhe unterhalten können.«

Ich nehme an, dass der Großteil der Insassen im Auto stumm nickt, denn ich höre nichts. Als Maxim die Waffe endlich zurückzieht, sacke ich erleichtert in mich zusammen und lehne meinen Kopf gegen das Lenkrad.

»Geht es dir gut?«, möchte Morgan wissen. Ernsthaft? Das fragt er mich?

Ohne ihn anzusehen, erwidere ich: »War schon einmal besser.«

Danach drehe ich mich zu Maxim. »Mach das nie wieder, du Arschloch.«

Meine Hände beben immer noch, als ich das Auto wieder in Bewegung setze. Ohne Maxim anzusehen, frage ich: »Wo können wir den Tag verbringen?«

Von hinten höre ich Phoenix murmeln: »Wir können sie in den Kofferraum zu den anderen beiden legen.«

Sarkastisch antworte ich: »Ich glaube, das wird etwas eng. Neuer Plan.«

Maxim starrt fast regungslos aus der Windschutzscheibe. »Dreh um, ungefähr einen Kilometer in der Richtung, aus der wir gekommen sind, habe ich eine Scheune gesehen. Dort können wir den Wagen unterstellen und uns verstecken.« Er klingt erschöpft. Vermutlich gibt es niemanden hier im Wagen, den die letzten Minuten nicht mitgenommen haben.

Stumm nicke ich und wende den Wagen. Wir legen den Weg in Rekordtempo zurück und ich breche fast vor Freude zusammen, als wir die Scheune erreichen.

Als ich langsamer werde, springt Phoenix aus dem noch rollenden Wagen und öffnet das Tor, damit ich hineinfahren kann. Er schließt die Tür hinter uns und dann erhellen nur noch die Scheinwerfer den Raum.

Nach und nach verlässt einer nach dem anderen den Wagen, nur ich bleibe hinter dem Steuer sitzen. Ich fühle mich einfach so verdammt ausgelaugt. Nicht weil ich müde bin, aber weil ich so verdammt kurz davor war, zuerst mit einem Messer die Kehle aufgeschlitzt zu bekommen, nur um mir wenige Stunden später beinahe eine Kugel einzufangen. Morgan hatte recht. Ich hätte nicht mitkommen sollen. Das alles hier war eine Schnapsidee, aber ich wollte einfach ... keine Ahnung ... irgendetwas tun, anstatt tatenlos auf dem Schiff darauf zu warten, dass Calean, Morgan und Doom mit der Prinzessin zurückkommen.

Mein Kopf fährt herum, als die Autotür geöffnet wird. Morgan steht vor mir und sieht mich dabei so schüchtern an, wie er es vor unserem ersten Kuss getan hat.

»Hey.« Sein Tonfall ist so sanft, dass mir die Tränen in die Augen steigen.

»Hey«, sage ich zurück und drehe mich zu ihm. Er zieht mich ohne zu fragen in eine Umarmung. Automatisch schlinge ich meine Beine um seinen Körper und lasse mich von ihm aus dem Wagen heben. Erst dann beginne ich hemmungslos zu weinen. Mein Körper wird von Schluchzern gebeutelt und ich fühle mich so schlecht wie niemals zuvor.

Morgan macht genau das Richtige und setzt sich mit mir gemeinsam ein Stück abseits von den anderen hin. Immer wieder streichelt er durch meine Haare und versucht mich zu beruhigen.

Leise höre ich Maxim fragen: »Was hat sie denn?«

Calean zischt: »Einen Schock, nehme ich an.«

Dann fragt Maxim tatsächlich: »Warum?«

Phoenix murmelt: »Weil du sie mit einer Waffe bedroht hast.«

Ich höre, dass Maxim schuldbewusst klingt, als er sich verteidigt: »Du hast ihr doch auch ein Messer an den Hals gehalten.«

Er schnaubt. »Vielleicht waren die Ängste, die sie dabei durchgestanden hat, zu viel für sie. Schon mal daran gedacht?«

Danach sagt niemand mehr etwas. Ich lege meinen Kopf auf Morgans Schulter und lasse mich von ihm wie ein Baby hin und her wiegen. Noch niemals in meinem Leben war ich so froh, dass er bei mir ist, wie in diesem

Moment. Nach einer Weile ziehe ich mich etwas zurück und sehe ihm in die Augen. Er wischt die letzten Tränen von meinen Wangen, während ich »Danke« hauche.

Ich lehne mich etwas nach vorne und drücke ihm einen Kuss auf die Lippen. Er zieht mich wieder näher an seinen Körper und flüstert mir ins Ohr: »Du warst heute so verdammt tapfer. Ich bin stolz auf dich.«

Obwohl ich seine Worte wahrnehme, kann ich nicht verstehen, was er damit meint. Denn ich habe nichts gemacht. Rein gar nichts.

Ich reibe mit beiden Händen über mein Gesicht. »Lass uns zu den anderen gehen und die Situation so weit entschärfen, dass ihr wenigstens zu ein bisschen Schlaf kommt«, bitte ich Morgan. »Dann können wir nach Sonnenuntergang aufbrechen, Doom und die Prinzessin holen und endlich von hier verschwinde.«

»Gut.«

Ich klettere von seinem Schoß und stehe auf. Er tut es mir gleich und Hand in Hand gehen wir zu den anderen.

Phoenix sieht Morgan und mir entgegen, seine Lippen sind zu einem Strich zusammengepresst und ich werde das Gefühl nicht los, dass er auf Morgans und meine ineinander verschränkten Hände starrt.

Calean sitzt Maxim und Phoenix gegenüber und ich höre, dass er leise auf sie einspricht. »... wollen nichts Böses. Wir möchten nur unseren Freund abholen.«

Als wir uns zu ihnen gesellen, sieht Calean auf. »Gut, es geht dir wieder besser.«

Zumindest habe ich mich beruhigt.

Maxim zieht seine Schultern wie ein unartiger Schuljunge hoch. »Es tut mir leid, Bliss. Ich wollte dich nicht bedrohen. Also, ich wollte schon, aber ich dachte, die beiden verspeisen uns als kleinen Snack zwischendurch, wenn ich es nicht tue.« Er macht eine kurze Pause und schüttelt seinen Kopf. »Was ich dir damit sagen will: Es tut mir leid.«

Mit einer Entschuldigung habe ich gar nicht gerechnet. Ich nicke und murmle: »Ist schon gut.«

»Gar nichts ist gut«, murmelt Morgan, der sofort von Calean gerügt wird: »Deine dummen Kommentare helfen nicht gerade dabei, die Situation zu entspannen. Wenn du ab jetzt nicht die Klappe hältst, werfe ich dich wirklich zu den anderen beiden in den Kofferraum.«

Wobei wir schon beim nächsten Problem wären. »Was machen wir mit ihnen?«, frage ich.

Calean sieht mich bedauernd an. »Da dir nicht gefallen wird, was ich dazu zu sagen habe, werde ich mir erst gar nicht die Mühe machen und es dir erklären.« Bestimmt will er sie umbringen, falls wir nicht sowieso bereits die ganze Zeit zwei Leichen im Kofferraum herumchauffieren. Und Calean hat recht. Ich will wirklich nicht wissen, was er mit ihnen macht. Das Wissen würde mich zu sehr belasten.

Seufzend schüttle ich die Gedanken ab, deute stattdessen zu Maxim und Phoenix. »Und was ist mit ihnen? Wir bedrohen uns mal alle kurz gegenseitig mit Waffen und jetzt sind wir die besten Freunde? Legt ihr euch dann aufs Ohr und hofft, dass sie euch nicht im Schlaf töten?«, spreche ich meine Sorgen um Calean und Morgan laut aus. »Wir kennen die beiden nicht und offensichtlich können wir ihnen auch nicht vertrauen.« Enttäuscht sehe ich zu Phoenix, der einen Schritt auf mich zumacht. In seinen Händen hält er seine Waffe und macht Anstalten, sie mir zu Füßen zu legen. »Dann musst du dir keine Sorgen mehr machen.« Mein Herz macht bei diesem Vertrauensbeweis einen kleinen Satz.

Nervös greife ich nach der Pistole. »Hattest du nicht auch noch ein Messer?«, frage ich. Meine Stimme klingt dabei piepsiger, als sie sollte.

Mit einem heiseren Lachen übergibt er mir auch das Messer. »Ich lege mein Leben in deine Hände«, sagt er noch unnötigerweise. Danach dreht er sich zu Maxim um. »Willst du ihnen nicht auch beweisen, dass die Zeiten, in denen wir uns gegenseitig bedroht haben, vorbei sind?«

Maxims Gesichtsausdruck verschließt sich. »Nur wenn die beiden auch ihre Waffen hergeben.«

Ich sehe zu Calean und Morgan. Sie wirken nicht besonders begeistert. Unschlüssig ziehe ich die Schultern hoch, da ich mir sicher bin, dass die beiden nicht einlenken werden. »Dann behalt du auch deine Waffe. Ich werde dich im Auge behalten, während meine Begleiter schlafen«, lasse ich Maxim wissen.

Morgan reibt über seine Augen und wirkt so, als würde er jeden Moment umkippen. Junge Vampire spüren den Sonnenaufgang intensiver als ältere wie Calean.

Morgan lehnt sich an meine Schulter und folgt dem Gespräch wohl nur noch mit halbem Ohr. »Schlafen ist eine gute Idee«, höre ich ihn undeutlich nuscheln. Er klingt fast, als wäre er betrunken.

Phoenix runzelt die Stirn und sieht Morgan neugierig an. »Was ist mit ihm?«

»Sonnenaufgang«, erklärt Calean. An mich gewandt sagt er: »Legt euch hin. Ich übernehme die erste Wache.«

Die Worte erleichtern mich, denn eigentlich bin ich mir ziemlich sicher, dass Maxim und Phoenix mich jederzeit überwältigen könnten.

Dass ich nicht müde bin, behalte ich für mich, denn sonst würde Morgan bestimmt ebenfalls versuchen wach zu bleiben.

Deshalb bitte ich ihn: »Komm mit. Wir suchen uns ein nettes Plätzchen und ruhen uns aus.« Ohne zu murren, folgt er mir. Ich drehe mich nochmals um und winke mit meiner freien Hand in die Runde. In der anderen halte ich immer noch Phoenix' Waffen. »Gute Nacht.«

Morgan schleicht mir nach und wirkt wie ein Schlafwandler, der nur noch automatisch funktioniert, jedoch gar nichts mehr mitbekommt.

Etwas abseits liegen ein paar Strohballen, die sich vermutlich ganz gut als Schlafstätte eignen. Ich lege Phoenix' Messer und die Pistole neben uns, bevor ich es mir auf dem Strohballen gemütlich mache.

Es pikst ein wenig, ist aber ganz gemütlich. Morgan legt seinen Arm um mich und ich kuschle mich an ihn. Das erste Mal, seit wir zusammen sind, fällt mir auf, wie kalt seine Haut sich anfühlt. Über meinen Körper zieht sich bereits eine Gänsehaut, doch ich schmiege mich noch näher an ihn, da die Nähe eine seltsam tröstende Wirkung auf mich hat. Ich liege wach und starre in die Dunkelheit der Scheune, die nur vereinzelt durch Lichtstrahlen, die sich durch das Holz stehlen, durchbrochen wird. Morgans Atem ist bereits völlig ruhig, es scheint so, als wäre er sofort eingeschlafen.

Von weit her höre ich Calean und die beiden anderen miteinander reden. Bestimmt versucht er sie davon zu überzeugen, dass es unklug wäre, uns gegenseitig umzubringen.

So leise wie ich kann, stehe ich auf und gehe in Richtung des Tores. Als ich bereits dabei bin, die Tür zu öffnen, legt sich eine Hand auf meine Schulter, um mich aufzuhalten.

»Wo willst du hin?«, fragt Calean in besorgtem Tonfall.

Ich zucke mit den Schultern. »Ich wollte nur kurz in die Sonne.«

Calean schenkt mir einen Blick, den ich nicht deuten kann. Leise murmelt er: »Geh, solange du es noch kannst. Aber warte damit, bis ich aus der Schusslinie bin«, versucht er sich an einem eher schlechten Witz und zieht sich in den Schatten zurück, um nicht von einem Sonnenstrahl getroffen zu werden.

Ich lächle ihn tapfer an. »Okay.«

Während er sich in den Schatten zurückzieht, öffne ich das Tor und schlüpfe nach draußen. Die Morgenwärme auf meinen Armen zu spüren ist eines der Dinge, die ich wohl am meisten vermissen werde, wenn ich ebenfalls ein Vampir werde. Jahrelang habe ich mich nach der Dunkelheit gesehnt, doch seit ich mich hier in Red Desert aufhalte, möchte ich plötzlich nichts lieber, als für immer durch den Sonnenschein zu tanzen.

Aufgrund meiner kitschigen Gedanken lache ich leise auf.

»Was ist so witzig?«, fragt eine Stimme hinter mir.

Mit großen Augen drehe ich mich zu Phoenix um, der am Scheunentor lehnt.

Statt ihm zu antworten, gehe ich einen Schritt auf ihn zu: »Was machst du hier?«

Phoenix schiebt seine Hände in die Hosentaschen und zuckt mit den Schultern. »Calean hat mich geschickt, um nach dir zu sehen.« Grinsend beugt er sich nach unten und lässt den roten Wüstensand durch seine Finger rieseln.

Da ich nichts sage, spricht er einfach weiter. »Zuerst wollte er Maxim schicken, doch dann ist ihm klar geworden, dass du dich vielleicht alleine mit ihm nicht ganz wohl fühlen könntest.«

Das ist wohl die Untertreibung des Jahres. Vermutlich wäre ich schreiend nach drinnen gelaufen, sobald Maxim hier draußen aufgetaucht wäre, und hätte damit das nächste Desaster ausgelöst.

»Er hätte sich keine Sorgen machen müssen«, lasse ich Phoenix wissen. Ich deute auf die karge Umgebung. »Was soll mir hier schon passieren, solange du mir nicht wieder ein Messer an die Kehle drückst?«

Mit einem Grinsen stößt Phoenix sich von der Scheune ab und kommt auf mich zu: »Bliss, ich kenne dich erst diese eine Nacht, aber mir ist bereits klar, dass du ein Mädchen bist, das sich nur allzu gerne selbst in Schwierigkeiten bringt.«

Ich verschränke meine Arme vor der Brust. »Das stimmt nicht«, protestiere ich. Nicht ich bringe mich in Schwierigkeiten. Meistens ist es mein Bruder, der irgendeine unüberlegte Aktion startet und alle um sich herum mit in die Scheiße zieht. Es ist, als wäre er der erste Dominostein, der alle anderen zum Fallen bringt. Offensichtlich wussten das meine Eltern bereits bei seiner Geburt, denn sonst hätten sie ihn nie Doom – Untergang – genannt.

Doch Phoenix, der von meinen Gedanken nichts ahnt, beharrt: »O doch. Und wie das stimmt. Du bist eine wandelnde Katastrophe. Zugegeben eine sehr hübsche.« Er steht nun ganz dicht vor mir und wickelt eine meiner Haarsträhnen um seinen Finger. Mein Kopf schreit laut, dass ich einen Schritt zurück – von ihm wegmachen – soll, doch meine Beine gehorchen mir nicht. Wie angewurzelt bleibe ich stehen und sehe Phoenix ins Gesicht. Sehe die goldenen Tupfen, die in seinen braunen Augen tanzen und ihnen etwas Königliches verleihen.

»Im Sonnenlicht wirken sie fast golden. Wie das Haar einer richtigen Prinzessin«, murmelt Phoenix mit leicht abwesender Stimme und lässt von mir ab.

»Ich habe gerade etwas Ähnliches gedacht«, gebe ich zu.

Nach einem tiefen Atemzug deutet Phoenix auf die Scheune. »Calean und Morgan denken, dass du jemanden brauchst, der dich beschützt.«

Mit belegter Stimme frage ich: »Und du denkst das nicht?«

Er lächelt mich an. »Nein, du brauchst jemanden, der Vertrauen in dich hat und dir beibringt dich selbst zu beschützen.«

Mit schnellen Schritten geht Phoenix zum Scheunentor. »Genieß die Sonne, solange du noch kannst.«

Mit großen Augen sehe ich ihn an, während er mit einem Augenzwinkern sagt: »Bliss, ich weiß ganz genau, was du bist.« Nach einem kurzen Zögern fügt er hinzu: »Und wer.«

Kapitel 15

Doom

»Dominic, kann ich dich mal kurz sprechen?«

Mitten im Schritt halte ich inne und drehe mich neugierig um. Natürlich habe ich Nadeens Stimme bereits erkannt, doch ich bin gespannt, was sie von mir möchte. Vielleicht reißt sie mir gleich den Arsch auf, weil ich Rise gestern so gar nicht wie eine Prinzessin behandelt habe.

»Ach, hallo«, begrüße ich sie und schenke ihr einen abschätzigen Gesichtsausdruck. »Hast du es auch wieder zurück ins Schloss geschafft? Dürfte ja nicht mehr allzu schwierig für dich gewesen sein, nachdem ich deinen Job übernommen und mich um Rise gekümmert habe. Was habt ihr überhaupt da draußen gemacht?«

Hmm ... das hat jetzt selbst in meinen Ohren etwas zu vorwurfsvoll geklungen, also mache ich einen Schritt zurück und lehne mich mit überkreuzten Beinen an die weiße Steinwand hinter mir. Mit süffisantem Tonfall füge ich noch ein »Übrigens, gern geschehen« hinzu.

Nadeens Mund klappt kurz auf und dann wieder zu. »Du bist ziemlich direkt, weißt du das?«

Ich zucke mit den Schultern. »Bringt doch nichts ewig lange um den heißen Brei herumzureden.«

Zögerlich sagt sie: »Da hast du recht. Aber man kann doch auch nicht immer mit seinen Anliegen einfach so herausplatzen, oder? Man muss doch erst sehen, ob man auf einer Wellenlänge liegt, meinst du nicht?«

Ich ziehe meine Augenbrauen in die Höhe. Worauf zum Teufel will sie hinaus? Doch nicht ...?

»Fragst du mich gerade nach einem Date?«, möchte ich wissen.

»Ein Date?« Für den Bruchteil einer Sekunde denke ich wirklich, sie fragt:

»Was ist ein Date?« Dieselbe Fragestellung, wie Rise sie verwendet, aber eindeutig die falsche Person, die sie stellt.

Ich kann das Stöhnen nicht zurückhalten, als ich antworte: »Ja, eine Verabredung.«

Nadeen verzieht ihr Gesicht und macht einen Schritt zurück. »Ganz bestimmt nicht.«

Gott sei Dank. Ich dachte schon, dass ich sie jetzt mühsam abwimmeln müsste, weil ich kein Interesse an Madocs abgelegten Betthäschen habe.

Nadeen lehnt sich an die Wand mir gegenüber und verschränkt ihre Arme vor der Brust. Irgendwann habe ich mal aufgeschnappt, dass man so etwas *Abwehrhaltung* nennt. Okay, dann eben keine Verabredung. Das mit dem Kino wäre hier auch irgendwie schwierig geworden …

Ich deute mit meinem Kopf in ihre Richtung. »Aber irgendwas liegt dir doch auf dem Herzen?« Langsam komme ich mir hier vor wie der Depp vom Dienst, der sich um sämtliche Belange aller Schlossbewohner kümmert. Vielleicht sollte ich mal fragen, ob sie einen neuen Diener brauchen. Oder einen Psychologen.

Sie schüttelt den Kopf. »Nein, nein. Es ist nichts.«

Ja, genau. Das glaubt ihr doch niemand.

Nach einem kurzen Zögern fügt sie hinzu. »Ich wollte mich nur bedanken, dass du Rise zurück ins Schloss gebracht hast.«

Ich grinse sie an. »Was mich zu der Frage bringt, wo du denn warst, als sie deine Hilfe gebraucht hat.«

Sie fixiert einige Sekunden den Boden, ehe sie ihren Kopf wieder hebt und mich ansieht. Oder wohl eher an mir vorbeisieht.

Die Geste wirkt fast einstudiert. Ob sie es mit dieser Taktik auch geschafft hat, Madoc hinters Licht zu führen? Demjenigen einfach nicht ins Gesicht zu sehen, wenn man mit ihm spricht, damit er die Lüge nicht in den Augen erkennt? Sollte ich mir definitiv merken.

»Ich habe mich nur kurz mit meinem Vater unterhalten und Rise für ein paar Minuten alleine bei einem Marktstand gelassen.«

Ihrem Vater? Ich frage mich, ob immer Lügen aus Nadeens Mund kommen, wenn sie ihn öffnet, oder ob zumindest ein Teil der Wahrheit entspricht. Höchste Zeit, es herauszufinden.

»Du kommst also von hier?«, frage ich nach.

Sie nickt. »Hier geboren und aufgewachsen.«

Ich lehne mich nach vorne und flüstere: »Und wie ist es so, im Schatten dieses Schlosses aufzuwachsen?«

Sie schüttelt ihren Kopf, als müsste sie erst mühsam irgendwelche Bilder loswerden, die sich plötzlich vor ihren Augen manifestieren. »Es war …«, sie sieht mich mit gerunzelter Stirn an, »… eigenartig«, beendet sie ihren Satz. Sie richtet ihren Blick gegen die Decke und ich habe das Gefühl, als würde sie mit sich selbst sprechen, als sie sagt: »Weißt du, wenn du im Dorf lebst und über die Schlossmauer schaust, dann kommen dir die Menschen dahinter sehr privilegiert vor.«

»Und das sind sie nicht?«

Nadeen sieht mich an. »Sag du es mir.«

Ich ziehe meine Schultern hoch, lasse sie aber gleich wieder fallen. »Wenn du mich fragst, kann sich Rise darauf freuen, von hier wegzukommen.« Ich überwinde die Distanz zwischen Nadeen und mir und lehne mich neben sie an den weißen Stein. »Hast du jemals darüber nachgedacht, dass es woanders vielleicht besser sein könnte als hier?«, frage ich.

Sie antwortet: »Tausendmal.«

Erstaunt drehe ich mich zu ihr, doch sie bekommt es nicht einmal mit, da sie ihre Augen geschlossen hat. Die Augenringe passen zu meiner Theorie: Nadeen ist müde. Ob es an zu wenig Schlaf oder dem Leben hier liegt, kann ich nicht mit Sicherheit sagen.

Da ich nichts erwidere, klappen Nadeens Augen wieder auf. Sie blinzelt einige Male, ehe sie fragt: »Darf ich mir etwas wünschen?«

Ich lache laut auf. »Entschuldigung, aber du solltest dich lieber selbst darum kümmern, dass deine Wünsche wahr werden, anstatt darauf zu hoffen, dass sie dir jemand erfüllt.«

Nadeen seufzt laut. »Du hast recht.« Nach einer kurzen Pause möchte sie von mir wissen: »Würdest du mir eine Frage ganz ehrlich beantworten?«

Kommt auf die Frage an. Zum Glück kann ich mich gerade noch bremsen die Worte laut auszusprechen. Ich räuspere mich und sage: »Natürlich.«

»Ist es in Red Ancient besser als hier?«

»Nadeen«, sage ich in geduldigem Tonfall. »Überall auf der Welt ist es besser als hier.« Außer vielleicht bei den Werwölfen, denn die sind meiner Meinung nach ziemlich irre.

Nadeen stößt sich von der Wand ab und geht vor mir herum. »Das ist keine zufriedenstellende Antwort.«

»Ja«, murmle ich. »Doch eine bessere wirst du von mir nicht bekommen.«

Sie schnaubt beleidigt, als sie wieder an mir vorbeiwandert. Als sie umdreht, wirft sie mir einen bösen Blick zu. Der nächste Satz passt nicht zu ihrem Gesichtsausdruck. »Bitte!«

Ich bin wirklich zu gut für diese Welt, denn ich antworte ihr tatsächlich ganz ehrlich und mit völliger Überzeugung. »Red Ancient ist tausendmal besser als«, mit meiner Hand mache ich eine ausladende Geste, »das hier.«

Offenbar ist sie immer noch nicht mit meiner Antwort zufrieden: »Das heißt, Rise wird es dort gut gehen?«

»Wenn ich sie nach Red Ancient bringe, verspreche ich dir, dass es ihr dort an nichts fehlen wird.«

Nadeen bleibt vor mir stehen. »In Ordnung.«

Ich runzle meine Stirn, denn ich habe keine Ahnung, was sie als Nächstes tut. Ich rechne mit allem, unter anderem mit dem Satz: »Ich weiß, was du vorhast«, doch sie trifft mich völlig unvermittelt, als sie nach meiner Hand greift und mich hinter sich herzieht.

Völlig aus dem Konzept gebracht stolpere ich ein paar Schritte hinter ihr her, bis ich mich aus ihrem festen Griff winde und stehen bleibe.

Nadeen wirbelt zu mir herum, während ich meine Arme vor der Brust verschränke. »Sorry, Schätzchen, aber wenn du mit mir alleine sein willst, dann musst du das deutlich sagen.« Ich verziehe angewidert mein Gesicht. »Ich bin nicht der Typ, der händchenhaltend mit dir durchs Schloss läuft, auf der Suche nach einem lauschigen Plätzchen.« Außerdem hätte ich Angst, dass ich mit einem Messer im Rücken aufwache, wenn ich mich auf sie einlasse.

Nadeen sieht aus, als würde sie mir am liebsten jede Sekunde an die Gurgel springen. »Ich. Wollte. Nur. Mit. Dir. Reden«, knurrt sie.

Ich grinse sie an. »Ja, genau.« Mit meinen Fingern zeichne ich Anführungszeichen in die Luft. »Reden.«

Keine Sekunde später hat sich die Blondine mein Shirt gekrallt und funkelt mich böse an. »Ich weiß, für dich ist das alles hier nur ein Witz, aber ich verrate dir jetzt etwas. Das hier ist unser Leben und du wirst mir jetzt brav folgen, damit wir unser Gespräch ungestört fortsetzen können. Ich brauche keine ungebetenen Zuhörer.«

Daran hätte sie besser denken sollen, als sie gestern mit Madoc ihr kleines Stelldichein beendet hat. Ich wüsste nicht, wie sich ihre Situation noch verschlimmern könnte. Wobei ... ein paar Möglichkeiten würden mir da schon einfallen.

Ich hebe meine Hand, um ihre verkrampften Finger von meiner Kleidung zu lösen. »Schon gut, schon gut. Ich komme ja mit«, lasse ich sie wissen.

Nadeen wirbelt herum und stapft mit energischen Schritten voraus. Jetzt, wo sie es nicht sehen kann, verdrehe ich meine Augen. Also wirklich ... da zieht man ihre Bitte kurz durch den Kakao und schon zickt sie herum wie eine verwöhnte Prinzessin, die sonst immer ihren Willen bekommt.

Sie bleibt vor einer breiten Tür stehen und drückt die Klinke nach unten. »Ich bin mir ziemlich sicher, dass das nicht dein Zimmer ist«, sage ich in tadelndem Tonfall.

Sie lehnt ihren Kopf kurz gegen das Holz und murmelt: »Und das weißt du, weil ...?«

... ich in den letzten Tagen ziemlich viel herumgeschnüffelt habe.

... du bestimmt in irgendeiner Soldatenunterkunft schläfst und nicht direkt im Schloss.

... oder weil Rise' Zimmertür genauso aussieht und es im Schloss nur eine weitere Tür gibt, die ihr gleicht. Zufällig stehen wir davor.

Ja, ich entscheide mich für den dritten Satz, auch wenn darin auch unausgesprochen der erste mitschwingt. »Die Tür von Rise gleicht dieser haargenau und weil ich mir ziemlich sicher bin, dass wir nicht die Prinzessin dahinter finden, nehme ich mal an, dass dahinter Madocs Privaträume liegen.«

Ich bin mir nicht sicher, aber ich bilde mir ein, dass Nadeens Zähne knirschen. »Da hast du recht.«

Um sie ein bisschen zu ärgern, frage ich: »Und ich muss mir keine Sorgen machen, dass er mir den Kopf abschlägt, wenn ich durch die Tür trete?«

Ich bin gespannt, ob sie mir verrät, dass der Prinz gestern Nacht ein neues Domizil im Keller bezogen hat.

»Nein, er ist ... unterwegs.«

Schade, sie tut es nicht. Und dabei dachte ich, dass wir langsam Fortschritte machen und lernen uns gegenseitig zu vertrauen.

Ich nicke und dränge mich an Nadeen vorbei, als sie die Tür öffnet. Neugierig sehe ich mich um und fühle mich seltsam enttäuscht. Hier drinnen sieht es karg aus.

Na ja, auf dem Bett wurden schöne Stoffe und Kissen drapiert und es sieht auch ganz gemütlich aus, aber eben eher wie ein Gästezimmer und nicht wie ein Raum, in dem jemand lebt. Dieses Zimmer verrät rein gar nichts über Madoc. Ich dachte, mich ereilt eine Erkenntnis zu seinem Charakter, wenn ich hierherkomme, doch das Gegenteil ist der Fall. Einzig und allein der Schreibtisch strahlt ein bisschen Persönlichkeit aus, da darauf einige Bücher und vollgeschriebene Blätter liegen.

Gerade als ich mir einige davon näher ansehen will, schlägt Nadeen meine Hand weg. »Hat dir niemand beigebracht, dass man nicht in den Privatsachen anderer schnüffelt?«

Ich schüttle meinen Kopf. »Nein.«

»Dann sage ich es dir jetzt.« Sie deutet auf einen Stuhl, der schon einmal bessere Zeiten gesehen hat. »Setz dich.«

Ich schüttle wieder meinen Kopf und setze mich stattdessen auf den Tisch.

»Machst du eigentlich irgendwann einmal, was man dir sagt?«

Ich überlege gerade wirklich, ob ich das manchmal tue, komme aber nur zu einem Ergebnis: »Nein.«

Nadeen lässt sich erschöpft auf den Stuhl fallen, den sie mir vorher angeboten hat. »Toll. Das sind wirklich die besten Voraussetzungen.«

Neugierig frage ich nach: »Wofür?«

Seufzend setzt sie sich auf, lehnt sich nach vorne und legt die Ellbogen auf ihren Oberschenkeln ab. »Du musst mir helfen.«

Anscheinend entwickle ich gerade ein Faible für Ein-Wort-Sätze, denn nun möchte ich wissen: »Wobei?«

Nadeens Blick huscht unsicher umher, was irgendwie so gar nicht zu ihr passen will. »Wir müssen Rise von hier wegbringen.«

Da stimme ich ihr ausnahmsweise mal zu.

»Und ich schaffe es vermutlich nicht alleine, weil …«, sie schüttelt ihren Kopf, »… weil ich keine Ahnung habe, wie das Leben außerhalb von Red Desert abläuft.«

»Und da komme ich ins Spiel.«

»Genau.«

»Was genau erwartest du denn von mir?«, möchte ich wissen.

»Ich will, dass du mir hilfst Rise von hier wegzubringen.«

Ein fieses Grinsen stiehlt sich auf mein Gesicht. »Das mache ich doch. Irgendwann in den nächsten Tagen, wenn der König endlich bereit ist Rise mit mir mitkommen zu lassen.«

Wütend zischt sie: »Du sollst aber nicht mit ihr nach Red Ancient gehen.«

»Soll ich nicht?«, stelle ich mich dumm. Ganz zufällig decken sich ihre Pläne mit meinen, also bin ich alles andere als abgeneigt!

»Lieber wäre es mir, wenn nicht«, gibt sie ehrlich zu. »Wenn du allerdings darauf bestehst, dann eben nach Red Ancient. Aber nicht ohne mich.«

Ich bin mir nicht sicher, was ich machen soll. Einerseits wäre es toll, schneller als geplant von hier wegzukommen. Red Desert ist mir zuwider und dank Nadeen könnte ich vielleicht morgen bereits wieder auf dem Schiff sein. Anderseits könnte ihre Anwesenheit alles unnötig verkomplizieren. Also frage ich: »Und wieso sollte ich das tun? Immerhin kann ich in ein paar Tagen gemütlich mit Rise in einen Wagen steigen. Ohne dich.«

Nadeen springt auf. »Ich werde Rise nicht alleine gehen lassen. Niemals.«

Komisch, dass sie plötzlich so darauf erpicht ist, das Leben der Prinzessin zu schützen. Sollte sie nicht viel eher ihren Leuten dabei helfen, Rise in deren Gewalt zu bringen?

Nachdenklich streiche ich mit meinem Fingernagel über die Bartstoppeln an meinem Kinn. Auf welcher Seite steht Nadeen denn jetzt eigentlich? Auf der von Madoc? Oder auf der ihres Vaters – falls die Geschichte stimmt.

»Na gut. Du willst also nicht, dass unsere Prinzessin alleine das Land verlässt, und würdest sie begleiten?«, frage ich nach. »Auch wenn wir erst in ein paar Tagen aufbrechen?«

»Ja.«

Ich verziehe mein Gesicht, denn ich glaube, wenn ich gemeinsam mit Nadeen bei Calean aufschlage, würde er ihr bestimmt erlauben mitzukommen. Er hat ein Faible für Blondinen. Genau wie sein Sohn. Das muss ich auf jeden Fall verhindern, denn Nadeen ist eine unnötige Komplikation, die ich einfach nicht brauchen kann. »Nun gut … dann können wir ja früher aufbrechen.«

»Noch heute Nacht«, fordert Nadeen. Da ich selbst bereits daran gedacht habe, früher abzuhauen, um Calean nicht sofort gemeinsam mit Rise in die Hände zu laufen, stimme ich sofort zu.

»Was, denkst du, wird der König dazu sagen?«, stelle ich mich absichtlich dumm.

Nadeen sieht mich an, als wäre ich verrückt. »Wir verschwinden natürlich heimlich.«

Entschuldigend strecke ich meine Hände in die Luft. »Ich wollte nur sichergehen, dass ich dich auch richtig verstanden habe. Immerhin bist ja du die Wache des Königs und nicht ich.« Ob es hier noch mehr Soldaten gibt, die gegen die Befehle des Königs handeln? »Ich frage mich sowieso, wieso ich Rise nicht sofort zu unserem Schiff bringen durfte.«

Nadeen sieht mich immer noch an, als wäre ich verrückt. »Na wir mussten doch erst sichergehen, dass du nur Rise' Bestes im Sinn hast.«

»Und davon konntest du dich bereits überzeugen?«

Dass sie nickt, lässt mich fast vom Tisch fallen. »Du hättest sie gestern den

Aufständischen überlassen können, doch stattdessen hast du sie wohlbehalten ins Schloss zurückgebracht.« Wenn Nadeen wüsste, wie ich Rise in ihr Zimmer geworfen habe, wäre sie bestimmt anderer Meinung.

Das Gespräch mit Nadeen ermüdet mich zusehends. Ich hätte auch einfach mit Rise verschwinden sollen, dann müsste ich mich jetzt nicht diesem Gespräch stellen.

Was mich zu dem Grund bringt, wieso ich Rise zurückgebracht habe, anstatt mit ihr abzuhauen: Ich hatte keinen Wagen.

Einen zu stehlen und vielleicht eine Vielzahl an Wachen auf mich aufmerksam zu machen – von einer Verfolgungsjagd ganz abgesehen – war nicht wirklich eine gute Option.

»Natürlich habe ich Rise beschützt«, säusele ich. »Deshalb bin ich hier.« Ich starre auf einen Wandteppich hinter Nadeen. »Aber reden wir jetzt mal ohne falsche Scheu: Wie sollen wir von hier verschwinden ohne fahrbaren Untersatz? Meine Leute warten an der Küste auf uns, aber bis dorthin ist es ein weiter Weg.«

Nadeen legt ihren Kopf schräg. »Darum kümmere ich mich.«

Ich springe auf und gehe auf Nadeen zu, um ihr die Hand zu reichen. »Dann haben wir eine Abmachung.« Eine ziemlich gute sogar. Zumindest für mich!

Nadeen erhebt sich ebenfalls und wir besiegeln unseren Deal mit einem Handschlag. »Triff Rise und mich bei Anbruch der Dunkelheit im Schlossgarten, nahe der Schlossmauer.«

Da ich nicht zugeben will, dass ich über den Geheimgang Bescheid weiß, frage ich dumm: »Wollen wir über die Mauer klettern?«

Nadeen grinst mich mit einem überheblichen Lächeln an. »So ähnlich.«

»Gut, dann bringst du Rise mit und kümmerst dich um den Fluchtwagen?«, frage ich nach, während ich bereits auf die Tür zugehe.

»Genau.«

»Dann will ich deine Vorbereitungen nicht weiter stören.« Ich deute eine Verbeugung an und dann lasse ich Nadeen in den Gemächern des Prinzen alleine.

Besser hätte es nicht laufen können. Ich bekomme einen Wagen und die Prinzessin, ohne dass ich auch nur einen Finger dafür krümmen muss.

Ich hoffe nur, dass Nadeen nicht irgendeine Dummheit vorhat, die Rise und mich in Gefahr bringt. Auf eine Armee von Aufständischen, die uns vor dem Schloss erwartet, bin ich nicht wirklich vorbereitet.

Und so habe ich das erste Mal, seit ich alleine in Red Desert an Land gegangen bin, das Gefühl, dass es keine gute Idee war, ohne Verstärkung loszuziehen oder jemanden in meine Pläne einzuweihen.

Kapitel 16

Rise

Langsam schlage ich die vom Weinen ganz verklebten Augen auf. Orientierungslos lasse ich meine Hände tastend über die Oberfläche, auf der ich liege, gleiten. Schlagartig wird mir bewusst, wo ich mich befinde. Ich liege immer noch zusammengerollt auf dem Boden.

Nachdem Dominic mich in mein Zimmer geworfen hat, fehlte mir die Kraft, um aufzustehen. Sonnenlicht flutet mein Zimmer, doch auch die Wärme, die durch das Fenster ihren Weg in mein Zimmer sucht, kann die Kälte in meinem Inneren nicht vertreiben.

Seufzend drehe ich mich auf den Rücken und starre an die schmucklose Decke. Ich werde hier darauf warten, bis man mich außer Landes bringt, und mich meinem Schicksal fügen. So wie es von mir erwartet wird. Auch wenn mir der Gedanke, einfach so aufzugeben, nicht gefällt, weiß ich dennoch nicht, was ich sonst tun soll.

Nachdenklich klopfe ich mit meiner Hand auf den Holzboden und erfreue mich daran, dass je nachdem, wo ich klopfe, ein anderer Ton entsteht. Nur ein Brett wehrt sich dagegen, die Melodie, die ich vorgebe, schön klingen zu lassen, denn immer wenn ich auf diese eine Stelle klopfe, kommt ein viel dumpferer Ton heraus.

Immer wieder lasse ich meine Finger auf diesen einen Punkt trommeln, der nicht zu allen anderen passen will – der sich einfach nicht einfügen möchte. Und dann wird mir klar, warum es anders klingt. Unter dieser Bodenlatte muss ein Hohlraum sein.

Ich setze mich auf und starre auf den Fleck. Aus irgendeinem Grund habe ich das Gefühl, dass ich einfach wissen muss, ob sich etwas darunter befindet. Ob es Neugier oder Langeweile ist, kann ich mir selbst nicht erklären. Doch der Drang nachzusehen ist fast unbändig.

Mit zittrigen Fingern schiebe ich meine Finger in einen kleinen Spalt, doch egal wie sehr ich mich bemühe, ich schaffe es einfach nicht, das Stück Holz anzuheben. Erst als ich genauer hinsehe, wird mir klar, dass vier Nägel in den Boden geschlagen wurden, um das Holz zu fixieren.

Mein Kopf ruckt herum und ich suche nach einer Möglichkeit, wie ich die Nägel entfernen könnte, werde aber nicht fündig. Also versuche ich die Nägel mit den Fingern zu lockern. Immer wieder rutsche ich ab, doch ich will nicht aufgeben. Ich *kann* es nicht. Irgendetwas tief in mir drängt mich dazu weiterzumachen.

Als meine Finger bluten, wird mir klar, wie aussichtslos meine Versuche sind. Ich bin zu nichts zu gebrauchen. Wertlos. Ich schaffe es nicht einmal, ein Stück Holz aus dem Boden zu bekommen.

Langsam richte ich mich auf und gehe mit forschendem Blick durch mein Zimmer. Es muss doch irgendetwas geben, das mir hilft. Irgendetwas. Meine Augen bleiben an einem Kerzenständer hängen. Wenn ich vielleicht den Griff zwischen die Dielen schieben könnte, dann …

Schnell greife ich nach meinem Behelfswerkzeug und pfeffere die Kerze in die nächste Ecke. Der Griff lässt sich tatsächlich zwischen die Dielen schieben und ich weiß nicht, ob es an meiner Vorarbeit liegt, aber das Holz lässt sich ein Stückchen anheben. Zumindest so weit, dass ich endlich gut mit meinen Fingern darunter kann. Ich ziehe so fest ich kann, doch immer wieder lösen sich die Nägel nur ein bisschen, bis es einen Ruck gibt und ich gemeinsam mit dem Holzstück auf dem Boden sitze.

Ich werfe es zur Seite und krabble auf allen vieren auf das Loch zu. Meine Mundwinkel sinken enttäuscht nach unten, als ich feststelle, dass nur ein altes Buch darin liegt.

Dennoch greife ich danach und puste die Staubschicht vom Einband. Nachdem ich die erste Seite aufgeschlagen habe, sehe ich, dass es sich um ein handgeschriebenes Buch handelt. Schnell blättere ich es durch und bemerke dabei, dass es nur bis zur Mitte beschrieben ist. Während ich die Seiten überfliege, wird mir noch etwas klar. In meiner Hand halte ich kein Märchenbuch … es handelt sich um ein Tagebuch.

Kurz zögere ich, denn wenn der- oder diejenige gewollt hätte, dass ich es lese, dann hätte der- oder diejenige es nicht so gut versteckt. Anderseits bin ich neugierig, da das Datum des ersten Eintrages mehr als hundert Jahre zurückliegt.

Eine Weile klappe ich den Einband auf und zu, bis ich es nicht länger aushalte und zu lesen beginne.

***

Wave hat es geschafft. Wir sind beide hier in Australien und teilen uns seit einigen Wochen ein Appartement in einer der Militärbasen in Küstennähe. Und das ist eigenartig.

Wave ist mein Beschützer, wie er sich selbst nennt, aber er belügt sich dabei selbst. Er ist meine Wache und soll darauf achten, dass ich keine Dummheiten mache.

Außerdem bildet er mich auf Befehl meines Vaters aus. Ich soll lernen mich gegen Werwölfe zu wehren, warum auch immer. Honor wird ebenfalls von ihrem »Beschützer« ausgebildet, allerdings soll sie lernen sich gegen Vampire zur Wehr zu setzen. Ob er vorhat uns in Teams zu stecken, damit wir uns gemeinsam gegen alles Böse verteidigen können?

Es ist eigenartig, trainiert zu werden, um sich gegen eine Gefahr verteidigen zu können, die sich so weit entfernt befindet, dass man fast vergisst, dass wirklich eine Bedrohung existiert.

Die Kommunikation zum Rest der Welt wurde eingestellt und man erfährt nicht, wie es »da draußen« zugeht. Wie es den Menschen geht, die es nicht nach Red Desert geschafft haben. Oder die keine Chance hatten hierherzukommen.

***

Ich muss schlucken. Innerhalb der letzten hundert Jahre hat sich also rein gar nichts geändert. Wir sitzen immer noch abgeschnitten vom Rest der Welt hier und haben keine Ahnung, was vor sich geht. Zumindest alle bis auf meinen Vater und seine engsten Berater.

Ob es überhaupt noch andere Menschen außerhalb Red Deserts gibt? Oder wurden sie von den Kreaturen umgebracht?

Vielleicht weiß ja Hope mehr darüber. Schnell blättere ich ein paar Seiten nach vorne und lese weiter.

***

Man hat alle Menschen aus den Küstenstädten ins Innere des Landes gebracht. Zu unserer Sicherheit, wie es heißt. Ich bin mir nicht sicher, ob ich alles glauben kann oder wohl eher glauben soll, was uns erzählt wird. Immer wenn ich von meinem Vater – er hat sich selbst geadelt und nennt sich nun König – Antworten wollte, bekam ich nichts als Schweigen. Und härtere Trainingseinheiten.

Jetzt sitze ich hier in meinem neuen Zimmer. Wobei das Wort »neu« nicht ganz zutreffend ist, denn wir sind von einem modernen Glaskomplex in ein Schloss (!!!) umgezogen. Weißer Stein, wohin ich sehe.

Mein Vater fand es nicht witzig, als ich ihn gefragt habe, ob ich eine Tapete auf dem Stein anbringen darf. Als ich Wave davon erzählt habe, musste er laut lachen.

Und da sind wir auch schon bei Wave ... wir verbringen jeden Tag miteinander. Er wohl zwangsweise. Immerhin ist er ja meine Wache, aber manchmal habe ich das Gefühl, es ist mehr als das. Vielleicht wünsche ich mir das aber auch nur, weil ich Honor vermisse.

Sie hat ein Zimmer so ziemlich am anderen Ende des Schlosses und wir sehen uns nur bei den Mahlzeiten. Ansonsten werden wir streng voneinander getrennt. Ich frage mich, ob sie mich genauso sehr vermisst wie ich sie. Doch ihr Gesichtsausdruck spricht für sich. Die Traurigkeit, die ich in ihrem Gesicht sehe, spiegelt sich auch in meinem wider.

Manchmal setze ich mich vor den Spiegel und starre sehnsuchtsvoll hinein, da ich mir damit vorgaukeln kann in ihr Gesicht zu sehen.

***

Erschrocken schlage ich das Buch zu. Ich springe auf und lasse es fallen. Ich bringe so viele Schritte zwischen mich und meine Lektüre, wie ich nur kann, nur um keine zwanzig Sekunden darauf wieder zurück zum Buch zu laufen, um es an meine Brust zu drücken.

Mein Herz klopft aufgeregt schnell, denn ich bin mir ziemlich sicher, dass ich gerade das Tagebuch – oder wohl eher die Memoiren – der ersten Prinzessin von Red Desert in meinen Händen halte. Hope, die mir gemeinsam mit ihrer Zwillingsschwester Honor aus dem Bild in der Ahnengalerie entgegengesehen hat.

Das Buch in der Hand gehe ich zu meinem Bett und lasse mich darauf sinken. Schnell blättere ich durch die Seiten und bleibe an einer Stelle hängen, die mich scharf nach Luft schnappen lässt.

***

Heute ist etwas passiert. Ich war gemeinsam mit Wave im Dorf. Wir haben uns nach draußen gestohlen, da er mit mir in Ruhe trainieren wollte. Als wir gemeinsam über den Markt geschlendert sind, wurde ich erkannt. Und nicht alle Menschen waren gut auf mich zu sprechen. Viele bereuen es, ihre alte Heimat verlassen zu haben, um in Red Desert ein neues Zuhause zu finden. Doch mein Vater hat eine Ein- und Ausreisesperre verhängt. Niemand darf nach Red Desert und auch niemand mehr von hier weg.

Wir sind gefangen.

Ein Mann wollte mich mitnehmen ... Ich glaube, er hatte geplant mich zu entführen, um meinen Vater zu erpressen. Wave hat es jedoch geschafft, uns vom Markt wegzubringen, ohne dass er jemanden verletzt hat. Er hat nach meiner Hand gegriffen und mich in Sicherheit gebracht. Zurück ins Schloss.

Ich glaube, ich bin noch nie in meinem Leben so schnell gelaufen. Als wir uns schwer atmend im Schlossgarten auf Gras fallen gelassen haben, hat er meine Hand nicht ausgelassen. Irgendwann hat er sich über mich gebeugt und geflüstert: »Ich hatte noch nie in meinem Leben so große Angst wie in diesem Moment.«

Wave hat immer auf mich gewirkt, als würde er sich vor gar nichts fürchten, also habe ich ihm das auch gesagt.

Und er meinte: »Es liegt an dir.«

Danach ist er einfach aufgestanden und davongegangen. Ich bin mir nicht sicher, ob ich richtigliege, aber ich denke, er mag mich. Sehr.

***

Ich lasse mich zurück in mein Kissen fallen und starre auf die Decke. Das Gelesene erinnert mich an den gestrigen Abend mit Dominic. Er hat mir vermutlich das Leben gerettet und ich habe es ihm nicht wirklich leicht gemacht. Oder ihm gedankt. Ich kann also nachvollziehen, dass er nach einer Weile von mir genervt war.

Wie von selbst legen sich meine Finger an meine Lippen, als mir einfällt, wie Dominic mich geküsst hast. Vermutlich lag mein störrisches Verhalten an meinem gekränkten Stolz wegen des Kusses. Ich hätte mir gewünscht ... dass er mich meinetwegen küsst und nicht, um mich zu retten. Traurig blättere ich weiter durch das Buch. Ob Hope mehr Glück hatte?

***

Ich soll heiraten. Und nicht irgendjemanden, sondern einen Werwolf. Einen Werwolf!

»Um die internationalen Beziehungen zu stärken«, ließ mich mein Vater wissen.

***

Sie hatte nicht mehr Glück als ich. Ich denke zurück an die Ahnengalerie. An die Bilder der jungen Prinzessinnen. Hat uns alle das gleiche Schicksal ereilt? Wurden wir mit Vampiren, Werwölfen, Dämonen ... verheiratet, damit unsere Väter oder unsere Brüder weiter über das Land herrschen konnten, ohne in den Krieg ziehen zu müssen? Ist die Antwort auf diese Frage wirklich so einfach? Und wie kann es sein, dass das Volk damit einverstanden war?

Automatisch wandert meine Hand zu meinem Hals. Ich habe das Gefühl, mich jede Sekunde übergeben zu müssen, denn plötzlich habe ich die Antwort klar vor Augen. Das Volk wird mich nicht vermissen, denn es wird niemals erfahren, dass ich weg bin.

Ich lehne mich zurück und vergrabe meinen Kopf in meinem Kissen. Mein Vater hat das alles jahrelang geplant. Vermutlich wusste er bereits an dem Tag meiner Geburt, mit wem er mich verheiraten würde, aber was ist mit meinem Bruder? Wusste Madoc, dass es irgendwann so kommen würde?

Eine einzelne Träne läuft über meine Wange. Er wollte mich doch von hier wegbringen, damit ich nicht …

Fest balle ich meine Hände zu Fäusten. Wo ist Madoc? Wieso lässt er zu, dass Dominic mit mir umgeht, als wäre ich nicht mehr wert als der Dreck zu seinen Füßen?

Eine Stimme in meinem Kopf flüstert: *Vielleicht wurde er nur aufgehalten.* Oder er hat eingesehen, dass sein Leben leichter sein könnte, wenn er sich nicht mehr auf die Machtspielchen meines Vaters einlässt, denn er wird irgendwann sein Nachfolger werden. Warum nicht den einfachen Weg gehen?

Ich kann mich selbst nicht wirklich von dieser Theorie überzeugen. Diese wirren Gedanken wollen nicht zu dem Bild passen, das ich von meinem Bruder habe.

Ich springe auf, verstecke das Buch unter dem Kopfkissen und laufe auf die Tür zu. Ich drehe den Knauf und … nichts passiert.

Mit klopfendem Herzen versuche ich es ein weiteres Mal, doch wieder passiert rein gar nichts.

Dominic hat mich eingeschlossen.

»Zeak«, schreie ich so laut ich kann. »Nadeen!« Bisher hat immer eine Wache vor meiner Tür gesessen, um auf mich aufzupassen.

Bisher konntest du deine Tür aber auch immer von innen öffnen, wispert die Stimme in meinem Kopf.

Ich hämmere weiter gegen die Tür. »Zeak«, brülle ich. »Nadeen.« Meine Stimme überschlägt sich dabei fast. »Bitte lasst mich raus.«

Meine Knöchel schmerzen, da ich sie so fest gegen die Tür geschlagen habe. »Hört ihr mich nicht?« Meine Stimme wird leiser, verliert den wütenden Tonfall. »Bitte, seid ihr hier?« Es war noch nie so, dass ich das Gefühl hatte, mich wirklich frei bewegen zu können, doch bisher hatte ich immerhin die Illusion, dass es so wäre, aufrechterhalten durch die Tür, die sich immer von innen öffnen ließ.

Ich hatte immer gedacht, das Tastenfeld an der Tür sollte Fremde – Aufständische – daran hindern, sich unbefugt Zutritt zu meinem Zimmer zu verschaffen. Doch ganz offensichtlich war das nicht die einzige Funktion, denn nun bin ich eine Gefangene. Gefangen in meinen eigenen vier Wänden. Ich werde hier niemals wieder ohne Hilfe herauskommen.

Erschöpft lasse ich mich an der Tür nach unten gleiten. Mit aufgestellten Beinen sitze ich auf dem Fußboden und weiß nicht, was ich tun soll. Ich fühle mich so schwach und hilflos. Es muss doch irgendetwas geben, das ich tun kann. Ich darf mich nicht länger auf die Hilfe anderer verlassen, sondern muss selbst einen Weg finden, wie ich mein Schicksal in die Hand nehmen kann. Langsam bekomme ich das Gefühl, dass ich niemandem mehr trauen kann.

Nicht meinem Bruder. Auch nicht Nadeen, nachdem sie mich gestern am Markt alleingelassen hat. Sie hätte doch wissen können, dass es gefährlich für mich ist. Und auch ich hätte daran denken sollen, dass ich mich nicht zu weit von ihr entferne. Doch ich war einfach überwältigt von dem Leben, mit dem dieser Platz gefüllt war, von den Menschen, die sich angeregt miteinander unterhalten haben, sodass ich ganz darauf vergessen habe, dass mir nicht alle wohlgesonnen sind. Vielleicht habe ich auch verdrängt, wer ich bin, und wollte einfach für ein paar Minuten *normal* sein. Ein ganz normales Mädchen, das nicht hinter den Schlossmauern versteckt wird, sondern mit ihren Freundinnen fröhlich tratschend durch das Dorf läuft.

Doch dieses Mädchen wird nie existieren, wenn ich mich immer darauf verlasse, dass andere mir helfen. Ich stehe auf und gehe zurück zu meinem Bett. Vielleicht hat Hope es ja ebenfalls geschafft, nicht in die Fänge der Werwölfe zu geraten. Ich muss wissen, ob es ihr gelungen ist, von hier zu fliehen.

***

Zuerst habe ich mit Unglauben darauf reagiert. Als mir jedoch klar wurde, dass mein Vater es ernst meint, habe ich mich in mein Zimmer verzogen.

Ich war verdammt wütend und habe Pläne geschmiedet, wie ich von hier verschwinden könnte, doch nach einer Weile wurde mir klar: Ich kann es nicht ohne Hilfe schaffen.

***

Meine Mundwinkel wandern nach unten. Hope sieht auf dem Gemälde in der

Ahnengalerie traurig, aber dennoch stark aus, sodass ich das Gefühl habe, sie könnte alles schaffen. Wie soll es dann mir gelingen?

Ich schüttle resigniert meinen Kopf und lese weiter.

***

Als Wave in mein Zimmer kam, sah ich ihm umgehend an, dass er Bescheid wusste. Auch die Tatsache, dass er sich zu mir aufs Bett setzte, sprach eindeutig dafür. Früher war da immer eine Art Distanz zwischen uns gewesen. Eine Barriere, die er nicht überschreiten durfte. Und ich hatte ihn nie dazu gedrängt, obwohl ich es mir gewünscht habe. Oft.

Kein Wort fiel zwischen uns, auch nicht als wir uns plötzlich beide in Bewegung setzten. Ziemlich zeitgleich, als wären wir – so kitschig es klingt – Magneten, die sich immer umkreist und nun doch aufeinandergetroffen waren. Unausweichlich.

Wir knallten aufeinander und ich saß auf seinem Schoß, meine Arme fest um ihn geschlungen. »Ich kann dich nicht gehen lassen«, war alles, was er sagte, bevor wir uns das erste Mal küssten.

***

Ich lege meine Hände auf mein Gesicht. Bestimmt bin ich rot wie eine Tomate, denn es fühlt sich falsch an, Hopes Gedanken nachzulesen. Dieser Moment war nur für Wave und sie bestimmt und sie hätte nicht gewollt, dass irgendjemand davon erfährt. Denn sonst hätte sie das Tagebuch nicht so gut versteckt.

Dennoch klopft mein Herz schneller, da ich mir genau das für mich wünsche, was Hope anscheinend gefunden hat. Nur wird bestimmt nicht irgendein Prinz in meinem Zimmer auftauchen, um mich zu retten.

Langsam blättere ich weiter, bis zum letzten Eintrag des Tagebuchs.

***

Heute Nacht ist es so weit. Wave und ich werden das Schloss über den kleinen Geheimgang verlassen. Wenn das hier wirklich mein letzter Eintrag bleibt, werden wir es vermutlich schaffen. Dich, mein Tagebuch, lasse ich hier zurück. Auf den nächsten

Seiten werde ich unseren Fluchtplan kurz skizzieren für .. den Fall der Fälle. Ich weiß nicht, was passieren wird, wenn ich von hier fortgehe, aber ich habe die Hoffnung, dass meine Schwester dich findet und uns folgen wird.

Honor, falls du das hier liest:

Es bricht mir das Herz, ohne ein Wort des Abschieds verschwinden zu müssen, doch Wave meint, es wäre besser so und ich könne Hale, deiner Wache, zu hundert Prozent vertrauen, da er ebenso auf meine Schwester aufpassen würde wie Wave auf mich. Ich hoffe, dass ich mich nicht in Wave getäuscht habe und seine Worte der Wahrheit entsprechen.

Du kennst mich besser als alle anderen. Ich bin mir sicher, dass du das Buch und somit auch mich finden wirst.

Ich liebe dich und freue mich auf unser Wiedersehen!

***

Traurig schlage ich das Buch zu. Ich bin mir ziemlich sicher, dass Honor ihrer Schwester nicht gefolgt ist, denn dann hätte das Buch nicht mehr im Versteck gelegen.

Allerdings werde ich an Honors Stelle treten.

Dazu muss ich nur zwei Dinge tun:

Hopes Anweisungen folgen und hier rauskommen, was jedoch nicht so leicht wird, wie es sich anhört. Denn sie hat sogar eine Liste mit Dingen angeführt, die sie bei ihrer Flucht gebraucht hat. Ich besitze nicht einmal mehr irgendetwas, denn mein Beutel, den ich gestern Abend dabeihatte, befindet sich immer noch in Nadeens Besitz.

Ich laufe in meinem Zimmer auf und ab, bis ich fast über die Kerze stolpere, die ich zuvor weggeschossen habe. Wenigstens habe ich eine Lichtquelle. Das Handy von Dominic wäre natürlich besser, doch nun habe ich irgendetwas, das mich daran glauben lässt, ich könnte es wirklich von hier weg schaffen.

Angestrengt sehe ich mich auf der Suche nach weiteren nützlichen Dingen um. Außer dem Kerzenhalter finde ich nichts. Unschlüssig starre ich ihn an, bis ich ein Geräusch vernehme. Ein leises Piepsen. Das Zeichen, dass der Code für mein Zimmer richtig eingegeben wurde und gleich jemand den Raum betreten wird. Ich verstecke den Kerzenständen hinter meinem Rücken, schnell genug, damit Nadeen, die soeben hereinkommt, ihn nicht sieht.

Meine Wache lehnt sich mit dem Rücken gegen die Tür. Fest sieht sie mir in die Augen und ihre angespannten Gesichtszüge werden weicher, je länger sie mich betrachtet.

Ein erleichtertes Seufzen kommt über ihre Lippen. »Es geht dir gut. Gott sei Dank.«

In meinem Inneren tobt plötzlich eine wahnsinnige Wut. Am liebsten würde ich Nadeen diesen verdammten Kerzenhalter ins Gesicht schleudern, um danach von hier zu verschwinden. Ich nehme an, dass das nun wieder möglich ist, denn meine Wache wird kaum so dumm sein und uns gemeinsam hier einsperren.

Ich verschränke meine Hand vor der Brust. »Das wüsstest du, wenn du schon eher hier vorbeigekommen wärst. Oder wenn wir bereits auf dem Weg außer Landes wären.« Ich möchte die Arme vor der Brust verschränken, doch ich kann nicht, da ich meine behelfsmäßige Waffe nicht preisgeben will. »Wo ist Madoc? Wieso ist er nicht gekommen?« Ich hole tief Luft und fahre Nadeen an: »Und wo zum Teufel warst du gestern, als ich dich gebraucht habe?«

Nadeen streckt beschwichtigend ihre Hände vor sich in die Luft, als würde sie auf ein wildes Tier zugehen. Mit langsamen Schritten kommt sie auf mich zu. »Das werde ich dir alles später erzählen.«

Das ist der Moment, in dem irgendetwas in mir explodiert, denn ich habe genug davon, dass man mir Sachen verheimlicht, weil man mich schonen möchte. Ich will und kann das nicht mehr akzeptieren!

Schnell ziehe ich den Kerzenhalten hinter meinem Rücken hervor und schleudere ihn in ihre Richtung. Leider fällt er ungefähr einen Meter neben Nadeen auf den Boden.

»Spinnst du?«, fragt sie an mich gewandt. »Ich komme, um dich von hier wegzubringen, und du willst mich damit«, sie zeigt auf den Kerzenhalter, »erschlagen?«

Mir klappt die Kinnlade nach unten. »A-a-aber«, stottere ich, »ich dachte, dass du mich gestern im Stich gelassen hast. Dass dir die Sache zu brenzlig geworden ist und du …« Ich weiß selbst nicht mehr genau, welche wirren Theorien durch meinen Kopf gewandert sind, aber alles hat darauf hingedeutet, dass ich von allen verlassen worden bin.

Sie schüttelt den Kopf. »Nein, Rise. Ich stehe hinter dir. Und hinter Madoc.« Nach einer kurzen Pause fügt sie hinzu. »Immer.«

Ich schlucke den Kloß, der sich ganz plötzlich in meinem Hals befindet, tapfer nach unten. »Danke. Aber wo ist er? Wo ist mein Bruder?«

Nadeen sieht mich nicht an, sondern hinter mir aus dem Fenster. Ich drehe mich um, damit ich sehen kann, was sie so fasziniert. Hinter mir erkenne ich nichts außer tiefer Dunkelheit, da die Sonne bereits vor einiger Zeit hinter dem Horizont verschwunden ist. Ich fasse es nicht, dass ich den ganzen Tag damit verbracht habe zu schlafen, die Bodenplatte zu lösen und Hopes Tagebuch zu lesen. »Wir müssen los«, drängelt sie mich.

»Wer ist *wir*?«

Nadeen sieht traurig aus, als sie sagt: »Vorerst nur du und ich. Es wäre zu gefährlich, Madoc zu holen. Wir müssen jetzt sofort verschwinden.« Sie kommt auf mich zu, legt beide Hände um mein Gesicht und sieht mich eindringlich an. »Du musst mir jetzt vertrauen und mir folgen. Alles andere erkläre ich dir später, aber jetzt ist so ziemlich deine einzige Chance, das Schloss unbemerkt zu verlassen.«

Ich schüttle den Kopf. Ich kann doch nicht einfach gehen, ohne meinem Bruder Lebewohl zu sagen? Das letzte Mal habe ich ihn gesehen, als wir nebeneinander für das Porträt posiert haben. Sollen diese Stunden wirklich unsere letzten gewesen sein? Auch wenn er vielleicht seine Meinung geändert hat und mich nicht mehr begleiten will, würde ich ihn gerne noch einmal in den Arm nehme und mir sein Gesicht einprägen, um ihn niemals zu vergessen, falls wir uns nicht wiedersehen.

»Ich … ich kann nicht.«

Nadeen macht große Augen. »Wegen Madoc?«, fragt sie schnell.

Ich nicke nur.

Sie greift nach meiner Hand und zieht mich zur Tür. »Ich verspreche dir, dass ihr bald wieder zusammen sein werdet. Sobald du in Sicherheit bist und ich weiß, dass du ohne mich klarkommst, gehe ich zurück und werde ihn holen. Glaub nur ja nicht, dass er dich vergessen hat, nur weil er jetzt nicht bei dir ist.« Sie öffnet die Tür. »Und jetzt sei bitte still und komm mit.«

Ich reiße mich los und laufe auf das Bett zu, dorthin, wo immer noch Hopes Tagebuch liegt. Als ich es fest gegen meine Brust drücke, seufzt Nadeen.

»Deine Sachen befinden sich im Fluchtwagen. Du brauchst dieses Buch nicht.«

Ich zögere kurz, nicht sicher, ob ich die Lüge, die sich in meinem Kopf formt, laut aussprechen kann. »Wenn uns jemand erwischt, behauptest du, dass du mich lesend im Garten gefunden hast.«

Ein leichtes Lächeln erhellt Nadeens Mundwinkel. »Niemand wird daran zweifeln, dass es sich um die Wahrheit handelt.«

Ich runzle meine Stirn. »Wieso?«

Ein Seufzen kommt aus Nadeens Brust. »Weil wir alle wussten, dass du dich nachts aus dem Zimmer schleichst. Jeder wusste es, doch jeder …«, ich sehe Nadeen deutlich schlucken, ehe sie fortfährt, »wirklich jeder hat dir diese kleinen Ausbrüche gegönnt.«

In meinen Augen sammeln sich Tränen. Offensichtlich war ich weniger allein, als ich immer dachte. Um Nadeen nicht zu enttäuschen, straffe ich meine Schultern und nicke ihr zu. »Ich bin bereit.«

»Dann lass uns losgehen. Dein Wagen wartet, Prinzessin!«

Kapitel 17

Bliss

»In zehn Minuten sind wir da«, lässt uns Phoenix wissen, der mit ziemlich konzentriertem Gesichtsausdruck den Wagen lenkt.

Morgan, neben ihm am Beifahrersitz, verschränkt die Arme vor der Brust. »Wo ist *da*?«

Ich lehne mich nach vorne und lege die Arme auf Morgans Schultern, damit er sich beruhigt und nicht sofort wieder auf Phoenix losgeht. Die Abneigung zwischen den beiden kann nicht nur daran liegen, dass Phoenix mit mir flirtet.

Morgan dreht sich zu mir um und lächelt mich an, während Phoenix sagt: »Beim Schloss des Königs. Dort, wo wir hoffentlich euren Freund finden.«

Seine Worte lassen mich den Blick von Morgan ablenken, werden wie magisch von Phoenix' Profil angezogen. Es fällt mir schwer, ihn nicht anzusehen. »Wir suchen meinen Bruder«, präzisiere ich.

Sein Nicken ist beinahe nicht erkennbar und auch seine Stimme ist so leise, dass man sie fast nicht hört. »Ich weiß.«

Mein Herz beginnt etwas schneller zu schlagen, da ich ziemlich aufgeregt bin. Ich werde Doom bald wiedersehen. Doch dass Phoenix offensichtlich mehr weiß, als er sollte, verleiht dem Ganzen eine unangenehme Note, die mir Unbehagen bereitet. Leider schaffe ich es nicht, mit Calean oder Morgan darüber zu sprechen. Nicht weil es keine Gelegenheiten gegeben hätte. Nein! Vielmehr hindert mich irgendetwas – ganz tief in mir – daran. Es ist wie eine Art innere Barriere, die mich dazu zwingt, Phoenix nicht zu verraten.

Es dauert eine Weile, bis ich mich dazu zwingen kann, den Blick von Phoenix zu lösen. Verstohlen schiele ich zu Morgan, der mich nicht wahrnimmt.

Er ist völlig auf seinen Vater konzentriert, der neben mir sitzt, da Calean irgendwas erzählt ... wovon ich rein gar nichts mitbekommen habe.

»... besten, wenn jeweils einer von uns und einer von euch gemeinsam als Team losgehen, da ihr euch laut euren Aussagen im Schloss auskennt.«

Der Teil, den ich gerade mitbekommen habe, klingt zumindest einleuchtend. So sind wir sicher, dass Maxim und Phoenix uns nicht verraten.

»Ganz stimmt das nicht«, meint Maxim. »Phoenix war noch nie im Schloss.«

Für den Bruchteil einer Sekunde wirkt Calean vor den Kopf gestoßen, ungefähr so lange, wie Morgan braucht, um etwas Unverständliches – oder etwas, das nur für die Ohren von Vampiren hörbar ist – vor sich hinzumurmeln.

Calean seufzt genervt. »Dann werden nur Morgan und du reingehen, um im Schloss nach Doom zu suchen«, sagt er an Maxim gewandt.

Morgans Stirn ist gerunzelt, als er fragt: »Wieso gehe ich mit Maxim und nicht du?«

Im Rückspiegel sehe ich, wie sich Phoenix' Augenbrauen skeptisch anheben, und auch ich frage mich, was Morgan mit seiner Frage bezweckt. Die einzige Alternative wäre, Phoenix und Morgan gemeinsam loszuschicken, und das halte bestimmt nicht nur ich für eine absolut miese Idee.

Das trockene, absolut freudlose Lachen von Calean bestätigt mich. »Weil ich dich ganz bestimmt nicht gemeinsam mit Phoenix hierlasse. Bei unserem Glück fangt ihr beide den nächsten Streit an und werdet gefangen genommen.«

Wenig hilfreich werfe ich ein: »Ich kann auch mit Maxim gehen.«

Dreistimmig kommt es von Morgan, Calean und Phoenix: »Ganz bestimmt nicht.« Ich sehe, wie Morgans Blick für den Bruchteil einer Sekunde zu Phoenix wandert, doch er sagt nichts dazu, dass sie ausnahmsweise einmal einer Meinung sind.

»Wieso nicht?«, möchte ich von Calean wissen, denn für mich ist im Moment nur seine Meinung wichtig.

Er verdreht die Augen. »Bliss, ich lasse mich nicht wieder auf eine Diskussion mit dir ein. Entweder du folgst meinen Befehlen freiwillig oder du wirst die Rückfahrt im Kofferraum bestreiten.«

Da ist ja auch wieder Platz, nachdem unsere zwei Mitreisenden kurz nach dem Sonnenuntergang von Calean und Maxim *entsorgt* wurden. Ich habe keine Ahnung, was die beiden mit den Wachen gemacht haben, aber Calean und Maxim kamen keine fünf Minuten, nachdem Phoenix den Wagen nach draußen gelenkt hatte, ebenfalls aus der Scheune, in der wir den Tag verbracht haben.

Ich wende den Blick ab, starre aus dem Fenster hinaus in die Dunkelheit. Leise zische ich: »Das meinst du doch nicht ernst.«

»O doch! Und ich denke, die anderen sind ganz meiner Meinung.«

Suchend sehe ich mich im Auto um und hoffe irgendjemanden zu finden, der für mich eintritt. Calean schüttelt den Kopf, Maxim weicht meinem Blick aus und komischerweise scheinen Morgan und Phoenix beschlossen zu haben, dass sie sich nun wieder ausschließlich auf die Straße vor ihnen konzentrieren.

Calean brummt an mich gewandt: »Du wirst draußen bleiben. Vor dem Schloss, ganz in der Nähe des Wagens.«

Und ich kann ihn verstehen. Wirklich. Mir ist klar, dass ich weder die Ausbildung noch irgendwelche hilfreichen Fähigkeiten habe, die mir helfen würden mich unbemerkt im Schloss fortzubewegen. Trotzdem finde ich es nicht in Ordnung, dass er mich im Kofferraum einsperren würde. Und ich bin mir ziemlich sicher, dass er seine Drohung wahrmacht, wenn ich nicht einlenke.

»In Ordnung. Ich werde mich keine zwanzig Meter vom Auto entfernen.«

Morgan – der Verräter! – dreht sich nun wieder um und meint grinsend: »Mach zehn daraus und wir alle sind zufrieden.«

Phoenix schnaubt. »Ich bin nicht zufrieden, denn ich möchte auch viel lieber ins Schloss, als mir draußen die Füße in den Bauch zu stehen.« Ich sehe, wie er sein Kinn anhebt und versucht über den Rückspiegel Blickkontakt mit Calean aufzunehmen. »Warum kann ich denn nicht mit Maxim hineingehen? Dann könntest du dir sicher sein, dass alle deine Schäfchen in Sicherheit sind, und ich bekomme etwas … Action.«

Komischerweise kommt die Antwort auf Phoenix' Vorschlag von Maxim statt von Calean. »Weil er uns nicht traut. Deshalb.« Irgendwie verständlich, wenn man bedenkt, wie oft wir uns auf unserer Reise gegenseitig mit Waffen bedroht haben.

Morgan scheint meine Gedanken zu teilen, denn er sagt mit verächtlichem Tonfall: »Ich hoffe, das wundert euch nicht wirklich?«

»Nein, eigentlich nicht«, schnaubt Phoenix. Maxim nickt zustimmend.

»Dann hätten wir das ja geklärt«, kommt es seufzend von Calean. Für einen so alten Vampir wie ihn muss es ermüdend sein, ständig mit einem Haufen – mit seinen Augen gesehen – von Kindern diskutieren zu müssen. Man sollte ihm einen Orden für seine Geduld verleihen. »Also, wir gehen rein, holen Doom ...«

Sofort unterbreche ich Calean. »Falls er überhaupt da ist.«

Ein Schnauben kommt von ihm. »Doom ist ein chaotischer Unruhestifter, der nur seine eigenen Interessen im Kopf hat. Whitecastle ist genau der Ort, an dem er sich herumtreibt.«

Ich würde ja jetzt gerne protestieren, aber mein Bruder hat tatsächlich ein Faible dafür, dumme Dinge zu tun.

Morgan lacht, während Maxim murmelt: »Klingt sympathisch.« Nach einer kurzen Pause fügt er hinzu: »Also wenn der König ihn nicht bereits getötet hat, dann ist er ganz sicher noch im Schloss.«

Nicht hilfreich, Maxim. Nicht hilfreich.

»Also, sollen wir die Prinzessin auch gleich mitnehmen?«, will Morgan wissen.

Bevor Calean dazu kommt, ihm zu antworten, fällt Maxim ihm ins Wort. »Immerhin ist sie doch der Grund, warum ein Haufen Vampire vor Red Desert ankert.« Was ihm als Aufständischem sicher gefällt.

Beleidigt schnaube ich. »Wie du vielleicht mitbekommen hast, sind nicht alle von uns Vampire.« *Noch nicht!*

»Entschuldige bitte.« Maxims Tonfall klingt alles andere als versöhnlich, eher verächtlich.

Das scheint auch Phoenix aufzufallen, denn er mischt sich ins Gespräch ein: »Sag mal, Maxim, hast du dich nie gefragt, warum die Vampire Menschen an Bord haben?«

Ich erdolche Phoenix mit Blicken, doch er steuert den Wagen unbeirrt weiter in Richtung Whitecastle.

»Keine Ahnung. Als Bedienstete? Oder als Snack?«

Wütend funkle ich Maxim an. »Sehe ich aus wie ein Snack auf zwei Beinen?«

Der verdreht die Augen. »Nein, verdammt.« Nach einer kurzen Pause: »Wobei sowohl Phoenix als auch Morgan manchmal ziemlich hungrig zu dir sehen.«

Sofort werfen sich die beiden Angesprochenen einen schnellen Blick zu, nur um danach sofort wieder nach vorne in die Dunkelheit zu starren. Morgan mit vor der Brust verschränkten Armen und Phoenix mit um das Lenkrad verkrampften Fingern.

Maxim spricht weiter, scheint entweder nicht zu merken, dass die Stimmung wieder kurz vorm Kippen ist, oder es ist ihm egal. »Eigentlich wurde uns immer erzählt, dass die Vampire Menschen als Sklaven halten.«

Calean verdreht die Augen, während Morgan gehässig auflacht. »Na da haben sie euch wohl falsch informiert.«

Obwohl ich es nicht gut finde, wie er sich gegenüber unseren Verbündeten verhält, muss ich ihm recht geben. Alle Menschen in Red Ancient sind weitestgehend frei. Die einzige Einschränkung der persönlichen Freiheit ist die, dass man den Kontinent nicht verlassen darf.

»Hör mal«, sage ich versöhnlich zu Maxim. »Du wärst bestimmt kein Aufständischer, wenn du nicht hinterfragen würdest, was man euch erzählt, aber ich versichere dir, dass es den Menschen in Red Ancient viel besser geht als den Menschen hier.«

Maxims Gesichtsausdruck verändert sich. »Und warum kommt dann niemand und hilft uns? Wenn es doch außerhalb Red Deserts allen Menschen gut geht?«

Das ist eine sehr gute Frage, deren Antwort leider ziemlich viel Zeit in Anspruch nehmen würde. »Na ja …«, beginne ich zögerlich, »das liegt vor allem daran, dass es zwar den Menschen in Red Ancient gut geht, es aber dennoch Spannungen zwischen den verschiedenen Spezies gibt. Also Vampire und Werwölfe sind nicht gut aufeinander zu sprechen und deshalb können wir nicht einfach mit voller Armeegewalt bei euch einmarschie-…«

Phoenix unterbricht mich im Satz. »Wir sind da.«

Sofort sehe ich mich um. Völlig unbemerkt sind wir der Stadt Whitecastle immer näher gekommen. Parallel zur Straße verläuft eine hohe weiße Mauer, an der wir entlangfahren. Zu unserer Linken befinden sich nur vereinzelt Häuser, doch wenn man nach vorne sieht, bemerkt man, dass die Stadt zum Ortskern hin dichter besiedelt ist. Wir müssen uns in einem Randbezirk befinden.

»Weiter kann ich mit dem Wagen nicht in die Stadt, wenn wir nicht zu dicht ans Haupttor des Schlosses wollen.«

Der Wagen stoppt und gewährt mir einen guten Ausblick auf die windschiefen Bauten, die aussehen, als würden sie jede Sekunde zusammenbrechen, und in denen nur vereinzelt Lichter brennen.

Maxim reibt sich seine Hände. »Na dann legen wir los. Morgan?«

Morgan dreht sich mit fragendem Gesichtsausdruck um. »Ja?«

»Du musst mit Phoenix die Kleidung tauschen.«

»Niemals«, kommt es fast gleichzeitig von beiden.

Calean lehnt sich etwas nach vorne. »Du musst. Es ist besser, du siehst wie ein Soldat aus als wie ... *du*.«

Mitleidig verziehe ich mein Gesicht. »So leid es mir tut, aber Calean hat recht.« Vielleicht schwingt auch ein wenig Schadenfreude in meiner Stimme mit, weil ich Morgan nun ebenfalls mal in den Rücken fallen kann, so wie er es gerne bei mir macht. Auch wenn er behauptet, dass es nur zu meinem Schutz sei.

Wortlos lenkt Phoenix den Wagen nahe an die Mauer und verlässt den Wagen. Die Tür fällt leise ins Schloss und keinen Wimpernschlag später greift er mit dem rechten Arm in seinen Nacken, um sich ... oh! So schnell ich kann, drehe ich den Kopf. Nervös beiße ich auf meiner Lippe herum und sehe auf die weiße Mauer, um Phoenix nicht dabei zu beobachten, wie er seine Kleidung auszieht.

Ich höre, wie weitere Personen den Wagen verlassen, richte meinen Blick aber weiterhin eisern in die komplett entgegengesetzte Richtung, um nicht in Versuchung zu kommen, den nackten Phoenix anzustarren wie ein Vampir einen Tropfen Blut.

Vom Beifahrersitz höre ich ein Schnauben. »Toll. Wie soll ich jetzt hier rauskommen?« Phoenix hat den Wagen so nah an der Mauer geparkt, dass das Aussteigen für Morgan und mich unmöglich ist.

Ohne Morgan anzusehen, murmle ich: »Klettere doch einfach über die Mittelkonsole.«

»Guter Plan.« Leider kommen die Worte nicht von Morgan, sondern von Phoenix. Ich zwinge mich wirklich dazu, nicht zu ihm zu sehen. Wirklich. Doch mein Kopf muss ein Eigenleben führen, denn anders kann ich mir nicht erklären, dass er sich ohne mein Zutun Phoenix zuwendet.

Ich schaffe es ganze fünf Sekunden, ihm in die braunen Augen zu sehen, bevor ich meinen Blick langsam nach unten schweifen lasse. Der Anblick bringt mich zum Schlucken, auch wenn eigentlich nichts dabei sein sollte, einen nackten Mann zu sehen. Immerhin gehe ich regelmäßig mit Morgan schwimmen. Eine nackte Männerbrust sollte eigentlich nichts Neues für mich sein. Leider fühlt es sich ganz anders an, was ich nicht verstehen kann. Noch weniger begreife ich, wieso ich meinen Blick weiter nach unten schweifen lasse, über den athletischen Oberkörper, der keine übertriebenen Muskeln zeigt, bis zu dem schwarzen Stück Stoff, das seine Blöße verhüllt.

Tief atme ich durch und schicke ein Stoßgebet zum Himmel, da Morgan nichts von meiner ziemlich eindeutigen Gafferei mitbekommt, da er auf den Fahrersitz geklettert ist. Einen weiteren Streit kann niemand gebrauchen. Nicht jetzt, wo wir uns in Whitecastle befinden.

Phoenix hat seine Hände am Wagendach abgestützt und mustert mich mindestens so intensiv wie ich ihn. Es fühlt sich an, als wäre nicht nur er völlig entblößt, so wie seine Blicke auf meiner Haut brennen.

»Kannst du mich durchlassen?«, zischt Morgan leise an Phoenix gewandt. Immer noch steht Phoenix mit gebeugtem Oberkörper vor der geöffneten Autotür. Mit einem Lächeln im Gesicht sagt er: »Natürlich.«

Nur dass er dabei nicht Morgan, sondern mich ansieht. Danach macht er einen Schritt zurück, damit Morgan aus dem Wagen steigen kann. Der zieht sich auch umgehend sein T-Shirt aus.

Nun beide mit freiem Oberkörper vor mir zu sehen, lässt mich verschämt den Blick abwenden. Ungefähr eine Millisekunde lang, denn dann starre ich abwechselnd von Morgan zu Phoenix. Ganz ernsthaft, was stimmt nicht mit mir? Morgan und ich haben diese *Sache* am Laufen, doch ich schaffe es einfach nicht, Phoenix zu ignorieren. So wie ich es eigentlich sollte.

Was noch schlimmer ist: Mein Gehirn fängt damit an, die beiden miteinander zu vergleichen. Morgan ist im Gegensatz zu Phoenix richtig durchtrainiert. Man erkennt deutlich, dass das Training, welches er mit Calean und dem Rest der Truppe absolviert, Spuren – in Form eines Sixpacks – hinterlassen hat. Phoenix ist schmaler, wirkt nicht aufgepumpt, sondern eher ... drahtiger. Wie ein Läufer.

O. Mein. Gott.

Ich bin so froh, dass niemand meine Gedanken hören kann, denn ich würde mich dafür in Grund und Boden schämen. Vermutlich kann man mir die Dummheiten, die durch meinen Kopf gehen, an der Nasenspitze ansehen, deshalb bin ich ziemlich froh, dass Phoenix und Morgan schneller als gedacht ihre Kleidung tauschen, während sie sich gegenseitig kleine Gemeinheiten an den Kopf werfen.

Einige Sekunden lege ich den Kopf in den Nacken, bis ich mich bereit fühle aus dem Wagen zu steigen. Vielleicht auch bis zu dem Zeitpunkt, als endlich wieder jeder eine Hose anhat.

Langsam krabble ich über die Rückbank und steige aus dem Auto. Erst jetzt bekomme ich mit, dass Maxim und Calean sich flüsternd darüber austauschen, wie man am besten ins Schloss kommt.

Maxim zeigt auf die Mauer. »Ungefähr hier müsste ein Geheimgang aus dem Schloss hinausführen«, erklärt er unserem obersten Befehlshaber leise.

Caleans Stirn liegt in Falten. »Also geht ihr hier auch hinein?«

Morgan und Phoenix gesellen sich ebenfalls zu uns und Letzterer lässt uns wispernd wissen: »Nein, das klappt leider nicht. Der Weg lässt sich nur von innen öffnen.«

Enttäuscht verziehe ich mein Gesicht, doch nicht lange, da Maxim mit gedämpfter Stimme weiterspricht: »Es gibt allerdings auch einen geheimen Eingang.«

»Woher wisst ihr eigentlich von den Geheimgängen?«, stellt Calean eine gerechtfertigte Frage.

Maxim zeigt auf Phoenix, dessen Augen sich für den Bruchteil einer Sekunde weiten. »Von ihm.«

Das ist ja interessant. »Ich dachte, du warst noch nie im Schloss?«, frage ich an Phoenix gewandt.

Er stopft seine Hände in die Hosentaschen und zieht die Schultern hoch. »Überlieferungen.« Danach dreht er sich um. »Kommt ihr? Ich bringe euch zum Eingang.«

Ich will mich schon in Bewegung setzen, doch Calean legt mir eine Hand auf die Schulter, um mich daran zu hindern. »Du nicht, Prinzessin. Du bleibst hier.«

Phoenix wirft mir einen kurzen Blick über seine Schulter zu, geht danach aber gefolgt von Maxim an der Mauer entlang. Morgan will ihnen ebenfalls hinterher, zögert aber sichtlich. Er dreht sich zu mir um, ergreift meine Hände und lehnt seine Stirn gegen meine: »Ich ... Bliss. Falls du es nicht weißt ... ich mag dich mehr, als du denkst.«

Mein Herz setzt einen Schlag aus und in mir beginnt sich alles zu drehen. Ich wollte immer, dass er mir irgendwann zu verstehen gibt, dass das zwischen uns *mehr* ist. Doch jetzt, wo es so weit ist, weiß ich nicht, ob ich die Worte – oder irgendetwas – erwidern kann. Er hat mich so lange hingehalten, mich immer wieder vertröstet, meinem Bruder, aber auch meinen Eltern irgendwann zu sagen, dass wir mehr als Freunde sind, dass ich gar nicht mehr daran geglaubt habe, dass zwischen uns könnte etwas Richtiges – etwas Festes, Dauerhaftes – sein.

Um nichts sagen zu müssen, schlinge ich meine Arme um seinen Oberkörper und lege den Kopf auf seine Brust. Morgan erwidert die Umarmung viel zu kurz und löst sich von mir, als sich sein Vater neben uns räuspert. »Morgan, du musst jetzt gehen.« Er zeigt in die Richtung, in die die anderen beiden verschwunden sind. »Ich traue ihnen immer noch nicht.«

Morgan nickt zustimmend und salutiert mit einem Grinsen. »Ich auch nicht, Sir.«

Zu meiner völligen Verwunderung zieht Calean seinen Sohn in eine kurze Umarmung. Offensichtlich hat er den Befehlshaber für eine Sekunde abgeschaltet und ist nun nur Morgans Vater. »Bis gleich. Wir warten hier auf Doom und dich. Du schaffst das.«

»Bis später«, wispere ich und hoffe, dass er unversehrt zurückkommt. Im besten Fall mit meinem Bruder gemeinsam. Morgan zwinkert mir zu und läuft dann unseren Verbündeten hinterher.

Traurig sehe ich ihm nach. »Meinst du, er kommt unbeschadet zurück?«, möchte ich flüsternd von Calean wissen.

Seine Miene ist ernst, als er antwortet, und passt gar nicht zu den Worten. »Ganz bestimmt.«

»Sollen wir nicht doch besser alle gemeinsam ins Schloss? Was ist, wenn sie direkt in einen Hinterhalt laufen?«

Dass Calean sofort seinen Kopf schüttelt, sollte mich beruhigen. Tut es aber nicht. »Das werden sie nicht. Niemand weiß, dass wir kommen. Mach dir keine Sorgen!« Wenn das nur so einfach wäre.

Nervös wandere ich neben Calean auf und ab, so lange, bis er mich anschnauzt. Eingeschüchtert von seinen harschen Worten lehne ich mich gegen den Wagen, in der Hoffnung, dass er mir etwas Halt gibt. In meinem Kopf häufen sich wirre Bilder, in denen Maxim und Phoenix Morgan überwältigen, um unsere Pläne zu durchkreuzen. In einem dieser Horrorszenarien geben sie sogar dem König Bescheid, dass wir uns unerlaubterweise im Inneren des Landes befinden, damit er uns alle in den Kerker wirft.

Meine Atmung wird immer schneller, mein Hals ist wie zugeschnürt. Das Gefühl, jede Sekunde zu ersticken, wird immer präsenter. Immer wieder öffne und schließe ich meine Augen, doch das macht alles nur noch schlimmer.

»Calean«, würge ich mit heiserer Stimme hervor. »Ist Phoenix nicht schon viel zu lange weg?« Er sollte ihnen doch nur den Eingang zeigen und dann sofort wieder zurückkommen. Dachte ich zumindest.

Ruhig sieht er auf die Uhr an seinem Handgelenk. »Es sind gerade einmal zehn Minuten vergangen.«

Kam mir viel länger vor.

Unsicher beiße ich auf meiner Unterlippe herum. »Kannst du nicht einfach nachsehen? Ich mache mir jetzt schon wahnsinnige Sorgen um Morgan.«

»Nein!«, kommt es wie aus der Pistole geschossen. »Ich möchte dich nicht alleine lassen. Ich habe bereits deinen Bruder verloren. Das passiert mir nicht auch noch mit dir.«

Sofort sage ich: »Ich kann mich im Wagen einschließen. Ich tue alles, was du von mir willst, aber bitte sieh nach, ob alles in Ordnung ist.« Das unangenehme Gefühl wandert wie ein Schauer über meinen Körper und nimmt immer mehr von mir Besitz.

Calean zögert sichtlich. Ich sehe, wie er mit sich kämpft, doch schlussendlich gibt er sich geschlagen. »In Ordnung, aber du entfernst dich nicht weiter als fünf Meter vom Auto. Und wenn jemand kommt, steigst du ein, verriegelst alle Türen und kauerst dich auf die Rückbank.«

»Soll ich mir noch eine Decke über den Kopf legen?«, frage ich sarkastisch.

Trocken antwortet er: »Wenn es dir keine Umstände macht.«

Ohne weitere Anweisungen an mich dreht er sich um und marschiert in die Richtung, in die sich die anderen ebenfalls aufgemacht haben. Ich falte die Hände vor meinem Körper, nur um sie in der Sekunde darauf wieder zu lösen. Es fühlt sich komisch an, mitten in der Nacht ganz alleine auf einem fremden Kontinent in einer fremden Stadt an einer geheimen Rettungsmission teilzunehmen. Wobei ich eigentlich nur herumstehe und meinen Blick panisch von links nach rechts wandern lasse, um nichts zu übersehen. Die umstehenden Häuser liegen nun in völliger Dunkelheit, doch dass ich keine Ahnung habe, ob die Bewohner schlafen, außer Haus sind oder ihre Messer wetzen, um mich jederzeit anzugreifen, macht die Situation nicht wirklich entspannter. Wir haben versucht leise zu sein und uns unauffällig zu verhalten, doch vielleicht waren wir nicht vorsichtig genug. Es kann nicht oft vorkommen, dass ein Wagen einfach mitten in Whitecastle hält, Typen sich ihre Kleidung vom Körper reißen und danach in Richtung des Schlosses verschwinden. Anderseits: Vielleicht wollen die Menschen auch, dass endlich etwas passiert. Ich weiß es nicht und je länger ich alleine herumstehe, desto paranoider werde ich. War da gerade ein Schatten hinter dem Fenster?

Das Flackern der Straßenlaternen, die weit auseinanderstehen und die dunkle Gasse in ein gespenstisches Licht tauchen, tut sein Übriges, um meine Knie immer weicher werden zu lassen. Besser, ich steige in den Wagen.

Ängstlich fahre ich zusammen, kann einen leisen Aufschrei gerade verhindern, als mich ein dumpfes Geräusch zusammenzucken lässt. Sofort wirble ich herum, bereit mich zu verteidigen, atme aber erleichtert aus, als ich erkenne, dass Phoenix, der aus dem Nichts gekommen sein muss, auf dem Wagendach steht.

»Wo kommst du her?«, frage ich, immer noch mit einem leichten Zittern in der Stimme.

Er schenkt mir ein Lächeln und zeigt auf die Mauer. »Von da oben.« Danach sieht er sich um. »Wo ist Calean?«

»Auf der Suche nach dir, weil …«

»… er uns nicht vertraut. Hattest du auch Angst, dass ich deinen Freund überwältige? Oder dass er mich überwältigt?«

Eigentlich bin ich gerade von seiner Präsenz überwältigt. Wie er da steht, völlig unbeeindruckt von allem, was um ihm herum passiert, mit einem Selbstvertrauen, das ich sonst nur von meinem Bruder kenne. Stumm sehe ich zu ihm hoch und bringe kein einziges Wort heraus.

Grinsend springt Phoenix vom Dach und landet keinen Meter von mir entfernt. »Hey«, raunt er mit leiser und rauer Stimme, was mich noch mehr verwirrt.

»Hey«, grüße ich zurück und bin mir selbst nicht sicher, warum ich das tue. Oder warum ich meinen Kopf anhebe, um Phoenix besser in die braunen Augen sehen zu können.

»Es wundert mich, dass Calean dich hiergelassen hat. Ganz alleine«, murmelt er, während er mich mit seinen Augen fixiert.

Eigentlich sollte ich Angst vor ihm haben. Er klingt wie der böse Wolf, der kurz davor ist, sich Rotkäppchen zu schnappen. Nur dass Rotkäppchen in dieser Geschichte nicht seine Großmutter besucht, sondern auf der Suche nach seinem idiotischen großen Bruder ist.

Meine Stimme zieht es jedoch vor, sich gemeinsam mit meinem Mund gegen mich zu verbünden, denn ich schaffe es einfach nicht, etwas zu sagen.

Stattdessen ziehe ich meine Unterlippe zwischen die Zähne und zucke unschlüssig mit den Schultern.

Phoenix bricht den intensiven Augenkontakt ab, sieht stattdessen auf meinen Mund. »Kau nicht darauf herum, es gibt viel bessere Dinge, die man damit machen kann.«

Perplex zwinkere ich einige Male, fühle mich wie in Trance. »Und was?«

»Ein anderes Paar Lippen darauflegen zum Beispiel.«

Mein Kopf arbeitet immer noch gegen mich, denn er zwingt meinen Körper dazu, einen Schritt zurück zu machen statt auf Phoenix zu. Ich will nichts mehr als einfach meinen Mund auf seinen zu legen, doch ganz tief in mir drinnen wiederholt meine innere Stimme immer wieder einen Namen: *Morgan.*

Er hat gesagt, dass er mich mag. Hat die Worte das erste Mal laut ausgesprochen, die ich mir so lange sehnlich gewünscht habe. Und jetzt stehe ich Phoenix gegenüber, der mich daran zweifeln lässt, ob Morgan wirklich das ist, was ich mir immer erträumt habe. Doch nur weil über meinen Körper eine Gänsehaut wandert oder weil mein Herz beschließt plötzlich schneller zu schlagen, wenn Phoenix mich ansieht, werde ich nicht vergessen, dass es Morgan gibt, der die Dinge zwischen uns plötzlich anders zu sehen scheint.

Ich schüttle meinen Kopf. Das zwischen Phoenix und mir ist rein ... physikalisch. Bestimmt sendet er irgendeinen Lockstoff aus, der mein Gehirn kurzzeitig lahmlegt. Das muss es sein.

Etwas lauter als geplant rufe ich also: »Fass mich nicht an.«

Phoenix streckt abwehrend seine Hände in die Luft. »Keine Sorge. Das habe ich nicht vor.« Etwas leiser sagt er: »Nicht, wenn du mich nicht darum bittest.«

Ich drehe mich um, damit ich noch ein paar Meter Abstand zwischen uns bringen kann. Ich hoffe, zehn Meter sind genug, um meinen Körper davon abzuhalten, auf Phoenix loszulaufen und mich in seine Arme zu werfen.

Aufgebracht über mich selbst und mein dummes Verhalten trete ich den Sand mit Füßen und stehe bald in einer Staubwolke. Ich fasse es nicht! Gerade eben habe ich mir noch Sorgen um Morgan gemacht und keine zehn

Sekunden später bringt Phoenix mich dazu, keinen Gedanken mehr an ihn zu verschwenden. Wie zur Hölle macht er das?

Mit zusammengekniffenen Augen versuche ich den herumfliegenden Sand zu vertreiben und erkenne viel zu spät den Luftzug, der an mir vorbeirauscht, sehe keine Sekunde später, wie Calean vor Phoenix steht und ihn am Kragen seines – Morgans – T-Shirts packt. »So, mein Freundchen, was ist hier los?« Offensichtlich hat Calean meinen kleinen Ausbruch mitbekommen.

»Nichts, Mann. Sie ist wohl etwas empfindlich.« Der Blick, den er mir zuwirft, bringt mich dazu, meine Augen zu verengen und ihn wütend anzufunkeln. So ein arroganter, selbstverliebter ... Schönling.

Ich bin kurz davor, Phoenix ebenfalls an die Gurgel zu gehen – *oder ihn zu küssen. Was? Nein, natürlich würde ich ihn nie küssen!* Dank meines vernebelten Gehirns stapfe ich bereits auf ihn zu, unschlüssig, was ich tun soll, als mich eine mir gut bekannte Stimme zum Innehalten bringt.

»Calean? Bliss?«

Es dauert kurz, bis ich lokalisiere, woher die Stimme kommt. Mein Bruder steckt seinen Kopf durch einen kleinen Durchgang in der Mauer, der vor nicht einmal fünf Minuten bestimmt nicht dort war. Mit undeutbarem Gesichtsausdruck sieht er zwischen uns hin und her. »Was zum Teufel macht ihr hier?«

Kapitel 18

Doom

Fassungslos sehe ich von meiner Schwester zu Calean, während ich immer noch im Durchgang knie. Warum sind sie hier? Na ja, ich kann mir vorstellen, wieso sie hier sind, aber es wäre mir lieber, sie hätten einfach auf dem Schiff auf mich gewartet. Denn jetzt, wo ich Calean gegenüberstehe, muss ich mich entscheiden: Folge ich brav seinen Anweisungen oder ziehe ich weiterhin mein eigenes Ding durch?

Bliss läuft auf mich zu, fällt auf die Knie und mir zeitgleich um den Hals. »Wir haben dich gesucht.«

Ich dachte, wenn ich mich bei Tag an Land schleiche, ist das Statement genug. Das nächste Mal hinterlasse ich noch einen Brief mit detaillierten Anweisungen. Dennoch frage ich: »Aber wieso? Ihr hättet doch ahnen können, dass ich die Prinzessin selbst hole. Auch wenn der da«, ich deute mit meinem Kopf auf Calean, »es mir verboten hat.« Als würde ich mich jemals an Anweisungen halten.

Calean lässt den Typen, den er am Kragen seines T-Shirts gepackt hat, los und kommt wütend auf mich zu. »Es hatte einen guten Grund, warum ich dir verboten habe zu gehen.«

Ich lache spöttisch auf. »Und warum?«

»Vielleicht weil es gefährlich ist?« Seine Stimme donnert laut durch die Dunkelheit.

Der fremde Typ, der mir bekannt vorkommt, verschränkt die Arme vor der Brust, bewegt sich aber nicht, als er fordert: »Könntet ihr bitte ein bisschen leiser sein?«

Ich ziehe meine Augenbrauen hoch. »Ach, weil ihr eben so leise wart? Darf ich dich daran erinnern, dass Calean dich gerade am Kragen gepackt hatte, als ich gekommen bin?«

Idiot! Sofort konzentriere ich mich wieder auf Calean und Bliss. »Hier läuft alles nach Plan. Ich wäre spätestens morgen früh gemeinsam mit der Prinzessin auf dem Schiff gewesen.« Ich zeige mit dem Daumen auf den Durchgang, der sich hoffentlich nicht schließt, solange ich ihn mit meinem Körper blockiere. Zerquetscht zu werden steht nicht unbedingt auf meiner To-do-Liste für die heutige Nacht. »Und wenn ihr mich entschuldigt, denn ich muss wieder da hinein.« Ich krabble rückwärts zurück in Richtung des Schlossgartens, doch ich habe die Rechnung ohne Bliss gemacht, die Anstalten macht, mir zu folgen.

»Stopp! Hiergeblieben«, zischt Calean.

Bliss und ich halten gleichzeitig inne, denn Calean klingt gefährlich ruhig, was viel schlimmer ist, als wenn er schreien würde. Außerdem hat er schon immer so mit uns gesprochen, wenn wir dabei waren, etwas auszufressen. Leider wusste er meistens bereits von unseren Plänen, bevor wir diese auch nur ansatzweise in die Tat umsetzen konnten. Manchmal habe ich das Gefühl, Calean kennt uns besser als wir uns selbst. Bleibt wohl nicht aus, wenn der beste Freund des Vaters so ziemlich jeden Tag bei dir zu Hause herumläuft.

»Doom, was hast du vor?«, möchte er mit strengem Tonfall von mir wissen.

Ich krabbele wieder ein Stück nach vorne und zische: »Rise, also die Prinzessin, sollte hier jede Sekunde mit ihrer Wache auftauchen. Und wenn das passiert, dann hauen wir ab.« Eigentlich hatte ich ja geplant alleine mit ihr wegzugehen, doch jetzt muss ich wohl oder übel umdisponieren.

»Und du wolltest zu Fuß mit ihr zurück zum Schiff?«, unterbricht Bliss meine Gedanken.

Ich verdrehe meine Augen. »Natürlich nicht. Dafür ist gesorgt. Irgendwo hier sollte ein Wagen sein.«

Sie schnaubt laut. »Hier steht nur ein Wagen und das ist unserer.«

Von weiter hinten mischt sich der Typ ein: »Da vorne um die Ecke steht ein unbemannter Militärwagen. Vielleicht meint er den.« Er geht hinter Calean und Bliss in die Hocke, um mich ansehen zu können, und deutet mit dem Zeigefinger in die entsprechende Richtung.

Leise murmle ich: »Gut zu wissen.«

Calean scheint genug von den Diskussionen zu haben, denn er lässt sich jetzt auch auf die Knie fallen und macht ebenfalls Anstalten, durch den Durchgang krabbeln zu wollen. *Ganz bestimmt nicht.*

Ich habe es so weit alleine geschafft und ich werde es noch viel weiter ohne seine Hilfe schaffen. »Was hast du vor?«, frage ich ihn und rücke kein Stückchen zur Seite.

Er schnaubt. »Wonach sieht es denn aus?«

»Calean, so gerne ich dich mag, aber wenn dich die Prinzessin sieht, wird sie ziemlich sicher gemeinsam mit ihrer Wache das Weite suchen.« Ich lehne mich etwas nach vorne und flüstere: »Du siehst nicht gerade vertrauenswürdig aus.« Zur Verdeutlichung würde ich ihm gerne auf die Glatze klopfen und ihm einen Spiegel vors Gesicht halten, damit er seinen finsteren Blick einmal selbst zu sehen bekommt, aber ich denke nicht, dass er besonders erfreut darüber wäre.

Anstatt sofort aufzustehen und mir zuzustimmen, flüstert er leise: »Hör mal zu, du kleiner Scheißer, ich weiß ganz genau, dass du irgendetwas planst.«

Verdammt!

»Aber lass dir eines gesagt sein: Wenn du nicht innerhalb einer halben Stunde gemeinsam mit der Prinzessin durch diesen Gang gekrochen kommst, dann brauchst du keinen Fuß mehr nach Red Ancient zu setzen.«

Meine Schwester sieht mich mit großen Augen an und zumindest bei ihr scheint die Drohung zu wirken. Bei mir eher weniger, denn ich lasse mir bestimmt nicht von Calean sagen, was ich zu tun oder zu lassen habe. Da dieser Durchgang aber nun leider mal der einzige ist, den Rise und ich nehmen können,

murmle ich: »Komm mal wieder von deiner Paranoia runter. Ich wollte die Prinzessin einfach selbst abholen, okay? Das ist alles.«

Ob er mir glaubt oder nicht, kann ich nicht sagen, aber er rutscht zurück und stellt sich neben … wer auch immer dieser andere Typ ist. Ich starre ihn regungslos an, bis es mir endlich wieder einfällt. Er war einer der Männer meines Empfangskomitees. *P… P… Philadelphia* oder so.

Calean richtet sich auf, nur um auf mich herabzusehen. Beindruckt mich nicht besonders, es ist nur nervig. Ich hätte einfach meine Klappe halten und hinter der Mauer bleiben sollen. »Du hast eine halbe Stunde«, lässt er mich wissen. Das reicht, um mir einfallen zu lassen, wie ich zu dem anderen Wagen komme, ohne dass Calean etwas davon mitbekommt.

»Übrigens ist dein bester Freund da drinnen.« Er deutet mit dem Kinn zur Mauer oder eigentlich eher auf das Schloss, das dahinterliegt.

Verdammt. Und damit hat er mich, denn ich werde bestimmt keine unausgeklügelte Kamikaze-Aktion steigen lassen und Morgan in Gefahr bringen, nur um Calean zu ärgern.

Ich hebe meine Arme in die Luft, als würde ich mich ergeben. Gar nicht so einfach, wenn man in einem Durchgang kniet, der gerade einmal hüfthoch ist.

»Ich gehe dann mal wieder rein. Verhaltet euch ruhig und ich komme so schnell ich kann mit der Prinzessin nach draußen.«

Meine Schwester nickt und zieht mich immer noch kniend in ihre Arme. »Bis später, großer Bruder«, flüstert sie mir zu. »Und mach keine Dummheiten.«

»Bist du nur deshalb hier? Um mich davon abzuhalten, Blödsinn zu machen?«, möchte ich von ihr wissen.

Ich spüre, wie sie den Kopf schüttelt. »Nein, weil ich mir Sorgen um dich gemacht habe.«

Ich mache mich von ihr los und stupse ihr gegen die Nasenspitze. »Eigentlich müsste es doch eher umgekehrt sein.«

Sie verdreht ihre Augen. »Ich würde nie eine so unüberlegte Aktion starten wie du«, behauptet sie.

Na wenn sie meint. »Bis gleich.« Zum Abschied wuschele ich durch ihr blondes Haar und schiebe mich dann wieder zurück in den Schlossgarten.

Nachdem ich den Durchgang nicht mehr blockiere, dauert es gerade einmal fünfzehn Sekunden, bis sich der Mechanismus schließt. Wirklich beeindruckend.

Ächzend komme ich hoch und klopfe mir den Staub von der Hose. Weder aus dem Schlossgarten noch von der anderen Seite der Mauer höre ich irgendetwas.

Ob Calean und die anderen vor dem Geheimgang auf der Lauer liegen?

Genervt lehne ich mich gegen die Mauer und starre in die Dunkelheit. Hier drinnen wirkt es viel dunkler und bedrohlicher als draußen bei meiner Schwester und den anderen. Ob es an den Straßenlaternen liegt, in denen Kerzenlicht geflackert hat?

Als ich wieder aufblicke, sehe ich Rise und Nadeen auf mich zukommen, doch die Prinzessin stoppt sofort, als ich einen Schritt auf sie zumache.

»Nadeen?«, fragt sie unsicher.

Ihre Wache stellt sich vor die Prinzessin, jedoch mit dem Rücken zu mir und versperrt mir somit die Sicht auf Rise. »Es tut mir leid«, höre ich sie leise sagen. »Aber ich wusste, du kommst nicht mit, wenn ich dir erzähle, dass er uns hilft.«

Ich höre ein lautes Schnauben. »Nein, da hast du recht«, zischt sie. »Denn falls du es vergessen hast, Dominic will mich nach Red Ancient bringen.«

Will er nicht, aber nun gut. Das diskutiere ich bestimmt nicht hier mit den beiden.

Nadeen wispert: »Dort wird es dir besser gehen, das verspreche ich dir.«

Jaaaaa ... dieses Versprechen würde ich persönlich jetzt nicht geben, aber na gut.

»Und was ist mit Madoc?«, möchte Rise wissen.

»Mein Versprechen von vorhin gilt. Sobald ich weiß, dass du in Sicherheit bist, werde ich ihn zu dir bringen.«

Nur. Über. Meine. Leiche.

Ich mache einen Schritt nach vorne und lege meine Hand auf Nadeens Schulter, um sie wissen zu lassen, dass ich die Angelegenheit übernehme. Es ist nur eine Frage der Zeit, bis wir entdeckt werden. Entweder außer- oder innerhalb der Schlossmauern.

Nachdem ich Nadeen zugenickt habe, schiebe ich mich an ihr vorbei und baue mich vor Rise auf. Die Prinzessin macht sofort einen Schritt zurück, was ich ihr jetzt nicht einmal verdenken kann, denn immerhin habe ich sie gestern Abend nicht besonders sanft behandelt. Und das ist noch nett ausgedrückt.

Zögerlich greife ich nach ihrer Hand und zu meiner eigenen Verwunderung lässt sie es zu. Eigentlich sollte sie schreiend vor mir davonlaufen, nachdem ich sie wie der größte Arsch der Weltgeschichte behandelt habe. Anderseits hat sie nicht besonders viele Möglichkeiten, von hier wegzukommen, also lässt sie sich auf die wohl mieseste Idee aller Zeiten ein. »Rise«, bitte ich sie leise. »Komm mit. Wenn du hierbleibst, ist es nur eine Frage der Zeit, bis die Aufständischen dich erwischen.«

»Und wenn ich gehe, dann laufe ich direkt den Vampiren in die Hände.«

Das kann ich jetzt nicht einmal leugnen, da Calean auf der anderen Seite der Mauer wartet. »Ich verspreche dir, dass die Vampire nichts Böses mit dir vorhaben.« *Und ich meine jedes Wort davon ernst. Calean geht es einzig und alleine darum, Rise sicher nach Red Ancient zu bringen.*

Die Prinzessin sieht auf unsere Hände hinab und als sie den Kopf wieder anhebt, leckt sie über ihre Lippen. »Gut«, flüstert sie. »Gehen wir.«

Die Einsicht kam mir jetzt fast ein bisschen zu schnell, aber ich nehme stark an, dass Rise in der Nacht, in der ich sie in ihr Zimmer gesperrt habe, selbst klar geworden ist, dass ihr in Red Desert nicht besonders viele Möglichkeiten bleiben. Mit mir zu kommen ist wohl noch die attraktivste Option. Zur Sicherheit werde ich sie aber auf jeden Fall ganz genau im Auge behalten, denn dass sie mir entwischt, steht eigentlich nicht auf meinem Plan.

Lächelnd wende ich mich Nadeen zu. Eigentlich könnte ich jetzt einfach auf den Geheimausgang zugehen, damit wir verschwinden können, doch dann käme ich wohl oder übel in Erklärungsnot. Offiziell weiß ich ja immer noch nicht, dass es ihn gibt. »Wie bringst du uns hier raus?«

Zu meinem Erstaunen geht Rise an mir vorbei und sagt: »Wenn du erlaubst?« Sie wendet sich der Mauer zu und tastet nach dem Schalter, der den Mechanismus in Gang setzt.

Natürlich könnte ich jetzt sagen: »Einen Meter weiter rechts, genau bei den Rosenbüschen«, doch ich finde es schön, dass sie mal etwas selbst in die Hand nimmt. Bisher hat sie auf mich immer wie ein Mädchen gewirkt, das alles mit sich machen lässt, doch vielleicht haben die Erlebnisse der letzten Tage etwas in ihr bewirkt und sie wird nun stärker oder zumindest ein wenig forscher. Würde ihr nicht schaden.

Leise höre ich sie mit sich selbst sprechen. »Ich bin mir ziemlich sicher, dass es hier ist.«

Nadeen macht schon einen Schritt nach vorne, um Rise zu helfen, doch ich halte sie zurück.

»Lass mich«, bitte ich sie.

Keine Sekunde später stehe ich hinter Rise und flüstere: »Kann ich dir helfen?«

Sofort hält sie mitten in der Bewegung inne. »Ich schaffe das schon alleine.«

Ich beuge mich noch etwas näher und raune nun direkt in ihr Ohr: »Da bin ich mir ganz sicher, aber vielleicht geht es ja zu zweit schneller.« Mit meiner Hand taste ich nach ihrer und verschränke unsere Hände miteinander. Ich weiß wirklich nicht, warum ich das tue. Vielleicht ist es Übermut, vielleicht aber auch irgendeine Art Zwang, denn anders kann ich mir nicht erklären, wieso ich mich so dicht an Rise schmiege.

Ich führe unsere ineinander verschlungenen Hände in die entsprechende Richtung und werde bald mit einem Klicken belohnt, als sich der Ausgang öffnet.

Zögerlich lasse ich Rise los und zeige zum Durchgang. »Damit hätte ich jetzt nicht gerechnet«, sage ich mit deutlichem Sarkasmus in der Stimme, den sie hoffentlich nicht raushören kann.

Nadeen geht hinter mir vorbei und will bereits durch den Ausgang verschwinden.

»Stopp«, halte ich sie auf. »Lasst mich zuerst gehen. Nur für den Fall, dass sich irgendwelche Wachen auf der anderen Seite befinden.«

Nadeen nickt und sieht mich anerkennend an. Sie denkt bestimmt, ich will, dass weder Rise noch ihr etwas passiert.

»Gibst du mir den Schlüssel für den Wagen?«, frage ich. »Falls ich Rise schnell aus der Schusslinie bringen muss«, beeile ich mich hinterherzuschieben.

Manchmal frage ich mich, ob wirklich alle so dumm sind und nicht verstehen wollen, dass ich nichts Gutes im Schilde führe, oder ob ich durch meine blonden Haare und blauen Augen einfach total ungefährlich und harmlos wirke. Aber wenn selbst meine Schwester nichts von meinen irren Gedankengängen ahnt, tippe ich eher mal auf Zweiteres.

Nadeen nickt und wirft mir kommentarlos den Autoschlüssel zu. Ich schüttle meinen Kopf. Zu leicht. Das alles ist viel zu leicht.

Na ja, wenn nicht Calean und die anderen draußen wären, die meinen so perfekten Plan leider zunichtemachen. Aber er hätte funktioniert, wenn sie nicht aufgetaucht wären.

Ich stecke den Schlüssel in die Hosentasche, lasse mich auf die Knie sinken und zwinkere Rise zu, die mich stumm betrachtet. »Wir sehen uns auf der anderen Seite.«

Sie nickt und macht bereits erste Anstalten, mir zu folgen, also hoffe ich einfach das Beste und krabble voraus. Auf der anderen Seite sehe ich mich nach meinen Leuten um. Calean steht links neben dem Durchgang, Bliss und Pasadena rechts davon.

Nachdem ich durch bin, drehe ich mich zu Rise um. Sie sieht nur mich an, was ziemlich praktisch ist, da sie die anderen noch nicht wahrnimmt. Das hier ist wirklich zu einfach.

Mit einem Lächeln reiche ich ihr meine Hand und helfe ihr auf. Als Nadeens Kopf ebenfalls auftaucht, stoße ich die Prinzessin in Caleans Arme. Rise schreit erschrocken auf, doch schnell herrscht wieder Stille, da Calean sie sofort packt und seine freie Hand auf ihren Mund legt.

Nadeens Gesichtszüge entgleisen, als ich ein Messer zücke. Sie zögert nicht und springt mit einem lauten Schrei auf mich zu, doch sie hat ihre Rechnung ohne ... Pennsylvania gemacht, denn der greift nach ihren Händen und zischt: »Leider muss ich dich enttäuschen, meine Hübsche«, flüstert er, während er Nadeen in die Knie zwingt. »Hier wird es jetzt keinen Kampf geben.«

Ich werfe ihm aus meiner Gesäßtasche ein paar Handschellen zu, die ich mir am Nachmittag besorgt habe. Bliss hilft Pittsburgh Nadeen damit zu fesseln.

Ich nicke den beiden zu und sehe grinsend zu ihr. »Damit hättest du jetzt nicht gerechnet, ha?«

Statt einer Antwort spuckt sie mir vor die Füße, also ziehe ich einen Knebel aus meiner zweiten Hosentasche und halte ihn Bliss hin. Die sieht so aus, als wäre ihr nicht ganz wohl dabei, eine andere Frau zu knebeln.

Meine Vermutung wird bestätigt, als ich sie leise »Tut mir leid« flüstern höre.

Mit meinem Kopf deute ich in Richtung des Wagens. »Calean, wärst du so nett und könntest Rise ins Auto setzen?«

Die sieht so aus, als würde sie es ihm so schwer wie möglich machen, denn sie zappelt wie wild in seinen Händen und … Ich muss kurz lachen und mache einen Schritt auf die Prinzessin zu. Sanft streichle ich über ihre Wange. »Versuchst du gerade Calean zu beißen?«

Statt einer Antwort werden ihre Augen groß und sie schafft es sogar, einen Schritt auf mich zuzumachen, ehe unser oberster Befehlshaber sie wieder an seine Brust zieht.

»Tu das nicht«, sage ich sanft. »Du machst es dir, aber auch uns einfach nur unnötig schwer. Und wenn du versuchst Calean zu beißen, beißt er vielleicht zurück.« Ich lehne mich nach vorne, als würde ich ihr ein Geheimnis verraten. »Und glaub mir, er würde gewinnen. Er hat viel schärfere Zähne als du.«

Calean verdreht die Augen, geht aber wirklich mit Rise zum Wagen. Über seinen Rücken hinweg ruft er: »Wenn du die Blondine mitnehmen willst – wir haben etwas Platz im Kofferraum.«

Ich sehe zu Nadeen und wackle übertrieben mit meinen Augenbrauen. »Nicht nötig, für unsere Kämpferin habe ich mir etwas ganz Besonderes ausgedacht.«

Danach sehe ich zu Bliss und P- … »Wie heißt du eigentlich?«, frage ich ihn.

»Phoenix.« Er streckt mir über Nadeens Kopf hinweg seine Hand entgegen. Ich ergreife und schüttle sie, während ich Nadeen genau betrachte. »Doom.«

Als sie meinen echten Namen hört, ploppen Nadeen fast die Augen aus dem Kopf.

Ich wende mich an meine Schwester. »Bliss, würdest du dich mit Phoenix in den Wagen zu Rise und Calean setzen?«, bitte ich meine Schwester. »In ein paar Minuten werden ein paar Wachen kommen und Nadeen dorthin bringen, wo sie hingehört.«

Meine Schwester runzelt die Stirn. »Und wohin wäre das?«

»Zu ihrem Freund.« Dass der im Gefängnis sitzt, behalte ich besser für mich, denn ich möchte Bliss nicht unbedingt damit belasten.

Mit verschwörerischem Tonfall sage ich: »Die Wachen wissen nicht, dass ihr hier seid, und das soll auch so bleiben.«

Zögerlich nicken Phoenix und Bliss und kommen meiner Aufforderung nach. Phoenix steigt auf der Fahrerseite ein und Bliss … ebenfalls? Als ich die Autotür ins Schloss fallen höre und endlich alle im Wagen sitzen, gehe ich vor Nadeen in die Hocke und grinse. »So, wieso bist du eigentlich nicht weggelaufen?« Immerhin habe ich ihre Füße nicht gefesselt. »Oder hältst du immer noch an deinem Plan fest, der Prinzessin nicht von der Seite zu weichen?«

Natürlich erwarte ich keine Antwort, denn sonst wäre der Knebel umsonst gewesen. »Schön, dass ich mich jetzt endlich offiziell vorstellen kann. Meinen richtigen Namen hast du ja gerade gehört.«

Langsam wird es mir zu langweilig, Selbstgespräche zu führen. Ich schiebe den Knebel beiseite, denn ich bin mir sicher, dass Nadeen nun erhöhten Redebedarf hat.

»Du heißt wie der Prinz der Vampire«, spuckt sie aus und sieht mich feindselig an.

Tja, offensichtlich ist Red Desert meinem Land um einiges voraus, denn ich hatte keine Ahnung, wie die Prinzessin heißt, als ich hierherkam.

Ich fahre mir durch meine blonden Haare und sage so gelangweilt wie möglich: »Weil ich der Prinz bin.«

Sie schüttelt fassungslos ihren Kopf. »Heißt das, ich hatte dich die ganze Zeit vor mir und hätte dir nur ein Schwert in die Brust bohren müssen, damit die Hochzeit Geschichte ist?«

»Ja! Ziemlich schade, dass du das versäumt hast.«

»Ich hätte nie damit gerechnet, dass du ein Vampir bist«, sagt sie. Ihr Gesicht hat jeden Hauch Farbe verloren.

»Tja, das liegt daran, dass ich genau genommen auch noch keiner bin.«

»Aber wieso?«

Ich habe ehrlich gesagt im Moment keine Lust auf Erklärungen, wieso ich noch kein Vampir bin. Es ist zwar kein Geheimnis, aber ich bin einfach Arschloch genug, um das Wissen für mich zu behalten. »Tut mir leid, aber das tut nichts zur Sache!«

Immer wieder schüttelt sie ihren Kopf. »Ich verstehe gar nichts mehr. Ich habe doch bereits ein Bild von dir gesehen, aber darauf sahst du so … anders aus. Jünger.«

Tja, vielleicht liegt das daran, dass ich älter werde und im Moment auch keinen adretten Scheitel frisiert habe, nicht glatt rasiert und auch nicht wirklich wie ein Prinz gekleidet bin. Wobei ich mir ziemlich sicher bin, dass zumindest der König eine Ahnung hatte, wer vor ihm steht, als ich erzählt habe, dass sein Sohn nicht so loyal ist, wie er es gerne hätte. Irgendwie habe ich beinahe ein schlechtes Gewissen, dass Madoc meinetwegen hinter Gittern sitzt, doch ich konnte es nicht gebrauchen, dass er mir in die Quere kommt.

Bedauernd blicke ich zu Nadeen. »Tja, da hätte euch euer Herrscher wohl mal ein aktuelleres Bild zukommen lassen sollen. Aber es wundert mich nicht, dass er das verabsäumt hat. Er hat es ja nicht unbedingt damit, sein Wissen mit euch zu teilen.« Ich verschränke meine Arme und mustere Nadeen kalt.

Sie presst ihre Zähne fest aufeinander, sagt aber kein Wort davon, dass sie eigentlich eine Aufständische ist und den König jetzt auch nicht soooooo besonders toll findet. Tja, dann muss ich das wohl für sie übernehmen.

Laut seufze ich auf. »Es tut mir fast leid, dass man dich bald zu Madoc in den Kerker wirft, aber ich kann dich einfach nicht mitnehmen.« Bedauernd zucke ich mit meinen Schultern. »Leider passt deine Anwesenheit noch weniger in meine Pläne als die der anderen.« Mit meinem Kopf deute ich in Richtung des Wagens. »Aber mach dir keine Sorgen, einer deiner aufständischen Freunde wird dich bestimmt bald aus dem Gefängnis befreien.«

Wenn ich dachte, dass Nadeen bereits fassungslos aussieht, habe ich mich getäuscht, denn nun klappt ihr Mund weit auf und sie schnappt immer wieder nach Luft.

»Woher …?« Mehr bekommt sie nicht heraus.

»Schon vergessen? Ich war auf dem Markt.«

Nadeen sieht mich an, als versuche sie mich mit einem einzigen Blick zu töten. Kann sie aber nicht. »Ich schwöre dir, wenn meine Leute mich befreien, werde ich kommen und Rise zurückholen«, droht sie mir.

Leise sage ich: »Tut mir leid, das wird dann nicht mehr möglich sein. Ich habe nämlich nicht vor sie mit nach Red Ancient mitzunehmen und zu heiraten.«

Nadeen schluckt. Danach stottert sie: »W-w-was hast du dann mit ihr vor?«

Leise flüstere ich: »Ich werde Rise töten. Diese ganze Heiratspolitik ist doch scheiße.« Da ich wirken will, als würde mich das alles nicht kümmern, zucke ich mit den Schultern. »Ich habe nicht vor mich dem Willen meiner Eltern und König Isaacs zu beugen und irgendeine Fremde zu heiraten.«

Nadeen kippt zurück und landet mit ihrem Hintern im Dreck. »Und wozu der ganze Aufwand? Du hättest hier schon einige Gelegenheiten gehabt, sie umzubringen.«

Schmerzlich verziehe ich mein Gesicht. »Ja, das ist wohl wahr, aber leider gibt es auf eurem Kontinent keine Werwölfe, denen ich die Sache in die Schuhe schieben kann, denn zwischen einer freien Welt steht auf der einen Seite euer König. Und auf der anderen die Welt der Werwölfe. Wenn es zu einem Krieg zwischen euren Völkern kommt, brauche ich nur noch abzuwarten, bis sich eure Armeen so sehr dezimiert haben, bis ich mit meinem Heer in beide Länder einmarschieren kann.« Vielleicht, aber nur ganz vielleicht lächle ich bei meinen Worten ein bisschen irre. »Die Menschen in Red Desert und die Werwölfe werden bald meine Befehle annehmen. Was ist das Leben eines Mädchens schon wert, wenn ich dafür die ganze Welt vereinen kann und es in Zukunft keine Kriege und keinen Hunger mehr gibt?«

Nadeen sackt zusammen. Es scheint so, als hätte ich ihr mit meinen Worten das letzte bisschen an aufständischen Gedanken geraubt. »Aber du hast gesagt, dass du Rise nach Red Ancient bringst.«

Ich strecke meinen Zeigefinger in die Luft. »Nicht ganz. Ich habe gesagt, *wenn* ich sie nach Red Ancient bringe, verspreche ich dir, dass es ihr dort an nichts fehlen wird. Ich habe aber nicht vor sie jemals dorthin zu bringen. Tut mir leid.«

Damit dass ich mit meiner Aussage Nadeens Kampfgeist wiederbelebe, hätte ich nicht gerechnet, denn wie von der Tarantel gestochen springt sie auf und rammt mich mit ihrer Schulter direkt in den Bauch. Ich taumle ein paar

Schritte zurück, schaffe es jedoch, nicht umzufallen. Mir hätte klar sein müssen, dass sie kein schwaches Mädchen ist und ihren Job als Rise' Wache nicht aufgrund ihres guten Aussehens bekommen hat, dennoch fühle ich mich etwas überrumpelt.

Nadeen gibt nicht auf, macht ein paar Schritte zurück und sieht so aus, als wollte sie erneut versuchen mich zu überrennen. Ein bisschen erinnert sie mich im Moment an einen aufgekratzten Stier. Auch dass sie laut brüllt, als sie wieder auf mich zuläuft, spricht dafür.

Natürlich lasse ich nicht zu, dass sie mich trifft, und mache einen Schritt zur Seite, wirble herum und schlinge meine Arme um ihren Oberkörper.

»Nadeen«, tadle ich sie. »Du solltest dich ein bisschen beruhigen, denn deine Eskorte zu deinem Liebhaber biegt gerade um die Ecke.«

Endlich scheint auch sie die Schritte, die laut durch die Dunkelheit hallen, wahrzunehmen.

»Du bist so ein Irrer«, ist das Letzte, was sie mich wissen lässt, bevor ich ihr den Knebel wieder in den Mund schiebe, damit sie nicht auf die Idee kommt, mich an die Wachen zu verraten.

Als die Typen vor mir stehen, gebe ich Nadeen einen Schubs und sage: »Mit freundlichen Grüßen ein kleines Geschenk für den Prinzen.«

Sie taumelt nach vorne und wird sofort von einem Soldaten in Gewahrsam genommen. Die Männer sehen mich mit grimmig verzogenen Gesichtern an und ich mache vorsichtshalber ein paar Schritte zurück.

»Wo ist die Prinzessin?«, möchte einer, vermutlich der Ranghöchste, wissen.

Ich mache eine angedeutete Kopfbewegung zum Wagen und erkenne, dass Bliss' blonder Haarschopf am Fahrersitz leider sehr gut zu erkennen ist. *Verdammt.*

»Sieht so aus, als wärst du nicht alleine ins Land gekommen.«

Leugnen macht wohl keinen Sinn, also nicke ich. »Das ist unsere Eskorte zum Schiff.« Ich schiebe mich millimeterweise weiter in Richtung des Wagens, weg von den Männern, denn plötzlich habe ich ein ganz schlechtes Gefühl im Bauch. »Ging leider nicht anders«, sage ich mit gespielt zerknirschter Miene.

Mit einem Lächeln im Gesicht lässt der Soldat mich wissen: »Dadurch dass Ihr die Befehle des Königs missachtet habt, werden wir Euch wohl oder übel hierbehalten müssen, ... Prinz.«

Scheiße! Ich wusste, dass das alles viel zu einfach gewesen wäre.

Kapitel 19

Rise

Durch die Heckscheibe des Autos sehe ich, wie Dominic auf uns zuläuft, und presse die Zähne fest aufeinander. Er wedelt hektisch mit seinen Armen und als sich die Männer, mit denen er zuvor noch gesprochen hat, ebenfalls in Bewegung setzen und ihm nachjagen, drücke ich fest meine Daumen. Hoffentlich erwischen sie ihn. Noch nie habe ich einem Menschen so viel Schlechtes gewünscht wie ihm in diesem Moment.

Das blonde Mädchen dreht den Schlüssel und das Auto setzt sich stotternd in Bewegung. Fast will ich mich an dem furchteinflößenden Kahlkopf neben mir festhalten, da ich mich so erschrecke. Ich bin noch nie in einem Wagen gesessen. Zitternd vergrabe ich meine Hände in der robusten Hose, die mir so fremd ist, wie ich mich in diesem Wagen neben diesen Unbekannten fühle. Dominic reißt die Tür auf und während er sich ins Auto schwingt, schreit er: »Fahr, fahr, fahr!« Seine Stimme überschlägt sich dabei beinahe, was mir eine irrsinnige Genugtuung verschafft. Die Panik in seinem Gesicht lässt in meinem Inneren eine Ruhe und Sicherheit einkehren, die im Moment nicht unpassender sein könnte. Immerhin sitze ich in einem Wagen voller Vampire, die dabei sind, mich nach Red Ancient zu bringen. Ich sollte weinen, ich sollte zittern, doch ich erfreue mich allein an der Tatsache, dass Dominic offensichtlich einmal nicht Herr der Lage ist.

Der Wagen setzt sich ruckartig in Bewegung, noch bevor Dominic neben mir zum Sitzen kommt.

Ich zucke zusammen, als der Furchteinflößende mit seiner dunklen Stimme brummt: »Was wollen die Typen?«

Dominic zischt: »Mich festnehmen. Offensichtlich war ich nicht ganz so inkognito, wie ich dachte.«

Erschrocken rücke ich von dem Kahlköpfigen ab, als er brüllt: »Und genau aus diesem Grund wollte ich nicht, dass du das Schiff verlässt!«

Es gefällt mir nicht, dass ich mich wie ein verängstigtes Tier an Dominic drücke, doch eine Vene am Kopf des kahlköpfigen Mannes pulsiert so stark, dass ich mich fürchte, sie könne jede Sekunde explodieren.

»Der König wusste doch, dass du aus Red Ancient kommst«, sage ich mehr zu mir als zu den anderen. Vielleicht ist auch das der Grund, warum niemand auf meine Worte reagiert. Ich verschränke meine Hände und beginne mit den Fingernägeln zu spielen. Wie konnte das alles nur passieren? Eigentlich möchte ich nichts lieber tun, als mich zu einer Kugel zusammenzurollen und zu heulen, doch ich kämpfe gegen die Tränen an.

Mein Blick wird von dem braunhaarigen jungen Mann angezogen, der neben der Blondine auf dem Beifahrersitz Platz genommen hat. Er wirft immer wieder Blicke in den Seitenspiegel und trommelt mit seinen Fingern leicht auf dem Armaturenbrett herum. Mit deutlicher Anspannung in der Stimme sagt er: »Kannst du nicht ein bisschen schneller fahren? Es ist nur eine Frage der Zeit, bis sie ihre Leute mobilisieren und uns durch die rote Wüste bis zur Küste jagen.«

Erst jetzt fällt mir auf, dass wir die Königsstadt verlassen haben und von absoluter Dunkelheit eingehüllt werden. Das einzige bisschen Licht stammt von den Autoscheinwerfern, die starr nach vorne leuchten. Endlich hätte ich die Chance, mehr zu sehen als den Horizont von meinem Zimmer aus, und dann rase ich mit einem Haufen Fremder durch die Finsternis.

Leicht drehe ich mich in meinem Sitz und sehe durch die Heckscheibe zum Schloss, dessen Lichter immer mehr verblassen, je weiter wir uns von Whitecastle entfernen. Das Stechen in meinem Herzen wird heftiger beim Gedanken daran, dass ich vielleicht gerade einen letzten Blick auf mein Zuhause geworfen habe. Ich zwinge mich dazu wegzusehen und stattdessen an Dominic vorbei durch das Fenster in die Nacht zu starren. Noch nie war ich der roten Wüste so nahe wie in diesem Moment. Wie gerne würde ich das blonde Mädchen bitten anzuhalten, damit ich einmal die Finger in den Sand graben kann, um so meiner Heimat Auf Wiedersehen zu sagen!

Stumm brettern wir immer weiter durch die Wüste, bis der Kahlkopf nachdenklich sagt: »Wenn ich die wäre, würde ich eine Straßensperre errichten, damit wir nicht zu unserem Schiff kommen.«

Dominic murmelt: »Dann solltest du unseren Leuten sagen, dass sie schnell den Motor anwerfen und wir einen neuen Treffpunkt vereinbaren. Die Soldaten des Königs werden doch bestimmt annehmen, wir fahren zu der Stelle, an der wir an Land gegangen sind.« Nach kurzem Zögern fügt er hinzu: »Du hast doch irgendetwas dabei, damit wir mit dem Schiff in Kontakt treten können, oder? Ein Satellitentelefon oder so? Sag bitte ja.« Danach wirft er mir einen Blick zu. »Und du frag mich jetzt bitte nicht, was ein Satellit ist.«

Ich ziehe die Augenbrauen zusammen und verschränke meine Hände. *Ich kann lesen. Unter anderem in Wörterbüchern und Satelliten gab es bereits, als sich Red Desert vom Rest der Welt abgewandt hat, also auch eine entsprechende Begriffserklärung. Langsam beginnt es zu nerven, dass Dominic mir immer das Wort abschneidet oder automatisch davon ausgeht, dass ich – überspitzt formuliert – nicht einmal eine Taschenlampe kenne, nur weil ich noch nie ein Telefon gesehen habe, das sich wie ein Stück Papier zusammenfalten lässt. Also ja! Ich weiß, was ein Satellit ist.*

Ich bin kurz davor, Dominic all das lautstark mitzuteilen, als der Junge auf dem Beifahrersitz schreit: »Kannst du dich bitte auf die Straße konzentrieren, anstatt in den Rückspiegel zu sehen, Bliss?«

Die Blonde antwortet: »Ich hätte das Känguru schon nicht überfahren. Keine Panik.« Sie klingt entspannt, doch innerhalb eines Wimpernschlages versteift sich ihr ganzer Körper und sie tritt mit voller Kraft auf die Breme. Der Wagen kommt schlitternd zum Stehen.

Neben mir brüllen der Kahlkopf und Dominic zeitgleich: »Bist du verrückt? Fahr weiter!«

Langsam dreht das Mädchen ihren Kopf zu uns. Sie wirkt verstört. Völlig apathisch umklammert sie immer noch das Lenkrad, ohne das Auto wieder in Bewegung zu setzen. Ich hätte allen Grund dazu, mich so verrückt zu verhalten. Nicht sie.

Der Braunhaarige nimmt die Hände vom Armaturenbrett, das ihm wegen der Vollbremsung als Stütze gedient hat, und funkelt das Mädchen wütend an. »Bliss, warum bleibst du stehen?« In seiner Stimme schwingt nicht nur Wut, sondern auch ein nervöser Unterton mit.

»Phoenix, wir können nicht von hier weg.« Immer wieder schüttelt sie ihren Kopf und ich kann nicht anders, als ihr stumm zuzustimmen.

Phoenix wirft die Hände in die Luft: »Wieso verdammt noch mal? Gefällt es dir hier so gut?«

Ebenso laut schreit sie zurück: »Nein, du Idiot, aber Morgan ist noch im Schloss. Gemeinsam mit Maxim.«

Phoenix' Gesichtszüge fallen in sich zusammen und er flucht laut. »Verdammt.«

Das nehmen wohl alle im Wagen zum Anlass, um aus sich rauszugehen. Noch nie – wirklich noch nie – in meinem Leben habe ich innerhalb kurzer Zeit so viele Kraftausdrücke gehört.

Doch nachdem Dominic sich geräuspert hat und laut sagt: »Ich gehe zurück und hole ihn«, wird es still im Wagen. Mucksmäuschenstill.

Der kahlköpfige Mann fängt sich als Erstes. »Du gehst überhaupt nirgends mehr hin.«

Wie in Zeitlupe dreht Phoenix sich zu den beiden um, dabei streift mich sein Blick, bleibt kurz an mir hängen. »Ich gehe. Es war meine Schuld, dass ihr uns nicht vertrauen konntet und mich deshalb nicht gemeinsam mit Maxim nach drinnen geschickt habt. Deshalb bringe ich euch als Loyalitätsbeweis euren Freund zurück.«

Bliss' Kopf ruckt in Phoenix' Richtung und ich erkenne den Schock in ihrem Gesicht, obwohl sie mir nur halb zugewendet dasitzt.

Sie will den Mund öffnen, um etwas zu sagen, doch Calean kommt ihr zuvor. »In Ordnung.«

Nun hält Bliss nichts mehr. »Calean, du willst Phoenix einfach alleine zurück nach Whitecastle schicken? Das ist doch verrückt.«

Für mich wirkt es bedrohlich, wie Calean sich weiter nach vorne lehnt, doch Bliss zuckt nicht einmal mit der Wimper. »Nein. Ist es nicht. Ich habe den Auftrag, Doom, die Prinzessin und dich sicher zum Schiff zurückzubringen, also kann ich nicht selbst gehen. Phoenix ist die einzige Option, um Morgan wieder zurückzubringen. Und das willst du doch, oder?«

Doom? Ich will gerade nachfragen, doch dann sehe ich in das Gesicht von Bliss. Sie sieht nicht überzeugt aus, jedoch scheint das niemand wahrzunehmen. Ich verstehe nur zu gut, wie es ist, wenn einem nie jemand zuhört.

Mit traurigem Gesichtsausdruck nickt Bliss. »Natürlich will ich, dass jemand Morgan zurückbringt.« Ich glaube, niemand außer mir hat ihre Worte wahrgenommen.

Unbeirrt zieht Phoenix eine Landkarte aus dem Handschuhfach. Er kommt nicht einmal dazu, sie auszubreiten, da Calean sich streckt und sie ihm abnimmt.

Es gefällt mir nicht, als er die Karte entfaltet und über meinem und seinem Schoß ausbreitet, doch ich habe zu viel Angst vor ihm, um ihn darauf hinzuweisen. Also verschränke ich die Arme vor der Brust und ertrage stumm, dass alle plötzlich näher kommen. Sogar Bliss und Phoenix knien nun auf ihren Sitzen, um besser sehen zu können.

Calean zeichnet mit seinem Finger die Küste Red Deserts nach. »Wohin soll ich das Schiff bestellen?«

Es wundert mich, dass sie ihre Pläne so offen besprechen, aber ich nehme an, dass sie mich nicht aus den Augen lassen werden und ich deshalb keine Chance bekomme, sie zu verraten. Leider …

Nervös tippt Phoenix mit seinem Finger auf der Karte herum, bis er plötzlich an einem Punkt stoppt. Darwin. Erst jetzt wird mir klar, dass es sich um eine jahrhundertalte Karte handelt, auf der die bereits verfallenen Küstenmetropolen immer noch verzeichnet sind. Heute handelt es sich dabei wohl mehr um Geisterstädte. Phoenix' Finger verweilt noch eine Weile, bis er sich noch ein Stückchen bewegt.

»Wir sollten die alten Küstenstädte meiden. Es wimmelt dort nicht nur von Aufständischen, sondern auch von Soldaten.«

Leicht zucke ich zusammen und bemerke, wie mein Herzschlag ins Stottern kommt. Ob die Aufständischen mir helfen würden? »Aber in East Point solltet ihr es unbemerkt aufs Wasser schaffen. Es kommt nur jede halbe Stunde eine Patrouille dort vorbei«, fährt Phoenix fort.

Dominic wirkt nicht besonders überzeugt. »Wie behält das Militär das Meer im Auge? Bekommen sie nicht mit, wenn wir unser Schiff wegbeordern und es auf East Point zusteuert?«

Phoenix zuckt mit den Achseln. »Teilweise mit Spähern, die sich in der alten Militärbasis aufhalten, teilweise mit Sonar.«

Calean schüttelt seinen Kopf. »Es wird bestimmt jemand Alarm schlagen, wenn das Schiff an der Küste entlangschippert.«

Nachdenklich wiegt Phoenix seinen Kopf von rechts nach links. »Das könnte passieren. Sie werden euch auf jeden Fall im Auge behalten, aber auf den Befehl des Königs warten. Es hängt also alles von ihm ab.«

Dominic sieht mich von der Seite an, doch ich ignoriere ihn, auch wenn mich sein intensiver Blick dazu bringt, versteckt unter der Karte nervös mit meinen Fingern zu spielen. »Werden sie nicht auf das Schiff schießen, wenn es sich einfach so in Bewegung setzt? Auch ohne Befehl?«

Sofort schüttelt Phoenix den Kopf. »Nicht wenn sie denken, dass die Prinzessin an Bord ist.«

Calean klingt nicht besonders überzeugt, als er spricht. »Bist du dir sicher?«

»Hör mal«, Phoenix beißt sich kurz auf die Unterlippe, »ich bin noch nicht lange Soldat. Bisher war es aber immer so, dass wir zunächst abgewartet haben. Wenn sich ein Schiff der Küste genähert hat, wurde nichts unternommen. Erst wenn Eindringlinge das Land betreten, werden wir aktiv.«

Zustimmend nicht Dominic. »Das kann ich bestätigen. Sie haben gewartet, bis ich an Land war, und mich erst dann auf den Boden gedrückt.«

Bliss wirft Phoenix einen Seitenblick zu. »Bei mir war es so ähnlich.«

»In Ordnung«, gibt Calean seine Zustimmung, was für Phoenix offensichtlich der Startschuss ist. Mit seiner Hand greift er bereits nach dem Türgriff, als Bliss ihre Hand auf seinen anderen Unterarm legt und flüstert: »Wieso tust du das?«

Phoenix senkt kurz den Blick und als er Bliss wieder ansieht, flüstert er: »Ich mache das nur für dich.«

Obwohl er die Worte nicht an mich gerichtet hat, bewirken sie etwas in meinem Inneren. Ein schmerzhaftes Ziehen überkommt mich, da ich weiß, dass es außer meinem Bruder niemand gibt, der alles aufs Spiel setzen würde, um mich zu retten.

Mein Atem gerät ins Stocken, als es so aussieht, als würde Phoenix Bliss vor unser aller Augen küssen. Doch in der letzten Sekunde, kurz bevor sich ihre Lippen treffen, dreht er leicht das Gesicht und haucht ihr zärtlich einen Kuss auf die Wange. »Wir sehen uns bald wieder, Bliss. Ich bringe Morgan zu euch zurück.«

Danach steigt er aus dem Auto und winkt uns allen. Wir können nicht länger als fünfzehn Minuten mit dem Wagen unterwegs gewesen sein, also wird er es vermutlich zurück nach Whitecastle schaffen – zumindest wenn er keinen Soldaten in die Hände fällt. Das dürften auch die anderen so sehen, da niemand ernsthaft Anstalten macht, ihn aufzuhalten.

Ich hebe meine Hand, merke aber zu spät, wie unpassend es ist, einem meiner Entführer zuzuwinken. *Soll er doch in der Wüste verdursten.*

Nachdem die Tür mit einem Knall ins Schloss gefallen ist, sehe ich, wie Bliss das Lenkrad fest umklammert und einige Male tief ein- und ausatmet. Irgendwie würde ich ihr gerne helfen oder etwas Nettes sagen, doch ich presse meine Lippen fest aufeinander, auch wenn sie mir leidtut.

Bliss lässt den Wagen an, während Dominic seine Hände lässig auf dem Beifahrersitz ablegt. »Den hast du ja mal um den Finger gewickelt.«

Hat dieser Mensch überhaupt kein Taktgefühl?

Ohne etwas zu erwidern, fährt Bliss los, doch ich bemerke die Blicke, die sie immer wieder in den Rückspiegel wirft. Es ist, als könne sie sich immer noch nicht damit arrangieren, dass Phoenix loszieht, um diesen Morgan zurückzubringen.

Nach einer Weile bricht sie das Schweigen. »Calean, du sagst mir, wohin ich fahren muss, oder?«

»Ja«, brummt er. »Fürs Erste einfach geradeaus.«

Ich verschränke meine Arme vor der Brust, als ich bemerke, dass Dominic mich wieder anstarrt. Es ist mir unangenehm, aber ich versuche es zu ignorieren. Erleichtert atme ich aus, als er seinen Blick abwendet und sich wieder auf Bliss konzentriert. »Morgan kommt bestimmt zu uns zurück.« Seine Worte klingen aufmunternd, dabei hat Dominic keinen blassen Schimmer, ob er die Wahrheit sagt. Aus ihm spricht reiner Optimismus. Wobei er auch ein wirklich guter Lügner ist. Möglicherweise ist es in einer Situation wie dieser auch das Beste, was man tun kann. Nicht zurücksehen und die Fehler in der Vergangenheit suchen, sondern hoffen, dass es in der Zukunft besser wird.

Bliss scheint zum selben Ergebnis zu kommen. »Bestimmt. Mit wem solltest du sonst Unsinn machen?«

»Eben«, stimmt er ihr zu und lehnt sich wieder zurück. Noch nie in meinem Leben habe ich mich so gefangen gefühlt wie in diesem Moment zwischen Dominic und Calean. Beide sind auf ihre Art angsteinflößend. Calean auf eine offensichtliche Weise, ganz anders als Dominic, bei dem man leicht vergisst, was hinter der Fassade lauert. Zum Beispiel als er wie ein kleines Kind ausruft: »Wahnsinn! Du hast wirklich ein Satelliten-Telefon dabei.«

Statt einer Antwort höre ich, wie Calean auf den Tasten herumdrückt und kurz darauf Befehle gibt. Stumm lenke ich meinen Blick auf einen unbestimmten Punkt außerhalb des Wagens. Einfach nur in die Dunkelheit starren. Nicht daran denken, dass man mich gerade von allem wegbringt, das ich kenne …

»Ihr bringt alle Einheiten an der Küste in Position. Die Koordinaten, an die das Schiff, das wir nehmen werden, kommen soll, gebe ich euch gleich durch. Ihr werdet unsere Flotte im Abstand von einem Kilometer positionieren, damit wir sie verwirren. Sollte etwas schiefgehen, fahrt ihr bis an die Küste, um die Soldaten Red Deserts abzulenken und um uns zu ermöglichen an Bord zu kommen. Sie werden nicht zulassen, dass Vampire das Land überrennen. Eher werden sie uns gehen lassen.«

Mir klappt der Mund auf. Ich habe nicht damit gerechnet, dass sich mehrere Schiffe der vampirischen Armee entlang der Küste befinden, doch es ist auch klar, dass sie ihre Leute nicht ohne Verstärkung zu ihren Feinden schicken. Es ist so unglaublich, dass ich Red Desert mit ihnen verlassen werde.

Mein Vater hat gewonnen. Ich reise nach Red Ancient, um den Vampirprinzen zu heiraten, gemeinsam mit einem Lügner, der vorgibt mich beschützen zu wollen, jedoch den Vampiren dient und sich nicht im Geringsten darum kümmert, was aus mir wird.

Kapitel 20

Madoc

Ich schrecke hoch und sehe mich panisch um, doch in der Dunkelheit, die mich umhüllt, kann ich nichts erkennen. Trotzdem bin ich mir ganz sicher. Irgendetwas hat mich geweckt.

Da … ich höre es wieder.

Ein Scheppern.

Undeutliche Worte.

Noch weit entfernt von mir, dennoch dringen Bruchstücke bis zu mir durch: »… endlich, wohin sie gehört …«

Lautes Lachen hallt durch die Dunkelheit. Zweistimmig.

Danach schleifende Schritte, die immer näher kommen. Ich setze mich auf und erkenne, wie ein Licht herannaht.

»Halt sie fest, bevor sie sich wieder losreißt«, höre ich jemanden leise zischen. Ein Mann. Definitiv. Vielleicht eine der zahlreichen Wachen?

Aber wer ist *sie*?

Meine Schwester?

Leise stehe ich auf und taste mich blind zu den Gitterstäben meiner Zelle. Ich will unbedingt sehen, wen sie in den Kerker schleppen.

Es wird immer heller, je näher sie mir kommen. Ich kann den grauen Stein und den rostigen Stahl meines Gefängnisses wahrnehmen, jedoch immer noch nur schemenhaft, wer auf mich zukommt.

Mir Sicherheit kann ich nur sagen, dass es drei Menschen sind. Die Person in der Mitte wird von den anderen beiden flankiert und es sieht so aus, als würde sie immer wieder versuchen sich gegen ihre Peiniger aufzulehnen.

Als sie nur noch wenige Meter von mir entfernt sind, keuche ich erschrocken auf. »Nadeen!«

Ich pralle gegen die Gitterstäbe, als ich auf sie zulaufen will. Alles in mir schreit danach, ihr zu helfen.

So laut ich kann, brülle ich: »Lasst sie los!« Meine Hände klammern sich um den Stahl, als könne ich ihn mit purer Willenskraft dazu bringen, sich zu verbiegen.

Einer der Soldaten lässt Nadeen los, aber nur, um ihr einen Tritt in die Kniekehlen zu geben. Sie fällt vor mir auf den Boden, schafft es aber nicht, sich aufzufangen. Mit dem Gesicht voran fällt sie auf den Felsboden und erst jetzt erkenne ich, dass die Bastarde ihre Hände hinter dem Rücken fixiert haben.

Regungslos bleibt sie vor der Zelle liegen, als hätte man sie aller Kraft beraubt. Ich möchte zu Nadeen. Ihr aufhelfen. Sie in meine Arme ziehen.

Erbost lasse ich meine Hand durch den Spalt zwischen den Gitterstäben sausen, bekomme jedoch keinen der beiden Männer zu fassen.

»Helft ihr auf«, fordere ich mit resolutem Tonfall.

Der Soldat, der auch mich eingesperrt hat, grinst mich spöttisch an. »Du wolltest doch, dass wir sie loslassen.« Abneigung liegt in seinem Blick. Er hasst mich ganz offensichtlich.

Ich balle die Hände zu Fäusten und muss mich wirklich zusammenreißen, um ihm nicht ins Gesicht zu spucken. Doch ich halte mich zurück. Mir ist klar, dass die Soldaten jegliche Provokation meinerseits an Nadeen auslassen würden.

Leise drohe ich: »Wenn ich hier herauskomme, werde ich dafür sorgen, dass ihr nie wieder eine Frau so behandelt.«

Unbeirrt von meiner Drohung dreht er sich zu Nadeen um, die immer noch am Boden kauert, und stupst sie mit der Fußspitze an. »Übrigens bezweifle ich, dass du deine hübsche Gefängniszelle bald wieder verlassen wirst. Man hört, dass der König nicht gerade gut auf dich zu sprechen ist.«

Sein Freund nickt und verzieht sein Gesicht gespielt bedauernd: »Da hat er leider recht.«

Wütend zische ich: »Ich werde alles dafür tun, damit das nicht mehr lange der Fall ist.« Und wenn ich dafür auf Knien vor meinem Vater herumrutschen muss, aber ich werde nicht den Rest meines Lebens in diesem Kerker verbringen und dabei zusehen, wie die Zustände in Red Desert immer schlechter werden. Wenn ich dafür gute Miene zu seinen Intrigen machen muss, dann werde ich das tun. Für Nadeen. Für Rise.

Beim Gedanken an meine Schwester entgleisen meine Gesichtszüge und ich fühle mich, als hätte man mir in den Magen getreten. Nadeen ist hier … aber wo zum Teufel ist Rise?

Fest presse ich meine Zähne aufeinander. *Jetzt nur nicht durchdrehen, Madoc.*

Der Mann, der vor mir steht, dreht sich zu Nadeen und greift nach dem schwarzen Oberteil, das sie trägt. Mit einem Ruck zieht er sie hoch. Erst jetzt fällt mir auf, dass sie geknebelt wurde, obwohl mir schon früher hätte auffallen müssen, dass sie verdächtig ruhig ist.

Die Männer wenden sich einander zu: »Sperren wir sie zusammen in eine Zelle?«

Spöttisch gibt der andere zurück: »Aber bitte! Wo bleibt da der Spaß?«

Sie steuern die Zelle neben meiner an und die Tür quietscht laut, als sie aufschwingt. Durch die Gitterstäbe hindurch erkenne ich, dass sie Nadeen dieses Mal einen Stoß zwischen die Schulterblätter geben, der sie ein paar Schritte nach vorne machen lässt. Ich höre, wie die Tür verriegelt wird, kann aber meinen Blick nicht von Nadeen abwenden.

Einige blonde Haare haben sich aus ihrem Dutt gelöst und ihr Gesicht strotzt nur so vor Dreck. Unter der Schmutzschicht erkenne ich einige Kratzer, doch von der Ferne aus kann ich nicht beurteilen, ob sie tief sind.

»Wir lassen euch Turteltäubchen alleine«, kommt es spöttisch von den beiden Wachen.

Das sarkastische »Danke« kann ich leider nicht zurückhalten, jedoch scheinen sie sich nicht daran zu stören.

Während sie gemeinsam mit dem Licht immer weiter in der Finsternis verschwinden, höre ich, wie sie sich über mich amüsieren. »Vom arroganten Prinzen zum handzahmen Häftling«, sind die letzten Worte, die ich vernehme, bevor sich wieder völlige Stille über unser dunkles Gefängnis legt.

»Nadeen?«, sage ich laut. Mir ist klar, dass ich keine Antwort erhalten werde, also rede ich einfach weiter. »Kannst du zu dem Gitter gehen, das an meine Zelle grenzt?« Ich hoffe, dass sie nicht in die falsche Richtung läuft, immerhin haben sie die Wachen zuvor einfach auf den Boden gestoßen, bevor sie gegangen sind.

Da ich immer noch in der Nähe meiner Zellentür stehe, lasse ich meine Hände immer in der Nähe der Gitterstäbe, um nicht die Orientierung zu verlieren. Langsam gehe ich bis zu der Stelle, an der sich die Zellen treffen. Immer wieder stecke ich meine Hände zwischen den einzelnen Stäben hindurch, da ich nicht weiß, wo genau Nadeen auf mich wartet. Die Zelle ist relativ groß. Ich schätze sieben Schritte lang und drei Schritte breit, also wäre es ein Leichtes, einfach an ihr vorbeizugehen, würde ich nicht immer wieder auf die andere Seite greifen, in der Hoffnung, dass Nadeen endlich vor mir steht. Leider dauert es ziemlich lange, bis ich mit meinen Fingern ein Stück Stoff ertaste. Meine Hand wandert weiter nach oben und ich lege sie auf ihre Wange, streiche mit dem Daumen sanft darüber.

Leise flüstere ich: »Eine Sekunde, ich versuche den Knebel zu lösen.«

An ihrem Hinterkopf wurde der Knebel fest verknotet und es dauert eine ganze Weile, bis ich ihn – blind, wie ich bin – endlich lösen kann. Nadeen atmet erleichtert auf.

»Madoc«, krächzt sie und ihre Stimme zittert dabei leicht. Nichts ist mehr übrig von der taffen Wache, die alles im Griff hat. Vor mir steht eine junge Frau, die eine Schulter zum Anlehnen braucht. Soweit es die Gitterstäbe zulassen, ziehe ich Nadeen in meine Arme und versuche ihr mit meiner reinen Anwesenheit Trost zu spenden.

»Ich bin da«, versuche ich mich an den einzigen Worten, die mir nicht wie eine Lüge vorkommen. An ein »Alles wird gut« glaube ich selbst nicht mehr.

Ich spüre das Beben von Nadeens Körper an meiner Brust und bin verwundert, dass sie das erste Mal, seit wir uns kennen, zulässt, dass ich auch ihre verletzliche Seite zu Gesicht bekomme. Und auch wenn ich diesen Umstand genieße, da ich dadurch selbst nicht den unnahbaren Prinzen spielen muss, zerstöre ich den Moment, indem ich sie frage: »Was ist passiert?«

Ich merke, wie sie sich versteift und einen Schritt von mir wegmachen will, was ich nicht zulasse. Nicht jetzt.

Mit kratziger Stimme durchbricht sie die Stille. »Kannst du es dir nicht denken?«

Es könnte so gut wie alles passiert sein. »Ehrlich gesagt nein.«

Es bleibt ruhig, doch Nadeen gibt die Versuche auf, sich gegen meine Umarmung zu wehren. Ich streichle über ihre Haare, um sie endlich zum Reden zu bringen. Es ist schrecklich, dass sich Nadeen nun ebenfalls im Verlies befindet, trotzdem höre ich nicht damit auf, mir immer noch Sorgen um Rise zu machen. Die Unsicherheit, wie es ihr geht, ist auch jetzt in meinem Hinterkopf und wird so lange nicht verschwinden, bis ich weiß, dass sie in Sicherheit ist.

»Ich ... ich wollte«, beginnt sie zögerlich zu sprechen, hält aber inne, als ihre Stimme zu zittern anfängt. Sie setzt erneut an. »Ich wollte Rise durch den Geheimausgang nach draußen bringen, hatte auch alles gut durchgeplant. Ein Wagen stand bereit, der uns zur Küste bringen sollte.«

Nachdenklich runzle ich meine Stirn. »Hattest du auch an ein Schiff gedacht?«

Ein geflüstertes »Ja« kommt durch die Dunkelheit. »Ich dachte, dass wir gemeinsam mit Do... Dominic Red Desert verlassen könnten. So schnell wie möglich wollte ich mich dann von ihm und seinen Leuten trennen und Rise in Sicherheit bringen.«

Meine Hand ballt sich wie von alleine zu einer Faust. »Also hast du dich mit dem Feind verbündet?«, grolle ich laut. Meine Worte hallen von den Wänden wider. »Mit dem Mann, der Rise nach Red Ancient bringen soll, damit sie diesen Vampirprinzen heiraten kann?«

Laut höre ich Nadeen schlucken. »Es war ein Fehler. Ich habe nicht damit gerechnet, dass er uns in den Rücken fällt. Ich dachte, dass er mit Rise aus Red Desert verschwinden will, weil er sie ... mag und nun ja ... nicht will, dass der Vampirprinz sie heiratet.«

Frustriert schnaube ich auf. »Weil er sie mag? Konntest du dir nicht denken, dass er dir nicht helfen wird? Er ist der Feind.«

Aufgebracht schreit Nadeen. »*Er* ist der Vampirprinz.«

Als hätte sie mich geschlagen, taumle ich einen Schritt zurück. Meine Hand wandert wie von selbst an mein Herz. Ich habe das Gefühl, als hätte sie es mir nur durch diesen einen Satz herausgerissen.

Er war bei uns im Schloss. Er hatte unbeschränkten Zugang zu ihr. Er ist womöglich auch schuld daran, dass ich eingesperrt bin.

Nachdem ich mich gefasst habe, frage ich so ruhig wie möglich: »Wie konntest du nur? Du hast darauf vertraut, dass er euch von hier wegbringt, obwohl du wusstest, wer er ist?«

»Nein, so war es doch gar nicht«, versucht Nadeen sich zu erklären.

Immer wieder schüttle ich meinen Kopf. »Das alles kann einfach nicht wahr sein«, stammle ich. »Bezweckst du irgendetwas mit deinen Lügen? Willst du mich noch treten, obwohl ich schon am Boden liege?« Seit ich hier bin, hadere ich mit der absoluten Dunkelheit, von der ich ständig umgeben bin, doch nun ist es das erste Mal, dass ich sie mit offenen Armen begrüße. Ich würde es nicht ertragen, Nadeen ins Gesicht zu sehen. Nichts ist mehr übrig von der Wut in meinem Inneren. Zurück bleibt nur die Enttäuschung.

»Madoc«, fleht Nadeen. »Glaub mir doch. Ich wollte Rise so schnell wie möglich von hier wegbringen und es erschien mir als der einfachste Weg, Dominic … Doom auf unsere Seite zu ziehen.«

Spöttisch frage ich: »Lass mich raten? Es hat nicht funktioniert.«

Ich höre ein dumpfes Geräusch, vermutlich hat Nadeen gegen die Gitterstäbe getreten. Ihre Füße sind ja im Gegensatz zu ihren Händen nicht gefesselt.

»Er ist ein Mensch«, zischt sie. »Wie hätte ich ahnen können, dass ein *Mensch* der Prinz der Vampire ist? Und er hat sich immer so verhalten, als hätte er nur das Beste für Rise im Sinn.«

Mit mahlenden Zähnen gehe ich durch meine Zelle. Ich kann es nicht fassen. Nadeen verlässt sich bei der Flucht genau auf die Person, die Rise unbedingt nach Red Ancient bringen will. »Wir hätten ihn erkennen müssen«, zische ich. »Er ist dämlich grinsend durch das Schloss gelaufen. Wie konnten wir alle nur so blind sein.«

»Du kennst die wenigen Bilder von ihm. Er sah anders aus. Jünger. Kleiner. Unscheinbarer«, murmelt Nadeen leise. Ich habe das Gefühl, sie spricht mehr zu sich selbst als zu mir.

Es ist ein Wunder, dass unser Militär überhaupt ein Bild von ihm auftreiben konnte, da das Königspaar aus Red Ancient ihren Nachwuchs ebenso sehr schützt wie die Herrscher der Werwolfclans ihre Kinder oder mein Vater uns.

In meinen Kopf schleicht sich das verschwommene Bild von einem blassen Jungen. Höchstens vierzehn, bestimmt nicht älter. So sehr ich es versuche, ich schaffe es einfach nicht, den Jungen vor meinem geistigen Auge mit dem jungen Mann in Einklang zu bringen, den ich in der Ahnengalerie getroffen habe. Die beiden wollen für mich einfach nicht zusammenpassen, dennoch spüre ich, dass es so sein muss. Wenn ich mit einer Frau verheiratet werden sollte, würde ich sie ebenfalls zuvor sehen wollen. Es ist also nicht verwunderlich, dass er die Chance ergriffen und sich unbemerkt als ihr neuer Leibwächter ins Schloss eingeschlichen hat.

Leibwächter … von wegen.

Verdammt, ich hätte ihn einfach erwürgen sollen. Auch wenn ich nicht verstehe, warum der Prinz der Vampire ein Mensch ist, wäre es dank dieser Tatsache ein Leichtes gewesen, ihn zu töten. Kein Vampirprinz – keine Hochzeit.

Um mich für meine eigene Unachtsamkeit zu bestrafen, grabe ich meine Fingernägel tief in die Handballen.

»Ich hätte nicht gedacht, dass der Vampirprinz sich anmaßt in unser Schloss zu kommen, um hier herumzuschnüffeln.« Komme aber auch nicht umhin ihn für diesen Wahnsinn ein wenig zu bewundern. Und das konnte ihm nur gelingen, weil mir, den Wachen, dem gesamten Volk Red Deserts falsche Informationen gegeben wurden. Denn wie sonst sollte es möglich sein, dass der Vampirprinz ganz offensichtlich ein Mensch ist. Noch … nehme ich an. Mein ganzes Leben lang wurde mir erzählt, dass Vampire nach ihrer Geburt wie Menschenkinder aufwachsen und irgendwann zu altern aufhören. Das Wissen, dass es möglicherweise ganz anders ist, lässt meinen Kopf beinahe explodieren und eine Frage hämmert wie ein Presslufthammer durch meinen Kopf: *Gibt es noch mehr, das ich wissen sollte?*

»Ich hätte mich nie darauf einlassen sollen, Rise mit ihm gemeinsam außer Landes zu bringen«, jammert Nadeen.

Ich kann nicht anders, als sie zu fragen: »Und du bist dir zu hundert Prozent sicher, dass er es wirklich ist?«

»Er hat es mir erzählt!«

Ich schüttle meinen Kopf. Immer und immer wieder. »Und du konntest Rise nicht in Sicherheit bringen?« Es ist eigentlich unnötig, diese Frage explizit zu stellen, dennoch muss ich es tun. Möglicherweise mache ich mir völlig unnötige Sorgen und Rise ist bei ... Zeak.

O Gott. Jetzt klammere ich mich aber wirklich an jeden Rettungsring.

»Nein. Es tut mir leid«, sagt sie traurig. »Rise ist gerade mit Doom auf dem Weg zu seinem Schiff. Sie werden Red Desert bald verlassen.« Nach einer kurzen Pause fügt sie hinzu: »Wenn sie es nicht bereits getan haben.«

Das letzte bisschen Energie in meinem Körper verlässt mich. An Ort und Stelle lasse ich mich auf den Boden gleiten. »Sie ist also wirklich weg?«, frage ich nach, in der Hoffnung, dass ich mich nur verhört habe. Einerseits habe ich mir gewünscht, dass sie Red Desert verlassen kann, anderseits nicht in Begleitung von Doom auf einem Vampirschiff, sondern mit mir.

»Ja.«

Am liebsten würde ich mich gerade zusammenrollen, denn alles, wofür ich in den letzten Tagen – oder eigentlich mein ganzes Leben lang – gekämpft habe, ist auf dem Weg nach Red Ancient. Das erste Mal in meinem Leben höre ich damit auf, den Schein zu wahren. Es sieht sowieso niemand, wenn ich mich einmal in meinem Leben kurz gehen lasse.

»Madoc?«, höre ich Nadeens Stimme.

Ich antworte nicht, schüttle nur stumm meinen Kopf, obwohl ich ganz genau weiß, dass sie mich nicht sehen kann. Zu meinem Glück.

Ich starre in die Schwärze, die mich umhüllt, und verfluche still meinen Vater für alles, was er mir genommen hat. Zuerst meine Mutter. Jetzt meine Schwester. Und irgendwie auch meine Freundin, denn ich bin mir nicht sicher, ob ich ihr jemals verzeihen kann, dass sie Rise nicht retten konnte. Ich kann es mir ja selbst nicht verzeihen, dass ich es nicht geschafft habe, meine Schwester vor dem Einfluss meines Vaters zu schützen.

Nadeen versucht wieder meine Aufmerksamkeit auf sich zu ziehen. »Madoc?«

Leise seufzend sage ich: »Lass es für heute einfach gut sein.« Schwerfällig rapple ich mich hoch und gehe in die Richtung, in der ich die Pritsche vermute, auf der ich zuvor geschlafen habe. Es kommt mir vor, als wäre es Tage her, seit ich das letzte Mal dort gelegen bin.

Dort angekommen rolle ich mich zusammen und lege mir eine Hand über die Augen. Nichts sehen. Nichts hören. Nichts wissen. Ich habe lange genug gegen die Wut in meinem Inneren gekämpft, da schaffe ich es auch, gegen die Tränen anzukämpfen, die mich noch von einem richtigen Zusammenbruch trennen. Hoffentlich werde ich morgen früh wach und stelle fest, dass die ganze Geschichte nur ein Albtraum war ...

Kapitel 21

Rise

Ich kann es immer noch nicht fassen, dass wir es unbeschadet auf das Schiff der Vampire geschafft haben. Eigentlich wollte ich Red Desert unbedingt mit meinem Bruder verlassen, damit ich nicht zu dem Vampirprinzen gebracht werde. Und nun sitze ich seit vier Tagen auf diesem Schiff – genauer gesagt in einer Kajüte – und muss feststellen, dass ich eigentlich genau das bekommen habe, was ich wollte. Bis auf den Umstand, dass Madoc nicht hier ist.

Traurig starre ich auf den grauen Stahl, der mich umgibt. Meine Kajüte – Zelle – ist nicht besonders komfortabel ausgestattet, es gibt eine Pritsche und einen kleinen, zweckmäßigen Schrank, doch ich bin Minimalismus durch mein Leben im weißen Schloss gewohnt. Der einzige Luxus, den man mir gönnt, ist ein eigenes kleines Badezimmer, in dem ich mich erfrischen kann.

Der Blick aus der Luke zeigt mir nun nicht mehr die Königsstadt, sondern das offene Meer. Alles ist beim Alten geblieben, nur hat mein neues Gefängnis keine weißen, sondern stahlgraue Mauern.

Die Tür ist zwar nicht verschlossen, dennoch fühle ich mich wie eine Gefangene. Wenn ich wollte, könnte ich mich hier frei bewegen, das hat mir Dominic bestätigt, als er mich hierhergebracht hat. Dennoch habe ich das Gefühl, dass seine Worte nicht ernst gemeint waren. Jetzt, wo wir auf dem Schiff sind, macht es auf mich den Eindruck, als wäre er erleichtert, dass er mich in diese Kajüte abschieben kann, um sich nicht weiter mit mir beschäftigen zu müssen.

Mir bleibt nichts anderes übrig, als auf dem Bett zu liegen und an die Decke zu starren oder, so wie jetzt, auf dem dunklen Holzboden zu sitzen, immer das Bett vor meinen Augen, um darauf zu warten, dass man mich an meinen zukünftigen Mann übergibt. Doch da wir immer noch vor Red Desert ankern, bezweifle ich, dass das allzu schnell passieren wird. Manchmal, wenn wir ein Stückchen aufs Meer hinausfahren, beginnt mein Herz panisch zu schlagen, da ich Angst habe, dass wir Red Desert nun endgültig verlassen. Jedoch kehren wir immer wieder zur Küste zurück und ich bin mir nicht sicher, auf was wir warten. Immer noch auf Phoenix und den Soldaten, den er suchen wollte? Eine dumme Stimme in meinem Kopf wünscht sich, es wäre Madoc. Oder Nadeen. Am besten beide.

Doch jedes Mal, wenn ich Dominic sehe, weiß ich, dass das nicht passieren wird. Selbst wenn er mir versichern würde, dass es Madoc ist, auf den wir warten, würde ich ihm nicht glauben. Nicht mehr, auch wenn seine blonden Haare und die unschuldig aussehenden blauen Augen etwas anderes vermuten lassen ... Jedes Wort, das aus dem Mund dieses Mannes kommt, ist eine Lüge.

Und ich bin offensichtlich nicht die Einzige, der er etwas vorlügt, denn bevor Dominic mich nach der Ankunft am Schiff in meine Kajüte schaffen konnte, hat der große, bedrohlich aussehende Mann mit dem abrasierten Haar Dominic zur Seite genommen, um mit ihm zu sprechen. Ich konnte nur Bruchteile verstehen, bevor Dominic ihn knapp mit »später« vertröstet hat, doch eines war mir klar: Er hat auch ihn belogen.

Ich lasse meinen Kopf gegen die Wand in meinem Rücken fallen und seufze laut auf. Wenigstens lassen sie mich in Ruhe und zwingen mich nicht zu ... was auch immer.

Doch ein leises Klopfen straft meine Gedanken Lügen. Ich presse meine Lippen fest aufeinander. Wenn die Person auf der anderen Seite auf ein »Herein« wartet, dann kann sie das gerne tun. Ich habe Zeit.

Leider scheint man hier nicht besonders viel Wert auf Privatsphäre zu legen, denn keine zwanzig Sekunden später schwingt die Tür auf und das blonde Mädchen aus dem Auto kommt in den Raum. Sie hat – wie jeden Tag – einen Stoß mit frischer Kleidung unter dem Arm und lächelt mich an. So weit nichts Neues.

Darauf, dass ich zurücklächle, kann sie lange warten. Ich hebe mein Kinn ein Stück und sehe sie über die Nasenspitze hinweg an. Bliss lässt sich nicht von mir irritieren und legt den Kleiderberg auf dem schmalen Bett – oder wohl eher der Pritsche – ab. Danach setzt sie sich darauf und stützt die Ellbogen auf den Beinen ab, legt ihren Kopf auf die Handflächen und sieht mich an. Das ist neu. Bisher ist sie immer wieder verschwunden, ohne mich zu einem Gespräch zu zwingen. Ich dachte, sie hätte aufgegeben, nachdem ich sie bisher immer ignoriert habe.

Finster erwidere ich ihren Blick, bis sie den Kopf schüttelt.

Leise sagt sie: »Ich kann mir nicht einmal vorstellen, wie es dir im Moment geht.« Da muss ich ihr wohl oder übel zustimmen. »Und es tut mir leid, dass du dein Heimatland … nun ja … auf diese Weise verlassen musstest.« Sie beißt sich kurz auf die Lippen, bevor sie weiterspricht. »Ich weiß, du willst es bestimmt nicht hören, aber wir haben nur dein Bestes im Sinn.«

Immer noch antworte ich ihr nicht, jedoch kann ich mir ein leises Schnauben nicht verkneifen. Ich rutsche näher an die Wand in meinem Rücken, als sie aufsteht und auf mich zukommt. Vorsichtig hält sie ihre Hände vor sich in die Luft, fast so, als ob sie sich ergeben möchte.

Ich rechne mit allem, nur nicht damit, dass sie sich neben mich setzt und ihre Füße ausstreckt.

Sie hält mir die Hand hin. »Mein Name ist Bliss.«

Das habe ich bereits auf der Fahrt hierher mitbekommen. Ich verspüre immer noch nicht das Bedürfnis, mit ihr zu sprechen, was sie offensichtlich bemerkt.

»Und du bist Rise.« Ein Seufzen stiehlt sich aus ihrer Brust. »Hör mal, mein Bruder hat sich bisher nicht mit Ruhm bekleckert, aber …«

Mein Kopf schnellt zu ihr herum und ich unterbreche sie: »Dein Bruder?«

Sie nickt. »Ja, Doom.«

»Groß, blond, blaue Augen?«, frage ich nach.

»Ja?«

Ich weiß, ich sollte nicht mit ihr sprechen, sage aber: »Er hat sich bei mir als Dominic vorgestellt.«

Das Mädchen – Bliss – verzieht ihr Gesicht, als hätte sie Schmerzen. »So etwas habe ich mir fast schon gedacht.«

Wir schweigen. Beide.

Doch lange hält Bliss die Stille zwischen uns offensichtlich nicht aus. »Weißt du, er ist kein schlechter Kerl. Manchmal kommt er vielleicht etwas ruppig rüber, aber er ist eigentlich nett.«

Ich schüttle meinen Kopf. »Das musst du jetzt sagen. Er ist dein Bruder.«

»Meinst du?«

Ich nicke. »Ja.«

»Er ist aber wirklich ganz in Ordnung«, versucht sie mich zu überzeugen.

Leise gestehe ich ihr: »Weißt du, irgendwie verstehe ich sogar, wieso du das denkst. Ich habe auch einen Bruder. Sogar den besten Bruder, den man sich wünschen kann. Er würde für mich über Leichen gehen, aber ich bin mir sicher, dass neunundneunzig Prozent der Bevölkerung in Red Desert sagen würden, dass er ein aufgeblasener Schönling ist.«

Bliss' Augenbrauen wandern weit in die Höhe. »Ehrlich, ich hätte jetzt damit gerechnet, dass du statt Schönling das Wort Arschloch benutzt.«

Ich verschlucke mich an meiner eigenen Spucke und muss husten. »Eine Prinzessin darf doch solche Worte nicht in den Mund nehmen.«

Ich habe keinen blassen Schimmer warum, doch ich bringe Bliss mit meinen Worten zum Lachen. Es dauert eine ganze Weile, bis sie sich beruhigt. Mit zuckenden Mundwinkeln lässt sie mich wissen: »Ich werde es mir für die Zukunft merken.«

Verwirrt runzle ich meine Stirn, schaffe es aber nicht, etwas zu erwidern, da Bliss fragt: »Das blonde Mädchen, das du dabeihattest, war das auch eine Prinzessin?«

Beim Gedanken an Nadeen und wie Doom sie vor meinen Augen in die Knie gezwungen und Bliss sie auf seinen Befehl hin gefesselt hat, kommen mir die Tränen. Ich wende den Blick ab, damit sie es nicht mitbekommt, doch sie scheint zu ahnen, was in mir vorgeht. Ich zucke zusammen, als sie ihren Arm um meine Schulter legt, denn ich bin es nicht gewohnt, dass man mich auf diese Art berührt. Vor allem nicht, wenn ich die Person nicht kenne.

»Hör zu«, haucht das Mädchen neben mir. »Egal wer sie ist. Ich wollte das nicht und es tut mir leid, dass ich mich nicht gegen meinen Bruder aufgelehnt habe, aber ich konnte auch nicht zulassen, dass sie uns in die Quere kommt und wir ihretwegen geschnappt werden.«

Ihre Worte ergeben irgendwie Sinn, auch wenn sie das nicht sollten. Ich nicke. »Ihr Name ist Nadeen.«

Sofort will sie wissen: »Seid ihr Freundinnen? Oder Schwestern?«

Ich schüttle meinen Kopf, obwohl Nadeen das ist, was einer Freundin wohl am nächsten kommt. »Sie ist nur ... meine Wache.«

Bliss klingt erstaunt. »Deine Wache?«

»Ja.«

»Sie handelt wohl nicht mehr nach den Befehlen eures Königs«, stellt sie fest.

»Ja.« Nach einer kurzen Pause füge ich hinzu. »Ich hätte sie nicht zurücklassen sollen. Mich mehr gegen den glatzköpfigen Vampir wehren. Ich weiß nicht, was mein Vater mit ihr tut, wenn er sie in die Finger bekommt.«

Bliss verzieht das Gesicht. »Du hättest gar nichts anders machen können.«

Ich greife nach Bliss' Hand und sehe sie eindringlich an. »Weißt du, was mit ihr passiert ist?«

»Es tut mir leid, aber ich habe keine Ahnung.« Sie drückt ebenfalls meine Hand. »Aber wenn du möchtest, kann ich mit meinem Bruder darüber sprechen.« Sie wirkt wütend. Hoffentlich nicht wegen mir.

»Danke«, sage ich. Ich weiß, dass ich niemandem mehr vertrauen kann, aber dennoch hoffe ich, dass sie mich nicht enttäuschen wird.

Danach wird es wieder still zwischen uns und ich nutze die Gelegenheit, um Bliss verstohlen näher zu betrachten. Das blonde Haar ist unachtsam zu einem Knoten zusammengefasst. Ganz anders als bei dem strengen Dutt, mit dem Nadeen immer ihre Haare bändigt, stehlen sich bei Bliss immer wieder einzelne Strähnen heraus. Sie sieht blass aus und hat dunkle Ringe unter den Augen.

Ich erinnere mich nur zu gut daran, wie sie dem braunhaarigen Jungen nachgesehen hat, als er aus dem Wagen gesprungen ist. »Machst du dir Sorgen um deinen Freund?«

»Große Sorgen sogar. Wir haben seit vier Tagen nichts von ihm gehört und ...« Sie bricht mitten im Satz ab.

Nun bin ich diejenige, die den Arm um das andere Mädchen schlingt, um sie zu trösten. Erschrocken über die spontane Aktion versteife ich mich kurz, versuche mich aber gleich wieder zu entspannen. Spontane Umarmungen bei nahezu Fremden sind völlig neu für mich, doch Bliss war immer nett zu mir und hat es verdient, dass jemand für sie da ist. Also sage ich: »Er kommt bestimmt wieder. Und bestimmt bringt er diesen ... Morgan auch mit, nach dem er sucht.«

Bliss wispert. »Morgan ist ... so was wie mein Freund. Nicht Phoenix.«

Peinlich berührt starre ich auf das Bullauge gleich neben dem Bett. »E-e-es tut mir leid«, stammle ich. »Ich wusste nicht, dass ...«

Bliss schüttelt den Kopf. »Das konntest du doch nicht wissen. Alles in Ordnung.«

Sie sieht so traurig aus, dass ich gar nicht anders kann, als zu fragen: »Erzähl mir doch ein bisschen von Morgan. Vielleicht geht es dir besser, wenn du über ihn redest.«

Ein Seufzen stiehlt sich aus ihrer Brust. »Da gibt es gar nicht viel zu sagen. Doom, Morgan und ich kennen uns schon unser ganzes Leben. Morgan und Doom waren immer schon beste Freunde und ich ihr Anhängsel. So lange, bis Morgan irgendwann bemerkt hat, dass er mehr in mir sieht als die kleine Schwester seines Kumpels.«

Das klingt nicht gerade nach einer romantischen Liebesgeschichte. »Und du magst ihn auch.«

Sofort dreht sie ihren Kopf zu mir. »Natürlich mag ich ihn, aber es ist schwer, sich ganz auf jemanden einzulassen, wenn man nie richtig zusammen sein kann.« Sie blinzelt einige Male, ehe sie hinzufügt: »Er ist mir nicht egal. Auch wenn es vielleicht gerade so geklungen hat.«

Ich tätschle ihre Hand. »Keine Angst. Das habe ich auch gar nicht so empfunden. Man sieht doch, dass es dir schlecht geht und du ihn vermisst.« Ich zögere kurz. »Was sagt dein Bruder dazu, dass Morgan immer noch nicht hier ist?«

Bliss beißt sich auf ihre Unterlippe. »Wir vermeiden es, darüber zu reden. Oder besser gesagt vermeide ich es.«

Verwirrt runzle ich meine Stirn, denn ich hatte bisher das Gefühl, dass die beiden sich nahestehen. Dass sie nicht über Morgan sprechen, kommt mir seltsam vor. »Wieso?«

»Weil Doom nicht weiß, dass ich mit Morgan zusammen bin.«

Mir klappt die Kinnlade nach unten. Das könnte ich nur überbieten, indem ich jetzt gestehen würde, dass ich heimlich mit meiner Wache Zeak zusammen bin. Bin ich natürlich nicht.

Bliss sieht mich panisch an. »O mein Gott, wieso habe ich dir das erzählt?« Sie springt auf und läuft im Zimmer auf und ab. »Du erzählst ihm das bestimmt!«

Auch ich erhebe mich schnell. Ich gehe auf Bliss zu und greife nach ihrer Hand, als sie an mir vorbeilaufen will, um sie aufzuhalten. »Ich werde ihm gar nichts erzählen. So bin ich nicht und so möchte ich auch nicht sein.« Vielleicht hält mich Bliss nun für dumm oder naiv, aber es ist mir wichtig, dass ich andere so behandle, wie ich selbst behandelt werden will. Keinesfalls würde ich wollen, dass Bliss mich verrät, also werde ich das auch nicht mit ihr machen.

Bliss sieht mich dankbar an und zieht mich in eine Umarmung, von der ich mir nicht sicher bin, wie ich sie finde. Es kommt mir eigenartig vor, so vertraut mit meinen Feinden umzugehen. Anderseits kann es auch nicht schaden, eine Verbündete zu haben.

Bliss löst sich von mir und wirkt, als wäre sie ebenfalls unsicher, ob es in Ordnung ist, dass wir uns eben umarmt haben.

Da es mir unangenehm ist, wie unbeholfen wir uns gegenüberstehen, versuche ich unser Gespräch wieder aufzunehmen: »Der andere – Phoenix –«, präzisiere ich, »muss auch ein guter Freund von euch sein, weil er ja umgehend losgegangen ist, um Morgan zurückzuholen.«

Ich scheine nicht das richtige Thema aufgegriffen zu haben, denn Bliss sieht aus, als wäre es ihr unangenehm, über Phoenix zu sprechen. »Ehrlich gesagt kenne ich ihn erst, seit ich Red Desert betreten habe.« Sie kann mir bei ihren Worten nicht in die Augen sehen.

»Oh«, ist alles, was mir dazu einfällt. Dem Verhalten von Phoenix und Bliss nach zu schließen dachte ich, dass sie, wenn sie schon kein Paar sind, sich auf eine andere Art besonders nahestehen. Hätte ja sein können, dass er ebenfalls ihr Bruder ist.

»Das heißt, wir sind immer noch in der Nähe von Red Desert, weil wir auf Morgan warten?«, möchte ich von Bliss wissen.

Ihr Gesicht verdunkelt sich. »Ja, aber laut Calean warten wir nur noch vierundzwanzig Stunden. Danach ist er auf sich selbst gestellt.«

»Er hat ja noch Phoenix«, versuche ich sie zu trösten.

Bliss schüttelt ihren Kopf, murmelt aber: »Ja.« Es klingt allerdings, als wäre sie sich nicht besonders sicher.

Danach sieht sie mich wieder an und deutet auf die Tür. »Ich muss dann wieder ... Vielleicht gibt es ja Neuigkeiten.«

Ich verstehe, dass sie sich nach ihrem Freund erkundigen will. Doch ich habe noch eine Frage: »Wenn er wieder da ist, brechen wir dann nach Red Ancient auf? Lerne ich dann den Prinzen kennen?«

Bliss' Augen weiten sich kurz, doch sie hat sich sofort wieder unter Kontrolle. Was war das eben?

Sie geht rückwärts auf die Tür zu und als sie die Türschnalle in der Hand hält, sagt sie: »Das soll dir besser Doom erklären.«

Enttäuscht lasse ich meinen Kopf hängen, denn ich hätte lieber von Bliss erfahren, was mir noch bevorsteht. Leise murmle ich: »In Ordnung.«

Die Tür fällt hinter Bliss ins Schloss und ich bin wieder alleine in meiner Zelle. Langsam, aber sicher beschleicht mich das Gefühl, dass alle hier nach Dooms Pfeife tanzen. Die Frage ist nur: wieso?

Kapitel 22

Doom

Ich lehne mich an die nächstbeste Wand und schlage mit meinem Hinterkopf dagegen. Wenn ich gewusst hätte, dass ich Morgans Leben mit meiner nicht durchdachten Aktion aufs Spiel setze, hätte ich dieses Schiff niemals verlassen. Dass Calean ihm eine Frist gesetzt hat, um wieder zurückzukommen, grenzt fast an Idiotie. Wie soll mein bester Freund davon erfahren, dass er nur noch wenige Stunden Zeit hat, bis wir ihn hierlassen?

Ich starre den Flur hinunter und beobachte meine Schwester dabei, wie sie Rise' Zimmer verlässt. Als sie mich ebenfalls sieht, stapft sie auf mich zu. Bei mir angekommen gibt sie mir mit ihrer Hand einen festen Stoß gegen die Brust. »Was stimmt eigentlich nicht mit dir?«, fragt sie mich.

Ich runzle meine Stirn. »Ganz allgemein oder im Speziellen?«

Die Augen von Bliss werden immer größer und ich habe das Gefühl, dass sie jede Sekunde explodiert. Sie zeigt in Richtung der Tür, aus der sie soeben gekommen ist.

Böse zischt sie: »Hast du eigentlich vor *deiner zukünftigen Frau*«, sie betont die drei Worte eigenartig, »irgendwann mal zu gestehen, wer du wirklich bist?«

Nein, eigentlich dachte ich, sie würde nicht lange genug leben. Ich verziehe mein Gesicht. »Ehrlich?«

»Nein, lüg mich an«, sagt sie mit deutlich hörbarem Spott in der Stimme.

»Ich habe mir noch keine Gedanken darüber gemacht, wann ein guter Zeitpunkt dafür wäre. Bisher hatten wir noch keine Zeit, um uns bei einem entspannten Abendessen zusammenzusetzen, damit ich formvollendet um ihre Hand anhalten kann.«

Knurrt Bliss mich gerade böse an? »Jetzt werd nicht sarkastisch.«

Ich zucke mit den Schultern. »Sorry, aber du weißt, dass ich nicht vorhabe sie zu heiraten.«

»Jaja, ich kann mich noch gut an deine ausufernde Rede zum Thema Zwangsheirat erinnern, nachdem du mehrere Flaschen Wein mit Morgan getrunken hast, aber jetzt ist sie nun einmal hier. Wieso hast du dir überhaupt die Mühe gemacht und bist nach Red Desert gekommen, wenn sie dir ja doch egal ist?«

Gute Frage. Einerseits gibt es da meinen Plan. Anderseits hat mich irgendwas dazu gezwungen hierherzukommen. »Ich wollte sehen, wie Rise wirklich ist.«

Bliss seufzt und wischt sich mit beiden Händen über das Gesicht. Sie sieht ein bisschen frustriert aus. »Und? Wie findest du sie?«

Ich stecke meine Hände in die Hosentaschen. »Ganz nett eigentlich.« *Ziemlich tiefgestapelt, denn hätte ich Rise zu Hause kennengelernt, hätte ich bestimmt versucht sie aufzureißen.*

»Das ist alles, was dir zu ihr einfällt?«

Nein. Ich könnte jetzt natürlich auch noch etwas über ihren geilen Arsch faseln, aber ich denke nicht, dass Bliss darauf hinauswill. »Ja?«

Meine Schwester schnaubt wütend. »Du gehst jetzt in die Kajüte und lernst sie besser kennen!«

Etwas zu laut rufe ich: »Was?« Ich will mich nicht mit ihr unterhalten, denn wenn ich sie näher kennenlerne, kann ich meinen Plan nicht mehr durchziehen. Nur solange ich sie von mir fernhalte und sie als Mittel zum Zweck sehe, ist es mir weiterhin möglich, meine Ziele zu verfolgen.

Mit in die Hüften gestemmten Händen steht Bliss vor mir. »Du hast mich schon verstanden.«

Ich schüttle meinen Kopf. »Komm schon, das ist doch ein Witz, oder?«

»Ich konnte ja schon über die eine oder andere Aktion hinwegsehen, die du geliefert hast, aber was du dir mit Rise geleistet hast, ist ja wohl die Höhe. Es ist dein Job, dass du ihr endlich mal sagst, was Sache ist. So wie du sie behandelst – das hat sie nicht verdient.« Sie nimmt einen tiefen Atemzug, da sie sich so in Rage geredet hat, denkt aber gar nicht daran, ihren Mund zu halten, denn wütend fährt sie fort: »Weißt du was: Rise ist eine tolle Person. Sie ist einfühlsam, kann zuhören und ihr ist es nicht so scheißegal wie dir, was mit anderen Menschen passiert.«

Ich hebe meine Hände. »Mir sind nicht alle Menschen egal.« *Es geht mir nur darum, die Welt zu einem besseren Ort zu machen.*

Nun schreit sie: »Ist das alles, was du gerade von meinen Worten mitbekommen hast?«

Ich weiß nicht, wie ich damit umgehen soll, dass meine kleine Schwester mir so den Kopf wäscht. Das hat sie bisher noch nie getan. »Natürlich nicht.«

»Dann zeig mir, dass außer diesem Egomanen, der du bist, seitdem du von der Hochzeit weißt, noch der alte Doom da irgendwo drinnen ist. Derjenige, der mich immer getröstet hat, wenn es mir nicht gut ging. Du bist kein schlechter Kerl, also verhalte dich nicht so.«

Es gefällt mir nicht, dass Bliss mich plötzlich so sieht, aber ich kann auch irgendwie nicht aus meiner Haut. Irgendwann muss der ganze Wahnsinn doch auch einmal ein Ende haben ... Man kann doch nicht weitere hundert Jahre vergehen lassen, bevor man endlich mal etwas dagegen tut.

Ich schlucke einige Male, bevor ich sage: »In Ordnung. Was erwartest du jetzt von mir?«

Bliss schnappt sich den Kragen meines T-Shirts und zieht mich zu sich herunter. »Du gehst jetzt zu Rise und führst ein vernünftiges Gespräch mit ihr.«

»Das will sie doch gar nicht.«

»Aber alleine in dieser Kajüte sitzen will sie?«

Endlich lässt Bliss mich wieder los und ich streife mein Shirt glatt. »Nein«, murmle ich und gehe an Bliss vorbei.

Als ich bei der Tür angekommen bin, frage ich sie: »Was hast du jetzt vor?«

»Ich gehe zu Calean und spreche mit ihm wegen Morgan. Wir können ihn nicht einfach hierlassen.«

Falls er überhaupt noch lebt.

»Tu das«, sage ich. »Wenn du Calean so zur Sau machst wie mich, dann schickt er sofort eine ganze Armee nach Red Desert, um ihn zurückzubringen.«

Ein kleines Lächeln stiehlt sich auf Bliss' Gesicht. »Wir werden sehen.« Sie dreht sich um und geht davon, während ich die Türklinke nach unten drücke und ohne zu klopfen den Raum betrete. Eigentlich würde ich gerne umdrehen, aber Bliss hat recht: Ich kann Rise nicht ewig aus dem Weg gehen.

Ich erstarre beim Eintreten, da Rise zwar mit dem Rücken zu mir, dafür nur in Unterwäsche vor ihrem Bett steht. Sie hat nicht bemerkt, dass ich die Tür geöffnet habe, und ist gerade dabei, den Träger ihrer Unterwäsche nach unten zu ziehen.

Laut räuspere ich mich.

Erschrocken dreht Rise sich zu mir um und nun kann ich sie auch von vorne betrachten. Blitzschnell bedeckt sie sich mit einer Hand, mit der anderen Hand fischt sie ein Teil aus einem Kleiderstapel, der auf dem Bett liegt. Hastig zieht sie es sich über.

Zu spät, Prinzessin. Viel zu spät. Sie hat ein eng anliegendes Shirt erwischt, das nicht einmal annähernd über ihren Slip reicht. Mein Blick wandert ihre schlanken Beine hinab und ... *fuck! Ich wusste, es war ein Fehler hierherzukommen.*

»Was tust du hier?!«, fragt sie mit schriller Stimme.

»Ich ...«, beginne ich und fahre mir mit beiden Händen in meine Haare, während ich es nicht schaffe, meinen Blick von ihr abzuwenden. »Fuck ... du siehst so unglaublich heiß aus.« *Habe ich das gerade wirklich laut gesagt?*

Verspätet drehe ich mich um, damit sie sich in Ruhe auszi... anziehen kann.

Ich balle meine Hände zu Fäusten und stammle mit rauer Stimme: »Ähm ... Rise ... also, was ich sagen will ... Scheiße.« Ich gebe der offenen Tür einen Tritt, damit sie endlich ins Schloss fällt. *Verdammt, das war keine gute Idee ... Jetzt bin ich ganz alleine in diesem Raum mit ihr und ...*

Ich höre Rise aufgebracht sagen: »Was? Was möchtest du mir sagen?«

Ich ziehe die Schultern hoch. »Kann ich mich wieder umdrehen?«

Sie schnaubt laut. »Ja.«

Ich drehe mich zurück zu ihr und ... *Wieso trägt sie auf einmal so kurze Shorts? Was zur Hölle denkt Bliss sich bei der Kleiderauswahl für Rise? Gut, draußen sind die Temperaturen mindestens so heiß wie die Prinzessin in diesem Outfit, aber ...* Ich verliere den Faden.

Was stimmt nicht mit mir?

Ich hole tief Luft. »Also. Es tut mir leid, dass ich ohne zu klopfen reingekommen bin. Es war nicht meine Absicht, dich so …«, ich zeige mit meiner Hand auf ihren Körper, »zu sehen. Das war nicht geplant und dafür möchte ich mich entschuldigen.« *Es gibt noch so viel mehr, für das ich mich entschuldigen muss.*

Rise verschränkt die Arme vor der Brust und hebt ihr Kinn trotzig an. »Ist in Ordnung. Ich glaube dir.« Sie sieht leider nicht so aus, als würde sie das tun.

»Gut«, murmle ich. »Jetzt, wo wir hier in Sicherheit sind und ich nicht mehr die Befürchtung haben muss, dass ein Spion deines Vaters hinter der nächsten Ecke lauert und uns belauscht, ist es an der Zeit, dass wir uns einmal in Ruhe unterhalten.«

Ihre Augenbrauen wandern nach oben. »Du willst dich unterhalten? Mit mir?«

»Ja.«

»Na gut.« Rise macht einen Schritt auf mich zu. »Dann verrat mir doch, wieso du Nadeen verhaften hast lassen?«

Entschuldigend zucke ich mit den Schultern. »Das hat du mitbekommen?«

»Dein kahlgeschorener Freund konnte mich nicht daran hindern, meinen Kopf zu drehen.«

Gekonnt hätte er bestimmt. Ich könnte jetzt wieder lügen oder die Wahrheit sagen. Ich entscheide mich für etwas dazwischen. »Sie war ein Sicherheitsrisiko«, erkläre ich Rise. »Nadeen ist eine Aufständische.«

Rise schlägt sich eine Hand vor den Mund. »A-a-aber«, stottert sie. »Du lügst doch bestimmt.«

Ich gehe auf sie zu und sehe ihr in die Augen. »Nein, das ist die volle Wahrheit.«

Darauf weiß sie nichts zu erwidern, stattdessen kaut sie nachdenklich an ihrer Unterlippe herum. Auch ich schaffe es nicht, etwas zu sagen, da mein Blick an ihren vollen Lippen hängen bleibt.

Was mich ärgert.

Ziemlich.

Dennoch höre ich nicht damit auf, bis Rise leise flüstert: »Langsam befürchte ich, dass mein ganzes Leben eine große Lüge ist.«

Ja, Prinzessin, das denke ich allerdings auch.

Um sie zu trösten, lege ich meine Hand auf ihre Schulter und drücke leicht zu. »Nicht alles, Rise.«

Sie macht einen Schritt zurück und schüttelt den Kopf. »O doch. Mein Vater ist mehr an Macht als an seinen Kindern interessiert. Meine Leibwache hätte mich jederzeit aus dem Schloss entführen können und der einzige Mensch, von dem ich dachte, dass er immer an meiner Seite bleiben wird, hat mich im Stich gelassen.«

Ich runzle meine Stirn. »Wen meinst du denn?«

»Madoc. Meinen Bruder.«

Meine Augen werden groß. »Aber ... hat Nadeen dir denn nichts gesagt?«

Rise sieht mich verständnislos an. »Was gesagt?«

»Madoc wurde in den Kerker gesperrt.« *Dass ich es bin, der schuld daran ist, darf Rise nie erfahren.*

Sie schlägt sich ihre Hand vor den Mund und ich sehe, wie sie heftig blinzelt, um die Tränen zurückzudrängen. Ich weiß, dass sie sich nicht die Blöße geben will, vor mir zu weinen. Es vergeht eine Weile, doch dann fragt sie: »Und du wusstest es? Die ganze Zeit?«

Stumm nicke ich.

»Und Nadeen wusste ebenfalls, wo er sich aufhält?«

Noch einmal nicke ich, ohne etwas zu sagen.

Kopfschüttelnd wispert sie: »Ich fasse es nicht.«

Ich gehe auf das Bullauge zu, sehe hinaus und bemerke erst, dass Rise sich neben mich gestellt hat, als sie fragt: »Ist Nadeen im Kerker? Bei Madoc?«

Belustigt schnaube ich. »Ja.« Den Satz »Jetzt ist das Dreamteam endlich wieder vereint« kann ich mir nicht verkneifen.

Rise sieht mich irritiert an. »Wie meinst du das?«

Meine Hand, mit der ich mir gerade durch die Haare fahren wollte, hält mitten in der Bewegung inne. »Jetzt sag bloß, du weißt es nicht?« *Bekommt dieses Mädchen einfach gar nichts mit oder hat sie bisher in einer gut behüteten Seifenblase gelebt, in der die Realität von ihr abgeschottet wurde?*

»Weiß was nicht?« Sie klingt unsicher.

»Dass Nadeen und dein Bruder –« … *miteinander vögeln* kommt mir unpassend vor, denn sonst fragt sie am Ende noch, welche Vögel sie beobachten. »… sich lieben?« *Ja, das klingt besser.*

Ich glaube, die Information war zu viel für Rise, denn sie ist plötzlich weiß wie eine Wand. »Aber … aber das hätte sie mir doch erzählt, oder? Ich hätte die beiden doch nicht verraten.« Sie lässt sich aufs Bett fallen und rollt sich zusammen. »Wieso vertraut mir denn niemand?«

Soll ich zum Bett gehen und sie trösten? Ich hadere kurz mit mir, doch dann gebe ich mich geschlagen und schlurfe auf das Bett zu. Zögerlich – so bin ich sonst nie – setze ich mich neben sie und streiche ihr eine braune Haarsträhne aus dem Gesicht. »Rise«, beginne ich. »Das war bestimmt nicht gegen dich persönlich. Vielleicht wollten sie ihre Liebe einfach schützen.« *Oder es ist nichts Ernstes, sondern nur Spaß.*

»Ich denke, dass sie sich dir früher oder später anvertraut hätten.« *Das meine ich sogar ernst.*

Ganz leise fragt sie: »Sicher?«

»Auf jeden Fall.«

Rise rappelt sich hoch und lehnt sich mit dem Rücken gegen die Wand in ihrem Rücken. Sie sieht mich traurig an. »Und wieso hast du mich belogen? Du heißt nicht Dominic.«

Ich fühle mich mies, weil ich Rise getäuscht habe. »Du hast dich ebenfalls unter einem anderen Namen bei mir vorgestellt«, erinnere ich sie.

Eigentlich hätte ich damit gerechnet, dass sie nun ertappt den Blick abwendet, doch das tut sie nicht. Sie sieht mir in die Augen. »Ich kannte dich nicht. Da kam es mir sicherer vor, dir nicht zu erzählen, dass ich die Prinzessin bin.«

Und mir kam es sicherer vor, nicht zu erwähnen, dass ich der Prinz bin, den sie heiraten soll.

»Das kann ich verstehen«, sage ich stattdessen. Danach strecke ich ihr die Hand hin. »Lass uns noch einmal anfangen. Mein Name ist Doom.«

Ihr Mundwinkel wandert leicht nach oben. »Rise.«

Ich deute mit meinem Kopf eine Verbeugung an. »Es ist mir eine Freude, Sie kennenzulernen, Prinzessin.«

»Die Freude ist ganz meinerseits«, erwidert sie.

Ich greife nach ihrer Hand und hauche einen Kuss darauf, wie bei unserem ersten Treffen. »Meinst du das ernst?«, frage ich sie.

Deutlich höre ich Rise schlucken. »Ja, wenn du so bist wie im Moment, dann mag ich dich.«

Das sollte sie nicht. Es würde alles verkomplizieren.

Zärtlich streichle ich über ihre Hand, die ich immer noch in meiner halte. »Das solltest du nicht. Ein paar nette Worte und sofort habe ich mir wieder dein Vertrauen erschlichen«, lasse ich sie wissen.

Sofort entzieht mir Rise ihre Hand und sieht mich verletzt an. »Das meinst du nicht ernst, oder? Was bezweckst du damit? Ich bin doch bereits auf dem Schiff und du bist mich bald los, wenn du mich an den Prinzen übergibst.«

Ich sollte ihr wirklich sagen, dass ich es bin, den sie heiraten soll.

Rise drückt sich etwas fester an die Wand in ihrem Rücken. Ihr ganzer Körper wirkt angespannt, als sie sagt: »Du bräuchtest nicht mehr nett zu mir zu sein.«

Das stimmt. Ich könnte mich jetzt darauf rausreden, dass es leichter wird, wenn Rise mir blind folgt, eben weil sie mich nett findet. Doch dann würde ich mich selbst belügen, denn ich sitze nicht neben ihr, weil ich mir irgendetwas davon verspreche. Ich bin hier, weil ich gerade hier sein will. Und ein wenig, weil meine Schwester mich angeschrien hat. Doch ich hätte lahmen Smalltalk führen und mich dann verziehen können – das habe ich nicht getan.

Ich stehe auf. »Du hast recht. Ich mag dich. Aber ich sollte dich nicht mögen. Genauso wenig, wie du mich mögen solltest. Das wird nur alles verkomplizieren.« Ich gehe zur Tür, komme dann aber zurück, denn plötzlich weiß ich, wie ich sie dazu bringen kann, mich zu hassen. Ich werde ihr sagen, wer ich bin. »Hör zu, Rise, ich –«

Weiter komme ich nicht, da plötzlich die Tür aufschwingt. »Phoenix hat sich gemeldet!« Bliss stürmt auf mich zu und wirft sich in meine Arme. »Er hat Morgan bei sich. Sie mussten sich ein paar Tage nahe der Küste verstecken und erst ein Schiff auftreiben.« Als sie mich loslässt, hüpft sie aufgeregt auf und ab. »Sie kommen zu uns zurück und wir können endlich wieder nach Hause.«

»Das ist ja toll«, sage ich und bemühe mich begeistert zu klingen, ohne dabei Rise aus den Augen zu lassen. Sie lächelt meine Schwester an, als würde sie sich ebenfalls freuen. Mein bester Freund ist bald wieder da und endlich können wir Red Desert verlassen, wieso also fühle ich mich jetzt plötzlich so … mies? Als hätte man mich irgendeiner wichtigen Chance beraubt?

Ich schüttle meinen Kopf und sehe zu Bliss. »Lass uns zu Calean gehen. Ich möchte unbedingt auf der Brücke sein, wenn Morgan ankommt.«

Bei der Tür angekommen drehe ich mich zu Rise um. »Kommst du mit?«, möchte ich wissen.

Sie schüttelt den Kopf. »Nein, ich bleibe hier.«

»Gut. Dann komme ich später noch einmal bei dir vorbei«, verspreche ich, bevor ich gemeinsam mit Bliss zu Calean gehe.

Kapitel 23

Doom

Mit gerunzelter Stirn sieht meine Schwester mich von der Seite an. Ich kenne diesen skeptischen Blick. Und ich mag ihn nicht besonders. Natürlich hält sie es nicht aus, schweigend mit mir zur Kommandozentrale zu gehen, denn sie bricht die angenehme Stille zwischen uns, die nur von unseren hastigen Schritten begleitet wird. »Habt ihr euch ausgesprochen?«

Ich zucke mit den Schultern. »Nicht wirklich. Ich wollte ihr gerade sagen, dass ich der Prinz von Red Ancient bin, als du hereingeplatzt bist.«

Tröstend drückt Bliss meine Hand. »Tut mir leid, dass ich euch unterbrochen habe. Wenn ich gewusst hätte, dass du einmal in deinem Leben auf mich hörst, wäre ich nicht einfach so ins Zimmer gestürmt.«

Ein belustigtes Schnauben entkommt mir. »Aber du musstest mir doch die guten Neuigkeiten erzählen.«

»Stimmt auch wieder.«

Leicht drücke ich Bliss' Hand, die immer noch in meiner liegt. »Ich hole es später nach. Wir haben genug Zeit auf dem Weg nach Red Ancient.«

»Gut.« Bliss beschleunigt ihre Schritte, als könne sie gar nicht schnell genug in die Kommandozentrale kommen. »Vielleicht sind Morgan und Phoenix schon da«, sagt sie mehr zu sich selbst als zu mir.

»Davon kannst du dich gleich selbst überzeugen.« Grinsend greife ich nach dem Knauf und halte meiner Schwester die Tür auf. Ich lasse ihr den Vortritt und betrete hinter ihr den wohl großzügigsten Raum auf dem Schiff. Zu drei Seiten befinden sich Glasscheiben, damit der Kapitän – und wohl auch Calean – das Meer, aber auch die Küste im Blick behalten kann.

Was zumindest unser oberster Befehlshaber auch im Moment tut. Ich schmunzle in mich hinein, als ich ihn mit einem Fernrohr vor der riesigen Glasfront stehen sehe. »Ist dein Fernrohr noch von deiner letzten

Schiffsmission rund um das Jahr 1800?«, scherze ich und ziehe sofort Caleans Aufmerksamkeit auf mich.

Er versucht das Schmunzeln zu unterdrücken, als er sich zu mir umdreht, doch es gelingt ihm nicht völlig. Schnell wendet er seinen Blick ab und betrachtet die Crew, die um ihn herumläuft und die Ankunft von Morgan und diesem Phoenix vorbereitet. Diese scheint nun auch die Anwesenheit von Bliss und mir wahrzunehmen, denn die Leute bleiben stehen und deuten Verbeugungen an. Mit meiner Hand mache ich eine wedelnde Handbewegung. »Hätten wir einen königlichen Auftritt gewollt, hätten wir Fanfarenbläser mitgebracht.«

Wie versteinert bleibt die Besatzung stehen, sieht mich nur irritiert an. Offensichtlich hatte sie noch nicht das Vergnügen mit mir – und meinem Humor.

Bliss reibt sich mit beiden Händen über das Gesicht. »Was er damit sagen will, ist Folgendes: weitermachen.« Lächelnd geht sie auf Calean zu.

Ich folge ihr, runzle aber sofort die Stirn. »Ähm ... Calean. Es ist hell draußen. Du stehst vor einem Fenster. Wieso bist du noch keine lebende Fackel?« Vermutlich hat es mich irritiert, dass die Crew kurz davor war, sich auf den Boden zu schmeißen und mir die Füße zu küssen.

Calean klopft gegen die Scheibe. »Das ist Spezialglas, aber danke, dass du dich um mich sorgst.«

Leise murmelt Bliss neben mir: »Das solltest du eigentlich wissen.«

Ich lege meinen Arm um sie und gebe ihr eine Kopfnuss. »Sollte auch nur ein dummer Spruch sein.« Nachdem ich Bliss losgelassen habe, konzentriere ich mich wieder auf das Wesentliche. Mit dem Kopf deute ich aufs offene Meer. »Was beobachtest du?«

Brummend antwortet Calean: »Frag besser wen.«

Ich greife nach einem Fernglas und versuche auszumachen, was draußen vor sich geht. »Also, wen beobachtest du?«

»Das Schiff, auf dem sich Morgan und Phoenix befinden«, kommt die Antwort von Calean im selben Moment, als ich es entdecke.

»Und? Was stört dich an dem Schiff? Sieht doch alles ganz normal aus.«

Calean legt die Hände hinter seinen Kopf. »Es ist neu.«

Bliss nimmt mir das Fernglas aus der Hand. »Wie neu?«

Auch ich verstehe sein Problem nicht wirklich.

»Es ist ein modernes Schiff. Top ausgerüstet.«

Nachdenklich lege ich die Stirn in Falten. »Ich verstehe, auf was du hinauswillst. Die alten Autos, wie die Menschen im Inneren des Landes leben müssen … Doch ich würde nicht davon ausgehen, dass das ein schlechtes Zeichen ist. Im Schloss hatten sie ebenfalls einige technische Errungenschaften. Es würde mich nicht wundern, wenn der König ein topausgestattetes Schiff in seiner Flotte hat, das Phoenix dank des infiltrierten Militärs in seine Gewalt gebracht hat.«

Calean bewegt den Kopf fast in Zeitlupe auf und ab, so langsam sind seine Bewegungen. »Du hast recht. Vermutlich sehe ich Gespenster.« Er tritt einen Schritt zurück. »Ich bin froh, wenn wir hier endlich verschwinden können. Diese ewige Warterei reibt mich unnötig auf.«

Das kann ich verstehen. Auch mir sitzt die Angst im Nacken, dass wir – oder wohl eher ich – noch die Rechnung für das unerlaubte Eindringen in Red Desert bezahlen müssen.

Calean wendet sich von Bliss und mir ab, bellt der Crew ein paar Befehle zu und will kommentarlos verschwinden. An der Tür bleibt er dann jedoch stehen und dreht sich zu uns um. »Wir treffen uns nach Sonnenuntergang an Deck.«

Beiläufig nicke ich. Erst dann bemerke ich, dass meine Schwester sich ebenfalls vom Anblick des Meeres losreißt und die Kommandozentrale verlassen will.

»Wo willst du hin?«, frage ich. Gemächlich setze ich mich ebenfalls in Bewegung.

Über ihre Schulter hinweg wirft sie mir einen Blick zu. »An Deck.«

»Die Sonne ist noch nicht untergegangen«, erinnere ich sie.

»Ist mir egal«, kommt es von ihr. »Ich will da sein, wenn Phoenix und Morgan endlich ankommen.«

»Okay.« Ich hebe meine Hände in die Luft, als wollte ich mich ergeben. Anscheinend freut sich Bliss ganz besonders auf diesen Phoenix und ich kann es ihr nicht verdenken. Er scheint ein netter Kerl zu sein. Immerhin bringt er meinen besten Freund zu mir zurück.

Stumm laufen wir gemeinsam über das Unterdeck, bis wir einen schmalen Aufgang erreichen, der uns nach oben bringt.

Neben mir höre ich Bliss einen tiefen Atemzug machen, als wir an Deck sind und von leichtem Seewind begrüßt werden. Vielleicht sollte ich Rise auf einen Spaziergang über das Schiff einladen und ihr dann erzählen, wer ich bin?

Bliss steuert auf die Reling zu und lehnt sich dagegen. Ich tue es ihr gleich und es fühlt sich richtig normal an, so wie wir hier nebeneinanderstehen.

Jetzt müssen wir nur noch den Sonnenuntergang abwarten, bevor Morgan wieder bei uns ist. Ich nehme meiner Schwester den Gucker wieder ab, um zu sehen, was auf dem anderen Schiff vor sich geht. Keine fünfhundert Meter von uns entfernt laufen ebenso viele Menschen an Deck herum wie hier.

Nach einer Weile bleibt mein Blick an einer uns bekannten Person hängen. »Phoenix checkt unser Schiff aus«, sage ich zu Bliss, die mir sofort den Gucker aus der Hand reißt.

»Echt?« Als sie ihn offensichtlich ebenfalls entdeckt, hebt sie die Hand und winkt.

Kopfschüttelnd sehe ich meine Schwester an. Sie strahlt und wirkt … glücklich. »Kann es sein, dass nicht nur du ihm, sondern auch er dir den Kopf verdreht hat?«

»Was? Phoenix. Nein, natürlich nicht.«

»Jaja. Rede dir das nur ein.« Grinsend wende ich mich von ihr ab.

»Wo willst du hin?«, fragt sie.

Es wundert mich, dass ihr überhaupt auffällt, dass ich verschwinden will, so gebannt, wie sie auf das andere Schiff sieht. »Ich suche Nachtsichtgeräte. Ich will wissen, was die dort drüben treiben, sobald die Sonne untergangen ist.«

***

Ich stupse Bliss an. »Siehst du überhaupt noch etwas? Es wird von Sekunde zu Sekunde dunkler.«

Erschrocken zuckt sie zusammen. »Boah, schleich dich nicht so an.«

Als Friedensangebot strecke ich ihr ein Nachtsichtgerät entgegen. »Hier, dann kannst du gleich sehen, wenn Morgan an Deck kommt.« Da die Sonne gerade hinter dem Horizont verschwindet, ist es nur noch eine Frage von Minuten.

Von hinten legt sich eine Hand auf meine Schulter. Calean. »Langsam kommen sie dort drüben in die Gänge.«

»Bist du nervös, alter Vampir?«

»Als oberster Befehlshaber: nein. Als Vater: natürlich.«

Es wundert mich immer wieder, wie Calean es schafft, Beruf und Privates zu trennen. Er hat seinen Sohn zurückgelassen, um Bliss und mich zum Schiff zu bringen. Vermutlich ist Calean genau aus diesem Grund genau in der Position, in der er sich befindet.

Ich nehme mein eigenes Nachtsichtgerät zur Hand, während Calean nach seinem greift. »Die lassen ein Boot zu Wasser«, kommentiere ich genau das, was die anderen ebenfalls sehen. »Ich mag das Grün«, murmle ich leise. »Morgan sieht cool in Grün aus.«

Als ich das Nachtsichtgerät sinken lassen, funkelt mich meine Schwester böse an. »Schön, dass dich das so erfreuen kann.«

Calean bellt ein paar Befehle, kurz darauf richten sich Suchscheinwerfer auf das Meer. Außer Morgan und Phoenix sind noch zwei weitere Männer an Bord, doch ich richte meine Aufmerksamkeit mehr auf meinen besten Freund als auf die anderen Männer.

Sie kommen dem Schiff immer näher und ich muss mich über die Reling beugen, um besser sehen zu können, was auf dem Meer vor sich geht. Morgan und Phoenix steigen aus und werden von ein paar Crewmitgliedern in Empfang genommen, die anderen zwei bleiben auf dem kleinen Motorboot.

»Fahren die Typen jetzt wieder?«, frage ich an Calean gewandt.

»Nein. Sie müssen noch warten, bis ich mit Phoenix gesprochen habe. Er muss wieder zurück auf sein Schiff.«

Ein schockiertes Aufkeuchen meiner Schwester lenkt meine Aufmerksamkeit auf sie.

»Phoenix kommt nicht mit uns?«, fragt sie mit schreckgeweiteten Augen.

Calean wirft Bliss einen irritierten Blick zu, der sie dazu bringt, den Kopf zu senken, genau in dem Moment, in dem Phoenix und Morgan endlich auf unserem Deck auftauchen.

»Hey, Mann«, rufe ich und setze mich auch schon in Bewegung, um Morgan in meine Arme zu ziehen. Auch wenn ich es mir nicht anmerken lasse, ich habe ein verdammt schlechtes Gewissen, da er meinetwegen in Whitecastle zurückgeblieben ist. Immerhin war er nur dort, weil ich nicht auf Calean gehört habe. Vermutlich hätte ich es mir niemals verziehen, wenn ihm etwas passiert wäre.

Mit der flachen Hand klopfe ich ihm fest auf den Rücken, höre erst auf ihn an mich zu drücken, als ich Phoenix hinter mir vernehme.

»Ich hab dir ja versprochen, dass ich ihn zurückbringe.« Morgan und ich wenden uns zeitgleich Phoenix zu, der mit hinter dem Rücken verschränkten Armen vor Bliss steht.

»Ja, das hast du.« In ihrer Stimme schwingen so viele Emotionen mit, dass es mir schwerfällt, sie alle zu benennen. Als Bliss einen Schritt nach vorne macht und Phoenix umarmt, sehe ich aus dem Augenwinkel, dass Morgan mit geballten Fäusten neben mir steht.

»Alter, Phoenix ist in Ordnung«, raune ich meinem Kumpel zu. »Lass den Beschützerinstinkt stecken.« Ich kann es ja auch.

Bliss vergräbt das Gesicht in Phoenix' Halsbeuge und murmelt: »Danke. Du hättest das nicht tun müssen.«

»Ich wollte es aber«, gibt er ihr zur Antwort.

Keine Ahnung, was in Morgan fährt, doch er geht mit donnernden Schritten auf die beiden zu und fragt provokant: »Bekomme ich auch eine Umarmung?«

Mit leicht geöffnetem Mund starre ich auf die Szene, die sich mir bietet. Ist Morgan etwa ... eifersüchtig?

Die Situation wird noch surrealer, als Bliss Phoenix nahezu von sich stößt, der wiederum Morgan aus zusammengekniffenen Augen ansieht. Langsam habe ich das Gefühl, dass ich irgendetwas Wichtiges verpasst habe.

Überfordert kratze ich mich am Hinterkopf und auch Bliss wirkt, als wüsste sie nicht genau, was sie tun soll. Schlussendlich entscheidet sie sich dafür, Morgan in ihre Arme zu ziehen. Morgan drückt sie fest an sich, was mich irritiert. Ja, klar. Wir alle haben uns Sorgen gemacht und die letzten Tage sind nervenaufreibend gewesen, doch mein bester Freund klammert sich regelrecht an meiner Schwester fest. Und das gefällt mir ehrlich gesagt nicht besonders.

Stumm suche ich Caleans Blick, doch der sieht nicht so aus, als hätte er vor das Wiedersehen der beiden zu stören, also klatsche ich laut in die Hände. »So, wenn jetzt mal alle die Pfoten von meiner Schwester nehmen könnten, wäre ich euch sehr dankbar!«

Schneller, als ich erwartet habe, tritt Morgan einen Schritt zurück, während Bliss mich böse anfunkelt und sagt: »Sag mal, spinnst du? Morgan ist auch mein Freund. Denkst du, nur du hast das Recht, ihn zu begrüßen?« Etwas leiser murmelt sie: »Idiot.«

Bevor ich etwas Dummes erwidern kann, brummt Calean: »Gehen wir unter Deck. Wir haben noch einiges zu besprechen, bevor Phoenix wieder zurück auf sein Schiff muss.«

Mich trifft ein weiterer von Bliss' Todesblicken, ehe sie ihre blonden Haare theatralisch über ihre Schultern wirft und sich auf den Weg unter Deck macht.

Genervt schüttle ich den Kopf. Phoenix und Morgan sehen mit hochgezogenen Augenbrauen zu mir. »Was?«, blaffe ich sie an und folge meiner Schwester.

Wird Zeit, dass die Besprechung stattfindet und wir dann endlich von hier verschwinden können. Ich habe das Gefühl, dass jede verdammte Sekunde, die wir weiterhin an der Küste Red Deserts verbringen, alles noch schlimmer macht.

Im Konferenzraum, den Bliss stumm angesteuert hat, lasse ich mich in einen Sessel fallen. Meine nervige Schwester starrt aus einem Bullauge und würdigt mich keines weiteren Blickes. *Ja, behandle mich ruhig wie den Staatsfeind Nummer eins. Ich habe ja sonst keine Probleme, außer eine Prinzessin, die in ihrer Kajüte auf mich wartet und der ich endlich die Wahrheit über mich erzählen sollte.*

Ich schaffe es nicht, mich auf Morgan und Phoenix zu konzentrieren, die

Calean ihre Flucht aus Whitecastle beschreiben, da dieses braunhaarige Mädchen durch meinen Kopf spukt, als wäre sie ein Poltergeist.

Auch Bliss scheint in Gedanken versunken zu sein, da sie mit leicht abwesendem Blick an der Schiffswand lehnt und Phoenix anstarrt.

Zumindest so lange, bis sie plötzlich explodiert: »Und seitdem seid ihr jetzt beste Freunde, oder wie?«

Vermutlich ist jeder im Raum genauso überrascht von Bliss' Ausbruch wie ich. Was ist nur los mit dem Mädchen?

Gerade als ich sie fragen will, ob sie möglicherweise ihre Periode hat und sich deshalb völlig unzurechnungsfähig verhält, geht eine Sirene los.

Innerhalb eines Wimpernschlages sitzt Calean nicht mehr auf seinem Stuhl, sondern steht alarmiert bei der Tür. »Ihr bleibt hier drinnen.«

Völlig verwirrt erhebe ich mich. »Wieso? Was ist los?«

Calean drückt die Türschnalle nach unten, während er sagt: »Das weiß ich noch nicht. Aber der Alarm bedeutet nichts Gutes.«

Nun hält auch Morgan und Phoenix nichts mehr in den Stühlen. Phoenix fragt: »Kann ich dir helfen? Soll ich mitkommen?«

Eine Sekunde zögert Calean, doch dann nickt er. »Ja, komm mit. Und ihr drei bleibt hier und verriegelt die Tür hinter uns. Und egal was passiert: Lasst niemanden zu euch herein!«

Phoenix folgt Calean, dreht sich aber an der Tür noch einmal um, sucht den Blick meiner Schwester und wirkt, als würde er gerne etwas sagen. Doch dann schüttelt er nur seinen Kopf und läuft Calean hinterher.

Wie versteinert stehe ich immer noch neben dem Konferenztisch, unfähig etwas zu tun. Was zur Hölle ist hier los? Morgan scheint jedoch durch den Daueralarm aufzublühen, denn er läuft zur Tür und verriegelt sie laut Anweisung seines Vaters.

Auch meine Schwester steht nicht regungslos herum, sondern geht auf Morgan zu und fragt ihn ängstlich: »Hast du eine Ahnung, warum die Sirene ertönt ist?«

»Ziemlich sicher werden wir angegriffen.« Ja, das hätte ich mir denken können, dennoch trifft es mich unvorbereitet.

»Wer sollte uns angreifen?«, murmle ich leise. »Und wieso?« Langsam kommt das Gefühl in meinen Körper zurück, zuerst ein leichtes Kribbeln, das über meine Beine hinauf bis zu meinem Kopf wandert.

Rise! Verdammt! Die wollen Rise!

Wie ferngesteuert laufe ich auf Morgan zu. »Lass mich sofort raus!«, rufe ich aufgebracht. Meine Stimme überschlägt sich beinahe, obwohl ich ruhig bleiben sollte. *Nicht den Kopf verlieren!*

Doch Morgan verschränkt seine Arme vor der Brust. »Wieso? Damit du dich mal wieder unnötig in Gefahr bringen kannst?«

»Nein!«, schreie ich ihn an. »Es ... es geht nicht um mich. Nicht dieses Mal. Aber ... ich muss zu Rise. Ich ... ich kann sie nicht alleine lassen, wenn ...«

Morgan streckt seine Hände abwehrend in die Luft, unterbricht mich einfach: »Wir wissen nicht, ob das Schiff geentert worden ist.«

Wütend balle ich meine Hand zur Faust, bereit meinen besten Freund zu schlagen, wenn es sein muss. Ich werde nicht tatenlos hier in diesem Raum bleiben, während Rise alleine in ihrer Kajüte sitzt. Ich bin vielleicht ein Arschloch, aber sicher kein Mann, der ein wehrloses Mädchen einfach seinem Schicksal überlässt.

Zu meiner absoluten Überraschung kommt mir Bliss zu Hilfe. Sie scheint vergessen zu haben, dass sie vor wenigen Minuten noch sauer auf mich war. »Wir können sie nicht einfach ohne Schutz in ihrer Kajüte lassen!«

Eifrig nicke ich. »Da hörst du es. Und ... als dein zukünftiger König befehle ich dir, dass du mich vorbeilassen sollst.« Natürlich geht er nicht zur Seite. Wäre auch zu schön gewesen.

Mit vor der Brust verschränkten Armen schüttelt er den Kopf. »Nein! Mein Vater hat sich klar ausgedrückt. Wir bleiben hier drinnen.«

Okay, wenn er mich nicht freiwillig gehen lassen will, dann muss ich ...

Bliss pikst Morgan mit dem Finger in die Brust. »Geh zur Seite. Wenn Rise irgendetwas passiert, werde ich dich dein ganzes Leben lang dafür verantwortlich machen.« Ja, so geht es natürlich auch.

Fassungslos sieht er meine Schwester an. »Ich bin nahezu unsterblich.«

»Dann stell dich mal auf eine lange Zeit ein, in der ich dich hassen werde.«

Scheiße, irgendetwas geht zwischen den beiden ab, von dem ich nichts mitbekommen habe, aber ich habe jetzt auch absolut keine Lust, darüber nachzudenken. Ich will nur raus hier. Und das möglichst schnell.

Mit in die Hüften gestemmten Händen baut Bliss sich nun vor Morgan auf. »Und jetzt geh zur Seite, damit Doom zu Rise kann.«

Bewegungslos verharrt Morgan auf seinem Platz vor der Tür. Bis er plötzlich leicht zusammensinkt. »Gut, aber ich kann ihn nicht alleine gehen lassen.«

Bliss wirkt nicht besonders beeindruckt von seinen Worten. »Dann gehen wir eben alle.«

Niemals! Es ist eine Sache, mein Leben zu riskieren, aber eine völlig andere das Leben meiner Schwester aufs Spiel zu setzen.

Offensichtlich sind Morgan und ich in dieser Angelegenheit einer Meinung, da wir zeitgleich antworten. »Auf keinen Fall.« Kurz werfe ich ihm einen Blick zu und bemerke, dass er es ebenfalls tut, bevor ich mich wieder auf meine Schwester konzentriere. »Du bleibst hier. Ich will dich nicht unnötig in Gefahr bringen.«

Da ich mich auf keine weiteren Diskussionen einlassen will, gehe ich zur Tür und entriegle sie. »Ich weiß sowieso nicht, was Mum und Dad sich dabei gedacht haben, dich mitzuschicken.«

»Das kann ich dir sagen«, fährt mich Bliss an. »Sie wollten, dass ich dich von Ärger fernhalte.«

Obwohl ich wirklich dringend zu Rise will, drehe ich mich noch einmal um und gehe zu Bliss. »Das weiß ich doch.« Ich ziehe sie kurz an mich. »Aber dir ist klar, dass es unmöglich ist, dass ich mal keine Scheiße baue. Ich ziehe Ärger magisch an. Und genau aus diesem Grund solltest du hierbleiben. In Sicherheit.«

Morgan mischt sich ebenfalls ein. »Pass auf, wir werden in ein paar Minuten gemeinsam mit Rise wieder hier sein.«

»Okay«, sagt Bliss, hört sich jedoch nicht so an, als wäre es wirklich in Ordnung für sie.«

Seufzend lasse ich sie los. »Und vergiss nicht die Tür hinter uns abzuschließen«, erinnere ich sie.

»Natürlich nicht.«

Mit einem mulmigen Gefühl verlasse ich gemeinsam mit Morgan den Raum. Es ist die beste Entscheidung, Bliss hier zu lassen. Hinter der verriegelten Tür ist sie in Sicherheit. Ich hoffe nur, dass es Rise ebenfalls gut geht.

Kapitel 24

Doom

Nachdem sich der Schlüssel zweimal im Schloss gedreht hat, halte ich kurz inne und sehe zurück zu Morgan. Auch er ist stehengeblieben, offensichtlich nicht glücklich damit, dass wir Bliss alleine lassen.

»Sie ist sicher hinter dieser Tür. Selbst ein Vampir hätte Probleme, einfach da hineinzuspazieren«, sage ich mehr zu mir selbst als zu meinem besten Freund.

Er verzieht sein Gesicht, nickt aber. »Du hast recht. Hinter der verschlossenen Tür ist sie sicherer als irgendwo anders.« Täusche ich mich oder sieht er dennoch beunruhigt aus?

Obwohl sich das schlechte Gefühl in meiner Brust verstärkt, zwinge ich mich dazu weiterzugehen. Ich bin mir nicht sicher, was hier los ist, aber ich weiß, dass ich zu Rise muss. Dafür dass zuvor laut Alarm geschlagen wurde, ist es nun verdächtig ruhig. Viel zu still für meinen Geschmack. Es ist wie eine Art innerer Zwang, der mich immer weiter durch die schmalen Gänge des Schiffes in Richtung ihres Zimmers laufen lässt.

Ein Blick über meine Schulter bestätigt mir, dass Morgan mir folgt. Seine Gesichtszüge wirken angespannt und ich bin mir sicher, dass ich denselben Ausdruck zur Schau trage. Gerade als ich um die nächste Ecke biegen möchte, schnellt Morgans Hand vor, um mich davon abzuhalten. Sofort will ich protestieren, doch er hat vermutlich bereits damit gerechnet, dass ich meine Klappe nicht halten kann, deshalb legt sich seine freie Hand über meinen Mund. Ich würde jetzt ja richtig Schiss bekommen, dass Morgan sich plötzlich gegen mich stellt, doch ich kenne ihn besser als mich selbst, deshalb bin ich mir ziemlich sicher, dass im Gang, den ich eben betreten wollte, irgendetwas vor sich geht. Morgan steht hinter mir und wispert fast unhörbar ein einziges Wort: »Werwölfe.«

Da diese Viecher sehr gute Ohren haben, erspare ich mir die Nachfrage: »Bist du dir sicher?« Denn natürlich ist er das. Morgan ist ein gewandelter Vampir und sein Geruchssinn ist besser als der aller anderen Wesen zusammen. Na ja, die verdammten Werwölfe vielleicht ausgenommen. Aber wenn er der Meinung ist, dass es hier nach Hund ... Wolf riecht, dann ist es auch so.

Langsam schiebe ich Morgans Hand von meinem Mund. Er scheint zu ahnen, was ich vorhabe, denn er lässt mich los und drückt sich ebenfalls fest an die Wand in seinem Rücken. Ich schiebe mich millimeterweise nach vorne, bis ich um die Ecke spähen kann.

Innerhalb einer Sekunde habe ich mir einen Überblick über die Lage gemacht. Mit Mittel- und Zeigefinger forme ich das Victory-Zeichen, um Morgan klarzumachen, dass wir es mit zwei Männern zu tun haben. Danach forme ich mit Daumen und Zeigefinger eine Pistole, damit er versteht, dass sie bewaffnet sind. Er nickt beide Informationen ab und schiebt sich an mir vorbei, damit er selbst einen Blick auf unsere Kontrahenten werfen kann.

Als er sich zu mir umwendet, liegt ein Grinsen auf seinem Gesicht, denn nun hat er sich mit eigenen Augen davon überzeugt, dass uns die Männer noch in ihrer Menschengestalt den Weg versperren. So ist es leichter für uns, gegen sie zu kämpfen. Solange sie sich nicht verwandelt haben, sind sie zwar stärker als normale Menschen, jedoch nicht stärker als Vampire. Was gut für Morgan ist. Mir hilft es eher weniger, denn ich habe nicht einmal eine Waffe dabei. So eine verdammte Scheiße ... Aber was habe ich gedacht? Dass ich einfach bis in die Kajüte von Rise marschieren und sie schnappen kann, ohne dass wir jemandem begegnen? Und wieso läuft hier eigentlich so eine Show ab? Ich habe wirklich darauf gebaut, dass ich, wenn wir endlich auf dem Schiff sind, in Ruhe darüber nachdenken kann, wie es weitergeht. Was ich mit Rise machen soll und wie ich es schaffe, den König Red Deserts endlich vom Thron zu stoßen. Und diesen verdammten Werwolfkönig gleich dazu. Aber nein, wir werden von Werwölfen überran... Fuck, Morgan hat sich in Bewegung gesetzt, und zwar so schnell, dass ich ihn nur noch als verschwommenen Schemen wahrnehmen kann.

Großartig. Einfach großartig. Ich gebe mir einen Ruck und laufe ebenfalls auf die Männer zu.

Das Überraschungsmoment war definitiv auf Morgans Seite, denn er hat bereits einem der Werwölfe die Waffe aus der Hand geschlagen. Ich renne darauf zu, um nicht wie der größte Volldepp unbewaffnet zu einer Schießerei zu kommen. Leider bin ich nicht schnell genug, denn als ich sie endlich erreiche, höre ich einen Schuss.

Und danach meinen besten Freund schreien. Ich zwinge mich nicht darauf zu achten, wie seine Beine wegsacken, sondern mich nur auf meine Feinde zu konzentrieren, auch wenn es mir schwerfällt. Doch das ist es, was Calean uns, seitdem wir alt genug für sein Training sind, beigebracht hat. Immer fokussiert bleiben, niemals das Ziel aus den Augen verlieren. Niemals!

Ich komme bei dem Werwolf an, der die Waffe für eine Sekunde der Unachtsamkeit senkt – das hätte er lieber nicht tun sollen –, und schlage sie ihm aus der Hand. Danach hole ich mit der Pistole in der Hand aus und ziehe ihm den Kolben über den Schädel. Leider meint sein Kumpel in diesem Moment, dass er seinen Arm um meinen Hals legen muss, um mich zu erwürgen. Ehrlich, ich bin nicht der Typ, der einfach herumballert wie ein Idiot, doch ich bin so verdammt wütend, dass ich die Waffe senke und dem Werwolf hinter mir in den Fuß schieße. Ich merke, wie der Schmerz ihn für einige Sekunden lähmt, und stoße ihm meinen Ellbogen in die Rippen. Ich spüre ihn nicht mehr in meinem Rücken, also drehe ich mich schnell zu ihm um und sehe gerade noch, wie er mit schmerzverzerrtem Gesichtsausdruck nach hinten taumelt.

Mit schreckgeweiteten Augen blickt er mir entgegen, ihm entgeht wohl nicht, wie angepisst ich bin.

Denn erstens schießt niemand ungestraft meinem Freund eine Kugel in die Brust und zweitens stellt sich niemand zwischen Rise und mich. Ich schüttle meinen Kopf. *Verdammt. Wo kam das denn her?*

Leider bemerkt auch mein Gegenüber, dass ich für einige Sekunden nicht konzentriert bin, und will auf die Waffe, die ich seinem Freund aus der Hand geschlagen habe, zulaufen. Doch so weit kommt es nicht. Ich springe ihm auf seinen Rücken und ziehe ihm noch im Fallen meine Pistole über den Schädel. Ich bin mir sicher, dass er von der Landung nichts mehr mitbekommt, da plötzlich sämtliche Spannung seinen Körper verlässt und er wie ein Sack Mehl auf dem Boden landet. Er würde mir ja leidtun, wenn ich nicht immer noch rotsehen würde, weil man meinen besten Freund angeschossen hat.

Nachdem ich mich davon überzeugt habe, dass die beiden Deppen wirklich bewusstlos sind, lasse ich mich auf die Knie neben Morgan sinken, der sich die Schulter hält und stöhnt. Immer wieder fallen ihm seine Augen zu, doch er reißt sie schnell wieder auf.

Sofort fahre ich ihn an: »Hättest du nicht ein paar Sekunden warten können, anstatt einfach loszustürmen, du Idiot?«

»Meinst du, dann hätte ich jetzt keine Schusswunde?«, kommt es gepresst von ihm.

Ehrlich antworte ich ihm: »Keine Ahnung.« Danach greife ich nach seinem T-Shirt und ziehe es hoch. Meine Augen weiten sich. »Scheiße, die Wunde sieht mies aus. Wieso heilt sie nicht?«, sage ich mehr zu mir selbst als zu Morgan.

Ich sehe ihm ins Gesicht und stelle fest, dass sämtliche Farbe daraus gewichen ist. »Weil es Silber war«, presst er stöhnend hervor. Er blinzelt immer öfter.

Kurz halte ich inne, nur um eine Sekunde darauf in Panik zu verfallen. »Wir müssen die Kugel rausholen«, schreie ich.

»Wenn du noch ein bisschen lauter schreist, können dir bald ein paar weitere Werwölfe helfen.«

Meine Augen weiten sich. Natürlich waren die zwei Typen nicht die einzigen Werwölfe aus dem Schiff. Es wäre dumm, so etwas anzunehmen, dennoch habe ich es gehofft. Und mit Sicherheit hat man die Schüsse, die wir hier abgefeuert haben, auch gehört.

In meinem Inneren herrscht Chaos. Einerseits will ich die Kugel so schnell wie möglich aus Morgans Körper holen, denn wenn sie drinnen bleibt, wird sie nach und nach ein Organ nach dem anderen angreifen und er wird sterben. Es zählt also jede Sekunde. Anderseits macht es wenig Sinn, hier zu bleiben und darauf zu warten, dass wir von weiteren Werwölfen überrannt werden. Also mache ich das Einzige, was mir richtig erscheint: Ich schiebe eine Hand unter Morgans Oberkörper und hieve ihn hoch, danach schlinge ich meine Arme um ihn und ziehe ihn auf. Nachdem ich mir seinen Arm um die Schulter gelegt habe, versuche ich mit ihm den Gang entlangzulaufen, doch er stützt sich einfach zu schwer auf mich und wir kommen nicht wirklich schnell voran.

»Morgan, wenn du nicht willst, dass wir hier verrecken, musst du jetzt ein bisschen mitarbeiten«, befehle ich ihm.

Und tatsächlich! Er tut es. Ich spüre, dass wir schneller vorankommen, auch wenn er torkelt, als wäre er betrunken.

Ich weiß nicht, wie wir es geschafft haben, aber fünf Minuten später befinden wir uns vor Rise' Tür.

Es gibt keinen Schlüssel in ihrem Zimmer, also drücke ich einfach die Klinke nach unten, um hineinzustürmen. Doch die Tür lässt sich nur einen Spalt breit öffnen.

Panisch rufe ich: »Rise, bitte lass mich rein.«

Von weit weg höre ich ihre Stimme. »Doom, was ist hier los? Ich habe Schüsse gehört.« Dass sie panisch klingt, bemerke ich auch durch die fast geschlossene Tür.

Fest lasse ich meine Faust gegen die Stahltüre krachen. »Das erkläre ich dir später, aber verdammt noch mal ... lass mich jetzt endlich rein, wenn du nicht mein Leben auf dem Gewissen haben willst.« Und das meine ich ganz ernst, denn ich höre die Schritte schwerer Stiefel, die sich im Einklang bewegen. Fast so, als würde man systematisch das Schiff abgehen. Und ich möchte nicht herausfinden, ob es unsere Leute sind – oder die anderen. Noch viel weniger, als ich wissen möchte, wie viele Abzweigungen sie noch von uns entfernt sind.

Offensichtlich bringt irgendwas in meiner Stimme Rise dazu, uns die Tür zu öffnen. Ich schleppe Morgan hinein und lasse ihn auf das Bett fallen. Er stöhnt auf, verdreht danach seine Augen und ist ... weg.

Über die Schulter hinweg blaffe ich Rise an: »Mach schon.« Ich greife in meine Hosentasche und werfe ihr den Schlüssel ihres Zimmers zu. »Versperr die Tür.«

Natürlich fängt sie den Schlüssel nicht, sondern er fällt vor ihr auf den Boden. Bevor ich sie jedoch weiter anschreien kann, setzt sie sich schon in Bewegung und stürmt auf die Tür zu. Kurz darauf höre ich das erlösende Geräusch des sich im Schloss drehenden Schlüssels. Doch die Erleichterung hält nicht lange an, als ich meinen Freund betrachte. Wenn das überhaupt möglich ist, ist er in der Zeit, in der ich ihm nicht hundert Prozent meiner Aufmerksamkeit geschenkt habe, noch weißer im Gesicht geworden.

Ohne lange zu zögern, greife ich an den Saum von Morgans T-Shirt und reiße es auseinander. Ich muss diese verdammte Kugel rausholen, bevor … Besser ich denke nicht daran.

Wo zur Hölle ist Rise? Wütend drehe ich mich um. Sie befindet sich keinen halben Meter von mir entfernt und starrt mit schreckgeweiteten Augen auf Morgan.

»Steh nicht einfach rum. Hol irgendetwas, mit dem ich die Kugel aus ihm herausholen kann.« Sofort setzt sie sich in Bewegung, doch ich weiß, dass sie nichts Brauchbares finden wird. Ich habe alles aus diesem Raum entfernen lassen, was Rise nur im Entferntesten als Waffe dienen könnte.

Das wird auch ihr nach einer Weile klar und sie lässt sich neben dem Bett auf die Knie sinken. »Doom, ich finde nichts.« Sie beugt sich über Morgan und streicht ihm eine Haarsträhne aus dem Gesicht, als wäre seine Frisur gerade das größte Problem.

Ich lege meine Hand auf Morgans Halsschlagader und spüre, dass er noch einen Puls hat. Im Gegensatz zum Aberglauben sind Vampire nicht tot. Sie sind nur … anders! Nachdem sie sich verwandeln, brauchen Vampire Blut, um zu überleben. Ähnlich, wie ein Mensch Nahrung braucht, um seinen Körper ausreichend mit Nährstoffen zu versorgen, brauchen Vampire eben Blut.

»Wird er sterben?«, möchte Rise ängstlich wissen.

Ich schüttle meinen Kopf. »Nein, ich hoffe nicht. Er ist ein Vampir, also hält er mehr aus als ein Mensch.«

»Er sieht aber wie ein Mensch aus.«

Ich schnaube, da ich dieses Gespräch nicht unbedingt jetzt mit Rise führen möchte. Mir ist schon klar, dass sie ihr ganzes Leben lang keine brauchbaren Informationen über Vampire, Werwölfe und andere Wesen bekommen hat, aber ich habe im Moment ganz andere Sorgen. Nämlich diese verdammte Kugel aus meinem Freund zu bringen.

Aus Mangel an Alternativen bleibt mir nur eine Möglichkeit. Meine Finger. Ich würde sie gerne vorher desinfizieren, aber leider gibt es in diesem Zimmer nicht einmal eine Flasche Alkohol. Leider.

Ich schwebe mit meiner Hand einige Sekunden über dem Einschussloch, werde jedoch von Rise gestoppt.

»Halt. Hast du keine Angst, dass er eine Infektion bekommt?«

Fassungslos starre ich sie an. »Meinst du das ernst?«

»Ja, natürlich!«, blafft sie mich beleidigt an.

»Er ist ein Vampir, kein Mensch«, wiederhole ich meine Worte von vorhin. »Wenn wir die Silberkugel rausbekommen, dann wird er von selbst heilen.« Ich verdrehe die Augen. Mir ist noch nie ein Vampir mit *irgendeiner* Erkrankung untergekommen. Solange Vampire die Sonne meiden, keinen Pflock durchs Herz bekommen oder sich von verdammten Silberkugeln treffen lassen, sterben sie nicht.

Also fasse ich mir ein Herz und stecke meinen Finger in die Wunde.

Angewidert verzieht Rise das Gesicht. »Und? Spürst du was?«

Mit zusammengebissenen Zähnen knurre ich: »Nein.«

Zu meiner absoluten Verwunderung lautet ihr nächster Satz: »Darf ich? Ich habe kleinere Finger als du und komme bestimmt besser ran.«

Erstaunt sehe ich sie an, doch ich finde keinen Einwand gegen ihren Vorschlag, bewundere sie allerdings für ihren Mut. Nicht jeder würde seine Finger in die Schusswunde eines Wildfremden stecken. Noch dazu wenn es sich um einen Vampir handelt und man gerade mehr oder weniger von einem Haufen Vampire entführt wurde, um den Prinzen … egal!

Ich ziehe meine Hand zurück und starre auf das Blut, das daran klebt. Das ist nicht gut. Gar nicht gut.

Die ganze Situation wird nur noch davon getoppt, dass von draußen lautes Stimmengewirr zu hören ist, während Morgan zeitgleich ein Stöhnen von sich gibt.

Einerseits freue ich mich, dass von ihm ein Lebenszeichen kommt, anderseits werden die Rufe vor der Tür immer lauter. Da ich nicht besonders erpicht darauf bin herauszufinden, wer dort draußen Radau macht, flüstere ich: »Ich halte ihm den Mund zu, während du versuchst die Kugel aus seiner Brust zu holen.«

Rise hat offensichtlich den Ernst der Lage erfasst, da meine Stimme vor Anspannung vibriert. Normalerweise habe ich mich besser im Griff, doch im Moment kann ich einfach nicht cool bleiben. Mein bester Freund liegt schwer verletzt vor mir, während das Schiff von Werwölfen geentert wurde, die nur darauf warten, Rise zu entführen. Bestimmt haben sie nicht das geringste Interesse an ihr und wollen uns nur etwas auswischen, indem sie die Prinzessin in ihr Hoheitsgebiet bringen.

Doch ich darf mich nicht mit Gedanken daran, was dort draußen vor sich geht, aufhalten. Ich muss schnell handeln, damit Morgan gerettet wird. Also greife ich um ihn herum, um ihn hochzuhieven und seinen Rücken an meine Brust ziehen zu können. Besser, ich halte ihm nicht nur den Mund zu, sondern fixiere ihn auch, während Rise versucht die Kugel zu entfernen. Mit wenigen Handgriffen schaffe ich es, ihn zu mir zu drehen, dabei rutscht ihm das zerfetzte Oberteil vom Körper und gibt seine Schulter frei. Mir klappt der Mund auf und ich stoße einen erleichterten Seufzer aus.

»Es ist ein Durchschuss.« Am liebsten würde ich laut jubeln, doch ich will nicht mehr Aufmerksamkeit auf Rise und mich ziehen als nötig.

Sie sackt in sich zusammen und wispert: »Gott sei Dank.« Bei ihr überwiegt vermutlich die Erleichterung, da sie nun nicht auf Pseudoärztin machen muss. Ich kann die Anspannung nicht so leicht abschütteln.

So behutsam wie möglich versuche ich Morgan wieder auf das Bett zu legen. Ich schiebe meinen blutigen Finger in seinen Mund. Obwohl er immer noch weggetreten ist, scheint Morgan das Blut zu schmecken, da er automatisch daran zu saugen beginnt. Der Saugreflex funktioniert bei Vampiren ähnlich wie bei Babys. Ich würde ja jetzt lachen, wenn die Situation nicht so beschissen wäre. Langsam drücke ich mit der Fingerspitze auf seine Zähne. Sofort fahren die Fänge aus, genau das, was ich beabsichtigt habe. Ich ziehe mich zurück, nur um ihm einige Sekunden später mein Handgelenk auf die Lippen zu pressen. Mit etwas Druck schaffe ich es, meine Haut mit seinen Fangzähnen zu durchbohren, damit Morgan endlich Blut bekommt.

Nachdem er zu trinken begonnen hat, bemerke ich, dass Rise Morgan und mich fasziniert betrachtet. Als ich sicher bin, dass Morgan genug getrunken hat, löse ich mein Handgelenk sorgfältig von Morgans Mund und stehe auf. Ich durchquere das Zimmer und gehe zu einem Wasserkrug, der auf einem kleinen Tisch in der Nähe der Tür steht. Rise hilft mir dabei, indem sie Wasser über meine blutverschmierten Hände laufen lässt, um mich notdürftig zu reinigen.

Einigermaßen sauber wende ich mich ihr zu und bemerke, dass sie mit besorgtem Gesichtsausdruck zu Morgan sieht.

»Er wird heilen.« Nach einer kurzen Pause füge ich hinzu: »Ich hätte nicht gedacht, dass du dir jemals um einen Vampir Sorgen machen würdest.« Vielleicht liege ich falsch, doch ihr Gesichtsausdruck zeigt genau das.

Rise zögert sichtlich. »Offensichtlich bedeutet er dir etwas.«

Fast in Zeitlupe bewege ich meinen Kopf zustimmend auf und ab. »Ja, er ist mein bester Freund und ich wüsste nicht, was ich ohne ihn machen soll.«

Leise wispert sie: »So geht es mir mit meinem Bruder.«

Ich drehe mich um, damit ich Rise nicht ins Gesicht sehen muss. So kalt wie möglich sage ich: »Sei froh, dass er im Moment nicht hier ist.«

Hinter mir bleibt es still, doch irgendwann legt sich eine Hand auf meine Schulter. Ich drehe den Kopf. Besser, ich hätte es gelassen, denn sie sieht mich verletzt an. »Wie kannst du so etwas sagen?«

Ich schnaube. »Würdest du dir wünschen, dass er hier auf dem Schiff ist? Dass du dir Sorgen machen musst, ob ihn vielleicht ein Werwolf erwischt?« Mit einer schnellen Handbewegung wische ich Rise' Hand von meiner Schulter. »Oder in seinem Fall vielleicht auch ein Vampir?«

Leider lässt sich Rise durch meine Worte nicht abschütteln, denn sie umrundet mich und sieht mich fragend an. »Machst du dir Sorgen um Bliss?«

Es wundert mich, dass sie aufgrund meiner wenigen Worten den Schluss gezogen hat, dass ich mich um meine Schwester sorge. Doch sie liegt damit richtig.

»Natürlich«, knurre ich.

»Wo ist sie? Wieso war sie nicht bei euch?«

Einige Sekunden schweige ich. »Sie ist in einem Besprechungsraum.«

Rise macht große Augen. »Alleine?«

Ich kann mich nicht mehr zusammenreißen, also blaffe ich Rise an. »Ja, denn sonst hätten wir jetzt vermutlich zwei Leute mit Schussverletzungen hier liegen.« *Oder Tote.*

Immer wieder öffnet Rise ihren Mund. »Aber ... aber ...«, ist alles was sie rausbekommt.

»Was?«

»Wieso bist du dann hier und nicht bei ihr?«

Natürlich könnte ich jetzt lügen, aber ... ich will nicht. »Weil ich mir Sorgen um dich gemacht habe.« Ich mache einen Schritt nach vorne, lege meine Hand in ihren Nacken und ziehe Rise zu mir heran. Ich lehne meine Stirn gegen ihre. »Alles, woran ich denken konnte, war, wie es dir geht. Ich wollte, dass du in Sicherheit bist.« *Scheiße, dass ich für einige Sekunden dachte, dass Morgan abkratzt, hat wohl für einen Kurzschluss in meinem Gehirn gesorgt.* Ich weiß nicht, wieso ich plötzlich das Bedürfnis habe, einen Seelenstrip hinlegen zu müssen. »In Red Desert konnte ich nur daran denken, wie ich dich am besten von dort wegbringen kann.« Gut, dass ich sie töten wollte, um es den Werwölfen in die Schuhe zu schieben, gestehe ich ihr besser nicht, wobei jetzt eine ziemlich gute Gelegenheit dafür wäre. Stattdessen drängt sich ein weiteres Geständnis an die Oberfläche: »Jetzt frage ich mich allerdings, was ich tun muss, damit ich dich länger in meiner Nähe haben kann.« Ich fühle mich irgendwie befreit, nachdem die Worte endlich draußen sind. Nachdem ich mir selbst eingestanden habe, dass mir Rise nicht so egal ist, wie ich es mir wünschen würde.

Noch weniger gefällt es mir, dass Rise sich auf die Zehen stellt, ihre Arme um mich schlingt und mich ... umarmt. Toppen kann ich das nur noch, indem ich meinen Arm um sie lege, mein Kinn auf ihrem Kopf abstütze und feststelle, dass sie perfekt in meine Arme passt.

Kapitel 25

Bliss

Mit baumelnden Beinen sitze ich auf dem Tisch, starre Löcher in die Luft und ärgere mich, dass ich nicht mit Morgan und Doom mitkommen durfte. Aber nur so lange, bis ich sie höre: die Schreie.

Männer, die sich Befehle zurufen. Ich verstehe nicht, was sie sich zurufen, doch das Stimmengewirr schwillt immer mehr an. Vielleicht auch nur in meinem Kopf, da ich Angst bekomme.

Das Trampeln schwerer Schritte, das dumpf durch die Tür bis zu mir vordringt, lässt meine Hände zittern. Irgendetwas passiert dort draußen und ich verstehe nicht was. Dass ein Kampf toben muss, bemerke ich erst, als ich die Schüsse höre. Zuerst nur zwei. Zeitlich versetzt. Und als wären sie der Startschuss gewesen, knallt es in immer schnellerer Abfolge. Die Momente, in denen ich erschrocken zusammenzucke, werden häufiger und die Abstände, in denen ich mein wild klopfendes Herz zu beruhigen versuche, werden immer kürzer.

Je näher sie kommen, desto panischer werde ich. Mit einem Satz springe ich vom Tisch und sehe mich um. *Ich muss mich verstecken, bevor mich eine Kugel trifft*, ist mein erster Gedanke. Eigentlich sollte es unmöglich sein, denn die Wände sind aus dickem Stahl. Sind sie doch, oder?

Es ist nur ein alberner Versuch, doch ich greife nach dem Tisch, auf dem ich eben noch gesessen bin, und kippe ihn, damit ich mich dahinter verstecken kann. Wenigstens gaukle ich mir vor irgendetwas getan zu haben, was mir ein kleines Gefühl der Sicherheit gibt. Schnell krabble ich hinter den Tisch, ziehe meine Knie eng an meinen Körper und schlinge die Arme fest darum.

Ob Doom und Morgan bereits bei Rise sind? Ich weiß, dass wir sie beschützen müssen. Und obwohl ich das weiß, hoffe ich, dass sie bald wieder bei mir sind und ich nicht mehr alleine hier sitzen muss.

Als der Zeitpunkt kommt, an dem die Stimmen und Schreie lauter werden, da der Kampf direkt vor der Tür stattfindet, lege ich mir die Hände auf die Ohren und das Gesicht auf die angewinkelten Knie.

Der Tumult wird leiser.

Endlich.

Stumm beginne ich zu zählen. Eins, zwei, drei …

Tausend, tausendeins, tausendzwei …

Hin und wieder ertönen noch einzelne Schüsse, doch sie sind weiter entfernt. Das Schlimmste ist hoffentlich überstanden.

Denke ich zumindest. Aber nur so lange, bis es an der Tür klopft.

So flach wie möglich atme ich ein. Und aus. Und wieder ein. Versuche keinen Laut von mir zu geben, damit mich derjenige vor der Tür nicht hören kann.

»Bliss?« Es ist Phoenix, der meinen Namen leise flüstert. »Morgan?« Es folgt ein Klopfen. »Doom?«

Mit noch immer zittrigen Beinen richte ich mich auf und gehe auf die Tür zu. Als ich dort bin, wird an der Türschnalle gerüttelt. »Bitte lasst mich rein«, höre ich Phoenix' verzweifelte Stimme von draußen.

Ängstlich führe ich den Daumen zum Mund und beiße auf den Fingernagel. Ich bin mir nicht sicher, ob ich die Tür öffnen soll. Mein Bruder hat mir die Anweisung gegeben, es nicht zu tun. Aber … es ist Phoenix. Er hat Morgan hierhergebracht, also –

Wieder schlägt er gegen die Tür und ich mache einen Satz zurück. »Bitte. Sie werden gleich wiederkommen und ich weiß nicht, was sie tun werden, wenn sie mich schnappen.« Er klingt ängstlich. Beinahe verstört. So etwas kann man doch nicht spielen, oder?

Doch ich bleibe stumm. Bewege mich keinen Millimeter.

So lange, bis ich ihn »Scheiße« murmeln höre. Danach kommt nichts mehr.

Ich zögere. Es fühlt sich an, als würden Stunden vergehen, bevor ich eine Entscheidung treffe. In Wahrheit sind es nur ein paar Sekunden. So leise wie möglich drehe ich den Schlüssel im Schloss und drücke den Griff nach unten. Zum Glück lässt sich die Tür ohne verräterisches Quietschen öffnen. Als ich nach draußen spähe, sehe ich zunächst niemanden. Ob Phoenix abgehauen ist, um sich ein anderes Versteck zu suchen? Oder habe ich mir seine Stimme nur eingebildet, weil ich nicht mehr alleine sein wollte?

Als ich mich weiter nach vorne lehne, um besser auf den Gang sehen zu können, bemerke ich, dass sich Phoenix rechts neben der Tür befindet. Mit dem Rücken gegen die Wand gelehnt sitzt er auf dem Boden, das Gesicht in seinen Händen vergraben. Er wirkt erschöpft.

»Phoenix«, wispere ich.

Sofort sieht er mich an. »Bliss«, stößt er erleichtert aus. »Es geht dir gut.«

Was man von Phoenix allerdings nicht behaupten kann. Seine Kleidung ist schmutzig und aus einer Wunde an seiner Stirn sickert Blut. Meine Hand zuckt in seine Richtung, doch ich ziehe sie zurück, während Phoenix sich mühsam hochkämpft. Es wirkt, als hätte sämtliche Kraft seinen Körper verlassen.

Sofort mache ich einen Schritt auf ihn zu, um ihn im Notfall stützen zu können. »Komm, wir müssen dich hineinbringen.«

Er wirkt unentschlossen, nickt aber. Schnell greife ich nach seiner Hand und ziehe ihn mit mir in den Raum. Nachdem ich die Tür wieder verriegelt habe, erlaube ich mir ein erleichtertes Aufatmen. Niemand hat uns gesehen. Es geht uns gut.

Phoenix sieht sich suchend im Raum um. »Wir können nicht lange hierbleiben. Sie haben damit begonnen, das Schiff systematisch abzusuchen.«

Ich schlucke. »Woher weißt du das?«

Er deutet auf seine Kopfwunde. »Weil ich einen Zusammenstoß mit ihnen hatte.«

Wie selbstverständlich verschränkt Phoenix unsere Hände und diese kleine Geste fühlt sich so verdammt vertraut an. Sie beruhigt mich und gibt mir die Sicherheit, dass nichts passieren kann, solange ich nur bei Phoenix bleibe. Ich möchte einen Schritt auf ihn zumachen, doch im letzten Moment, kurz bevor ich mich in seine Arme werfe, komme ich wieder zur Besinnung. »Phoenix?«, frage ich. »Wer sind sie?«

Fest presst er seine Lippen aufeinander. »Werwölfe.«

Fassungslos starre ich ihn an. »Woher kommen sie?« Es sollten keine Werwölfe hier sein. Niemand wusste, dass wir die Prinzessin holen, und die Werwölfe sollten in Northern Land sein. Dort, wo sie hingehören.

Phoenix schüttelt den Kopf. »Nachdem ich mit Calean zur Brücke gelaufen bin, mussten wir feststellen, dass sich ein zweites Schiff unserem genähert hat.«

Fragend sehe ich zu Phoenix hoch. »Aber wie konnte es sich unbemerkt nähern?« Er ist nicht unangenehm groß, nur ein bisschen größer als ich, sodass ich meinen Kopf ein klein wenig in den Nacken legen muss, um ihm besser ins Gesicht sehen zu können.

»Es war eines von euren Schiffen.« Phoenix schüttelt seinen Kopf, als könne er sich selbst nicht erklären, wie genau das passiert ist.

Aber es ist vermutlich ganz einfach. »Die Werwölfe müssen die Mannschaft überwältigt und das Schiff für ihre Zwecke genutzt haben.«

Phoenix nickt, denn meine Worte machen Sinn. Wären auf dem Schiff, mit dem Morgan und Phoenix gekommen sind, Werwölfe gewesen, hätte Morgan sie riechen müssen.

»Was machen wir jetzt?«, frage ich nach einer Weile.

»Wir müssen von hier weg.«

Zaghaft überwinde ich die letzte spärliche Distanz zwischen uns und lege die Hände an seine Brust. Meine Stimme klingt zittrig, als ich sage: »Aber wir müssen doch Morgan, Doom und Rise mitnehmen. Wir können nicht einfach so verschwinden.«

Phoenix legt den Kopf schief und sieht mich abwartend an. Kurz zuckt sein Mundwinkel, doch es ist so schnell wieder vorbei, dass ich mich frage, ob ich es mir nicht vielleicht eingebildet habe.

»Ich dachte eigentlich, sie wären hier«, sagt Phoenix.

Sofort schüttle ich meinen Kopf. »Nein, Morgan und Doom wollten Rise holen.«

»Weißt du, wo die Prinzessin sich befindet?«

»Ich hoffe, in ihrem Zimmer.«

»Kannst du uns hinführen?«

Ich schlage meine Augen nieder und sage: »Ja.« Auch wenn ich Angst davor habe, dort hinauszugehen, mache ich es trotzdem. Ich möchte nicht schuld sein, dass jemandem etwas passiert, weil ich ein Feigling bin.

Während ich den Boden betrachte, spüre ich Phoenix' Finger an meinem Kinn. Ich sehe wieder zu ihm auf, bemerke, dass zwischen uns nicht einmal mehr ein Blatt Papier passt, so nah sind wir uns.

Mein Atem beschleunigt sich leicht, da mein Körper auf Phoenix' Nähe reagiert. Er muss sich seiner Wirkung auf mich mehr als bewusst sein.

»Bliss, ich weiß nicht, was in den nächsten Minuten passieren wird, aber du sollst eines wissen.« Er macht eine kurze Pause, während er mir tief in die Augen sieht. »Ich mag dich. Und hätten wir uns unter anderen Umständen getroffen, würde mich nichts davon abhalten, dich um eine Verabredung zu bitten. Nicht einmal dein Freund.«

Die Worte »Er ist nicht mein Freund« liegen mir schon auf der Zunge, doch ich halte mich zurück, denn sie entsprechen nicht ganz der Wahrheit.

Phoenix' Atem streift meine Wange und ich weiß, dass ich zurückweichen sollte, doch mein Körper gehorcht mir nicht mehr. Wie angewurzelt stehe ich da und warte darauf, was Phoenix als Nächstes sagen wird.

Für einen Augenblick lässt er seinen Kopf in den Nacken fallen und starrt an die Decke, als würde er dort eine Antwort finden. Doch dann stößt er einen kaum hörbaren Atemzug aus und sieht mir wieder tief in die Augen. »Aber die Situation ist absolut ... beschissen und weil ich nicht weiß, was da draußen gleich passieren wird, muss ich dich einfach ...« Er bricht ab und keine Sekunde später liegt seine Hand an meiner Wange. Sanft streichelt er über mein Gesicht. »Wenigstens einmal, bevor ...« Wieder beendet er den Satz nicht, doch dieses Mal hat er es auch nicht vor, denn er neigt seinen Kopf und dann liegen seine Lippen auf meinen. Es ist nur eine einfache Berührung unserer Münder und doch explodiert etwas ganz tief in mir.

Automatisch stelle ich mich auf die Zehenspitzen, um mehr davon zu bekommen, doch bevor sich das angenehme Prickeln auf meinem ganzen Körper ausbreiten kann, zieht Phoenix sich zurück. Beinahe würde ich behaupten, dass er einen Teil von mir mitgenommen hat.

Phoenix macht einen Schritt zurück.

Und dann noch einen.

Während er sich immer weiter von mir entfernt, spiegelt sich in seinem Gesicht eine Vielfalt an Emotionen. Je größer die Distanz aber zwischen uns wird, desto mehr hat er sich wieder im Griff. Als er mit dem Rücken gegen die Tür stößt, lehnt er sich Halt suchend dagegen. Ich hätte mit so ziemlich allem gerechnet, nur nicht mit den Worten, die er eine Sekunde später ausspricht: »Es tut mir leid. Ich hätte das nicht tun sollen.« Seine Lippen presst er zu einem dünnen Strich zusammen. Sämtliches Blut verschwindet daraus und es fällt mir schwer zu glauben, dass sein Mund noch vor einigen Sekunden auf meinem gelegen ist.

Ich weiß nicht, was ich sagen soll. Irgendetwas in mir sträubt sich dagegen zu sagen: *Ja, du hast recht. Es war ein Fehler.* Denn es hat sich nicht danach angefühlt.

An Ort und Stelle lasse ich mich auf den Boden sinken, vergrabe mein Gesicht in meinen Händen. Ich bin kurz davor loszuheulen. Es ist nicht der richtige Moment dafür und mir ist vollkommen klar, dass ich in ein paar Minuten wieder funktionieren muss, damit wir uns auf den Weg zu Rise, Doom und Morgan machen können. Doch der Gedanke daran, dass ich gleich Morgan gegenübertreten muss, während ich Phoenix' Lippen noch auf meinen fühlen kann, brennt ein Loch in meinen Bauch.

Leise schluchze ich auf. »Ich bin eine Betrügerin«, bringe ich schniefend hervor. »Und ein schlechter Mensch.«

Mein Kopf hängt nach unten, deshalb zucke ich zusammen, als mich jemand – Phoenix – berührt. Sein Arm legt sich um meine Schulter und er drückt meinen Kopf auf seine Brust. Meine Tränen landen auf dem T-Shirt, das er trägt.

»Du bist keine Betrügerin. Das gerade war nur … wie ein Geburtstagskuss. Mehr war da nicht«, sagt er in liebvollem Tonfall.

Meine Kehle schnürt sich zusammen und ich fühle mich noch schlechter als zuvor. »Phoenix«, bringe ich verzweifelt hervor. »Es hat sich aber nicht so angefühlt. Für mich war es …« Ich schaffe es nicht weiterzusprechen. Der Gedanke daran, dass es für ihn nichts Besonderes war, tut weh. Verdammt weh.

Kraftvoll stemme ich mich von ihm weg. Es fällt mir schwer, Phoenix anzusehen, doch ich versuche seinem Blick nicht auszuweichen.

Nervös fährt sich Phoenix mit seinen Fingern durch die Haare. Es wirkt nicht so, als würde ihn die Situation kalt lassen. Ich habe das Gefühl, dass ihn die gleiche Verzweiflung im Griff hat wie mich. Vielleicht wünsche ich mir das aber auch nur, weil es bedeuten würde, dass ich ihm nicht egal bin.

Wir tun nichts, außer uns in die Augen zu sehen, bis ich meinen Blick abwende und mich mühsam aufrichte. Tief atme ich einige Male ein und aus. Doch es hilft nichts. Mir geht es immer noch schlecht und der Kuss hat die ganze Angelegenheit noch beschissener gemacht. Das verdammte Schiff wurde angegriffen und ich manövriere mich zielsicher in eine weitere Katastrophe.

Mit wackeligen Schritten taumle ich auf die Tür zu und entriegle sie. Auch Phoenix rappelt sich auf, stolpert mehr vorwärts, als dass er geht.

Bei mir angekommen stützt er sich mit einer Hand an der Wand ab. Ich weiß nicht, ob ihm die Geschehnisse der letzten Minuten oder seine Verletzungen so zu schaffen machen. Doch die Wunde auf seinem Kopf hat aufgehört zu bluten, also viell...

»Ich habe es auch gefühlt, Bliss. Und das macht mir Angst, denn ich sollte nicht so für dich empfinden. Verdammt noch mal ... du bist die Prinzessin von Red Ancient.«

Meine Augen werden groß, nachdem er zum ersten Mal ausgesprochen hat, dass er wirklich weiß, wer ich bin. Er hat es zwar bereits angedeutet, doch ich hatte die Hoffnung, dass er vielleicht irgendetwas anderes gemeint hat, denn woher sollte er es wissen? Nicht einmal Rise hatte den Hauch einer Ahnung, wer wir wirklich sind, warum also ausgerechnet er ...?

Eine Antwort darauf werde ich wohl nicht erhalten, denn nach seinem Geständnis wendet er sich ab, allerdings nicht ohne zuvor nach meiner Hand zu greifen. Fast hätte ich laut aufgelacht, als es einen kleinen Funkenschlag gibt, als er mich berührt.

Phoenix, der es ebenfalls bemerkt hat, hält kurz inne, schüttelt danach aber seinen Kopf und zieht mich nach draußen.

Seine Stimme klingt belegt, als er fragt: »Welche Richtung?«

Weil ich meiner Stimme nicht traue, zeige ich mit meiner freien Hand nach rechts.

Da er sich nicht sofort in Bewegung setzt, mache ich einen Schritt nach vorne, um vorzugehen. Das klingt jetzt vielleicht mutig, hat aber nur einen Grund: Ich schaffe es nicht, Phoenix weiterhin anzusehen. Ich entziehe ihm meine Hand und gehe voran, doch ich bin mir die ganze Zeit darüber bewusst, dass er mir mit sehr geringem Abstand folgt.

Dass wir beide durch den Wind sind, bemerke ich erst, als ich um die nächste Ecke biege. Abrupt halte ich inne, damit ich nicht plötzlich die zwei Männer niederlaufe, die mit verschränkten Armen vor mir stehen. Phoenix – der mit seinen Gedanken vermutlich ebenso weit weg war wie ich – läuft einfach in mich hinein.

Die Männer starren mich an. Und ich die Männer. Ich bemerke, wie sie über meinen Kopf hinweg zu Phoenix sehen. Einige Sekunden rührt sich niemand, doch dann nicken sie Phoenix zu. Verwundert drehe ich mich zu ihm um.

Er steht mit vor der Brust verschränkten Armen hinter mir und ist plötzlich wieder der arrogante Typ, dem ich bei meiner Ankunft in Red Desert begegnet bin. Nicht der junge Mann, der losgezogen ist, um Morgan zurückzubringen. Und schon gar nicht der verzweifelte Junge – und nichts anderes war er in diesem Moment –, der mich geküsst hat.

»Bringt sie nach oben«, höre ich ihn wie aus weiter Ferne sagen.

Schnell fahre ich herum und zische: »Fasst mich nicht an.«

Nach einem weiteren Blickwechsel zwischen Phoenix und den Männern machen diese einen Schritt zur Seite. Grob packt Phoenix meinen Oberarm, doch ich stemme meine Beine in den Boden. Ich habe keine Ahnung, was hier passiert, doch eines weiß ich ganz genau: Mit *diesem* Phoenix gehe ich ganz bestimmt nirgendwohin.

Offensichtlich bemerkt auch er das. Ob es daran liegt, dass ich versuche seine Hand abzuschütteln oder ihn mit zusammengekniffenen Augen ansehe, kann ich nur vermuten.

Phoenix wendet sich mit einem Seufzen an die Männer. Mit einem Schulterzucken lässt er sie wissen: »Prinzessinnen.« Als würde das erklären, warum ich ihm nicht wie ein Schoßhündchen nachlaufe. Mit seiner Hand macht er eine wedelnde Bewegung und zeigt bis an das Ende des Flurs. »Wenn ihr uns eine Sekunde entschuldigen würdet?« Zu meiner Verblüffung kommen sie seiner Bitte sofort nach.

Als sie außer Hörweite – zumindest hoffe ich das – sind, fahre ich ihn an: »Wer sind die Typen?«

Phoenix drängt mich mit seinem Oberköper gegen die nächstbeste Wand. Er presst sich richtig an mich und auch wenn ich den Körperkontakt zuvor noch begrüßt hätte, würde ich nun alles dafür tun, damit er wieder Abstand zwischen uns bringt.

Drohend ragt er über mir auf. Mein Herz schlägt schneller, da ich damit rechne, dass er mich jede Sekunde küsst, weil sein Gesicht meinem immer näher kommt. Ich drehe meinen Kopf zur Seite, da es das Letzte ist, was ich mir im Moment wünsche.

Seine Lippen legen sich auf mein Ohr und er flüstert: »Hör mir jetzt gut zu. Wenn du nicht möchtest, dass die Typen da vorne deinen leblosen Körper auf dem nächsten Fahnenmast hochziehen, dann spielst du jetzt mit.«

Die Sanftheit, mit der er spricht, passt weder zu der bedrohlichen Geste, mit der er mich gegen die Wand drückt, noch zum Inhalt seiner Worte.

Tausend Fragen wirbeln durch meinen Kopf, aber ich stelle sie nicht. Bestimmt würde ich auch auf keine davon eine Antwort erhalten.

Nur eine kann ich nicht zurückhalten. So leise wie möglich wispere ich: »Wer bist du?«

Phoenix lässt von mir ab. »Jemand, der dafür sorgt, dass du am Leben bleibst.« Danach schnappt er sich erneut meinen Oberarm. Dieses Mal folge ich ihm. Zwar widerwillig, aber immerhin.

Er nimmt die erstbeste Treppe, die uns an Deck führt. Die fremden Männer folgen uns stumm.

Oben angekommen empfängt uns eine gespenstische Stille. Nur wenige Befehle werden ausgerufen, von Männern mit Maschinenpistolen im

Anschlag. So fest ich kann, stemme ich meine Füße in den Boden, als ich erkenne, dass der Großteil unserer Besatzung – gefesselt und geknebelt – aufgereiht an der Reling sitzt. Auch Calean ist dabei. Als sein Blick auf mich fällt, ist er innerhalb von zwei Sekunden auf den Beinen. Er kommt allerdings nicht weit, da ihm ein Mann mit langen schwarzen Dreadlocks eine Waffe an die Schläfe drückt. »Einen weiteren Schritt und du kannst dein Gehirn am Meeresgrund aufsammeln.« Er winkt einen anderen Mann heran. »Fessle ihm auch die Beine.«

Calean wehrt sich, doch nachdem er von drei weiteren Männern umringt und grob auf den Boden gedrückt worden ist, muss er aufgeben. Ich wende meinen Blick ab, als ich sehe, dass sie ihm Silberketten um die Handgelenke und über die Beine legen. Obwohl sich seine Augen vor Schmerz weiten, hindert ihn das nicht daran, Phoenix weiterhin wütend anzustarren.

Phoenix greift grob nach meinem Arm, schiebt mich vor sich und schubst mich zu dem Typen mit den Dreadlocks. Der lässt seinen Blick auffällig über meinen Körper schweifen. Bei meinem Gesicht angekommen hält er inne. »Das ist nicht die Prinzessin.«

Phoenix stellt sich neben mich und verschränkt seine Arme vor der Brust. »Das ist *eine* Prinzessin. Nur nicht die richtige.« Er macht mit seiner Hand eine ausladende Bewegung zu mir. »Darf ich vorstellen? Bliss, die Prinzessin von Red Ancient.«

Ein provozierendes Lächeln erscheint auf dem Gesicht meines Gegenübers. »Wir sollten aber leider die Prinzessin von Red Desert mitnehmen.« Danach dreht er sich zu einem weiteren seiner Untergebenen um. »Bringt sie um.«

Was?!? Panisch sehe ich mich um, suche nach einer Fluchtmöglichkeit. Einem Instinkt folgend mache ich einige Schritte zurück, pralle aber gegen jemanden. Wer auch immer hinter mir steht, schnappt sich meine Arme und fixiert sie auf meinem Rücken. Keine Sekunde später sehe ich die Schneide eines Messers aufblitzen.

Phoenix' laute Stimme hallt durch die Nacht. »Stopp. Wenn du ihr die Kehle durchschneidest, dann schwöre ich dir, dass du dieses Schiff ebenfalls nicht lebend verlässt.«

Zu meiner Verwunderung hört der Mann hinter mir tatsächlich auf Phoenix und lässt das Messer sinken. Phoenix macht einen Schritt auf den Mann mit den Dreadlocks zu. »Du weißt so gut wie ich, dass wir verschwinden sollten. Hier wimmelt es nur so von ihren Schiffen und dir ist bestimmt klar, dass wir nicht gegen alle kämpfen können.«

»Wir können aber nicht ohne die Prinzessin von Red Desert verschwinden.« Der Mann bringt seinen Einwand ruhig hervor. Fast zu ruhig.

Von mir aus können sie gerne noch ein Weilchen diskutieren, so lange, bis Verstärkung hier ist.

Doch Phoenix' nächste Worte lassen eine Gänsehaut über meinen Körper rieseln. »Wir nehmen einfach *sie* mit. Wenn wir den Vampiren sagen, dass wir ihre Prinzessin haben, werden sie sich auf einen Tausch einlassen. Die Prinzessin von Red Ancient gegen die von Red Desert. Ganz einfach.«

Nun breitet sich tatsächlich ein Lächeln auf dem Gesicht vom Dreadlocksmann aus, während meines erstarrt. Mein Körper wird von einer Kälte überzogen, wie ich sie noch nie zuvor gespürt habe. Phoenix' Verrat trifft mich wie ein Vorschlaghammer und ich ringe mit mir, um nicht den Kampf gegen die Tränen zu verlieren.

Immer wieder blinzle ich, bin nicht gewillt den fremden Männern um mich herum meine Schwäche zu zeigen. Meine Miene bleibt unbeweglich. Ich werde ihnen – allen voran Phoenix – nicht den Gefallen tun und darum betteln, es sich anders zu überlegen. Hochnäsig hebe ich den Kopf und sehe den Mann, mit dem Phoenix verhandelt hat, mit verächtlichem Gesichtsausdruck und hochgestreckter Nase an.

Er zwinkert mir zu und deutet eine leichte Verbeugung an, ehe er sich an seine Männer wendet. »Ihr habt den Prinzen gehört. Zurück mit euch auf das Schiff.«

Vor ein paar Sekunden dachte ich noch, dass mich Phoenix' Lügen nicht in die Knie zwingen können, dass ich stark bleibe. Doch nun werde ich eines Besseren belehrt. Obwohl ich Phoenix gerne ignorieren würde, wende ich mich ihm zu. Sehe ihn mit entsetztem – und bestimmt auch einem verletzten – Gesichtsausdruck an.

In seinem Blick fehlt jegliche Emotion, als hätte er alle Gefühle ausgeschaltet. Verbannt. Weggesperrt.

So wie sie es mit mir tun werden.

Erschrocken zucke ich zusammen, als ich ein kleines Piksen in meinem Nacken spüre. Noch während ich meine Hand hebe, bemerke ich, wie sich alles um mich herum zu drehen beginnt. Meine Knie werden weich und in dem Moment, in dem sie nachgeben, verlässt ein Keuchen meinen vor Schock geöffneten Mund.

Ich weiß nicht warum, aber kurz hoffe ich, dass Phoenix etwas tut. Auf mich zuläuft, mich auffängt, jemanden anschreit – aber nichts davon passiert.

Der Prinz der Werwölfe erwidert meinen Blick vollkommen starr und lässt zu, dass ich von tiefster Schwärze umschlossen werde.

ENDE von Band 1

Tauch ein in
romantische Geschichten.
HOL DIR
BITTERSÜSSE
STIMMUNG
AUF DEINEN
E-READER!
E-BOOKS VON IMPRESS HIER:
CARLSEN.DE/IMPRESS
im.
pre
ss
impress IST DAS DIGITALE LABEL DES CARLSEN VERLAGS FÜR GEFÜHLVOLLE
UND MITREISSENDE GESCHICHTEN AUS DER GEHEIMNISVOLLEN WELT DER FANTASY.

Prinzessin der Wälder

Kathrin Wandres
In Between. Das Geheimnis der Königreiche (Band 1)
Softcover
ISBN 978-3-551-30103-1

Die 17-jährige Keylah lebt inmitten der dunklen Wälder des Landes Benoth, das zwischen zwei mächtigen Königreichen liegt. Nur die hohen Mauern der Siedlungen trennen dort die Menschen von dem, was draußen ist – den Ausgestoßenen, den Wolfsgestalten. Doch im Gegensatz zu den anderen liebt Keylah die freie Natur und kann ganze Tage in ihren selbstgebauten Baumhäusern verbringen. Ihre Gabe, drohende Gefahr körperlich zu spüren, scheint sie vor allem zu beschützen. Bis etwas geschieht, das sie nach Einbruch der Dunkelheit in den Wald zwingt und auf den unnahbaren Einzelgänger Deven stoßen lässt. Einen Mann, vor dem sie sich fürchten sollte, auch wenn ihre Gabe ihr etwas anderes sagt …

www.impress-books.de

Impress
Tauch ein in romantische Geschichten.

Impress
Ein Imprint der CARLSEN Verlag GmbH
Mai 2019

Lektorat: Pia Praska
Umschlagbild: shutterstock.com / © Jaroslav Monchak / © conrado / © Triff / © zapolzun
Umschlaggestaltung: formlabor, Vivien Summer
Satz und Umsetzung: readbox publishing, Dortmund
Druck und Bindung: CPI Books GmbH, Birkach
ISBN 978-3-551-30170-3
Printed in Germany
www.carlsen.de/impress

Alle Bücher im Internet: www.carlsen.de